haut aus glas *plätze und befindlichkeiten*

Die Deutsche Bibliothek – CIP-Einheitsaufnahme
Lauteren, Friederike: Haut aus Glas: Plätze und Befindlichkeiten
– Freiburg: Kaiser & Kaiser
ISBN 3-00-009794-5

Umschlaggestaltung unter Verwendung des Bildes
„Aussichten“ (Privatbesitz) von Friederike Lauteren
Gedruckt auf säurefreiem und alterungsbeständigem Papier
Printed in Germany

Friederike Lauteren

haut aus glas

plätze und befindlichkeiten

KAISER & KAISER

absehbare zeit

im bett liegen und gar nichts tun.
auch nicht denken.
ich sehe einer blauen kugel zu, die vor dem fenster hängt, ich sehe ihr zu, ich betrachte sie nicht.
diese kugel aus blauem glas schenkte mir einer, der mich liebte, im jahre neunzehnhundertsiebenundsechzig, sie hängt noch immer an der e-saite seiner gitarre, weil er damals einfach nirgendwo ein band finden konnte.
wenn ich mich erinnere, ich war etwa fünf jahre alt, wie mir eine art schauder über den rücken lief, wenn meine mutter mich an den „guten schrank" ließ, um ihre seidenen kleider anfassen zu dürfen, die pelze, die goldenen stickereien, und der geruch dazu, in dem ich mich einwühlen mochte, und nicht selten verschwand ich ganz im schrank und war nicht mehr hinauszubringen. diese kleider erschienen mir aus einer unendlich fernen welt zu stammen, in der meine mutter, meine mutter, unvorstellbar, tanzen gegangen ist, gefeiert hat, champagner, kaviar, die Comedian Harmonists, Willy Fritsch, Marlene Dietrich und Hans Albers, tausend jahre her, und es waren nur zwölf. wenn ich jetzt überlege, daß diese kugel mich seit siebenunddreißig jahren begleitet, unglaublich.
immer öfter schaue ich jetzt nur zu. ich lasse es abspielen wie einen film, ohne darüber nachzudenken, völlig passiv, mein leben, alte eindrücke, erlebtes, gesehenes.
im bett liegen und gar nichts tun.
mit geschlossenen augen einzelne dinge aus dem leben abrufen, zuschauen.
wie die blaue kugel an der e-saite, sie einfach nur sehen.

der brave mann

ich kannte einen mann, der fand gegen ende des zweiten weltkrieges eine frau mit einem kind im hühnerstall des gutes, das er verwaltete. er ließ die beiden zunächst heimlich dort wohnen, versorgte sie mit essen, sorgte für den winzigen buben. dann nahm er sie zu sich in seine kleine wohnung. lange zeit.
er verliebte sich in die frau, wollte sie heiraten, dem kind ein vater sein. die frau war noch verheiratet, der mann in kriegsgefangenschaft. vom gut mußten sie fliehen, nichts blieb den beiden. der brave mann und die frau, mit ihrem kind, kamen in der nähe von Berlin unter. als der krieg vorbei war, wurde auch der ehemann freigelassen. er hatte die frau kurzfristig geheiratet, wie das oft so gehandhabt wurde, und mußte dann an die front.
im krieg lernte er eine krankenschwester kennen, als er verwundet im lazarett lag, sie pflegte ihn. daraus wurde liebe und sie verbrachten die restlichen kriegsjahre gemeinsam.
seine frau war ihm fremd. er konnte nicht mehr mit ihr leben, nach dem, was er alles gesehen hatte. er ließ sich scheiden. er heiratete die krankenschwester. die frau hat es nicht verstanden. ab sofort war er ihr feind, sie haßte ihn. sie heiratete den braven mann, dem ein bein fehlte. sie war ihm eine gute frau. sie sorgte sich um ihn, wenn er seine phantomschmerzen bekam und wenn er sie nicht hatte, erinnerte sie ihn daran, und daß er aufpassen müsse, daß er ein invalide sei.
er lebte mit ihr sein ganzes leben. wenn er rauchen wollte, so verbot sie es ihm aus gesundheitlichen gründen, auch wenn er etwas trank redete sie solange darüber, bis es ihm nicht mehr schmeckte.
wenn er reisen wollte, meinte sie, es sei zu anstrengend für ihn. sie behandelte ihn sein leben lang wie einen kranken mann, bis er ein kranker mann wurde. eines tages, im januar, unweit seines geburtstages, kam er nicht mehr nach hause. passanten fanden ihn an einer omnibushaltestelle, dreißig kilometer von seinem haus entfernt, brachten ihn ins krankenhaus. es herrschte grimmiger frost. er war so stark unterkühlt, der alte herr, daß die ärzte nichts mehr für ihn tun konnten. sie fragten ihn, ob er angehörige habe, wo er wohne. er hatte keine papiere dabei. er antwortete, er sei ganz allein, er habe niemanden, er sei fremd in der gegend. dann starb er.

der kopf

in Luxor hatten sie den ganzen tag zeit. ihr letzter tag in Ägypten. am nächsten morgen ging der flieger ab Kairo. der nachtzug war bereits gebucht und das gepäck dort eingestellt. sie beschlossen pferde zu mieten und eine größere tour zu den gräbern zu unternehmen. pferde gab es keine, aber einen esel und ein maultier.
Maria entschied sich sofort für den esel, das wesentlich höhere maultier sollte Gabriele reiten. der alte mann, bei dem sie die tiere liehen, witterte das geschäft seines lebens. seine route, die er mit touristen abritt, ging vorbei an den kolossen von Memnon, am tempel der Hatschepsut und über die niedrigste steigung des bergrückens hinunter zu den königsgräbern, alles in allem eine wegstrecke von circa drei stunden. als er hörte, die beiden frauen wollten sechs bis sieben stunden unterwegs sein, improvisierte er und ritt mit ihnen eine strecke, die entgegengesetzt verlief, und von hinten über das tal der königinnen zum tal der könige führte.
an den kolossen von Memnon vorbei umritten sie den langgestreckten bergzug, durchquerten ein weitläufiges flußtal, eine geröllebene und näherten sich dem tal der königinnen von der rückseite. viele gräber waren noch nicht vom schutt befreit, mit spiegelscherben fingen sie das tageslicht ein und warfen es an die wunderbar bemalten wände. sie kletterten einen abhang hinauf und fanden noch weitere, relativ unberührte grabstellen, passierten einen hügel, ein wadi, um sich so dem bergrücken von hinten zu nähern. der weg wurde nun sehr schmal, die tiere liefen hintereinander die steigung bergan und auf einem kleinen platz machten sie den ersten halt. sie waren bereits knapp vier stunden unterwegs, hungrig und durstig, sie aßen und tranken und bewunderten die aussicht.
ein großer mann im burnus tauchte wie aus dem nichts auf und bot ihnen mehrere kleine köpfe und statuetten zum verkauf an. die beiden frauen hatten das geld für den letzten tag genau ausgerechnet, der preis für den ritt war vereinbart und bezahlt, auch der zug, der eintritt für Karnak zur seite gelegt. so hatten sie noch etwa fünfundzwanzig mark jede, um in Kairo, wo sie gegen morgen eintreffen sollten, zu frühstücken, ehe sie nach München zurückflögen.

in Ägypten ist es verboten, antiquitäten auszuführen. die läden und händler beschränken sich darauf, sehr schön gearbeitete kopien anzubieten, aus stein, aus halbedelstein, aber nirgends findet man wirklich alte sachen.
Gabriele und Maria waren an den repliken nicht interessiert, der mann verschwand so unmittelbar, wie er gekommen war. sie bestiegen erneut ihre tiere und ritten weiter bergauf, der alte mann auf seinem maultier immer vorne weg.
zwischen dem esel und Gabrieles maultier, „Samir", was soviel heißt wie „teufel", mußte eine tiefe feindschaft bestanden haben. immer wieder biß und schnappte der esel von Maria nach den fesseln von Samir. zunächst lachten sie darüber, aber je höher sie stiegen und je enger der pfad wurde, umso unangenehmer sollte es werden. sie erreichten das bergplateau, senkrecht fiel es nach vorne ab, sie rasteten erneut. von hier aus erblickte man den Nil, die kolosse und im dunst Luxor. links unter ihnen befand sich der Hatschepsut-tempel.
und wieder tauchte der mann im burnus auf. diesmal zog er eine wirklich schöne statuette aus den falten seines gewandes. Gabriele machte ihm klar, daß sie an neuen dingen kein interesse habe und zudem ihr geld abgezählt sei, sie noch am gleichen tag nach Kairo führen. es entspann sich ein langes hin und her, immer schönere köpfe und figuren tauchten auf, aber Gabriele winkte nur lachend ab. der mann verschwand. nun folgte ein wegstück, das wohl beide frauen nie in ihrem leben vergessen werden. auf der vorderseite des berges, etwa vier meter unterhalb des plateaus ritten sie auf einem winzigen geröllpfad, von dem es senkrecht bis hinunter ins tal ging. es gab keine möglichkeit mehr abzusteigen, sie mußten sich auf die geschicklichkeit der tiere verlassen. immer wieder schnappte der esel nach den beinen des maultieres, das jedesmal einen kleinen satz machte, Maria erzählte später, Gabriele habe zweimal laut „mama" gerufen, was diese aber aufs entschiedenste bestritt.
Gabriele klammerte sich an den hals des maultieres, versuchte, nicht nach unten zu sehen und betete, daß dieser pfad bald in einen breiteren übergehen möge. es waren nur etwa fünfhundert meter, aber für Gabriele eine ewigkeit. jeden augenblick erwartete sie, daß das muli stolpern, und sie mit in den abgrund reißen würde. sie hatte panik, sie konnte nichts tun. außerdem war sie keineswegs schwindelfrei. Maria erschien relativ gelassen, sie

erklärte das später damit, daß sie gelesen habe, ein pferd, maultier oder esel könne niemals stolpern, also hatte sie die augen geschlossen und einfach gehofft, es ginge vorbei. langsam stieg der pfad wieder an und sie erreichten ein weiteres plateau, von dem es dann hinunter zum tal der könige ging.

Gabriele stieg ab, alle muskeln schmerzten, sie hatte sich derart verspannt, daß sie mühe hatte, später wieder aufzusteigen. sie lief einige schritte, dankte ihrem schicksal, das sie dieses abenteuer hatte überstehen lassen und setzte sich auf einen stein. und siehe da, der mann im burnus stand wieder vor ihr. mit einer theatralischen geste warf er eine kleine skulptur ins tal hinab. er führte einen finger an die lippen, trat näher heran und wickelte aus einer alten zeitung einen kopf. einen antiken kopf, so wie es aussah.

Gabriele hatte immer schon einen sehr guten instinkt wenn es um antiquitäten ging, sie war sich sicher, diese war echt. sie fragte nach dem preis und der mann im burnus schrieb die zahlen zweitausendfünf auf einen zettel. Gabriele winkte ab, und daraufhin wurde eine null gestrichen.

Maria lachte bereits, sie kannte Gabriele so gut, daß sie wußte, diese würde jetzt ein langes und erfolgreiches verhandlungsgespräch beginnen. nur konnte sie sich nicht vorstellen wie der kauf zum abschluß kommen sollte, mit dem wenigen geld, das die beiden noch hatten. und Gabriele feilschte und feilschte, die nächste null wurde gestrichen, sie wußte aber, sie hatte einfach nicht genügend geld. sie packte ihren rucksack aus. sie schüttete den inhalt des geldbeutels in den kies, sie legte ein seidenes tuch und zwei kugelschreiber auf den haufen. sie fand noch einen recht hübschen taschenspiegel und einen einfachen, silbernen ring. mehr war nicht da, das gepäck stand am bahnhof. sie bat Maria auf ihr taschengeld zu verzichten und so waren es nochmals zwanzig mark mehr. bedächtig prüfte der mann im burnus die ausgebreiteten schätze. das wunder geschah.

Gabriele erhielt den kopf, für ganze vierzig mark, plus tuch, spiegel, ring und kugelschreiber. jetzt hatten sie nur mehr münzen übrig und den eintritt für Karnak.

Gabriele wickelte den kopf in ein altes halstuch und steckte ihn in die tiefe jacke des windbreakers und diesen über eine anzahl aller möglichen kleinigkeiten in den rucksack. oben drauf legte sie das zweite kameragehäuse, dann übereinander die drei objektive, die kamera und die vollen und leeren filme. sie stiegen wieder auf die tiere, ritten hinunter ins tal der könige und wieder hinauf zu der flachen seite des berges. unten lag der tempel der Hatschepsut, sie beschrieben einen leichten bogen und näherten sich dem tal. da rutschte der esel auf dem losen geröll aus und fuhr ein ordentliches stück bergab. Maria stieg leichenfahl ab, bis zu diesem augenblick hatte sie geglaubt, so etwas sei nicht möglich. sie kam sich vor wie der reiter über dem bodensee. sie stieg nicht mehr auf, auch nicht unten im tal. sie gaben die reittiere ab, froh, den mann schon bezahlt zu haben, setzten über den Nil und betraten pünktlich zum sonnenuntergang die widderallee von Karnak.

auf einem säulenstumpf saß ein riesiger mann in einer grünen galabea. er näherte sich den beiden frauen und sagte in leisem, akzentfreiem englisch, sie hätten eine antiquität gekauft, das sei strafbar. sie möchten sofort ihre rucksäcke öffnen. Maria fing an, langsam auszupacken. Gabriele versuchte wieder mit ihrem alten trick, der ihr schon in der Türkei, in Marokko und sonst wo geholfen hatte, die situation zu retten. mit schriller stimme brüllte sie, sie seien touristen, unbescholten, es sei eine frechheit, wie man sich ihnen gegenüber benehme, sie habe einen vetter in der botschaft, und überhaupt werde sie sofort die botschaft aufsuchen, sie schrie hysterisch herum und mehr und mehr touristen stellten sich um die drei auf.

der riesige mann zog einen ausweis aus seiner tasche, der ihn, in englischer sprache, berechtigte, stichproben im gepäck von touristen und sogar verhaftungen vornehmen zu dürfen. er deutete auf Gabrieles rucksack. auspacken. Gabriele zeterte weiter, der haufen der touristen um die kleine gruppe nahm ständig zu, sie zeterte in deutsch, englisch und französisch, sie habe gar nichts im rucksack, ein polizeistaat sei das, es werde ein nachspiel geben und so weiter. sie holte einzeln in großer langsamkeit die filme heraus, wickelte vorsichtig die objektive aus, das reservekameragehäuse, die kamera, ununterbrochen herumbrüllend. sie glaubte keine sekunde mehr, eine chance zu haben.

sie sah sich bereits in dunklen verliesen, angefressen von ratten, vergewaltigt von Ägyptern, halb verhungert und verdurstet, sie wurde immer hysterischer. bisher hatten die leute dann irgendwann aufgegeben. aber der riese deutete ruhig auf den rucksack. sie faltete den windbreaker auseinander, schwenkte ihn vor der

nase des riesen hin und her und kippte den rest des rucksackes auf die straße. o. k. sagte der riese und verschwand.
Karnak haben sich die beiden dann nicht mehr angesehen. sie liefen mit weichen knien zum bahnhof und warteten auf den zug nach Kairo.
zuhause ließ Gabriele den kopf begutachten. er war echt.

gitarrenstunde

sie kommt endlich raus aus dem kloster, aus der enge, sie glaubt, sie käme in die freiheit. sie hat völlig vergessen, nach all den jahren, daß ihre familie ihr noch nie freiheit gelassen hat. ein langer sommer liegt vor ihr. sie muß sich entscheiden was sie studieren will, sie hat sich schon entschieden, bühnenbild. aber da gibt es keine chance. die mutter erlaubt es nicht. merkwürdig, daß sie nie auf den gedanken kam, auch etwas zu tun, was die mutter nicht erlaubt. goldschmiedin. sie weigert sich. kindergärtnerin, sie weigert sich. kunst muß es sein. sie darf grafik studieren an der akademie. da verdient sie schneller was, meint man zuhause. vier jahre studium. eine aufnahmeprüfung, und für die hat sie einen sommer zeit, eine mappe anzulegen. sie zeichnet und malt, aber daheim findet man, sie habe noch immer zuviel zeit. ob sie nicht einen herzenswunsch habe, so fragt man schlau. eine gitarre. und schon hat man sie in einem krankenhaus angemeldet, wo sie in der küche helfen muß zu einem monatsgehalt von hundert mark. auch im jahre neunzehnhundertzweiundsechzig unzumutbar. aber endlich hatte man sie wieder untergebracht. so arbeitet sie von neun uhr bis vier uhr in der küche. knochenarbeit, der üble geruch ist das schlimmste. ein trost: im keller die riesige truhe mit der fettglasur. wann immer sie etwas aus dem keller zu holen hat schürft sie mit einem messer an der fettglasur. sie schmeckt kühl, fettig, weich im mund.
als der monat vorbei ist, fährt sie mit der mutter nach München um die gitarre zu kaufen. ein großartiger augenblick, ihr erster wirklich in erfüllung gegangener wunsch. die mutter legt noch achtzehn mark drauf und es reicht sogar für eine hülle.
der nächste schritt war, einen gitarrenlehrer zu finden. und so tritt via inserat Peter P. in ihr leben. ein scharfkantiger, kleiner raubvogelkopf auf breiten schultern, schmale hüften, lange beine, graugrüne augen mit prüfendem ausdruck. sie wirft ihre fünfzehn jahre alte, platonische jugendliebe zu dem nachbarsjungen über bord und verliebt sich hals über herz tödlich in Peter P.
gitarrenspielen allerdings lernt sie nie. jede art der belehrung seinerseits schafft eine völlige blockade ihrerseits. das rasende bedürfnis, schnell und wunderbar zu lernen, was er sie lehren will, schlägt ins genaue gegenteil um. die ganze wucht ihrer ge-

fühle, aufgestaut seit neunzehn jahren, fällt Peter P. zu füßen. dieser, nicht ahnend, daß ein mädchen mit neunzehn jahren derart ahnungslos, unschuldig und naiv sein könne, gibt ihr in den parkanlagen von Rottach den ersten „richtigen" kuß. unverzüglich fällt sie in ohnmacht, Peter P. flieht, und mitleidige passanten heben sie auf eine parkbank, auf der sie im abendgrauen erwacht, um nachhause zu radeln, sich in ihr zimmer einzusperren und ein schild an die tür zu heften:
bin schwanger nicht stören bitte essen vor die türe stellen.
die entsetzte familie versucht über den balkon zu ihr zu dringen. ohne erfolg. aber sie bleibt tatsächlich drei tage im zimmer, verwirrt, glücklich, todtraurig.
am vierten tage, mittwoch, dem tag der gitarrenstunde, erscheint pünktlich Peter P. um den unterricht wieder aufzunehmen, als sei nichts geschehen. die familie hatte den eklat zu keinem zeitpunkt mit dem vierundzwanzigjährigen in verbindung gebracht, und so ist man äußerst gespannt, ob sich die türe öffnen werde. sie öffnet sich. sie erzählt ihm alles, rasend vor liebe, und er klimpert staunend auf der gitarre, damit es nicht zu still im zimmer ist.
die familie macht einen ausflug, sie bleibt daheim und verabredet sich mit Peter P. in ihrem zimmer. sie verbringen einen nachmittag, aufeinanderliegend, und ihre erregung ist so ungeheuer, daß ihr ganzer körper vibriert. aber es passiert nichts. und doch passiert alles. Peter P. erklärt ihr auch endlich wie kinder entstehen, sie brauche keine angst zu haben. was er nicht dazu sagt, daß *er* mittlerweile angst hat: „so viel gefühl", er fühlt sich dem nicht gewachsen. er schreibt eine postkarte, er kommt nicht mehr.
zwei jahre später steht er in München vor der tür ihres winzigen zimmers in der Occamstraße. er kommt ihr kleiner vor. eingezogener, vogelähnlicher noch. er hat sie nicht vergessen, sagt er, es täte ihm leid, daß er so plötzlich verschwunden sei, er sei nicht reif gewesen, so eine verantwortung zu tragen. sie lacht ihn aus. sie verführt ihn, mittlerweile geübt in den dingen der liebe. er ist total enttäuscht. er hat erwartet, die frau wiederzufinden, die er damals verließ. die sehnsucht nach der unschuld. aber es ist zu spät.

mineralientage

draußen strömender regen, ich beschloß, die mineralienmesse auf dem neuen messegelände zu besuchen. brav folgte ich der beschilderung und gelangte tatsächlich nach längerer fahrt zu einem gebäude mit wehenden fahnen, der neuen messe. ein schild verbot mir auf die gut sichtbaren, leeren parkplätze neben der halle einzubiegen. ich mußte geradeaus weiter fahren. das messegebäude blieb hinter mir und verschwand sehr bald in einer regenwand. jedesmal, wenn ich rechts oder links auf einen der unendlichen parkplätze abbiegen wollte, tauchte ein mensch in gelbem regengewand auf und winkte mich weiter.
ich gelangte in eine ungewöhnlich schöne landschaft, eine art flußlauf, geröll zu beiden seiten der nun mehr nur noch autobreiten asphaltstraße. große seen breiteten sich aus, der regen strömte auf die steine, ließ sie in allen farben leuchten. die kiesflächen im milchgrauen licht schienen sich zu beiden seiten bis an den horizont zu dehnen. ich fühlte mich wie im urlaub, ein wadi, Nordafrika, nur das wetter stimmte nicht, aber Island, tatsächlich, ich erwartete jeden augenblick, den Vatna Yökull aus dem regendunst aufsteigen zu sehen.
noch immer fuhr ich geradeaus, ohne chance in eine der parkwannen zwischen seen und endlosen weiten abbiegen zu können. jedesmal tauchte eine gelbe gestalt auf und winkte mich weiter. und dann geschah es. ein neuerlicher gelber dirigierte mich nach links, glücklich verließ ich die asphaltstraße, und rollte über die glänzenden kiesel.
schon sah ich eine reihe parkender autos und ich beschloß, diesmal unerbittlich einzuparken. ich hatte es gewußt. ein gelber deutete nach rechts. ich ignorierte es tapfer, fuhr weiter. ein mächtiger schlag mit der flachen hand auf den kühler belehrte mich schnell eines besseren. ich beruhigte den zu tode erschreckten hund und fuhr neuen gefilden auf der rechten seite entgegen. nachdem ich eine art wall erklommen, weitere kieswannen durchquert hatte, öffnete sich das tal und ich ward angewiesen nach links abzubiegen.
der regen strömte noch immer unverändert vom himmel. ich erkannte eine weitere reihe autos auf einem tiefer gelegenen gelände. totenstille, ich durfte einparken und aussteigen.
ein in gelb verpackter schwarzer beugte sich dicht zu mir und

brüllte: „H". brav wiederholte ich: „H". er klopfte mir anerkennend auf die schulter und entließ mich in den regen. ich blickte mich um, um irgendetwas zu sehen, was ich mir merken könnte, aber es gab nur kies, soweit das auge reichte. und den strömenden regen. der kies fing an, mir zu gefallen. ich überlegte ernsthaft, ob ich wirklich die mineralienmesse noch sehen möchte, bei der menge steine, die mich in vor nässe funkelnder schönheit umgaben. ich begann einige zu sammeln und zurück zum auto zu tragen. ein völlig verstörter mensch entstieg einem golf, den er neben mir hatte parken müssen. weiter hinten sahen wir eine weitere frau laufen. wir setzten uns in ihre richtung in bewegung, eine art notgemeinschaft zu bilden.
der regen strömte. wir erreichten nach scharfem marsch eine der asphaltierten straßen und trafen dort auf andere hilflose menschen, wir liefen weiter durch den regen. jemand erzählte, er habe etwas von einem shuttlebus gehört. wir liefen schneller, unsagbar glücklich: ein shuttlebus. tatsächlich. am horizont tauchte er auf. wir ignorierten die seen, die nässe, wir rannten. und wir erreichten ihn tatsächlich. er war voll. die türen offen. er stand. wir quetschten uns hinein. der bus wartete, wir warteten mit ihm, dampfend, aufeinandergedrückt eine viertelstunde. noch weitere zwölf menschen fanden irgendwie platz. wir fuhren los. allgemeine erleichterung, dankbarkeit, lächeln. die messehalle tauchte auf, und verschwand. der bus war vorbeigefahren. alle schrieen vor enttäuschung. der bus fuhr weiter. eingang E. wir durften aussteigen.
zunächst durchquerten wir leere gebäude. zwei rolltreppen nach oben, ein langer marsch, eine rolltreppe nach oben, zwei fließlaufbänder, eine rolltreppe nach unten, ein weiterer marsch. und dann lag sie unter uns, die halle C 1. ein wunder. wir waren auf der mineralienmesse. dankbar sah einer den anderen an, wir hätten uns umarmen können, aber wir ließen es.
nach vier stunden machte ich mich auf den heimweg. ich schaffte es tatsächlich, eine frau am informationsstand auf mich aufmerksam zu machen. ich fragte nach dem shuttlebus, in welche richtung ich mich wenden müsse.
einen shuttlebus, wunderte sich diese, haben wir sowas? keine ahnung. mit meinem angeborenen guten orientierungssinn schaffte ich es dann doch, mich auf dem gleichen weg zurückzubewegen, den ich gekommen war, die rolltreppe, der gang, die

fließbänder, die anderen rolltreppen, stolz gelangte ich zum ausgang E. draußen stand der shuttlebus. leer, ich näherte mich zögernd. „fahren sie zum parkplatz H?“ „wo soll ich denn sonst hinfahren, da steht doch *Parkplatz!*“
„schon, aber auch zum H“?. keine antwort.
ich stieg ein. der bus füllte sich. fuhr ab. wieder passierten wir wunderbare kieslandschaften, wadis, steinwüsten, Island, Ägypten, der regen strömte. der bus hielt. hier kam es mir unbekannt vor. der bus hielt wieder. ich war mir nicht so sicher. eine dame neben mir sagte, sie stehe auch auf H, habe einen skistock am auto befestigt, damit sie es wieder finde. ich war begeistert. der bus hielt. die dame stieg aus. ich auch. ihr auto war da, meins nicht. eine erneute, lange wanderung, der regen strömte, ich sammelte steine, überstieg zwei weitere wälle, da stand es, mein auto. der hund hatte nicht erwartet, mich je wieder zu sehen. wir umarmten uns innig. es war ein denkwürdiger ausflug.

frau Heinrich

frau Heinrich hieß mit dem vornamen Olga und wurde kurz nach dem krieg bei uns „einevakuiert". sie hatte einen mann, herrn Heinrich, der, in einem grünen unterhemd, vor dem haus holz hackte, kein wort sprach und unter seinen zusammengewachsenen brauen finster in die gegend blickte. er rauchte kette, niemand wußte, woher er die zigaretten hatte.
meine mutter sagte, Heinrichs seien flüchtlinge, wo sie herkämen, sei kein platz mehr für sie, da sei jetzt der russe, deshalb werden sie untergebracht, wo noch platz ist, und so kam es, daß wir jetzt keinen platz mehr hatten. das war sehr kompliziert, aber den erwachsenen schien es einzuleuchten.
frau Heinrich war unglaublich fesch. ihre goldbraunen haare türmten sich zu einer tolle auf dem kopf, in der ein silberner kamm steckte, der rest der locken fiel bis auf die schultern. die locken seien, so sagte die mutter, nicht „echt". ging sie aus, und sie ging oft aus, so war das ganze von einer kopfbedeckung gekrönt, die sich schiffchen nannte. es gab getigerte, graue, braune, aus fell oder plüsch, aus goldbrokat oder knallrotem samt.
manchmal kam die tochter zu besuch, eine dunkle, volle, fröhliche person mit dicken grübchen in den roten wangen. sie brachte den enkel Peter mit. er saß in einem weißen kinderwagen mit ovalen, geflochtenen seitenwänden und biß in zwiebeln wie in äpfel.
das zimmer, das herr und frau Heinrich bewohnten, war vierzehn quadratmeter groß und wurde von einem monströsen mahagonibett beherrscht an dem meine mutter existentiell hing. außerdem gab es einen waschtisch in einer mahagonikommode, ein tischchen, zwei stühle und eine große, viktorianische chiffonière. die unterste schublade war die speisekammer und manchmal erhielt ich ein margarinebrot mit zucker drauf, sauber und ordentlich auf einem holzbrett. hier roch und schmeckte alles völlig anders.
frau Heinrich war unglaublich kurzsichtig. sie trug eine brille, die ihre augen zu schmalen schlitzen verkleinerte und das brachte etwas zwergenhaftes in ihr freundliches gesicht. aber das tollste waren ihre nähkünste. mit ihren flinken, rundlichen händchen drehte und wendete sie ein paar lappen unter der handbetriebenen nähmaschine von Singer, die auf dem tisch stand und schon,

wie durch zauber, entstanden duftige kleider, mützen, westen, boleros und gestufte röcke. das alles saß wie angegossen und hatte jenen chic und pep, der nie gelernt, sondern aus den tiefen einer kreativen seele geformt wird. was wäre fasching in diesen jahren ohne frau Heinrich gewesen!
ob als elfe, hexe, als fee oder feine dame, ich schoß den vogel ab und stoffreste hatte meine mutter genug. während sie nähte sang sie. meine familie nannte es abwertend „trällern“. es waren lieder, die ich nicht kannte. auf dem alten grammophon liefen bei uns abends schellackplatten von Wagner, Beethoven und Mozart. frau Heinrichs lieder aber handelten vom warten, von liebe und schmerz. oft trällerte frau Heinrich den ganzen tag. heimlich brachte ich ihr gemüse und kräuter aus unserem garten, denn meine mutter hatte aus dem englischen rasen ein riesiges beet geschaffen, auf dem alles wuchs wie im schlaraffenland, so sagten wenigstens unsere gäste. leider aber wurde frau Heinrich verdächtigt, das gemüse gestohlen zu haben, meinen erklärungen schenkte, wie immer, niemand glauben. frau Heinrich tröstete mich, sie war nie böse. sie lächelte mit winzigen augen hinter ihrer dicken brille und war einfach da, wenn ich sie brauchte. und ich brauchte sie oft. wir redeten nicht viel, aber im gegensatz zu meiner familie war ich dieser frau in dem engen zimmer nie im weg. dort war viel platz, auch für mich.
leider rauchte herr Heinrich nicht nur, er trank auch. herr Heinrich trank nicht wie andere leute, er *trank*. ich lernte, daß dies etwas schlimmes sei. so brannte eines nachts herr Heinrich ganz allein mitsamt dem mahagonibett meiner mutter lautlos ab, was diese nur schwer verschmerzte. frau Heinrich kam zu spät, sie war, so hieß es, bei den negern gewesen, im rosa kostüm mit goldenem schiffchen, und sie weinte, bis von ihren augen nichts mehr übrig war. frau Heinrich mußte ausziehen, meine mutter brauchte lange um das zimmer wieder herzurichten. die mit weißer anilinfarbe überstrichene kommode ging ihr besonders nahe und den flüchtlingsgeruch, wie sie es nannte, bekam sie gar nicht mehr heraus.
später wurde klar, daß auch herr Heinrich sehr „kurzsichtig“ gewesen sein mußte, denn das ordentlich gespaltene und aufgestapelte holz vor dem fenster trug unser blaues zeichen. so brauchten wir es nicht mehr mit dem leiterwagen aus dem wald zu schleppen. ich habe frau Heinrich nie mehr wiedergesehen.

thats for the lady is a tramp

das Fendstüberl gibt es noch heute, eine winzige kneipe, eine bar, da ging sie hin wenn sie nicht mehr im Weinbauern sein wollte, spät in der nacht, denn neben ihrer clique wollte sie ganz gerne noch eine art privatleben haben.
ihre liebhaber brachte sie nie mit in das Tchibo, den Weinbauern oder die Hopfendolde. sie hielt diese zwei leben säuberlich voneinander getrennt. so lernte sie im Fendstüberl Axel von Borokovich kennen, einen dunkelhaarigen, zarten jungen, ein ganzes stück älter als sie, aus gutem haus und zu einer eigenen clique gehörend. alle hatten sie was mit dem film zu tun, oder wollten zumindest um alles in der welt hin. da waren der dicke, der eisern so lange kabel trug in Geiselgasteig, bis er in den achtziger jahren tatsächlich hin und wieder in der werbung zu sehen war, als busschaffner, polizist, oder ähnliches, Ulli, der es wirklich bis ganz nach oben geschafft hat, und ein berühmter kameramann wurde, Rainer toll aussehend, der mit einer spielserie, bei der es galt, rätsel auf einem fort mitten im meer zu lösen, ebenfalls in den achtzigern weltberühmt wurde, zwischen ihnen hatte es ein heißes liebesverhältnis gegeben, Tommy, er tingelte als stimmenimitator von lokal zu lokal, auch er wurde, und zwar wirklich als stimme einer furore machenden animationsfigur und später dann, mit dauerwelle, als schauspieler anerkannt und durchaus berühmt, Franz, der als einziger eine richtige ausbildung hatte, und in bayrischen filmen im vorabendprogramm und bei Müller-milch regelmäßig zu sehen war und ist, Christian, bei ihm dauerte es länger, aber auch er erscheint jetzt in krimiserien, Krischan, ein junge aus reichem haus, mit dem sie eine weile länger als mit den anderen liiert war, und eben Axel von Borokovich.
er war auf eine art scheu, die Gabriele sehr anziehend fand, er stürzte sich nicht auf sie, sondern wartete ab, warb um sie auf eine altmodische weise. er schenkte ihr lyrikbände, lud sie zu kleinen ausflügen ein und meinte es ganz offensichtlich ernst, was niemand in den sechziger jahren erwartete, und was etwas besonderes war.
zu dem zeitpunkt war sie mit Gert zusammen, einem sehr kleinen, aber hochinteressanten mann, mit dem sie nächte lang in der Tarantel, der Schwabinger Sieben und im Fendstüberl trank,

jazz hörte, und sehr verliebt war. in der Sieben hatten sie ärger, der wirt blaffte, völlig zu unrecht, Gert an, schubste ihn sogar, und Gabriele ergriff unverzüglich partei, schlug dem wirt auf die wange, es gab eine regelrechte rauferei zu dritt, und sie erhielten hausverbot. das war schade, denn in der Sieben spielten sie schach mit einem, der später zur lach- und schießgesellschaft ging und sehr bekannt wurde.
so wechselten sie die Tarantel und das Fendstüberl ab, nahmen hin und wieder Napoleon mit, der seine streicholzschachteln mit schwarzem Afghanen verkaufte, und schon lange in Gabriele verliebt war. rührend stahl er ihr immer bücher im Lehmkuhl, schenkte ihr schachtelweise gras und hoffte, endlich erhört zu werden, ohne erfolg. Gert mußte seinen studienplatz wechseln, Gabriele hing ziemlich durch, und so ergriff Axel die chance, auf die er so lange gewartet hatte. Axel war einer, den man auch zuhause vorzeigen konnte. als sie ihr zimmer in ihrem elternhaus strich, half er mit, verfugte mit bloßen händen die gesamte zimmerdecke und saß dann brav bei Gabrieles mutter zum small talk. in diesen jahren wechselten bei Gabriele die männer ziemlich häufig, es gab einfach zu viele, um sie so stehen zu lassen. jedesmal verliebte sie sich und dann war es plötzlich vorbei, und das war auch gut. sie hinterließ eine breite spur gebrochener herzen und war oft froh, wieder in ihrem bett in der Occamstraße zu liegen, von unten die vertrauten lieder der Gisela zu hören und zu wissen, daß sie jetzt ihre ruhe habe, endlich allein sei, um dann aber am nächsten tag wieder von vorne anzufangen.
Axel von Borokovich redete nicht viel, Gabriele um so mehr, sie passten gut zusammen, waren ein schönes paar, und für Gabriele war es gut, denn Gert rumorte in ihrem inneren. ihre these war schon immer, den teufel mit dem beelzebub auszutreiben und sie vertraute darauf, daß es auch diesmal klappen würde.
sie besuchten Cäsar, der immer noch in seiner baracke in der Ungererstraße wohnte, und seinen riesigen Afghanen, schauten bei Hannes, dem maler in der Türkenstraße vorbei und besichtigten seine neuesten schlangen, sie tranken bei Peter Zehner im Leierkasten ein bier. auch bei Mutti-bräu wurden sie immer begeistert empfangen, und dort stand der wunderbare ofen in der mitte des raumes, an dem man sich im winter wärmen konnte. vor Axel war es Krischan gewesen, rotblond, und der sohn eines filmgesellschaftsbesitzers. selbstverständlich war er immer

der star, denn er hatte die schlüssel von Geiselgasteig gewissermaßen in der hand. mit Krischan war es ihr zu kompliziert geworden, sie liebte es zwar, bei ihm zu übernachten in der bahnhofsgegend, das aufleuchten der grünen schrift

Kravag schützt dich

die ganze nacht beruhigend im fenster, aber er war einfach zu schwierig, zu undurchschaubar. nur das go-kart-fahren mit ihm, das war höchster genuß und nervenkitzel für Gabriele und das hätte sie sich nie leisten können.

Axel liebte sie nicht, er war sozusagen die kur, die sie machte, um Gert zu vergessen. aber er liebte Gabriele. auch Axels mutter war sehr nett. sie kochte kaffee, wenn Gabriele kam, schaute sie immer forschend an, ließ sich von ihrer familie erzählen, hielt sich zurück.

Axels vater besaß eine riesenfabrik in Kanada. mit seinen sechsundzwanzig jahren war Axel kein junge mehr, er wußte, er würde nicht ewig in München bleiben. so standen sie wieder einmal im Fendstüberl.

Gerade hatte Gabriele die tasten B 4 und A 8 auf der musicbox gedrückt, nämlich Sinatras „lady is a tramp“ und bobby bears „cottonfields at home“, als der wirt Axel ans telefon holte. seine mutter hatte ihn ausfindig gemacht, er solle sofort heimkommen. der vater habe einen infarkt.

ein herzinfarkt, der sohn sollte die firma leiten. sofort, der flug sei nächste woche. Axel war am boden zerstört. er konnte es nicht fassen, so plötzlich. und das verrückte war, er ging felsenfest davon aus, Gabriele würde ihn begleiten, ihr studium aufgeben, ihn womöglich sogar heiraten. für Gabriele war *das* verrückt. nicht für Axel. sie kam sich vor wie ein dieb. zum erstenmal tat es ihr leid, den mann soweit gebracht zu haben. sie brachte es nicht über sich, ihm richtig abzusagen. die reise fand hals über kopf statt, sie hatten nur wenige tage, Gabriele gab sich große mühe ihm zu zeigen, wie sehr sie ihn liebte, dabei war es nicht wahr. sie versprach ihm nachzukommen. sie hatte es nie vor.

Axel reiste ab. sie stand am flugplatz und weinte. sie weinte, weil sie ihn verletzt hatte, irgendwie war ihr das vorher nicht so bewußt geworden, es war für sie immer nur ein spiel gewesen, aus dem sie als gewinner herauskam. sie weinte. Axel weinte. es kamen viele telegramme, auch zweimal ein ticket, aber Gabriele meldete sich nicht. nie mehr.

Thailand

in Bangkok brauchten wir einen fahrer, um einen etwa vierzig kilometer entfernten tempel besichtigen zu können. ein leihwagen hätte sich nicht gelohnt. das kleine hotel, „best Bangkokhouse", ein eher lausiges etablissement, schickte uns einen nasebohrenden taxifahrer.
solange wir in der stadt unterwegs waren fuhr er tadellos. kaum außerhalb, drückte er das gaspedal durch, schnitt die kurven, und jagte in atemberaubendem fahrstil auf der falschen straßenseite ohne rücksicht auf verluste dahin.
ich machte ihn freundlich darauf aufmerksam, daß er langsamer fahren solle, es könnten ein kind, ein hund, ein alter mensch auf der straße sein, und er nicht mehr in der lage sein auszuweichen. außerdem erklärte ich ihm, daß ich es schätzte, wenn er auf seiner straßenseite bliebe, schließlich waren wir nicht allein unterwegs.
der fahrer grinste breit, ohne die geschwindigkeit im mindesten zurück zu nehmen. ich sollte mal seinen arm anfassen, an der stelle. da würde ich es fühlen. ich faßte an, ahnungslos, was ich denn spüren sollte. aber ich spürte tatsächlich einen beträchtlichen knopf. und im anderen arm auch. so sprach der fahrer: „ein weiser mann habe ihm zwei buddhafiguren unter die haut implantiert. jetzt könne er fahren, wie er wolle, es würde ihm nichts passieren, ihm nicht und niemandem etwas durch ihn." das ist real praktizierter Buddhismus heute.

der traum

jahrelang hatte ich immer wieder den gleichen traum. in einer sanften, abendlichen stimmung ging ich ohne hast, eher langsamen schrittes einen hügel hinauf. an meiner hand hielt ich einen mann, oder hielt vielmehr der mann mich bei der hand?
ich sah uns, die frau und den mann, von hinten den hügel hinaufsteigen und langsam auf der anderen seite wieder hinab. zuerst verschwanden die beine, dann die körper, zuletzt die köpfe.
im hintergrund, auf einem zweiten hügel, stand ein riesiger strommast mit gespreizten, eisernen beinen gegen den abendhimmel. ich wartete fieberhaft darauf, die beiden, den mann und die frau, wieder erscheinen zu sehen, zuerst die köpfe, dann die körper, dann die beine. und daß sich der mann umdrehen möge, das wünschte ich sehnlichst, wenigstens ganz kurz.
aber niemals wendete der mann den kopf, niemals sah ich sein gesicht, und niemals tauchten sie auf dem zweiten hügel nochmals auf.

die Libysche Wüste

heute las ich in der zeitung, daß sie ein gräberfeld gefunden haben in der Libyschen Wüste. Jelena Perlmann, Maria Solanger und ich, wir haben es schon vor vielen jahren entdeckt, noch vor dem anschlag auf Luxor, noch ehe man Ägypten nur im konvoi bereisen durfte. es war eine erstaunliche und ungewöhnliche reise, die mich bewog, nie mehr mit zweien meiner freundinnen auf einmal aufzubrechen.

eine woche hatten wir zeit, in Ägypten war ich schon mehrere male gewesen, und hatte im fernsehen einen film über die Libysche Wüste gesehen, der mir nicht mehr aus dem sinn ging. die weiße wüste. die wollte ich sehen.

wir quartierten uns in einem kleinen hotel in Kairo ein und suchten eine autovermietung auf, um am nächsten tag früh morgens aufbrechen zu können. nach dem ausfüllen endloser papiere parkten wir den wagen in der nähe des hotels, beschlossen aber, doch noch zum Nile Hilton auf die andere Nilseite zu fahren, um einen schlummercocktail zu nehmen.

der wagen sprang nicht mehr an. die frauen schoben, wir schafften es zum autoverleih, wo ich ein anderes auto verlangte. der wagen sei in ordnung, nur die batterie nicht, man tauschte sie aus. ich glaubte kein wort, war mir sicher, daß es die lichtmaschine sei, bestand auf einem anderen auto. ohne erfolg. mit neuer batterie und großer skepsis parkten wir viel später den wagen neben dem hotel.

er sprang tadellos an am nächsten morgen und wir fuhren nach westen, durch ewige neubaugebiete, durch flache steinwüsten, durch unwirtliche landschaften. Maria Solanger begann zu nörgeln, es gefiel ihr nicht, und tatsächlich zog sich die fahrt ganz gewaltig hin. auch ich hatte die weiße wüste weit früher erwartet. wir fuhren den ganzen tag, sammelten steine, waren guter dinge. die beiden frauen rissen sich um den platz auf dem rücksitz, wo die dort plazierte sofort in einen tiefschlaf fiel, wärend die andere von mir stets auf die schönheiten der landschaft aufmerksam gemacht wurde. mir gefiel es gut, ich liebe die wüste, auch die Hammada, die leere, die weite.

ein checkpoint tauchte auf. männer mit gewehren, bis an die zähne bewaffnet, hielten uns an: „papiere." ich zeigte meinen pass und hörte mit entsetzen, daß beide frauen den ihren im

hotel abgegeben und am morgen nicht wieder verlangt hatten. ich konnte es nicht fassen. schließlich haben wir nicht in Frankfurt oder Berlin gewohnt, zudem hätten es beide wissen müssen, war ich doch mit jeder von ihnen schon oft genug unterwegs in arabischen und anderen ländern. jetzt sah es schlecht aus. es war heiß. ich stieg aus, ging in schwer bewaffneter begleitung zum chef. ein riesiger, teuflisch gut aussehender hüne saß hinter einem schreibtisch in der baracke. whisky und ventilatoren machten es ihm erträglicher.
wir sprachen über das land, tranken tee, über die politik, tranken erneut tee, wir spielten eine runde Tawla, tranken tee und endlich hatte ich vier rosafarbene und ein grünes papier, mit dem ich ohne ärger sämtliche weiteren checkpoints passieren durfte.
die beiden damen im auto sahen nicht mehr gut aus, als ich zurückkam. die hitze, keine hatte den wagen verlassen dürfen, und ich war beinahe zwei stunden unserer begrenzten, kostbaren zeit unterwegs gewesen. man hatte mir netterweise noch einen großen blechkanister mit benzin verkauft, allerdings ohne einfüllstutzen. mit einer schöpfkelle war das benzin aus einem fass gefüllt worden war.
so fuhren wir weiter. die landschaft wurde immer schöner, große sanddünen, sicheldünen, dann wieder hammada, wir erreichten die erste oase. grün und leuchtend lag sie da, ein see in der mitte, wasservögel, kinder, marabouts mit alten grabstellen. aber von der weißen wüste keine spur.
irgendwann begann das lämpchen der lichtmaschine zu leuchten, leider hatte ich recht behalten. ab sofort hielten wir nicht mehr an, stellten den motor nicht mehr ab. längst war die straße miserabel, kleine rote sandzungen leckten darüber, oft teilten sich die einzelnen spuren und wir hatten zu entscheiden, welcher wir folgten. den kompass, den ich dabei hatte, war keine von uns in der lage richtig abzulesen. der karte nach bewegten wir uns auf der westlichsten straße in südliche richtung, also direkt an der libyschen grenze entlang, gilt doch der letzte befahrbare weg in solchen gebieten als grenze. Jelena Perlmann meldete erste bedenken an.
ob der weg nicht vielleicht vermint sei, was wäre, wir würden zu weit nach westen kommen, und wie kämen wir im sand wieder weiter, wenn es dunkel würde, und wir rasten müßten?
das schien mir allerdings auch ein problem zu werden. aber ich

bin gewohnt, die dinge erst mal an mich herankommen zu lassen. wir fuhren bis in die nacht. eine kleine sanddüne stoppte den wagen und wir stiegen aus, um lange den unglaublichen sternenhimmel über der wüste auf uns wirken zu lassen. hatte ich immer gelesen, daß es nachts in der Sahara eiskalt sei, so hatte ich das auf keiner meiner reisen wirklich erlebt. ich hielt es für ein märchen, war allerdings auch immer im herbst oder spätsommer unterwegs gewesen. jetzt, im frühling sollte es sich bewahrheiten. natürlich hatten Maria und ich so gut wie nichts warmes dabei. nur Jelena Perlmann schlüpfte in einen trainingsanzug. wir beneideten sie. wir drückten uns eng zusammen im auto, wickelten alles um uns herum und versuchten zu schlafen unter dem gleißenden sternenhimmel. Jelena Perlmann war die angst auf den magen geschlagen. nach dem dritten ausflug in die unmittelbare umgebung des wagens berichtete sie, alles sei weiß vereist. sie war völlig fertig, und sah bereits die imaginären mündungsfeuer der libyer in der nähe aufblitzen. wir froren grauenvoll.
als die sonne aufging, kletterten wir mit steifen gliedern ins freie. um uns herum nur wüste. wir versuchten, den wagen anzuschieben, ohne großen erfolg. der anlasser gab nur noch wenige töne von sich, es war aussichtslos. keine chance im weichen sand.
so machten wir uns denn auf, eine menschliche behausung zu suchen. irgendwie war ich todsicher, es sei etwas ganz in unserer nähe. wir liefen also in riemchensandalen und jackett durch die wüste, schlotternd vor kälte.
nach einer weile senkte sich das gelände, wir hatten darauf geachtet, richtung sonnenaufgang zu gehen, und sahen baracken eines straßenbauteams und auch die straße, die wir nachts ganz offensichtlich, und zum namenlosen entsetzen von Jelena Perlmann, direkt nach westen verlassen hatten, ohne es zu merken.
wir näherten uns, als ein mann den sack zurückschlug, der den eingang bedeckte, in der hand eine dose, wie wir annahmen, mit seinem urin, und wie angewurzelt stehen blieb. er mußte gedacht haben zu träumen. da erscheinen drei damen in straßenkleidung, zu fuß, aus westen kommend, drei europäerinnen obendrein. so behielt er uns starr im auge und wich rückwärts gehend zurück. wir warteten.
mehrere männer zusammen kamen heraus. alle die bewußten

dosen in der hand. sie näherten sich vorsichtig, sahen, daß wir keine djinne oder peris waren, sondern drei verrückte europäerinnen, mit klappernden zähnen. sie holten uns hinein in den wohlig animalischen dunst der schlafbaracke, kochten tee, bis wir wieder warm waren und ließen sich von uns erklären, mit händen und füßen und mehreren zeichnungen, was passiert sei. dann starteten sie einen caterpillar, setzten uns in die schaufel, und fuhren zu unserem auto. sie richteten in einer stunde den wagen so her, daß die lichtmaschine wieder lud. und alles ohne werkzeug für personenwagen. wir aßen und tranken noch zusammen, sie wollten nicht einmal geld, und fuhren weiter auf der suche nach der weißen wüste.
als das benzin zu ende war, knobelten wir, wer den duschschlauch, den ich immer dabei habe, ansaugen muß, um benzin in den tank zu füllen. es traf Jelena, und sie spuckte viele kilometer danach anhaltend aus dem fenster. wir passierten die schönsten landschaften, mehrere oasen, und erreichten tatsächlich mit dem vergehenden licht die weiße wüste.
wenn ich geglaubt hatte, es sei ein viele kilometer großes terrain, so hatte ich mich geirrt. ein areal von vielleicht dreihundert metern, das war es. weiße erosionen in ganz unglaublichen formationen standen im abendlicht. wir wanderten eine weile darin herum, maria schmollte, „wegen so a bissel, so weit foan.“ dann erreichten wir einen ort mit sammelunterkunft. meinen damen graute es und so schliefen wir wieder im auto.
am nächsten tag gelangten wir in die berühmte oase, in der man jetzt ausgräbt, und hielten ein großes picknick auf einem ganz wundersamen platz gleich dahinter.
der boden tönte hohl, überall kleine öffnungen, ich kroch in eine herein, fand totenköpfe, knochen, tonreste. am berghang alte grabmale, weiter unten die schönsten sicheldünen, die ich je gesehen hatte. aber die zwei frauen waren nicht mehr fähig, irgendetwas aufzufassen. ich mußte sie zwingen, das auto zu verlassen, um wenigstens die gräber zu besichtigen. es kam keine freude auf. so lief ich denn allein umher, während beide friedlich im auto schliefen. ich fand die erste sandrose meines lebens, ich war total glücklich. einen schöneren platz habe ich selten gesehen. unberührt, unglaublich, voller magie und geister. ich konnte mich kaum trennen. jetzt graben sie alles aus. was für ein jammer. die gräber sind viel zu jung, um archäologisch wirklich

interessant zu sein. wir gelangten nach Assiut, übernachteten im hotel, was uns wie eine offenbarung erschien nach den vorhergegangenen nächten und fuhren den Nil hinauf zurück nach Kairo, was wir bei tage nicht ganz schafften, und so das phänomen der nachtfahrt in Ägypten erleben durften, nämlich fahrzeuge ohne licht, die direkt vor einem aufblendeten, in unglaublicher geschwindigkeit durch die dunkelheit rasten, und es schien uns ein wunder, daß wir lebend in Kairo ankamen.

Amalie

als sie geboren wurde, im feinen herrenhaus in Mainz, da zogen sie die bereits gehißte fahne schnell wieder ein. es war nur ein mädchen. auch sonst war sie eine ziemliche enttäuschung für die mutter: kränklich, zu klein, still und verträumt. der vater allerdings, nachdem er sich daran gewöhnt hatte, eine tochter zu haben, merkte sehr schnell, daß diese sich weit mehr für seine welt interessierte, als der dickliche, mürrische und faule sohn. als hochdekorierter major lebte er mehr oder weniger im casino, ein männerleben, seine leidenschaft waren die pferde.
er nahm oft die kleine Amalie mit, setzte sie auf den warmen pferderücken und führte sie behutsam hin und her. auch äußerlich glich die tochter dem vater mit jedem jahr mehr. die auffallend langen beine, die zarten knochen, die leicht gebeugte haltung. nur die hellblauen augen hatte sie von der mutter, und deren unglaublich schweres haar, allerdings in kastanienbraun, wie der vater.
die mutter hatte keinerlei beziehung zu den kindern, eine üppige, eitle frau, lebte sie ein gesellschaftliches leben ohne nahe freundschaften, von den bediensteten hofiert und gefürchtet, in einem speziell für sie entworfenen trakt des riesigen stadthauses, mit eigenem wohn-, schlaf- und ankleidezimmer, einer bibliothek und einem riesigen badesalon, ebenso wie ihr mann.
zu den mahlzeiten trafen sie sich, wenn überhaupt, in dem langgestreckten speisezimmer, hinter jedem stuhl ein diener, die kinder durften nicht mit den erwachsenen essen, sie aßen in einem anderen zimmer für sie extra zubereitete gerichte.
die kleine Amalie hatte eine große abneigung gegen süßigkeiten und alles, was mit zucker bereitet war. diesem umstand verdankt die heute neunzigjährige sicherlich ihr tadelloses gebiß. so drückte die dicke köchin, die das zarte, kleine mädchen in ihr herz geschlossen hatte, mit der schöpfkelle immer eine kuhle in den dienstagsgrießbrei und füllte diese mit bratensoße. auch rosenkohl, spinat, kartoffeln, salat, milchprodukte und dunkles brot waren dem kind verhasst. auch ihr ganzes späteres leben rührte sie diese dinge nicht an. sie ernährte sich, von den schlechten kriegsjahren abgesehen, in erster linie von weißbrot, butter, fetter wurst, fleisch, reis und wein. und damit ist sie immerhin noch mit neunzig rüstig, mit augen wie ein luchs.

gleich nach der geburt der kleinen Amalie wurde ein kindermädchen, eine amme eingestellt, denn die mutter, völlig erschöpft und frustriert nach der schweren geburt, sah sich außerstande, das kind zu stillen oder gar zu pflegen. sie befand ihre aufgabe als erfüllt und wollte damit auch nicht mehr viel zu tun haben. interessanterweise war sie eine recht religiöse, ja beinahe bigotte frau, glaubte aber dennoch, durch die geburten der beiden kinder ihren ehelichen pflichten genüge getan zu haben. aus diesem teil ihres lebens zog sie sich vollständig zurück. sie begann wunderschöne, romantische ölbilder zu malen, mit stillen seen, in denen sich der mond spiegelt, landschaften in weichem grün, und die berge, die sie über alles liebte. sie verzierte mundgeblasene glasvasen mit überglasurmalereien, stickte gobelins und kleine decken. der vater arrangierte sich mit diesem umstand und lebte noch ausschließlicher im casino, im club und außer haus.
wären nicht die unzähligen gesellschaftlichen verpflichtungen gewesen, das ehepaar hätte sich wohl kaum noch zu gesicht bekommen. nicht zu vergessen, seine große liebe zu dem kleinen mädchen.
Amalie liebte aber auch ihre kinderfrau, „tantchen“ genannt. sie verbrachte die meiste zeit mit ihr, denn der drei jahre ältere bruder war in einer kadettenschule und hatte, auch wenn er zuhause war, wenig lust, sich mit seiner kleinen schwester abzugeben. tantchen lernte es, sehr geschickt im strengen regiment der mutter kleine nischen zu entdecken und so dem einsamen kind etwas freude zu bereiten. bis zu ihrem tod blieb tantchen Amaliens bester freund.
die kleine Amalie war ein schönes kind und auch später eine attraktive junge frau. leider wußte sie das nicht. sie hielt sich immer für häßlich. auf fotos von der etwa fünfjährigen sieht man eine elfe wie aus einem märchenbuch. riesige, blasse augen schauen ernst aus dem weißen, ovalen gesichtchen, umrahmt von leicht gewelltem, unglaublich schönem, hüftlangen haar. da steht sie, im weißen spitzenkleid, in schwarzen strümpfen, die riesige atlasschleife im haar. auch der bruder ist abgelichtet.
x-beinig steht er da, in uniform, stolz ins bild blickend, gestützt auf ein kleines schwert. es gibt wenige fotos, auf denen beide kinder zu sehen sind. aber viele vom vater mit der tochter, von der mutter mit dem sohn.

erzählte Amalie später ihrer tochter von ihrer kinderzeit, dem bruder, tantchen oder ihren eltern, so nahm die zeit in Mainz den kleinsten teil in anspruch, dagegen wurden die sommer in den bergen, die ihre mutter später einführte, ausführlich geschildert.

den beginn des Ersten Weltkrieges bekam das kind nur sehr vage mit, behütet im überaus reichen elternhaus. sie erinnerte sich an die farbenprächtigen marokkaner bei den großen paraden, an die vielen schmuckstücke, auch die heißgeliebte uhrkette mit den diamanten, die der vater im zuge von „gold gab ich für eisen" hergab, um den krieg zu unterstützen, dem vaterland zu helfen. sie spielte gerne mit den eisernen ringen, ketten und armbändern, die er im tausch mit den juwelen erhalten hatte. ihr lieblingsspielzeug aber war ein teddybär, den tantchen für ein paar pfennige auf einem wochenmarkt für das kind gekauft hatte, der den namen Paulinchen erhielt und der im laufe seines langen lebens ein bein unauffindbar verloren hatte. sie verdächtigte den bruder, aber beweisen ließ es sich nicht.

waren die eltern aus, zu einem der unzähligen gesellschaftlichen anlässe, und sie mit dem bruder alleine zuhause, so erfand dieser gerne sehr grausame und unheimliche spiele, um sich die langeweile zu vertreiben. zum beispiel mußte Amalie ihre finger ablecken und in die steckdose halten. es ist nie etwas ernstes passiert, aber sie bekam so manchen elektrischen schlag. oder sie spielten gespenster in dem riesigen haus, er versteckte sich unter der grünen plüschdecke, die des vaters lieblingstisch in dessen territorium abdeckte, und Amalie, im völlig dunklen haus fürchtete sich halb zutode. diese spiele und noch manche mehr, fanden natürlich statt, wenn tantchen, in der meinung, die lieben kleinen schliefen längst, bereits im bette war.

eine besonders schlechte erinnerung an ihre kinderzeit waren ihre schweren haare. allein das kämmen und bürsten bedeuteten eine tortur, viel schlimmer aber schmerzten die dicken schnekken, zu denen das geflochtene haar über den ohren aufgesteckt wurde, ihre alltagsfrisur. sie begann sich abends im bett haare auszureißen, sie um die finger zu wickeln und zu essen. ihr ohnehin schlechter appetit versiegte gänzlich und sie wurde krank. diesmal war es gut, daß es der bruder petzte, man schor sie völlig kahl, als strafe und um weiterem haareessen vorzubeugen. für sie bedeutete es eine große schande. auch tantchen miß-

billigte diesen entschluß. Amalie trug große hüte und mützen, wenn sie in den park gingen und schämte sich entsetzlich. die haare wuchsen wieder nach. dick und voll, wie sie gewesen waren, sie riß nie mehr welche aus.
eine öffentliche schule, wie ihr bruder, durfte sie nicht besuchen. privatlehrer kamen ins haus, die sie in den verschiedenen fächern unterrichteten. ihr lieblingsfach war erdkunde. vor dem großen globus verbrachte sie viele stunden. auch farbige kleider, wie die kinder sie trugen, denen sie aus einem der unzähligen riesigen fenster sehnsüchtig nachschaute, waren ihr verboten. weiße spitzenkleider, schwarze spitzenkleider mit weißen krägen, schwarze und weiße strümpfe oder socken, lackschuhe, etwas anderes kam für sie nicht in frage. dreißig jahre später kleidete sie ihre tochter in rosa, hellblau, türkis und grün, kariert, getupft und geblümt, was wiederum zur folge hatte, daß diese, kaum aus dem elternhaus, sich ausschließlich in schwarz kleidete zum entsetzen der mutter.
im kindertrakt gab es ein zimmer mit sechs glasvitrinen, in denen die kostbarsten puppen standen, die es zu dieser zeit gab. aus porzellan mit glasaugen, aus wachs, jede einzelne mit einer vollständigen garderobe, mit sonnenschirmchen, hüten mit federn und seidenblumen dekoriert, handköfferchen aus krokodilleder, mit lederschuhen, nachtgewändern, sonntags-, werktags- und ballgarderobe. sie hatten echte haare, eine jede anders frisiert, in blond, schwarz, hellbraun und rot. es gab kleine schildpattkämme und bürsten, handspiegel und winzige haarnadeln in porzellandosen, die mit veilchen bemalt waren. diese puppen konnte Amalie nicht leiden. sie spielte nie damit, aber ihre mutter wünschte, daß sie jeden sonntag neu umgezogen wurden. das brachte sie mit hilfe von tantchen voll unlust über die bühne.
als dann gegen ende des Ersten Weltkrieges das haus zerbombt wurde, waren es die puppen, die als erstes von dem weiblichen personal gestohlen wurden, noch vor dem tafelsilber.
der krieg traf diese familie nicht in dem ausmaße, wie andere. zwar wurde das mainzer haus ausgebombt, aber es gab noch weitere in Worms und auch in Mainz.
die tuchfabriken blieben unbeschadet, auch die weinberge und zuckeräcker und viele der vermieteten geschäftshäuser zu beiden seiten der prachtstraße in Mainz. so schien die vorstellung, es sei irgendwann einmal nichts mehr da, völlig utopisch.

die mutter beschloß, die sommer in Bad Kreuth zu verbringen, einem heil- und kurort in den bergen. vorher hatte sie mit der tochter viele andere kurorte besucht, die feinen gläser mit den unterschiedlichsten aufschriften befinden sich noch heute im besitz der familie. so begann die schönste zeit im leben der kleinen Amalie.
mit fünf jahren, ein jahr nach kriegsausbruch, blieb Amalie mit ihrer mutter zum ersten mal fünf monate in Wildbad Kreuth. die mutter gab sich voll den bädern, trinkkuren und anwendungen hin und überließ die tochter tantchen. das kind sah zum ersten mal ziegen, geißen geheißen, sie verliebte sich vollständig, und wich nicht mehr von der herde. tantchen überließ sie mehr und mehr der obhut des hütejungen, einem braven, weit älteren buben, und gegen ein gehöriges entgelt verbrachte er den ganzen tag mit Amalie.
er nahm sie mit auf die almen, teilte sein essen mit ihr, zeigte ihr die blumen und sträucher, nannte ihr die namen der berge, und wenn das kind am abend todmüde und vollständig verdreckt, aber pünktlich wieder bei tantchen abgeliefert wurde, so hatten beide einen befriedigenden und erholsamen tag erlebt. dann blieb noch das problem, den strengen geruch der geißen loszuwerden, dem tantchen erfolgreich mit spezialseifen und ausgedehnten bädern zu leibe rückte. so merkte die mutter nichts und ein jeder war zufrieden.
der vater verbrachte seine kurzen urlaube mit dem sohn am meer. das meer, die weite, die salzhaltige luft, lange ausritte mit dem pferd den strand entlang, das war es, was er sich wünschte, was er brauchte. die enge der berge war ihm ein greuel. mit dreißig jahren steckte er sich mit masern an, keiner in seinem umfeld erkrankte, aber ihm blieb ein böser herzfehler, der ihm ein paar jahre später als kettenraucher das leben kostete.
dreizehn jahre lang verbrachten mutter und tochter die sommer in Kreuth. allerdings wohnten sie später im haus eines adligen künstlers in einer reizenden mietwohnung mit dienstmädchen. das publikum hatte sich aus der sicht der mutter oben im Wildbad nachteilig verändert, sie bekam im speisesaal keinen eigenen tisch mehr, die leute gefielen ihr nicht, und so ließ sie sich täglich von frau Karl, einer taxiunternehmerin zu ihren anwendungen fahren.
nach dem tod des vaters übernahmen der sohn und dessen rat-

geber die geschäfte der familie. in kürzester zeit hatten sie alles heruntergewirtschaftet. er ging seinen ausschweifenden vergnügungen nach und merkte selbst kaum, wie alles, was die familie besessen hatte, sich nach und nach verflüchtigte.
die mutter ahnte nichts und setzte volles vertrauen in den jungen mann.
neunzehnhundertvierunddreißig überredete Amalie ihre mutter, doch selber ein haus in Kreuth zu bauen. sie war einige jahre kaum dort gewesen. nach beendigung ihres privatunterrichtes kam sie in ein schweizer internat, in dem sie hauswirtschaft, nähen und sticken lernen sollte. es waren ihr verhasste tätigkeiten und sie konnte kaum erwarten, wieder zurückzukommen. als nächstes sollte sie als *paying guest* in einer künstlerfamilie in München leben, sollte ausstellungen, theater, die oper besuchen. hier war sie glücklich. das ehepaar hatte zwei kinder im gleichen alter, sie unternahmen viel miteinander und wurden enge freunde.
in der zwischenzeit hatte Amalie den führerschein gemacht, mit achtzehn, zu damaliger zeit sehr ungewöhnlich, und sich ein Ford cabrio angeschafft. das wurde zu ihrer passion. sie fuhr bis zu ihrem fünfundachtzigsten lebensjahr die unterschiedlichsten autos, es bedeutete für sie freiheit, natur, es bedeutete ihr alles, und als die werkstatt den letzten, bereits maroden wagen ende neunzehnhundertsiebenundneunzig aus dem verkehr zog, wurde sie todkrank und hat sich geistig nie mehr erholt.
die drei jungen leute machten ausgedehnte reisen, nach Italien, durch die Abruzzen, damals noch eine gefährliche gegend mit wildem räubervolk, wölfen und keiner übernachtungsmöglichkeit, nach Griechenland, auf den Peloponnes, sie segelten zusammen auf dem Ammersee, an dem ein teil der familie lebte, auch die cousine, deren mann, ein amerikanischer architekt, später das haus in Kreuth baute.
Amaliens mutter, die geschwister des vaters und deren angehörige fanden es angemessen, daß Amalie endlich in den stand der ehe trete. sie hatte jede menge freunde, männer wie frauen, aber es waren kumpelhafte beziehungen, sie gingen zusammen auf die berge, unternahmen wanderungen, große und kleine reisen, aber erotik kam bei dem burschikosen mädchen nicht auf. sie trug mittlerweile den berühmten bubikopf, die haare hinten kürzer als vorne, hatte einen etwas schweren gang, ihre haltung war

leicht gebeugt, der busen gewissermaßen nicht vorhanden. trotzdem war sie eine schönheit, nur sagte es ihr keiner.
im riesigen bekanntenkreis der angesehenen und ausgedehnten mainzer familie, deren umgang Amalie eigentlich von jahr zu jahr weniger schätzte, gab es einen hoch dekorierten offizier, Bebelein, der im Zweiten Weltkrieg dann mit der legendären Legion Condor Guernica, das berühmte, von Picasso im bildfestgehaltene Guernica, bombardieren sollte. der krieg stand unmittelbar bevor.
in den künstlerkreisen, in denen sie sich jetzt vorwiegend bewegte, durch die freundschaft mit den zwei jungen leuten, den kindern des bekannten münchner künstlers, bei dem sie als *paying guest* gelebt hatte, weil ihr herz an den bergen hing, sie mehr oder weniger kaum noch in Mainz, wohl aber am Ammersee, am Tegernsee und in München wohnte, war der krieg kein thema. man ignorierte ihn gewißermaßen, was noch später diesem kreis um die brüder Preetorius, Wolfskehl, Stefan George, Thomas Mann etc. vorgehalten wurde. dieser offizier, Bebelein, bekannt und unbescholten, hatte ein kleines problem. die lösung dieses kleinen problems schien ihm plötzlich ganz einfach, er bewarb sich um die hand der jungen, jungenhaften, naiven, bildschönen Amalie. die familie war begeistert und förderte diese bindung nach allen kräften.
Amalie erhielt wunderbare geschenke, schmuck, den sie nicht trug, und willigte, da sie den gedanken, ein kind, also etwas ganz für sich allein zu haben, sehr schön fand, relativ naiv in die heirat ein.
von dieser hochzeit gibt es einen alten film:
der mainzer dom in einem blütenmeer, die junge frau in weißer spitze, eine schleppe, die über fünf altarstufen herabfließt, die ältere generation der männer in zylinder und frack, Amalie, einen unsicheren ausdruck im gesicht, sehr jugendstilig das brautkleid, ein weißer blütenkranz über dem schleier tief ins gesicht, im jungenhaften gang am arm des aufrechten offiziers, mit dem schmiß quer über die wange, ältere damen, sich mit spitzentaschentüchern imaginäre tränen unter den augen betupfend.
die mutter, in wallendem gewande, imposant, die sechs falschen löckchen perfekt auf der stirne, das üppige haar zu einer grandiosen frisur gedreht, deren bruder, immer wieder besorgt

Amalie anschauend, ein kleiner, freundlicher mann am arm seiner um einen kopf größeren, strengen, extrem gläubigen frau, deren kinder, die wunderschöne tochter, die große mühe haben sollte, den krieg über zu beweisen, daß sie arisch ist, das schwarze haar, die schwarzen augen, mit den braunen schatten darunter, ein verwöhntes und schwieriges kind, das später in eine kaufhausdynastie heiraten sollte, und ein leben lang unglücklich wurde, obwohl ihr mann sie abgöttisch liebte, ihr die welt zu füßen legte, sie aber nie mit ihm zurechtkam, der sohn, ein lieber junge, der für Amalie schwärmte, sie liebte, ohne es jemals zu sagen und am letzten tag des Zweiten Weltkrieges fiel, die schwester der mutter, die einen grafen geheiratet hatte, im riesigen, schon damals altmodischen federboahut, deren drei kinder, von denen, wie immer in der männlichen linie der familie, einer nichts taugte, der zweite ein unsteter, unglücklicher mann wurde, dem die frauen zwar zu füßen lagen, der sich aber stets die falsche wählte, und die tochter, die auch einen grafen heiratete, eine drohne, den sie nach dem krieg ein leben lang mit ihrer hände arbeit durchbringen mußte, und der ihr einen homosexuellen sohn schenkte, für den sie aufkommen mußte, bis sie an krebs starb.
eine opulente hochzeit. die fahrt in den prunkvoll blumengeschmückten, schwarzen limousinen zum hotel, das ein- bzw. aussteigen der damen mit gerafften röcken und viel umständlicher hilfe der herren, die meterlange tafel im speisesaal, kristall, silber, funkelnd, kolossal.
nun war also Amalie verheiratet und wartete darauf, schwanger zu werden. viel war ihr mann nicht zuhause, denn er hatte, wie schon ihr vater, sein leben im club oder casino. sie war es gewöhnt. sie reiste so oft sie konnte nach Bayern und wartete weiter darauf, schwanger zu werden. seinen abendlichen gutenachtkuß erwiderte sie stets inbrünstig, wenn sie sich denn sahen, und mehr geschah nie. nach etwa einem jahr sprach sie, die scheue in diesen dingen, mit ihrer cousine Alma darüber, und über die traurige tatsache, daß sie noch immer kein kind erwartete. diese cousine, die später den grafen heiratete, war eine gescheite und realistische person. sie forschte behutsam nach, wie es in dieser ehe so zugehe. längst hatte sie begriffen, daß der schöne Bebelein homosexuell war, aber es waren nicht die zeiten, diese dinge offen auszusprechen.

Amalie wurde vom papst persönlich als virgen intacta geschieden. dies war eine sensation, die aber von der familie so diskret wie nur möglich abgewickelt wurde. der wunsch, ein kind zu haben, setzte sich in Amalie fest. im herbst neunzehnhundertvierunddreißig war das kleine, weiße holzhaus im südstaatenstil in Kreuth fertig geworden. die mutter, zwei mädchen und ein diener zogen den sommer über ein, Amalie liebte dieses haus, den blick auf die Blauberge, den fluß unten, die frische luft und ihre ausgedehnten wanderungen. nach dem scheitern der ehe zog sie mehr oder weniger ganz nach Kreuth.
inzwischen lief der krieg auf hochtouren. viele freunde der münchner künstlerfamilie flohen ins ausland, die politik ließ sich nicht mehr recht aussparen und das geld wurde knapp.
die ersten bomben fielen auf die städte. Mainz, die häuser, die tuchfabriken, alles stürzte zusammen und damit auch der ohnehin unterhöhlte wohlstand der familie. plötzlich wurde klar, es ist nicht mehr viel da. Amaliens bruder hatte seine schäfchen ins trockene geschafft, zwar in bescheidenem ausmaße, aber immerhin. eine äußerst häßliche anklage lastete auf ihm, und so heiratete er, ein wenig überstürzt, ein fabrikarbeitermädl, blitzgescheit, ehrgeizig, und patent. sie schaffte es, den labilen mann einigermaßen zu sanieren und ihn vor sich selbst und seinen schlechten erbanlagen zu bewahren. er liebte sie nie, er schämte sich ihrer sogar, aber sie hielt zu ihm bis zu seinem tod. zwei töchter hatten sie, im abstand von fünfzehn jahren, die eine wie die mutter, die andere wie der vater, nur vom charakter genau umgekehrt.
Amalie hatte sich nie um finanzielle dinge gekümmert. sie überließ das dem bruder und der erbengemeinschaft. natürlich wurde sie abnorm benachteiligt, zwar hatten alle unglaublich viel verloren, aber alles verlor nur Amalie. es blieb das kleine holzhaus in Kreuth mit dem, was sie von Mainz dort eingerichtet hatte. die mutter erlebte das haus nur knapp ein jahr. sie starb einen plötzlichen herztod, als Amalie gerade einen ausflug machte. sie erlebte weder den Zweiten Weltkrieg, noch den finanziellen ruin der familie. Amalie schaffte sich in ermangelung eines kindes einen hund an, genannt Rolli, groß, gelockt und ohne charakter. inkonsequent, wie Amalie war, gelang es ihr auch nicht, den hund zu erziehen und so wurde er, als er wieder mal nicht folgte, im wald von einem jäger erschossen.

über München fielen die bomben. sie trafen auch das schöne, vierstöckige haus der künstlerfamilie, es brannte völlig aus und mit ihm das atelier. es blieben nur die bilder übrig, die verkauft oder in museen waren. Amalie zögerte keinen augenblick. sie nahm die beiden älteren leute mit dem wenigen, was sie retten konnten, in ihr kleines kreuther haus auf.
Amaliens freundeskreis schrumpfte. das auto ließ sich nicht mehr finanzieren, die jungen männer, auch der sohn des ehepaares waren im krieg. er kam in russische gefangenschaft und kehrte erst sehr spät, aber gesund wieder zurück. die tochter verlegte ihren wohnsitz an den Ammersee, wo sie mit einem befreundeten ehepaar das mittlerweile berühmte landheim gründete und ihr ganzes leben dort als latein- und deutschlehrerin, bzw. erzieherin verbrachte.
Amalie empfing an einem regentag von dem von ihr verführten alten künstler, seine frau war gerade wieder mit rucksack und triebwagen in München, um aus dem zerbombten haus zu bergen, was sie tragen konnte, das heiß ersehnte kind. eine tochter. als vater gab sie einen guten freund an, der eingezogen worden war und niemals aus dem krieg zurückkehrte. kurz nach der geburt, als die freundin vom Ammersee, die tochter des ehepaares zu besuch kam, und sich über die wiege beugte, da ließ es sich nicht länger verheimlichen. das kind sah aus wie ihr vater. es kam zum bruch. das ehepaar wohnte weiterhin in ihrem haus, weil sie keinen anderen platz hatten, aber die situation war und blieb schwierig und ungut. Amalie sah es als ihre buße an diese leute, den vater ihres kindes und dessen frau zu versorgen. sie verkaufte an einen juden namens Ellwanger stück um stück ihrer kostbarkeiten um essen, holz und kleidung bezahlen zu können. als der vater im alter von fünfundachtzig jahren starb, verließ seine frau sofort das haus um bei ihrer tochter am Ammersee zu leben. Amalie hat das nie verstanden, wie so vieles in ihrem langen leben.

hagel

nachtschwarz zog es auf, von osten her, wo die schlimmen wetter herkommen. und über dem Blauberg war es gelb und schweflig. ein lauer wind kam auf, der die blätter drehte, und ein leiser regen gegen die sonne. am Riedlerberg wuchs ein riesiger regenbogen und stand makellos. dann hörte der regen auf, die natur hielt gewissermaßen die luft an, um dann mit urgewalt loszubrechen, eine regenwalze vom berg her, das licht färbte sich dunkelblau und schon knallten die ersten riesigen schlossen auf unser kupferdach. wir standen noch auf dem balkon, weil von dort die aussicht auf den regenbogen so unglaublich war. jetzt brüllte und hämmerte es über uns aufs dach, der garten war in sekundenschnelle niedergemäht, keine staude, keine blume standen mehr. mit einem fürchterlichen ächzen neigte sich der pflaumenbaum und riß stürzend die alte mirabelle mit. die mutter brach in tränen aus, ich gab mich voll dem schauspiel hin, atemlos, fasziniert von der gewalt der natur.
ebenso schnell wie es begonnen hatte hörte es auch wieder auf. wie abgeschnitten, ruhe lag über der verwüstung. jetzt erst sahen wir, daß die schlossen die größe von enteneiern hatten. selbst von den älteren erinnerte sich später keiner, je so etwas erlebt zu haben.
schnell wurden rundherum stimmen laut, ausrufe, kleine schreie. die leute liefen ins freie, schlugen die hände zusammen, jammerten laut.
in der küche, aus dem küchenschrank, holte ich den riesigen schüsselsatz, weißemailliert mit blauem rand, den man heute noch oft in einzelteilen auf dem flohmarkt sieht. ich füllte sie alle, jede einzelne, mit den wunderschönen, ovalen, riesigen eisstücken. ich legte die butter obendrauf, die milchflasche grub ich ein und trug alles zu dem hochbeinigen, alten, gelben eisschrank, der schon immer, seit neunzehnhundertvierunddreißig, in unserer küche stand, aber nur als schrank benützt wurde, da man das vorkriegskältemittel nirgends mehr bekam. wie oft hatte ich mich geschämt, weil wir keinen eisschrank hatten, nie gab es bei uns gekühlte getränke, wie bei den anderen kindern, aber jetzt.
stolzgeschwellt führte ich meine mutter in die küche. sie freute sich kein bißchen, sie weinte bitterlich.

Hans Pfitzner

München in den vierziger jahren, der südlich gelegene stadtteil Ramersdorf. müll auf den straßen, niedrige baracken, kasernenartige würfelbauten. verwahrlosung, die riecht, wäsche und konservendosen vor den fenstern. in München war ich noch nie. so sieht also die stadt aus.
wir besuchen Hans Pfitzner, den großen komponisten, den besten freund meines vaters, er hat ihn jahrzehnte nicht gesehen, er ist aufgeregt. ich soll ganz still sein, heißt es, wie immer.
wir finden das elende haus, in das ihn die stadt München einquartiert hat. im treppenhaus stinkt es, wir betreten sein zimmer, eine wohnung ist es nicht. durch ein mit pappe teilweise verklebtes fenster fällt warmes, schräges herbstlicht. ein schrank und ein vorhang an einer schnur teilen das zimmer.
in einem abgeschabten sessel sitzt ein zierlicher mann, heiter, mit weichen, schneeweißen haaren, die ein wenig vom kopf abstehen. er streckt die arme nach mir aus, er lächelt, und völlig gegen meine sonstige art setze ich mich vorsichtig auf eins seiner knie, dort bleibe ich den ganzen nachmittag, ich fühle mich wohl, ein erwachsener, den ich mag.
später holt er aus dem schrank, in dem oben kleider und unten vorräte liegen eine zerdrückte tafel schokolade im hellblauen papier. die erste milchschokolade meines lebens. zerbröckelte, weichgraue stückchen, sie schmeckt so völlig anders als die blockschokolade aus den carepaketen. sie schmeckt unvergleichlich, einzigartig, und für immer bleibt sie mir mit Hans Pfitzner verschmolzen.
auf dem rückweg weint der vater. ich kann nicht verstehen, wie jemand zu bedauern ist, der so fröhlich und nett ist, und solche schokolade besitzt.

Griechenlands inseln in den sechzigerjahren

braun liegen sie in der sommerblauen Ägäis. braun und verbrannt, so scheint es, hin und wieder unterbrochen vom blauen schatten der olivenbäume. braun und blau, die farben der inseln. und weiß. orientalisch bauen sich die kleinen kastenhäuser die hänge hinauf, stufen und treppen, schattennischen, das kugelige grün des basilikum in alten blechdosen. fleißig sind die menschen, und die maultiere, die tag für tag in unerschütterlicher ruhe die brunnenpumpen in betrieb halten, die schweren lasten die treppen hinauf- und hinunterschleppen, vollbepackt zum markt, zum hafen, zum nächsten ort müssen. nachts klingen die klagende schrei der esel und maultiere bis hinunter ans meer. andere antworten von irgendwo und es gelingt nicht, im strömenden mondlicht, die traurigen silhouetten zu erkennen.
jede einzelne insel ist ein in sich abgerundetes ganzes. sie hat ihre altertümer oder eine berühmte kirche, einen besonders schönen hafen, oder das bergige hinterland trägt weiße windmühlen, bergdörfer oder tiefgrüne, luftige haine, in denen die farben eine kolossale intensität erreichen. es gibt täler mit wolken aus schmetterlingen, höhlen, schluchten, kiefernwälder oder lavafelder, nichts gibt es, was nicht wenigstens auf einer insel zu finden wäre.
eine besonders schöne tageszeit ist der morgen. schon kurz nach sonnenaufgang klappern die ersten maultiere und esel die wege hinauf und hinunter, immer begleitet vom mahnenden oder antreibenden ruf der männer. bald klirrt geschirr, die heiseren, lauten frauenstimmen mischen sich mit kindergeschrei. auf gummisandalen rennen sie klatschend über die gepflasterten höfe.
da kommt vielleicht ein schiff an, mit touristen, tische werden vor die cafes gerückt, es riecht nach frischem psumi, brot und kaffee. oder es ist markttag, von allen seiten kommen sie in den alten trachten, beladen und behangen mit unzähligen geflochtenen taschen und kanistern, zu verkaufen, aber vor allem mit beträchtlichem stimmaufwand das neueste zu erzählen. je nach der größe der inseln sind sie die ganze oder halbe nacht geritten, um die schönen dinge auszubreiten, frische weintrauben, in blätter gehüllt, melonen, stickereien, hemden, verzierte gürtel oder glaskombolois, aber auch fleisch, ganze tierköpfe, und vieles

mehr. es wird dann rasch heiß. glasblauer himmel und das unbeschreibliche meer. Thalassa. das wort zergeht auf der zunge. ein spaziergang vielleicht, permanent begrüßt und ausgefragt. „was ist da auf dem zeichenblock, haben sie kinder, wieviele, ist es kalt in Deutschland, was kostet ein eisschrank zur zeit, wir möchten sehen wie sie malen, möchten sie ein glas wasser“, das kühle, köstliche nero, das nirgends so schmeckt.
der weg durch die blendend weißen gassen, jeden spätherbst werden sie ausgebessert, das spiel von licht und schatten, und dann gegen mittag alles ausgestorben. kein kind, keine katze mehr. stille. nur das geräusch von wind, der sich zum meer hin entfernt. süße schläfrigkeit läßt den körper schwer werden.
gegen fünf uhr bricht dann das leben mit einer jedesmal wieder verblüffenden heftigkeit los. schwärme von kindern, frauen, gruppen von männern, man geht zum hafen hinab, in die tavernen unter den großen, spatzenbrüllenden maulbeerbäumen sitzt man, trinkt ouzo, ißt oliven oder feta, schaut den fischern zu, die ihre farbigen netze flicken, wartet auf das schiff, das die touristen bringt oder holt.
wenn die sonne untergeht, beginnt die stunde der barbiere und der schuhputzjungen. es scheint, als wolle jeder zum abend hin festlich erscheinen, ganz gleich welcher tag der woche es ist. langsam wird die luft rauchig und würzig. über den großen holzkohlenbecken drehen sich auf zweige gewickelte schafsdärme oder die kleinen suflakispieße. unmengen von weißem oder grauem brot, das auf jeder insel anders schmeckt, wird auf die tische gestellt. immer wieder vermittelt diese uhrzeit das gefühl, es sei der sonntag des tages. die sonne verlischt sanft in abendschleiern hinter dem meer. nichts tun bei einem glas retsina, dem geharzten landwein, nichts tun, als den einbruch der nacht zu erleben am fuße einer windmühle, auf einem felsen über dem meer, an einem runden tisch im hafen auf einer weißen steinmauer, am leuchtturm. dem meer zuschauen, sich treiben lassen in der warmen, fließenden luft.
jede insel hat ihre panaieris, ihre weinfeste, zu ehren eines heiligen, nach dem die jeweilige kirche benannt ist. auf Syphnos gibt es dreihundertsechundsechzig kirchen, sie müssen an einem tag doppelt feiern, und das ganze jahr ist mehr oder weniger ein rauschzustand. das fest endet in der kirche, wo die übrig gebliebenen speisen und der wein gesegnet und geopfert werden. aber

vorher wird getanzt, getrunken und gegessen. wie eindrucksvoll war es auf Santorini, am schwarzen strand von Perissa, als der bucklige geiger und der junge die ganze nacht ihre melodien über das meer schickten.
es fällt schwer fortzugehen von diesem land, das letzte mal eine der vielen treppen hinauf oder hinunter zu laufen, abschied zu nehmen von der frau, der uralten, die mit tanzender spindel und ohne einen zahn in ihrer türe sitzt, von Dimitri dem schuhputzjungen, und Wassili dem fischer, der die alten sagen wußte. es fällt schwer, heimzufahren über das meer durch die herbststürme, die vom undurchdringlich blauen himmel herunterstürzen, und auch die elmsfeuer am schiffbug vermögen nicht zu trösten. der morgen graut und vor der aufgehenden sonne stehen silberne bögen spielender delphine.

Wadi Rum

noch heute, wenn ich nur das wort ausspreche, zieht sich mein ganzer körper schmerzhaft zusammen. Wadi Rum, dort habe ich ein stück meiner seele gelassen. beschreiben kann ich es nicht, auch sind, seltsam genug, die fotos alle nichts geworden.
wäre Maria Solanger nicht gewesen, ich führe noch heute durch dieses tal. es ist ein sog, ein traum, etwas unbeschreiblich kostbares, aber auch magisch gewaltiges. ich konnte mich dem nicht widersetzen, es zog mich hinein, ich hätte dort sterben mögen. rote wüste, rote berge, berge, die alle etwas darzustellen scheinen, die wie ein rätselspiel stück um stück eines geheimnisses enthüllen, das ich jetzt nicht mehr erfahre, nur der schmerz ist noch immer da.
Maria zwang mich, umzukehren. ich hätte einen ganz seltsamen augenausdruck gehabt, sie habe sich beinahe gefürchtet. und sie konnte auch nicht verstehen, warum ich nicht mit weinen aufhören konnte.

spuk

die kinder und ich reisten im herbst in das Elsaß, denn wir wollten eine weile von zuhause verschwinden, um einem mich liebenden menschen zu entkommen. ich hatte mir nicht mehr anders zu helfen gewußt. wir besuchten unsere freunde, Henri und Gabrielle in Strasbourg, die ein großes, des europaparlamentes wegen erbautes hotel führten.
sie freuten sich sehr, uns zu sehen, hatten uns schon öfter eingeladen und wir erhielten eine wunderschöne suite im dritten stock des achtstöckigen neubaues.
gleich in der ersten nacht, die kinder schliefen bereits fest, erwachte ich durch einen gewaltigen lärm. ich vermutete, es sei eine hochzeitsgesellschaft.
türen wurden auf- und zugeschlagen, ganz offensichtlich angetrunkene frauen schrien und kreischten, lachten hemmungslos laut im gang, männer riefen dazwischen. ich wartete eine weile, aber der lärm nahm kein ende.
ich öffnete die türe zum gang, leere, soweit das auge reichte. das verwunderte mich sehr. noch zwei mal stieg ich aus dem bett, um aus der tür zu schauen, der lärm dauerte eine stunde, und dann schlief ich endlich ein.
am nächsten morgen sah ich zu meinem erstaunen meine unterwäsche total zerrissen neben mir auf dem bett liegen, auf das ich sie am abend gelegt hatte.
ich verdächtigte meinen achtjährigen sohn, aber er bestritt es empört.
da wir gäste waren und ich nicht unhöflich erscheinen wollte, sagte ich nichts beim frühstück, als wir alle beisammen saßen. Henri fragte mehrfach, ob wir gut geschlafen hätten.
in der nächsten nacht fand das gleiche spektakel statt. wieder wunderte ich mich, auf dem gang niemanden zu sehen, schienen mir die leute doch direkt vor meiner zimmertür herumzukreischen. auch das hysterische lachen fiel wieder besonders unangenehm auf.
gegen ende des frühstückes fragte diesmal Gabrielle sehr angelegentlich, ob mich irgendwas in der nacht gestört habe. ich vermutete, sie wolle sich wegen der hochzeitsgäste entschuldigen, und erzählte, wie diese schon die zweite nacht auf dem gang vor meinem zimmer und im raum daneben herumgejohlt und ge-

lärmt hätten. Henri und Gabrielle sahen sich an. „es wohnt niemand auf der etage“, sagte Henri, und Gabrielle fügte hinzu. „ihr seid die einzigen. der ganze dritte stock ist leer. hier bringen wir nur unsere gäste unter.“
„und was ist das dann für ein lärm gewesen?“ fragte ich verblüfft. wieder sahen sich Gabrielle und Henri an und meinten dann, sie müßten mir etwas erzählen, was mir vielleicht merkwürdig vorkäme. es gäbe auch keine erklärung dafür.
der dritte stock, so begannen sie, sei verhext. ja, ich könne ruhig lachen, sie würden es auch nicht glauben. aber seit sie das hotel führten, sei immer wieder die gleiche klage gekommen. bei einigen leuten seien sogar dinge innerhalb des zimmers beschädigt worden. daher brächte man in diesem stockwerk keine fremden gäste mehr unter. es sei völlig verrückt, schließlich bestünde das haus noch nicht lange, aber jeder, der im dritten stock übernachtet hätte, habe die gleiche geschichte erzählt, das gleiche hysterische lachen und gekreische gehört, das türenschlagen, den lärm. immer etwa eine stunde lang. mehr könnten sie dazu nicht sagen. ich fragte meine kinder, sie hatten in beiden nächten nichts gehört und fest geschlafen.

Hakkari

es war der film gewesen, der sie dazu bewog nach Hakkari zu fahren. „Ein Winter in Hakkari" hatte er geheißen, und sie sah ihn sich zweimal an. der winter in einer entlegenen, ostanatolischen stadt zwischen den bergen, abgeschieden von allen anderen behausungen, ein strafversetzter lehrer, armut, kälte. Maria machte mit. sie sammelten kleidung, packten zwei riesige tragetaschen voll, um sie dort zu verschenken, und starteten im februar in die Türkei.
der kleinwagen, den sie geordert hatten, stand nicht zur verfügung, sie erhielten einen nagelneuen, riesigen, dunkelblauen Murat und machten sich auf zu ihrer letzten, gemeinsamen reise.
zunächst besuchten sie Göreme und Gabriele war sehr enttäuscht, denn dort war mittlerweile alles eingefriedet und zu einem touristenzentrum erklärt worden mit eintritt und parkplatz. die gleiche situation fanden sie in Pamukkale vor, volltourismus von seiner scheußlichsten seite, die karawane der busse glänzte im morgenlicht. Gabriele war froh, schon so oft in der Türkei gewesen zu sein und all diese plätze in ihrer ganzen schönheit gesehen zu haben. sie reisten quer durch das land an die syrische grenze und hinauf in richtung Vansee und Ararat. vor ihnen fuhr ein kleinbus mit touristen. wer die türkischen straßen kennt, der weiß, wie tückisch sie sind. breit, tadellos und weichgeteert, glaubt man, mit hoher geschwindigkeit fahren zu können. aber irgendetwas mit dem untergrund stimmt nicht, plötzlich tauchen wannen auf, bis zu dreißig zentimeter tief, gefüllt mit gelbem sand, tödlich für ölkühler und achse, und, da die linienbusse, die unglaublich schnell das land durchrasen, weil es seltsamerweise keine eisenbahn gibt, diese gefahr kennen, fahren diese, mal links mal rechts, sich die beste spur suchend und bauen auf die schnelle reaktion des entgegenkommenden. nur aus diesem grund hielt Gabriele einen gehörigen abstand zu dem kleinbus. und nur aus diesem grund kamen sie wahrscheinlich mit dem leben davon und vielleicht auch deshalb, weil ihr wagen mit türkischer nummer, ein türkisches fahrzeug, nicht als touristenauto zu erkennen war. aus zwei am straßenrand geparkten limousinen wurde auf den kleinbus gefeuert. er schlenkerte, kam zum stehen. Gabriele drückte das gaspedal durch und raste

rechts daran vorbei. in ihrem kopf war kein gedanke, sie fuhr so schnell sie konnte. Maria saß, weiß im gesicht, daneben. sie hielten an einer tankstelle mindestens zwanzig minuten später, verließen mit weichen knien ihren murat und tranken kaffee. sie begriffen noch immer nicht, was sie soeben erlebt hatten. später, wieder daheim, sollten sie erfahren, daß es ein kurdischer überfall auf touristen mit zwölf toten gewesen war, kurden, die auf ihre politische situation aufmerksam machen wollten. die straße entlang der syrischen grenze ist seitdem und bis heute gesperrt. Gabriele und Maria fuhren noch bis zur dunkelheit und nächtigten in einem motel, ohne diesen vorfall richtig einordnen zu können. sie wußten nur, sie hatten glück gehabt. am nächsten tag erreichten sie Van, eine unendlich schmutzige stadt, die einzige wirklich schmutzige stadt in der ganzen Türkei, sahen die schönsten teppiche der welt und hatten kein geld, einen zu kaufen. der Ararat tauchte auf aus einer unbeschreiblich lyrischen abendstimmung, kleine seen spiegelten den flammenden himmel wider, rosa gewölk sammelte sich um den sagenumwobenen gipfel, um ihn sanft verschwinden zu lassen.
an diesem abend saßen sie in einer kneipe zusammen mit vielen männern, ein jüngerer, mit brille und leidlichen englischkenntnissen unterhielt sich mit ihnen, übersetzte, was sie und die anderen sagten. es ging, natürlich, um das kurdenproblem. Gabriele erzählte ihnen von dem film, „Ein Winter in Hakkari", und alle hatten ihn gesehen, daß sie dorthin möchte, kleider gesammelt habe, und den kurden, mit ihren bescheidenen mitteln helfen wolle. der junge mann mit der brille, Sinan, erzählte, daß er aus Hakkari stamme, seine familie noch dort wohne, daß er sich freuen würde, Gabriele und Maria als gäste in seinem haus zu bewirten. also verabredeten sie sich ein paar tage später in Hakkari.
sie fuhren hinauf zum Nemrut Dag, besichtigten den zauberhaften sommerpalast von Itzak Pasha, von dem aus sie nach Persien, nach Russland und weit über die Türkei blicken konnten. auf einer wiese picknickten sie und ein dudelsackpfeifer mit hunderten von schafen im gefolge lieferte ein musikalisches tafelkonfekt. dann ging es in die berge, straßen und felder waren noch schneebedeckt, und je höher sie kamen, umso unwirtlicher wurde die gegend. die felsen rückten zusammen, die gehöfte duckten sich flach in die wenigen mulden. sie begegneten einem jungen und

packten eine plastiktüte mit schuhen, windjacken und warmen sachen für ihn. er traute sich zunächst nicht in die nähe des autos. dann überwand er sich, riß maria die tüte aus der hand und jagte, sich immer wieder umwendend, als habe er etwas gestohlen, über die felder davon. mehrfach brach er durch die schneedecke und sie schauten ihm lange nach.
endlich lag Hakkari, an einen berghang geschmiegt, vor ihnen. sie fanden das haus des Kurden und betraten, die schuhe an der schwelle lassend, den wunderschönen wohnraum mit den farbigen polstern entlang der wand, den weichen teppichen auf dem boden und wurden von Sinans mutter ehrerbietig begrüßt. sie trug kurdische tracht, war geschminkt, das herrliche haar kunstvoll aufgesteckt, mit altem silberschmuck um hals und arme, und in königlicher haltung brachte sie die verschiedensten speisen herein, die auf einem niedrigen tischchen in der mitte des raums ausgebreitet wurden.
bald fanden sich unzählige kinder ein, die eng beieinander die fremden anstarrten, der vater und einige brüder. endlich erschien auch Sinan. er sah müde aus, hatte tiefe ringe unter den augen und ein schriftstück in der hand. sie aßen, tranken, tauschten höflichkeiten aus und kamen dann zum eigentlichen anliegen der familie. das in englisch abgefaßte schriftstück sollte ins deutsche übersetzt werden. Gabriele machte sich gleich an die arbeit, Maria sprach kein englisch, oder nur wenig, und versuchte, sich mühselig mit der familie zu unterhalten. der besuch der deutschen frauen hatte sich schnell in Hakkari herumgesprochen. viele leute klopften an die tür, brachten teppiche, häkelarbeiten und gewebtes, um es zu verkaufen. alle wurden bewirtet und allmählich verbreitete sich feststimmung. aus unerfindlichen gründen sprachen weder Gabriele noch Maria von dem überfall auf den deutschen kleinbus.
nachdem Gabriele fertig war, mit der übersetzung ins deutsche, dankten ihr alle und sie erhielt ein grünes blatt, auf dem in kurdisch, wie sie unterrichtet wurde, stand, daß sie und ihre freundin gäste und freunde des kurdischen volkes seien, daß man ihnen jederzeit und überall weiterhelfen werde. Gabriele kaufte für wenig geld einen echten Hakkari, einen webteppich mit geheimen motiven, die ihr Sinan erklärte. sechs monate habe man daran gearbeitet, so lange dauere der winter in Hakkari. sie breiteten ihre gesammelten kleidungsstücke aus den taschen vor

den verblüfften leuten aus, die zwischen stolz und begehrlichkeit schwankten, und sehr spät, weit nach mitternacht, durften sie im elternschlafzimmer übernachten, in dem alles liebevoll für sie hergerichtet worden war.
nach einem opulenten frühstück, wieder von der wunderschönen mutter in tracht bewirtet, brachen sie auf in richtung Erzerum. sie waren in hochstimmung, sie lachten, fuhren schnell, waren ausgelassen. die straße schien besser nach dem gebirge, als alle straßen vorher, sie war neu, und man sah, wo sie aus dem fels herausgebrochen worden war. irgendwann mußten sie verschwinden und Gabriele hockte sich hinter ein gebüsch. sie traute ihren augen nicht, als sie auf den boden blickte. er war bedeckt mit Obsidianbrocken in den unterschiedlichsten größen. Maria und Gabriele sammelten Obsidiane. es war unglaublich. kaum hatten sie einen aufgehoben, fanden sie einen noch schöneren. Gabriele entschied sich für vier riesige steine, und einige kleinere. irgendwie mußten sie sie ja im fluggepäck verstauen können, und sie hatten ein beträchtliches gewicht. es wurde dämmerig und sie fuhren weiter, ihre ausgelassenheit war jetzt grenzenlos. vor ihnen raste ein einheimischer linienbus, sie hielten sich dicht dahinter, denn in dem letzten, spärlichen licht konnten sie bei der hohen geschwindigkeit etwaige löcher in der straße nicht mehr rechtzeitig erkennen.
und dann passierte es. es ging ganz schnell und sie hatten keine möglichkeit mehr, auszuweichen. es gab einen harten ruck, es knackte, sie fuhren über etwas weiches und im rückspiegel sah Gabriele einen alten mann auf der straße liegen, mit turban und gestreifter galabea, den sie ganz offensichtlich überfahren hatten. zeit, um nachzudenken, gab es keine. Gabriele gab gas, der bus war stehengeblieben, leute quollen heraus, sie überholte, fuhr einfach weiter, so schnell sie konnte. sie hatte einen menschen überfahren. Maria saß neben ihr und weinte. Gabriele fuhr nur einfach, sie fuhr um ihr leben. nie würde sie beweisen können, daß der bus vor ihr über den mann gefahren war, sie hätte keinerlei chancen, sie dachte an die berichte von leuten, die in der Türkei im gefängnis gewesen waren, sie gab nur einfach gas und nach etwa dreißig kilometern bog sie in eine nebenstraße ab, in der hoffnung, niemand habe sich die autonummer gemerkt. sie war in panik, sie konnte nicht klar denken. sie erreichten einen wald, bogen nochmals ab, auf einer ungeteerten straße kamen

sie immer tiefer zwischen die bäume. Gabriele schaltete das licht aus, fuhr weiter, solange sie noch konnte.
die nacht verbrachten sie im auto. jedes geräusch fuhr schneidend durch ihre nerven. auch den ganzen nächsten tag blieben sie im wald. wasser und obst hatten sie dabei. sie hatten gewaltige angst. würde man sie suchen, gäbe es straßenkontrollen, und immer wieder die frage, ob sich jemand die autonummer notiert hatte. gegen mitternacht holperten sie auf dem waldweg weiter, erreichten eine kleine straße und hofften, wieder auf eine größere zu gelangen. sie kamen nur im schritt vorwärts, trafen keine menschenseele und gegen morgen bogen sie tatsächlich auf eine beschilderte straße ein. Gabriele richtete sich nach der sonne und fuhr nach norden. sie überquerten einige pässe, erreichten einen schmalen canon und fuhren steil, umgeben von gelbblühenden rhododendren, hinunter ans Schwarze Meer. niemand hielt sie auf. sie hatten es geschafft. sie frühstückten in der häßlichen, geschichtsträchtigen stadt Trabzon und hielten sich nach westen, um dann wieder ins landesinnere abzubiegen. auf einer schnurgeraden straße im goldenen licht des mittags kamen sie schnell voran. sie beschlossen, ihre taschen umzupacken, denn sie waren jetzt leer, und so ihr gepäck zu reduzieren. am breiten straßenrand in der sonne begannen sie, ihre taschen zu leeren, und die leeren darin unterzubringen. plötzlich fiel ein schatten auf Gabriele. sie wandte sich um und schaute in das gesicht eines mannes, der mit gezogener waffe direkt hinter ihr stand. sie hatte keine ahnung, wie sie sich verhalten sollte, aber Maria bot ihm geistesgegenwärtig eine zigarette an. er nahm sie, ließ sich feuer geben, hielt das gewehr weiter auf die frauen gerichtet. es war ein wunderschöner mann, mit tiefblauen augen in einem dunklen gesicht. er trug eine schneeweiße galabea, und einen turban. schweigend rauchte er die zigarette. Gabriele überlegte, sie hatten keinen mann überholt, das land war völlig eben, die straße schnurgerade, kein auto war ihnen entgegengekommen. woher war dieser mann aufgetaucht? Maria sprach aus, was Gabriele dachte. ein djinn? aber er stand sehr leibhaftig und bedrohlich da. Maria streckte ihm das päckchen mit den Marlboros entgegen. er nahm es und verstaute es mit einer hand sorgfältig in seiner kapuze. die waffe ließ er nicht sinken. Gabriele hatte mühe, dem mann nicht permanent in das gesicht zu starren. er war derart überirdisch schön, so, wie sie sich engel

vorstellte, nur viel männlicher. sie begann, weiter an ihrer tasche zu packen, und lächelte ihn an. er blickte ernst zurück. plötzlich fiel jede angst von Gabriele ab, dies war keine gefahr, eher ein schutzengel, der schutzengel, der sie vor der polizei bewahrt hatte, der sie bis hierher in die sonne geführt, sie begleitet hatte. ihr herz füllte sich mit unbeschreiblicher liebe, sie unterdrückte standhaft den wunsch, ihn zu umarmen. sie packte in großer ruhe ihre tasche fertig, dann streckte sie dem mann die hand hin und er nahm sie. dann schulterte er das gewehr und verschwand. das ist leicht gesagt, aber er war einfach nicht mehr da. so plötzlich, wie er gekommen war, verschwand er, kein hügel, keine bodenwelle gab es, die ihn hätte verdecken können. Maria sagte: „ich habe angst". Gabriele versuchte ihr zu erklären, als was sie den mann gesehen habe, Maria glaubte kein wort, allerdings konnte auch sie sich sein verschwinden nicht erklären.
jetzt erst fiel Gabriele ein, daß die kurdischen flugblätter und das schreiben über sie auf dem rücksitz lagen. sie stopften alles in den nächsten papierkorb. Maria pflückte kirschen von den bäumen neben der straße, Gabriele kaufte ein körbchen erdbeeren und sie übernachteten in einem Motel, wachten aber mitten in der nacht mit heftigen bauchkrämpfen und übelkeit auf. zwei tage waren sie richtig krank, und Maria teilte Gabriele mit, daß sie künftig nicht mehr, wie in den letzten zwanzig jahren, mit in den urlaub fahre. das sei ihr alles zu viel, solche abenteuer könne sie nicht mehr verkraften, und außerdem hätten sie in den siebzehn tagen einen schnitt von täglich knapp siebenhundert kilometern gefahren, auch das sei ihr zu anstrengend.
am flughafen gab es dann noch ein weiteres problem. Gabriele hatte unterwegs verschiedene keramiken erworben und in einer der leeren reisetaschen untergebracht, die sie als handgepäck mit in den flieger nehmen wollte. bisher hatte so etwas immer problemlos geklappt. diesmal nicht. die tasche sei zu groß. Gabriele hielt sie eisern fest. zwei männer zogen daran, es gab einen aufstand. und das, bei der gepäckidentifizierung auf dem flugfeld. schon warfen sie die tasche auf den gepäckwagen, Gabriele riß sie wieder herunter, plötzlich sah sie zwei automatische waffen auf sich gerichtet. Maria war bereits im flieger, ihr war das alles nur peinlich, die leute drängten sich zu den fenstern, um zu schauen, was draußen los sei. Gabriele erinnerte sich wieder an ihren alten trick: *Hysterie,* das wirkt immer bei männern, das kön-

nen sie nicht ertragen. sie warf sich auf die knie, trommelte mit den fäusten auf den boden, schrie und lamentierte in allen sprachen, die ihr einfielen. irgendwann warf ihr einer ihre tasche zu, sie stieg befriedigt in das flugzeug, ein kännchen allerdings war zerbrochen. Maria hatte einen hochroten kopf. sie tat so, als gehöre sie nicht zu Gabriele. ihr war so etwas zutiefst verhaßt. Gabriele dachte immer an den engel. sie fühlte eine grenzenlose liebe in sich, wärme und geborgenheit, und das hielt lange zeit an.

nachbarn

da war der große hof mit dem grünen blechdach. ziemlich runtergekommen und der älteste hof im ort. sogar eine straße heißt heute danach, rote ziegel trägt er jetzt, und er ist ein schmuckstück geworden. die jungen haben alles unglaublich schön hergerichtet. von dem grünen blech sind im winter immer die dachlawinen heruntergestürzt, mit einem wüsten geräusch, wie ein donner, der von weitem kommt. dieser hof steht so, daß die tenne nach süden, der sitzplatz aber nach norden konzipiert worden ist. die pferde mußten mit anlauf die schweren heuwagen die tenne hinaufbringen, ein großes ereignis jeden spätsommer, weil der alte bauer, jähzornig, wie er war, und sein jähzorn hat sich auch vererbt, die pferde mit schlägen und gebrüll hinaufzwang, zwischen den engen häusern mußten sie durch, und es heißt, zwei pferde habe er erschlagen, der bauer.
so viele verschiedene leute von einer einzigen familie wohnten und wohnen noch immer in dem riesigen haus, damals aber auch fremde, die der krieg dahin verschlagen hatte. da war frau Berger, eine düstere erscheinung, stets in schwarz gekleidet, ihre ebenfalls pechschwarzen haare klebten flach und ölig am kopf und waren zu einem harten knoten zusammengefaßt, der das ganze gesicht nach hinten zog. frau Berger war sehr tragisch, sie hatte ihr einziges kind verloren, es war in einem zinkputzeimer ertrunken, in einem augenblick, da keiner aufpasste. hatte wohl das gleichgewicht verloren und nicht mehr wieder rausgekonnt. seither war frau Berger depressiv und das schon lange.
wir kinder hatten immer sehr interessante ideen in den langen sommerferien. oben auf der Dammerwiese, der Thomawiese, unter den heuhaufen verkrochen sich oft kreuzottern, die buben erschlugen sie und ich hatte die zweifelhafte aufgabe, da unser haus direkt neben dem postweg lag und von einer dicken tannenhecke umgeben war, diese tote kreuzotter an einem dünnen faden blitzschnell über den weg zu ziehen, wenn jemand kam. frau Berger war unser beliebtestes opfer. sie schrie anhaltend, warf die arme hoch und rannte mit einem gellenden jaulton zurück ins haus.
auch herr Sacher hatte ein zimmer in der obersten etage. später heiratete er die ältere der zwei schwestern, eine dicke frau, riesig, mit einer seltsam glockenartigen stimme. das erste kind, Doris,

war winzig klein und ganz mit milchschorf bedeckt. es sollte eine gescheite und nette frau werden. das zweite war ein junge, seine riesigen, goldbraunen augen blickten starr unter den schweren, dunklen wimpern ins nichts. er bewegte sich nicht, war unnatürlich groß für ein neugeborenes, er weinte nicht, er lachte nicht, und eines tages hörte er einfach auf zu leben. nie ist herausgefunden worden, was ihm gefehlt hat. von da an brüllte die mutter jede nacht schaurig in der dunkelheit, wenn die fledermäuse flogen, sie brüllte lange und anhaltend aus den oberen fenstern in die ländliche stille, bis es einem die schauer über den rücken jagte. sie hat sich nie mehr erholt, sie starb viele jahre später nach einigen aufenthalten in der psychiatrie.
die zweite schwester war taub, plump und hielt ihren ganzen körper beim gehen nach einer seite geneigt, auch den kopf, weil sie wohl lange auf einem ohr noch etwas gehört hatte. keiner hielt es für möglich, aber auch sie fand einen mann. er war wohl ein wenig merkwürdig, und in der hochzeitsnacht warfen sie sämtliche möbel aus der stube und dem schlafzimmer in den hof. mit ihm hatte sie drei kinder, hübsch, gescheit und nett.
der älteste, jähzornige sohn des bauern hatte den hof übernommen. er heiratete eine wunderschöne, blutjunge frau aus einem ort, der etwa dreißig kilometer entfernt war, ziemlich weit für damalige zeiten. ein blühendes, junges mädchen mit roten wangen, weichen, braunen haaren und zwei dicken grübchen rechts und links vom mund. sie hatte nichts zu lachen auf dem hof. die verrückte schwester des mannes setzte ihr zu, der mann selber, und vor allem die alten bauern. vor denen fürchteten wir kinder uns alle. sie, eine kleine frau mit breitem gesicht und einem knötchen aus schütterem haar oben auf dem kopf. ihr konnte die junge nichts recht machen. der alte bauer sprach nicht viel, ein fleißiger mann, aber keiner traute sich in seine nähe. um den tod des alten bauern spannen sich wüste gerüchte, man habe ihn mit der ofentür erschlagen, oder mit der küchentür an die wand gequetscht, bis er tot war, was wirklich geschehen ist, weiß keiner. seine frau ist vor ihm gestorben.
die junge bäuerin bekam drei kinder, der älteste, ein ebenbild seines vaters, ist totengräber geworden, das mädchen, bildschön wie die mutter, zog in ein anderes bundesland, die nächste tochter hat den hof übernommen, der, wie erwähnt, ein wahres schmuckstück wurde, mit vielen ferienwohnungen, wie das heute

auf allen höfen so üblich ist. auf der bezaubernden streuobstwiese entstand ein parkplatz. viel später kam noch ein nachzügler, auch er taub. er blies trompete in schaurig gellenden tönen oben aus dem stall heraus, die gemeinde hat ihn später angestellt.
für mich als kind gab es dort zwei große attraktionen. die eine war ein salettl, ein kleiner holzpavillon, oben auf der endmoräne. hier spielten wir, viele sommer lang. die wurzeln der alten bäume waren zwischen das haus eingewachsen, dort errichtete ich in mehreren etagen kleine wohnungen für meine püppchen, mit treppen aus steinchen, belegt mit moos. regnete es, so spielten wir auf der brüchigen bank und manchmal regnete es durch und wir breiteten unsere lodencapes über das geschwungene dach des pavillons. irgendwann viel später ist er eingebrochen. einige der bäume waren so weit vorgerutscht, daß man sie fällte und noch später entstand ein schafunterstand, wo dereinst das salettl gestanden hatte.
die zweite attraktion war ein spritzbrunnen, rund, mit einem weißen, gewölbten rand aus stein. dicke, bemooste, grüne steine hielten in der mitte des brunnens ein metallrohr, aus dem das wasser senkrecht in die höhe quoll. dort planschte ich in einem badeanzug aus fliegerseide, meine mutter hatte den fallschirm aus der Weißach gezogen, ihn in streifen gerissen und daraus den badeanzug gestrickt. war er trocken, so war er wunderbar anzuhaben, sobald er aber nass wurde, hing er als bleischwerer beutel bis zu meinen knien herunter und die träger schnitten in meine schultern.
in der Weißach fand sich so manches, unter anderem eine dicke weiße tasse mit geraden wänden aus steinzeug. zum entsetzen meiner mutter, die nur dünnwandiges porzellan mochte, wurde sie meine lieblingstasse, ich weiß nicht, was aus ihr geworden ist.
die söhne der jungen bäuerin halten heute wieder pferde, sie grasen wieder auf dem Felserfleck, stellen am rosstag einen zehnspänner, ziehen pferdekutschen mit touristen.

der sommer des löwen

in der werbeagentur fühlte sie sich recht wohl. sie hatte interessante aufgaben, betreute Hanomag, Büssing, entwarf den löwen, der heute auf allen MAN-fahrzeugen zu sehen ist. das ganze fotolabor hatte sie für sich allein, zeichnete für kataloge, die Wallbergbahn und diverse gaststätten, entwarf signets und briefköpfe.
wieder einmal war ihr der stress des freiberuflichen zu viel. sie war froh, einen festen arbeitsplatz zu haben. mit dem art direktor unterhielt sie ein verhältnis, er liebte sie, sie machten schöne reisen, hatten eine menge spaß miteinander und sie fand ihr leben ganz in ordnung. morgens, im winter, sprang der wagen oft nicht an, das nervte, aber dann die fahrt, bei der sie zusah, wie das gold die berge hinaufstieg, die herrliche luft, das söhnte sie wieder aus.
sie war gekündigt worden, schon zum zweiten mal in der selben agentur, weil sie sich mit dem chef angelegt hatte, militant war und sich zu wenig sagen ließ. als man dann allerdings merkte, daß drei neue leute für sie eingestellt werden mußten, bekam sie den job zwei jahre später wieder.
die wg in der Paradiesstraße, in der sie zwischenzeitlich gelebt hatte, hatte ihr auch keinen rechten Spaß mehr gemacht. Gesines ewige fernfahrer in der badewanne, der dreckrand, der radau nachts, oder Magdas unstillbare gier nach allem essbaren, egal, ob ein schild mit namen daran hing oder nicht, und Herbert, der ihr auf unerträgliche weise den hof machte. sie hatte es satt. sie konnte wieder zuhause wohnen im großen zimmer unten, dem ehemaligen atelier ihres vaters, oben im einstigen mädchenzimmer schlafen, und die arbeit in der agentur füllte sie aus.
die liebesgeschichte mit Fred Emmeran, den sie nur Emmeran nannte, weil ihr Fred nicht gefiel, war recht zufällig entstanden, mehr oder weniger über ihren kopf hinweg. sie hatte eine unglückliche affaire mit einem mann, den sie eigentlich nicht mochte. Borris. er kratzte sich ständig auf dem kopf, bohrte in der nase, hielt keine verabredung ein, sie glaubte auch, er stehle, daß er lügt, wußte sie genau. umso unerklärlicher war die tatsache, daß sie von ihm nicht loskam. war er da, bedeutete er ihr nichts, war er weg, war sie in einer weise blockiert, die schon an

hörigkeit grenzte. sie war sich zwar dessen bewußt, aber nicht in der lage, die beziehung wirklich zu beenden. über drei jahre schleppte sich die angelegenheit hin, zerrte an ihren nerven, deprimierte sie, schadete ihr. durch keinen zufall lernten sich die beiden männer kennen, Emmeran hatte schon lange ein auge auf Gabriele geworfen und war neugierig, mit wem sie zusammen sei. also richtete er es so ein, daß er genau in dem augenblick aus der tür der agentur kam, als sie abgeholt wurde. so machten sie einen ausflug zu dritt, und Emmeran merkte schnell, daß Gabriele in der beziehung nicht glücklich war. er witterte seine chance und mutierte von dem augenblick an zu ihrem schatten. Gabriele fühlte sich neben ihm gut, er baute ihr selbstbewußtsein wieder auf, verwöhnte sie, vermittelte ihr, etwas besonderes zu sein.
sie trafen sich häufiger außerhalb der agentur, fuhren nach Italien, und so gelang es ihr endlich, das ungute verhältnis zu beenden und ein neues anzufangen. sie machte Emmeran nichts vor, sie liebte ihn nicht, mochte ihn aber sehr. Emmeran war der meinung, nach einer gewissen zeit, wenn er sich alle mühe gäbe, könnte liebe daraus werden. da irrte er sich. aber er nahm, was er bekam, und sie verbrachten mehrere jahre zusammen.
in der agentur war das verhältnis nicht unbemerkt geblieben, man legte ihr nahe, zu gehen, denn es ginge nicht an, daß eine mitarbeiterin mit dem art director ein verhältnis habe. sie ging gerne. sie war für ihre verhältnisse schon wieder lange genug dort, die freiheit lockte sie nur allzusehr.
von da an wurde die beziehung schwierig. Emmeran, ein extrem eifersüchtiger mensch, unterstellte ständig, sie würde ihn betrügen. jeder mann wurde für ihn zum feind, der in Gabrieles nähe kam. gingen sie zusammen essen, so durfte Gabriele nicht einmal in die richtung schauen, in der möglicherweise ein mann saß, schon kam es zu einer auseinandersetzung. das gefühl, von Gabriele nicht so geliebt zu werden, wie er es sich wünschte, trieb ihn in ein zersetzendes mißtrauen.
längst wohnte Gabriele wieder in München, er aber arbeitete weiterhin in der agentur. also konnte er sie nicht in dem maße kontrollieren, wie er es wünschte. er litt in der zeit, in der sie nicht zusammen waren, stellte sich ständig vor, was sie mit wem alles täte und erzählte ihr diese kranken fantasien. für Gabriele war das sehr schwierig. sie hatte mittlerweile eine kleine woh-

nung in Freimann gefunden, ihr erstes eigenes appartement, sie war wunschlos glücklich, ihre aufträge kamen beinahe von alleine, sie hatte alle hände voll zu tun. ihr genügte die beziehung mit Emmeran, so wie sie war, vollständig. ihm nicht.
eines tages erzählte er ihr, sie hätten einen neuen in der agentur angestellt. das wäre genau der mann, in den sich Gabriele verlieben würde. er berichtete jeden tag von ihm und er meinte, er könne seinen frieden nur finden, würden sich beide endlich kennen lernen. Gabriele fand die idee sehr schlecht. sie sah die schwierigkeiten voraus, die ein solches treffen mit sich bringen würden. sie hatte keinerlei lust auf irgendwelche exzesse seitens Emmeran. sie weigerte sich hartnäckig.
einige zeit später, sie waren zum essen in München verabredet, Emmeran hatte sich tatsächlich eine zweitwohnung im gleichen hochhausblock gemietet wie Gabriele, um ihr näher zu sein, die tägliche fahrt von über sechzig kilometer auf sich nehmend, erschien er mit einem anderen mann. das sei er, der Wolfgang. sie wisse schon.
Gabriele setzte sich auf Emmerans seite, sie aßen zusammen, besuchten noch eine bar und blieben an der theke sitzen. wieder achtete Gabriele darauf, den platz auf Emmerans seite zu nehmen. es spielte eine musik, die alle drei gut kannten. gerade überlegten sie, zu welchem film sie gehören könnte, als der barkeeper, der das gespräch mitgehört hatte, sagte, es sei der soundtrack von „Julia und die Geister". natürlich. Gabriele fiel es sofort ein. aber Emmeran war anderer ansicht.
da öffnete der unselige Wolfgang seinen mund und gab Gabriele recht. es geschah, was geschehen mußte, vielleicht waren es auch die fünf bier, die Emmeran getrunken hatte, jedenfalls stürzte dieser seinen barhocker nach hinten um und mit den hämischen worten, „ich habe ja gewußt, daß ihr euch gut versteht" verließ er das lokal. natürlich zahlten die beiden so schnell es ging, völlig überrumpelt von dem ausbruch, blieben noch eine weile unschlüssig vor der tür des lokals stehen, warteten, in der hoffnung, Emmeran kehre doch zurück und überlegten, was denn nun zu tun sei, um größeren schaden zu vermeiden.
Wolfgang kannte Emmeran nur als einen ruhigen, fachlich hervorragenden mann, er hatte keine ahnung von dessen eifersuchtsbedingten tobsuchtsanfällen. aber er war mit ihm im auto gekommen, die letzte bahn ins tal hatte längst den bahnhof ver-

lassen, und so blieb ihm zunächst nichts anderes übrig, als in München zu bleiben. Gabriele kam auf die glorreiche idee, sich zusammen in ihr appartement zu setzen, bei geöffneten rolläden, gut von außen einsehbar und den tisch zwischen ihnen. aber das verhängnis nahm seinen lauf.
sie saßen kaum eine halbe stunde, als Emmeran, er hatte den schlüssel von der wohnung, hereinstürzte, Wolfgang, den viel größeren, stärkeren packte und sich mit ihm raufend auf der erde wälzte. er hatte seine zigarette auf Gabrieles designermöbel vorher ausgedrückt, er hatte bärenkräfte, stühle flogen um, fotos wurden von der wand gefetzt. Gabriele verließ ihr appartement und suchte das nahegelegene polizeirevier auf. als sie, die polizisten im schlepptau, zurückkehrte, stand die wohnungstür offen, aber die beiden männer waren verschwunden.
jetzt hatte sie endgültig genug, sie wollte keinen kontakt mehr mit Emmeran, sie räumte auf, was zwei tage dauerte und erhielt einen anruf von Wolfgang. sie trafen sich und redeten, und, was Emmeran vorausgesagt aber doch selber provoziert hatte, verliebten sich ineinander.
Wolfgang, der dunkelblonde hüne, ihr löwe, und Gabriele verlebten einen sommer der beispiellosen liebe. sie fuhren an kleine bergseen, badeten nackt, schmiedeten pläne für ein ganzes gemeinsames leben. es war ihr ernst. sie stand in flammen. sie brachte ihn mit nach hause zu ihrer mutter, was sie sonst vermied, sie übernachteten beide dort, das hatte es noch nie gegeben, sie beschenkten sich, sie schworen sich liebe bis ans ende ihrer tage. von ihrem elternhaus aus radelten sie zu den wasserfällen, schwammen in den gumpen und waren glücklich. für Gabriele bestand kein zweifel, daß sie für immer beieinander blieben. es war der sommer des löwen.
eines morgens stellte sie fest, daß ihre brüste geschwollen waren, sie hatte heißhunger auf saure gurken, bilderbuchmäßig fühlte sie sich schwanger. zunächst sagte sie nichts zu Wolfgang, wollte einfach abwarten, wollte kein risiko eingehen. sie fand ein paar tage später einen zettel an ihrer türe: gib mir meinen mann zurück.
sie las ihn immer wieder. sie konnte nicht glauben, was sie sah. Wolfgang bestätigte, verheiratet zu sein, einen sohn zu haben, aber er lebe längst in trennung. er könne sich das nicht erklären. Gabriele fand noch weitere zettel ähnlichen inhaltes. sie fühlte

sich schlecht, sie erzählte ihm, daß sie glaube, schwanger zu sein. Wolfgang schaute sie eigenartig an, wie lange sie das denn schon wisse, er habe eine gute beziehung über seinen vater zu jemandem, der ihr helfen könne.
für Gabriele brach die welt zusammen. buchstäblich. sie bekam fieber, eine schwere grippe, draußen färbten sich die bäume rot. sie wollte nicht mehr gesund werden.
und da trat Emmeran wieder auf den plan. er packte sie in warme kleidung, hörte ihr geduldig zu, kochte tee und kaffee für sie, fuhr sie mit dem auto durch die stadt. er habe es gleich gewußt, der kerl tauge nichts, aber jetzt sei er, Emmeran wieder da, alles käme ins lot, sie brauche sich keine gedanken machen. sicherlich sei sie gar nicht schwanger.
zur damaligen zeit gab es noch nicht in der apotheke den berühmten test, nur mit ärztlichem attest. schwangerschaften waren etwas geheimes, die abtreibungsquote hoch. Emmeran beschloß mit ihr nach Holland zu fahren, um festzustellen ob sie schwanger sei.
also brachen sie auf, Gabriele, noch immer fiebrig und mit einem schnupfen, wie sie ihn noch nie gehabt hatte, dick eingewickelt neben ihm. sie fühlte sich beschützt, aber kläglich, todtraurig, enttäuscht und vom schicksal verraten. in Amsterdam kauften sie einen test in der apotheke. sie stellten ihn auf den hotelnachttisch und sahen zu, wie er sich, unendlich langsam, blau färbte. sie war nicht schwanger.
sie liefen durch die straßen, die Prinsenkracht hinunter, besuchten den Waterlooplane, machten urlaub. Emmeran war glücklich. Gabriele hatte keine gefühle mehr. sie konnte nicht denken, sich weder freuen noch glücklich sein, ihr kopf war leer, sie war leer, sie lief mit wie eine marionette, ließ alles geschehen. der sommer war um. das laub lag auf der straße, es war kalt geworden.

die wirklichkeit

sie fühlte sich steinmüde. hier würde sie bleiben, der klare bach, dichtes, weiches gras, überwachsene steine und nur die rufe der vögel über sich.
sie breitete die leichte rote decke aus, die sie irgendwann einmal bei einem langstreckenflug mitgenommen hatte, legte den rucksack unter ihren kopf und sah hinauf in den leuchtenden himmel. gleichmäßig plätscherte das wasser, sie roch die frischen, grünen stauden, betrachtete winzige blumen, die sie im gehen gar nicht bemerkt hätte, fühlte sich aufgenommen von dem platz, den sie seit ihrer kindheit liebte. der juni in seiner pracht. die müdigkeit war so groß, sie war es müde, sie war müde, wessen war sie müde, und warum? aufgebraucht hatte sie sich, verbraucht, kein rest war geblieben, nur die brennende sehnsucht, die sie schon seit zwei jahren spürte, die sie nicht orten konnte, die sie wie eine wunde überzog, die so schrecklich schmerzte. wieder die frage: sehnsucht wonach, aber das war sie alles schon durchgegangen, es war ihr nicht gelungen es herauszufinden, sie besaß, was sie brauchte, sie hatte etwas erreicht, wirklich, oder eigentlich doch nicht. viele hatten sie geliebt, viele hatte sie geliebt, wo waren die großen gefühle geblieben? nur der schmerz wucherte in ihrer seele, dessen ursache sie einfach nicht in der lage war, auszumachen.
hoch oben schwebte ein habicht seine kreise, der rote habicht, ihr tier im indianischen medizinrad, geboren im mond der knospenden bäume, zugehörig dem klan der donnervögel, das passte zu ihr. und jetzt lag sie hier, im feuchten gras, an einem morgen im juni, und alles war vorbei. ihr leben, ihre begeisterung, die neugier, oder war es nur die müdigkeit, die sie so leer machte, so schwer, so alt. sie wußte es nicht. sie war alt, und ihr körper spürte es. langsam schloß sie die augen bis auf einen spalt. grün flimmerte der juni hindurch. gleich würde sie aufstehen, etwas trinken, weitergehen zur südwand, ihrem geheimplatz. im letzten jahr hatte sie dort drei mountain climber angetroffen, an ihrem platz, empört, schockiert, es gab keine geheimplätze mehr. dort hatte sie den jungen gesehen, in einem gesicht, den sie vermißt hatten, den keiner finden konnte, und es der mutter erzählt. dort war er dann auch gefunden worden, tot, anmutig und unverletzt an den felsen geschmiegt. er hatte auch nicht mehr leben wollen.

sie streckte den arm aus und ließ das kalte wasser durch die finger laufen.
wenn sie anderen aus ihrem leben erzählte, hörte es sich so aufregend an, all die abenteuer, die vielen interessanten männer, reisen, und während sie darüber sprach, kam sie sich reich vor, herausgehoben aus der menge, etwas besonderes, und doch fühlte sie genau, das wichtigste war ausgespart geblieben. nur was es war, sie zermarterte sich den kopf, sie fand es nicht.
hier war kein mensch, erst im juli brachen sie herein, wenn das wasser nicht mehr so kalt war, machten feuer, brachten kinder und hunde mit. aber jetzt noch nicht. jetzt war ruhe. sonne. der stahlblaue himmel. und noch immer zog der habicht seine kreise. manchmal kam es ihr vor, als würde sie gleich aufwachen, in einem anderen leben, wäre wieder jung, schön, könnte noch einmal beginnen, jemand anderer sein, zuweilen war sie jemand anderer, fiel von einer rolle in die nächste, glühte, lebte, aber dann verging es wieder. und immer weniger oft fiel sie auf sich selber herein, sie ließ sich immer schwerer von sich betrügen. der boden wurde dünner. alles absehbarer, endlicher.
sie faltete die decke, erhob sich mühsam, trank aus ihrer flasche und machte sich auf, den bach entlang aufwärts zu laufen. wie war sie früher so leichtfüßig über die felsen gesprungen. früher. aber die wirklichkeit war anders. sie kletterte an den gumpen vorbei, seitwärts, immer wieder flache stellen durchwatend, bis sie die schwarze gumpe erreichte. heute sah man den grund. die morgensonne fiel schräg herein. einen großen stein an sich gepresst, hatte sie als kind immer versucht, vom hohen felsen hineinspringend, diesen unsichtbaren grund zu erreichen. viele badeanzüge wurden durchgewetzt, wenn sie den wasserfall herunterrutschte, und ins eiskalte wasser schlug.
vorsichtig kletterte sie die steilwand hinauf, setzte sich auf einen vorsprung und starrte hinunter. bis zur südwand war es noch weit. sie hatte den weg über die gumpen gewählt, nicht durch die Schützenhölle, wo sie die neue forststraße gebaut haben, die alles so veränderte.
hier gab es keinen pfad, man mußte die wand heraufklettern, mit dem dünnen gras, an dem man sich nicht festhalten konnte, vorbei an waldvöglein, türkenbund und wildem waldmeister. sie keuchte. die letzten sträucher blieben unter ihr, endlich sah sie sie, die weiße steinwand, die südwand des Leonhardstein. sie war

ganz allein. noch eine viertelstunde, und dann warf sie sich auf das geröll. eine bergdohle rief klagend. sie war angekommen. an *ihrer* südwand. die familie des jungen, der nicht mehr leben wollte, hatte ein kreuz aufgestellt. verwelkte latschen standen in einem glas daneben. sie füllte etwas wasser aus ihrer flasche und stellte die mehlprimel hinein, die sie unterwegs gepflückt hatte. und jetzt? jetzt war sie angekommen. in der wirklichkeit.

der falsche gewinner

in ihrem ortsteil gibt es keine mädchen. die einzige freundin wohnt auf der anderen dorfseite, oben am hang. deshalb spielt sie ausschließlich mit buben und beherrscht alle deren tolle kunststücke. nur bei den kleineren buben erfindet sie die spiele.
der jasmin in voller blüte, eine duftende höhle, die auch drei kinder ganz unsichtbar macht.
das spiel ist einfach, aber sehr aufregend: mit harten, grauen holzwäscheklammern werden die kleinen bubenschwänze abgeklemmt. sie macht es genau so, wie die mutter, wenn sie den roten schlauch am großen aluminiumentsafter abklemmt, bis sie die nächste flasche darunterhält. wer es am längsten aushält, der darf dann, so wie der schularzt, in ihre unterhose schauen, den gekrümmten zeigefinger zwischen hosengummi und haut.
leider gewinnt immer Wolfgang. er grinst fröhlich mit seinem breiten mund, und die schwarze warze über der oberlippe wird oval und braun. warum schafft Uwe es nie. er ist der favorit. er besitzt einen braunen samtanzug, den hat er im rucksack mitgebracht, als sie nachts ins dorf kamen und beim bauern einquartiert wurden. er ist blond und hat nie so dreckige unterhosen an, die aus US-beständen an die flüchtlinge verteilt wurden. vielleicht sollte sie die spielregeln ändern, daß der verlierer...
so starrt immer der falsche in ihre hose, aber Uwe steht daneben, den blick auf der hand des anderen.
die mutter beugt sich über den balkon herunter, die kinder sind brav, sie spielen im garten, der jasmin umblüht ein geheimnis.

geschwister

im jugendstilhaus, mit den weißen kassettenfenstern, dem dunklen krüppelwalmdach, ein wenig erhöht gelegen über dem Ammersee, wohnt die familie des künstlers. hier sind sie hingezogen vom Rhein, hier sind die beiden kinder geboren worden, erst Johanna, dann drei jahre später Lel. das große grundstück fällt weitläufig zum see hinunter ab, rasen, ein pavillon, ein großer gemüsegarten, und blumen, überall blumen, die im milden amerseeklima wunderbar gedeihen. diesen traumhaft schönen platz hat Martha, die frau des künstlers gesucht und gefunden. das atelier hat der bekannte kunstmaler und meisterschüler von Hoffmann in München, in der Franz-Josef-Straße. sein bruder ist der präsident der Akademie der Schönen Künste, und um diese beiden brüder schart sich ein ganzer kreis anderer, sehr bekannter künstler, die, wie die brüder, für den Simplicissmus zeichnen, auch schriftsteller wie Thomas Mann, Stefan George, Wolfskehl und die schwester, die den verleger Walter Hirth heiraten sollte, um mit ihm die zeitschrift „Die Jugend" zu gründen, nach der der deutsche jugendstil auch seinen namen erhält. sie alle sind weit über Deutschland hinaus bekannt und führen ein reges gesellschaftliches und künstlerisches leben.
so wachsen die beiden kinder, fernab der stadt, im verwunschenen ammerseehaus auf. Johanna, ein sehr ernstes und verantwortungsbewußtes kleines mädchen, und der von ihr heißgeliebte jüngere bruder, schwierig, introvertiert, aber mit einer blühenden und lebhaften phantasie, die es ihm schwer macht, die realität wahrzunehmen. er lebt in einer traumwelt, die er mit der schwester, nur mit der schwester teilt, und sie ist die einzige, die in der lage ist, ihn zu verstehen.
nichts auf der welt liebt Johanna so sehr, wie ihren kleinen bruder, den sie beschützt und abschirmt. selber als unkompliziert geltend, stellt sie den anweisungen und vorstellungen der erwachsenenwelt nichts entgegen. der kleine dagegen nimmt die dinge niemals so hin, wie er sie geboten bekommt und rettet sich in einen passiven widerstand, dem nur die schwester gewachsen ist. werden ihm die fingernägel geschnitten, so weint er stundenlang, um sich dann in eine ecke zu setzen, die gespreizten finger flach auf dem boden, durch nichts zu bewegen, diesen platz zu verlassen. Johanna aber schafft es immer wieder, Lel aus seiner

abgrenzung hinaus und ins leben zu ziehen. schon früh offenbart sich ein hohes zeichnerisches talent bei dem jungen. zeichnen wird zu seiner leidenschaft, anders als der vater, benützt er nur ungern farbe. auch mehrdimensional arbeitet er gerne, baut häuser und paläste aus papier, kleine bühnen, auf denen beide kinder mit gezeichneten und ausgeschnittenen figuren, die sie an einen draht geklebt haben, ganze theaterstücke aufführen, mit prinzen und feen, königen und königinnen. so leben die beiden geschwister in einer nahezu autistischen fantasiewelt, zu der erwachsene keinerlei zugang haben, geborgen und geschützt gegen jeden einfluß von außen, aus der sicht der eltern und des kindermädchens relativ unkompliziert.
der vater, Willy Preetorius, ist nur selten daheim, und auch nie in der rolle des erziehers. es bleibt ihm durch seine künstlerischen tätigkeiten, durch seine ausgedehnten studienreisen mit schülern oder befreundeten künstlern wenig zeit, sich um die erziehung zu kümmern, auch ist ihm das keinerlei anliegen. sein leben findet in München statt. auf einer italienreise erkrankt er an typhus. seine frau reist an und pflegt ihn aufopfernd. von den folgen erholt er sich nur schwer und wird deshalb nicht im Ersten Weltkrieg eingezogen, da seine gesundheit sehr schwach ist. das ändert sich auch nicht bis zu seinem tod im fünfundachtzigsten lebensjahr. nach der krankheit schirmt seine frau Martha, eine etwas unschöne, ältlich wirkende frau, mit einem ungeheuren verstand, ihn von allem ab, was ihn aufregen oder belasten könnte. niemand hat so recht verstanden, warum er gerade sie geheiratet hat, hätte er doch bei seinem aussehen und seinem sexuellen charisma jedes mädchen haben können. aber Willy, ein labiler und schwieriger mann, brauchte eine starke hand und fand in Martha, seiner cousine, den partner, den er suchte.
zum großen haus am Ammersee gehört auch ein steg mit bootshaus, hier schwimmen die kinder im see, sitzen auf den heißen, nach holz riechenden planken des stegs, erfinden ihre geheimen geschichten, oder liegen im kühlen schatten des bootshauses. dicht beieinander horchen sie auf das ungleichmäßige platschen des wassers gegen die alten bohlen, beobachten das grüne, weiche flimmern des sich an der decke des alten hauses spiegelnden wassers.
die geschwister haben wenig anbindung an andere kinder, sie lieben deren derbe spiele nicht, sie sind sich selbst genug, ein

ganzes leben lang, vergleichbar mit eineiigen zwillingen, ist eins ohne das andere nicht denkbar. im hohen alter wünscht sich Lel, nicht nach seiner schwester zu sterben und so geschieht es, sie sterben in der gleichen woche, zuerst er, dann seine schwester, im abstand von drei jahren.
trotz des hauses am Ammersee und des großen ateliers im münchner stadthaus ist die familie nicht vermögend. sie leben vom verkauf der bilder und so trifft sie der ausbruch des Ersten Weltkrieges hart. sehr bald stellen sie fest, daß sie das haus am Ammersee nicht halten können. sie versuchen es zu verkaufen, und finden tatsächlich einen käufer im natürlich ungünstigsten augenblick. sie verkaufen selbstverständlich weit unter wert. sie mieten eine weitere etage im münchner haus dazu und bauen diese aus, so daß sie einige zimmer an *paying guests* vermieten können, junge mädchen aus gutem hause, die für eine weile das kulturleben der stadt München genießen möchten, museumsführungen, malanleitungen, kunstlesungen inbegriffen, was dann auch sehr schnell sehr gut klappt. so kommt geld herein und die familie ist nicht mehr allein auf den verkauf von bildern angewiesen. diese umstrukturierungen erfordern eine große zeitspanne und man beschließt, die kinder draußen am Ammersee zu lassen in der obhut des kindermädchens. leider hat die sache einen schönheitsfehler, denn das haus ist bereits verkauft. nur ungern willigt der neue besitzer in diese ausmachung ein, aber dem unglaublich günstigen kaufpreis kann er nicht widerstehen. das leben der beiden kinder ändert sich drastisch. sie erhalten die auflage, zusammen mit dem kindermädchen in einem kleinen parterrezimmer zu wohnen, das direkt in den garten führt. hier dürfen sie nur einen einzigen weg benützen, den, hinunter zum pavillon. jeder andere platz ist ihnen verboten zu betreten. das neue besitzerpaar hat keinen sinn für kinder, noch dazu fremde, es duldet sie, zwangsläufig, umbauten werden getätigt, die kinder sind jedem und allen nur im weg. in die küche darf nur das kindermädchen um das essen für sich und die beiden zu bereiten, das aber dann im kleinen zimmer eingenommen werden muß. für Lel bedeutet das eine katastrophe. immerhin hat er sein ganzes kinderleben hier verbracht, er erträgt keine einschränkungen, er kann es mit fünf jahren auch nicht verstehen. die achtjährige Johanna besucht bereits die volksschule und ist vormittags nicht da. Lel ist allein mit dem kindermädchen und ver-

sinkt mehr und mehr in eine apathische und menschenfeindliche haltung. er sitzt in der ecke des pavillons, oder des zimmers, die beine angezogen, er spricht gar nicht mehr, er mag nur essen, wenn Johanna da ist. bei gutem wetter geht er mit Johanna hinunter zum see, sitzt auf dem steg und stochert mit einer gerte im weichen schlamm. er kann sich nicht damit abfinden, im haus seiner kindheit nicht mehr herumzulaufen, gast zu sein im eigenen garten, er fühlt sich verlassen, ja ausgestoßen. für Johanna ist es ganz anders.
ihr ist der bruder mittelpunkt des lebens, auch familie genug. sie arrangiert sich mit den neuen gegebenheiten, versucht das beste daraus zu machen und konzentriert sich und ihr leben noch ausschließlicher auf den bruder. er lebt in ihrem schutz, ihr schutzbefohlener, sie trägt die verantwortung. auch ihr gelingt es nicht, Lel zum sprechen zu bringen, und so erfindet sie eine geheimsprache, in der sie es schafft, mit dem kind zu kommunizieren. und so unterhalten sie sich ein ganzes jahr in dieser weise, abgeschirmt nach außen, ganz auf sich selbst konzentriert. dem kindermädchen übersetzt Johanna, was Lel braucht, essen möchte und dergleichen. dieses ist froh, Johannas hilfe zu haben und akzeptiert die lebensweise der kinder. die eltern haben kaum die möglichkeit, an den Ammersee zu fahren.
zweimal kommt die mutter zu besuch, unter größten schwierigkeiten und ist es zufrieden, wie die kinder aussehen und gedeihen. nach fertigstellung der stadtwohnung werden die kinder nach München geholt. schweigend, mit verzerrtem gesicht klammert sich Lel an die möbel, muß mit gewalt weggerissen werden, weint und weint, bis sie endlich in München sind. auch Johanna ist nicht in der lage, zu ihm durchzudringen.
aus dem kleinen jungen ist ein großer künstler geworden. als illustrator macht er sich bald einen namen, seine zeichnungen in kinder- und jugendbüchern werden schnell populär. später illustriert er auch romane, vor allem die russische weltliteratur, und so ist es nicht weiter erstaunlich, daß er, eingezogen im Zweiten Weltkrieg, in russische gefangenschaft gerät, und dort jahre verbringt. er zeichnet und zeichnet, mit streichhölzern, federkielen und bleistiften. er benützt jedes papier, das er auftreiben kann. neunzehnhundertsechsundvierzig wird er freigelassen und kommt klapperdürr, aber gesund zurück nach Deutschland. sein elternhaus in München ist längst zerbombt, er geht in die

Schweiz, wo er mitglied des staatstheaters wird, und noch immer illustriert er bücher. er spielt in filmen mit, unter anderem mit Curd Jürgens, er schart, wie einst sein vater, einen großen künstlerkreis um sich, er heiratet nie.
irgendwann hat er ein spirituelles erlebnis, was sein leben völlig verändert, und ihn zu einem anhänger Swedenborgs werden läßt. sein zeichenstil verändert sich, er verläßt die Schweiz, wird mitglied des stuttgarter theaters, gründet ein marionettentheater, dessen figurinen er selbst herstellt, schreibt die großen stücke von Shakesspeare um und führt sie in seinem theater auf. allmählich wird ihm die arbeit an der städtischen bühne zuviel, er wird pensioniert und widmet sich ganz dem marionettenspiel, mit dem er wieder weit über Deutschland hinaus bekannt wird. später kauft er das kleine theater, ein gewölbe in einem esslinger haus in der innenstadt, und für sich eine wohnung im gleichen haus.
im hohen alter wird auch das theater im keller zuviel für ihn, er baut ein zimmertheater, führt stücke von Lorca und anderen modernen klassikern auf, und vermietet sein theater an einen jungen nachfolger. mit einundachtzig jahren stirbt er an einem herzinfarkt in seiner wohnung in Esslingen, weil der zu hilfe gerufene nachbar den notdienst nicht alarmiert, hat er doch Lels wohnung auf erbpacht gekauft.
Johanna gründet, zurückgekehrt an den Ammersee, zusammen mit freunden ein landschulheim, das im in- und ausland bekannt werden sollte, und auch noch heute besteht, und ist dort bis zu ihrer pensionierung erzieherin und lehrerin in deutsch und latein. es gelingt ihr später eine wohnung direkt am see zu mieten, nur ein paar schritte weg von ihrem geliebten landheim. sie schreibt das große „Knaur Spielebuch“, einige rätselbücher, führt mit den kindern selbstgeschriebene stücke im landheim auf und lebt dort bis zu ihrem fünfundachtzigsten lebensjahr. ein herzinfarkt bewirkt, daß sie in ein altersheim, auch am Ammersee, umsiedelt, in dem sie aber nur fünf monate lebt, weil eine salmonellenvergiftung ihre zarte konstitution zerschlägt und sie sich davon nicht mehr erholt. auch Johanna war nie verheiratet.
Lel, ein wirklich fabelhaft aussehender mann, hatte viele frauen, aber er wollte sich nie binden. Johanna verliebte sich kurz nach dem krieg in einen amerikaner, aber es wurde nicht einmal eine liebesgeschichte, er verschwand, und eine zweite liebe gab es für

sie nicht. Johanna und Lel, die geschwister, die unzertrennlichen, haben ein ganzes menschenleben lang ihre innige und tiefe beziehung gepflegt, konnten eins ohne das andere nicht leben, und sind ganz sicher in besseren gefilden für immer beisammen.

Beromünster

Beromünster ist ein wort.
senkrecht nach unten steht es gedruckt in einem halbkreis mit anderen worten auf der kleinen, weißen zelluloidscheibe im alten volksempfänger.
wenn sie auf Beromünster drehen, dann muß sie still sein. dann sind alle still. die fensterläden wurden vorher geschlossen, der schreiner hat ein viereck ausgesägt, damit noch ein wenig licht hereinkommt. Beromünster spricht mit der stimme eines mannes. schnell und ausdruckslos. alle hören angespannt zu. der mann spricht immer wieder von den polnischen korridoren, und das kind stellt sich vor, wie sich schön aus holz gefertigte korridore, vielleicht wie die überdeckten brücken in österreich, endlos über flache ebenen ziehen, und es kann sich nicht erklären, warum extra für die soldaten, diese korridore hergestellt wurden, würden sie doch sicher im krieg kaputt geschossen werden.
die petroleumlampe auf dem sekretär hat einen braunen kringel auf die decke gezeichnet, er ließ sich später nur schlecht überstreichen. Beromünster ist ein zauberer. alle werden traurig und ernst. für das kind hat keiner mehr zeit.
manchmal, wenn alle fort sind, fasst es die weiche, weiße scheibe an, dreht am bakelitknopf, und dann kommen seltsame geräusche, wie musik aus vielen stimmen, aber Beromünster spricht nur zu erwachsenen.

der garten

jeder, der zu mir kommt, sagt: „weißt du eigentlich, daß du im paradies lebst?“ ich weiß es.
im frühling kommen die krokusse. sie bilden kleine inseln, in allen farben betupfen sie die feuchte wiese, jeder einzelne erfüllt mich mit glück nach dem ewigen winter. wie auf einem jugendstilbild mit dem weißen pavillon im hintergrund.
dann zieht sich der schnee in die mitte des gartens zurück, primel und schneeglöckchen bilden riesige felder.
es wird wärmer, die sonne steigt über den berg, vergißmeinnicht, scilla , blue bells und narzissen bedecken die ganze wiese. der goldstern ist plötzlich da, die geöffneten kelche der sonne entgegen drehend. der garten ist aus gold. wiesenschaumkraut, margeriten, lichtnelken, die gäste bleiben begeistert stehen.
die felsenbirne ist der erste blühende busch. schon deshalb liebe ich sie. weiß und zart eröffnet sie den reigen.
„weißt du eigentlich, daß du in einem paradies lebst? mähe nur nichts ab, es ist ein traum.“
ich mähe trotzdem, vorsichtig um die größten blumeninseln herum, es entstehen kleine pfade, bald bilden sich weiße placken aus margeriten. ich mähe erneut. die margeriten bleiben stehen, die blue bells, blaue seen von glockenblumen.
die pfade werden breiter. margeritenmeere, die lichtnelken leuchten, gekrönt von narzissen. die gäste sind verzückt. dann blüht der philadephus, der falsche jasmin. diesen duft zu beschreiben ist nicht möglich. er füllt die seele, er berauscht, er beinhaltet alle düfte, ich umarme ihn, das gesicht gelb von blütenstaub. die einfahrt herunter windlichter, eingerahmt von der blauen flockenblume, der flieder blüht, die akazie duftet den garten ein. abends glühwürmchen, tags schmetterlinge. wiesenglockenblumen, zungen aus männertreu in blassblau lecken nach allen seiten. gelb leuchtet die forsythie. die terrakotten sind bepflanzt, die wintergeranien bilden spaliere vor der hauswand. sundowner im abendlicht auf der steinbank.
weißt du eigentlich, daß du im paradies wohnst? ich weiß es.
der apfelbaum steht in kaskaden aus brautkleidern, die kastanie steckt kerzen auf. der flox überflutet in zweierlei rot die rabatten, die hortensien haben dicke blüten, das geißblatt rankt den weißen balkon ein, die traubenkirsche blüht einen grünweißen

schattendom. bartnelken füllen jeden freien platz. stolz entfalten sich pfingstrosen und türkischer mohn. zart durchbricht die mädchenrose, new dawn, das grün des wilden weins. auf der nordseite hat die scilla blaue teppiche ausgelegt, rutbecia und echinacea stehen schon hoch, der ginkgobaum fächert kühle. die rosen recken sich stolz. der weiße phlox zieht nach, veilchen umspülen die baumwurzeln.
die nächte sind lang, wir sitzen unter den lampions. lavendel und schafgarbe wechseln sich blau gelb ab, die johannisbeeren werfen rubine.
du hast ein paradies hier, weißt du das? ich weiß es.
die rosen blühen gewaltig, das ranunkel drückt blüte um blüte nach, der pfeifenputzerstrauch legt mildes rosa auf, die deutie zeigt ihre ballettkleider, die veigelie trompetet rot. der phlox stellt sich weiß und knallrot zurecht.
goldrute. der herbst kommt. die ersten blätter fallen, der wind prasselt mit kastanien, vögel picken die äpfel faul, der alte, geborstene birnbaum zeigt schlanke früchte. new dawn und weinreben wetteifern um ein stück balkon, die wiese wird zum rasen, gelb lodern echinacea und rutbekien.
die ersten astern, die winteranemonen überfluten das beet, nachtkerzen beleuchten den feuchten abend. es wird kühl.
blätter rechen, kastanien sammeln, umgraben. noch blüht zuviel, noch kann ich den garten nicht auf seinen langen winterschlaf vorbereiten.
die gäste sagen: „was für eine arbeit, und wenn das laub erst herunterfällt, wir möchten keinen garten, du arbeitest doch das ganze jahr. du arme, und all die beete, wohin mit dem ganzen abfall."
die terrakotten leeren, unkraut ausmachen, erde sieben, laub rechen. laub. und noch mehr laub. die sternastern öffnen weiße augen, die kosmea nimmt noch einmal alle kraft zusammen.
fönstürme. laub. und die mädchenrose ist über und über voll knospen und blüten. auch die hortensie. noch kann ich sie nicht einpacken, die waldrebe ist abgeblüht, und das laub fällt, golden wirbelt es der fön durch den garten.
„welche arbeit, wie gut, daß wir keinen garten haben," sagen die gäste, und sitzen in den letzten sonnenstrahlen vor dem haus.
der erste schnee fällt.
die sternastern blühen noch immer.

eine ehrliche liebesgeschichte

als sie dann endlich in Irland war, fror sie immer noch. daheim in Deutschland tobte der heißeste sommer, an den sie sich erinnern konnte. ihr schien, es könne nirgends auf der welt je wieder kühl werden. also war sie im dünnen sommerkleid und so gut wie keinen warmen sachen aufgebrochen nach Irland, und schon auf dem schiff war es so erbärmlich kalt, daß sie sich verkühlte. es war eine lustige überfahrt, sie spielten poker und obwohl es nur um pfennigeinsätze ging, verlor sie achtzig mark, ein drittel dessen, was sie im urlaub hätte ausgeben können.
es war ein schlechter anfang, kein geld, die feuchte kälte auf dem schiff und sie fragte sich, ob sie nicht besser zuhause geblieben, oder, wie sonst, nach Griechenland gefahren wäre. aber jetzt war sie in Irland. gleich der erste regenguß durchnäßte sie bis auf die haut.
sie stand an der straße und versuchte ein auto anzuhalten. auf dem schiff hatte sie ein paar nette männer kennen gelernt und diese standen ein wenig hinter ihr, ebenfalls an der straße und trampten. einer gefiel ihr ganz gut, aber ihr herz war voll mit Borris und kein platz für einen anderen mann war frei, so dachte sie. ein fischauto hielt an und stoppte nochmals, um die drei nassen männer mitzunehmen.
es stank bestialisch und Gabriele fürchtete, den geruch aus der kleidung und dem rucksack nicht mehr herauszubekommen.
sie mußten deutsche lieder singen, der fahrer bestand darauf, und erreichten endlich die jugendherberge, die in einem schloß platz gefunden hatte.
weil sie sonst niemand kannte, saß sie am abend dann doch bei den drei deutschen, sie redeten, lachten, tranken Guinness.
und später lag sie im eisernen stockbett und schrieb die erlebnisse des ersten tages in ihr buch. doch, Uwe gefiel ihr gut. seine dicken, rötlichen haare wuchsen tief in die stirn, er war mager, weiß-häutig und sein gesicht übersäht mit hellbraunen sommersprossen. auch er fror und hatte sich in alles eingewickelt, was er dabei hatte. ein ehrgeiziger junge, sein militärdienst war abgeschlossen und er machte eine ausbildung in Bielefeld, um journalist zu werden. das hat er viel später auch mit bravour geschafft und ist korrespondent beim ZDF geworden. sie hört ihn noch heute im fernsehen, seine kulturreportagen sind recht

bekannt. am nächsten tag beschlossen sie, je zu zweit zu trampen und so stand sie mit Uwe am straßenrand. sie besichtigten Dublin, dic round towers und bewegten sich langsam nach süden, in den Killarney Lake District, auf den die Iren so stolz sind denn dort ist das wetter milder, und das ambiente südlicher. Gabriele gefiel es weit später im norden viel besser.
es waren lustige zeiten, sie hatte viel gelegenheit mit Uwe über alles mögliche zu sprechen und merkte bald, daß er sich in sie verliebt hatte. auch die beiden anderen hatten es längst begriffen und lachten über Uwe, zogen ihn auf und machten anzügliche bemerkungen. es waren die sechziger jahre und Gabriele kannte es nicht anders, als daß man zunächst einmal miteinander schlief. natürlich war das bei dem jugendherbergsleben nicht möglich, aber nach einer weile wurde ihr klar, daß Uwe das auch gar nicht wollte. so einen mann hatte sie noch nie getroffen. sie bekam einen beinahe sportlichen ehrgeiz, ihn zu verführen. sie schlug vor, in einer pension zu schlafen, wenigstens für eine nacht, bed and breakfast, es war nicht teuer, aber Uwe wollte nicht. war es angst, hatte er daheim eine andere, war sie plötzlich nicht mehr begehrenswert? sie flirtete auf „teufel komm raus" mit jedem, nur um Uwe zu ärgern oder eine reaktion herauszufordern, aber außer seinen traurigen augen konnte sie nichts entdecken. sie sprach ihn, wieder mal im strömenden regen am straßenrand stehend, darauf an. „ich schlafe nicht mit frauen, die ich liebe, ich habe zeit, ich möchte nichts zerstören." so antwortete er, und umarmte sie.
Gabriele war beeindruckt. sie dachte an ihren Borris daheim, mit dem es miserabel lief, der ihr nie sagte, ob, oder wie sehr er sie liebte, der kam oder ging, und bei dem sie nie wußte, wann sie ihn das nächste mal zu gesicht bekommen würde, der wortkarg und schwierig war und bei dem sie längst gemerkt hatte, daß sie sich weit besser fühlte, wenn sie ihn nicht sah, tauchte er dann auf, schien es ihr, als könne sie keine minute mehr ohne ihn leben. ihre freunde hatten sich längst darüber gedanken gemacht, sie gewarnt, es sei eine ungute beziehung, die sie niederdrücke, nicht kreativ und beglückend sei. aber sie hatte es nie geschafft, ihn aus ihrem herzen zu reißen. hier war ein mann, der ihr sagte, daß er sie liebe. ein sprachgewandter und gebildeter junge aus gutem hause, der in jeder hinsicht besser zu ihr passen würde. und ganz allmählich, jeden tag ein wenig mehr wuchs

er in ihr herz. aber Bielefeld war weit weg, wie sollte es weiter gehen. er nahm seine ausbildung ernst, er würde nicht für sie nach München ziehen und sie konnte sich ein leben außerhalb Münchens schon überhaupt nicht vorstellen.
Killarney. hier war der bär los. jugendliche aus allen teilen der welt wohnten in der jugendherberge. auch Thomas, und der sah unglaublich gut aus. er war mehr so wie die männer, die sie von zuhause kannte, voller ideen, voll lebenslust und er hörte musik, die ihr gefiel. sie stahlen nachts pferde von einer koppel und ritten zusammen am see entlang, „devil in disguise" sang Elvis Presley dazu aus dem kassettenrecorder, es war eine tolle nacht, und natürlich schlief sie mit Thomas auf irgendeiner wiese.
Uwe war am nächsten tag sehr still. er sah schlecht aus, sagte aber kein wort. das ärgerte Gabriele und sie fühlte sich unkompliziert zu Thomas hingezogen, der gedanke an Uwe schmerzte scheußlich. trotzdem verbrachte sie wieder eine wilde nacht mit Thomas.
Uwes freunde fanden das gar nicht gut. sie redeten Gabriele darauf an, was sie denn eigentlich wolle und sie erklärte ihnen, daß das nur sie was anginge, daß sie urlaub habe, sich amüsieren wolle und daß sie keineswegs Uwes feste freundin sei, nach zehn tagen Irland. trotzdem entschloß sie sich, mit Uwe und seinen freunden weiter zu trampen und ließ Thomas schweren herzens und nach einer weiteren heftigen nacht in Killarney zurück. warum, wußte sie nicht so recht. aber Uwe sank tiefer in ihre seele, als sie es sich eingestand. sie fuhren auf die kleine insel Cape Clear. nachts dröhnte ein unglaublicher sternenhimmel über ihren köpfen. sie saß mit Uwe auf einer klippe, es war warm und sie redeten und redeten. er hatte die seltene gabe, komplizierte dinge in schöne, einfache worte zu kleiden, überhaupt konnte er sich fantastisch ausdrücken und – er kannte sich in lyrik aus. das war es dann wahrscheinlich auch, was die beiden so richtig nah zusammenbrachte.
Gabriele schrieb gedichte, immer schon, so lange sie zurückdenken konnte, und hier war jemand, der dafür sinn hatte, der sich auskannte, der Gottfried Benn liebte, so wie Jürgen damals und mit dem sie endlich adäquat über literatur sprechen konnte. und er kannte nahezu jeden, den sie nannte. ab sofort bekam die reise neue dimensionen für Gabriele. in Uwe fand sie einen geistigen bruder, der ihre gedankengänge, ihre empfindungen und

sehnsüchte verstehen, ja teilen konnte. sie war glücklich. aber irgendwann würde die reise zu ende sein, irgendwann, sähen sie sich nicht mehr jeden tag, der gedanke daran wurde für sie unerträglich. ein telefon hatte sie nicht in münchen, beide studierten, hatten keine zeit außerhalb der ferien.
wie sollte das werden.
und, anstatt den augenblick zu genießen, verfiel sie in melancholie, nahm die trauer des abschiedes vorweg und wollte endlich mit ihm schlafen. sein magerer, gebeugter körper, seine wasserscheu und die braunen leberflecke überall auf seiner weißen haut gefielen ihr nicht besonders, auch nicht die niedrige stirn und die aufgeworfenen lippen, sie mochte männer mit brauner haut, sportlich, mit dunklen haaren und blauen augen, aber angesichts der wahlverwandtschaft spielte es keine rolle mehr. sie litt und war untröstlich.
sie trampten hinauf in den norden mit seinen steilklippen und kalten winden, sie wanderten über grüne wiesen, saßen auf niedrigen steinmauern und redeten stundenlang. längst hatten sich Uwes beide freunde abgesetzt, waren allein weitergezogen und der tag des abschieds rückte näher und näher.
auf dem schiff saßen sie eng umschlungen auf dem kasten mit den rettungsringen, sie waren ein tragisches liebespaar und jeder konnte es sehen. tränenblind stieg sie nach vier wochen in den zug nach München, sie konnte es einfach nicht ertragen, endlich kannte sie den partner, den sie sich gewünscht hatte und schon ging alles in scherben nur wegen der verschiedenen wohnorte. sie hatten vereinbart, sich täglich zu schreiben, in den nächsten ferien würde sie hinauf oder er hinunterfahren, aber Gabriele war skeptisch. wie war es mit Sven gewesen, Dänemark war zu weit, es war versandet. leider. und wie hatte sie diesen mann geliebt, er entsprach auch optisch ihren traumvorstellungen, ein jahr hatten sie sich geschrieben, aber dann kamen andere männer, vor allem die große liebesgeschichte mit Jürgen, irgendwann war es einfach vorbei gewesen, nur die briefe geblieben, so würde es wieder sein, es war eine katastrophe, sie weinte vor wut und trauer.
auch Uwe hatte tränen in den augen, aber im gegensatz zu Gabriele war er sich ganz sicher, daß sie sich ewig lieben würden, so ein mädchen würde er nie mehr finden, sie war, was er sich immer gewünscht hatte, die langen blonden haare, das tempera-

ment, ihre bildung, außerdem studierte sie an der akademie. er würde sie nicht gehen lassen, er würde es schaffen, er würde seine ausbildung fertig machen, sie heiraten, mit ihr um die welt ziehen und für die zeitungen und das fernsehen arbeiten, er war sich seines talentes sicher, er hatte endlich die frau gefunden, die ebenso gerne reiste wie er, der es also nichts ausmachen würde. er fühlte sich am anfang einer großen liebe, er begehrte sie, noch war nichts geschehen, alles lag noch vor ihnen, er war ein romantiker.
so schrieben sie sich also briefe. er bekam jede woche post, gedichte, kleine notizen, eine getrocknete blume, die schilderung irgendeiner begebenheit. er schrieb lange briefe mit schreibmaschine, über sich, über das leben, die welt als solche, über die liebe, über andere dichter, alles was ihn bewegte.

liebes, gleich zwei briefe von dir am gleichen tag. der eine lag geöffnet in einem anderen umschlag zusammen mit einem zettel: I found this letter in Leopoldstraße, i opened it, to find the adress, no name, just a poem inside. a poem is so important, so I bought the stamp and send you the letter. I speak no german, didn`t read anything.
so etwas passiert nur dir, andere befördern deine liebesgedichte. ich kann es nicht erwarten, dich zu sehen, wo bleibt das mehrfach angeforderte foto?

meine liebe, vor genau einer woche haben wir telefoniert. du klangst wie damals, damals... du schreibst, es könne alles eine illusion sein, deshalb muß ich dich bald sehen. wenn ich dir als illusion zu fragwürdig erscheine, so wähle das leben.

liebes, in anderthalb tagen werden wir uns sehen, du erscheinst mir in einem jenseitigen licht, du, das blonde haar, Irland zwischen den lippen und in den augen, wenn wir der wirklichkeit standhalten, könnten wir zusammen verreisen, ansonsten hätte die welt eine neue entgötterung erfahren, große worte für ein großes gefühl.

liebes, ich bin ganz schön krank geworden,und MUSSTE dir absagen. mit hohem fieber lag ich im bett und entschloß mich spontan, allein nach Griechenland zu fahren. zwei herrliche wochen ohne den verfluchten geist der schwere, den die liebe zu dir in mir verursacht hat, und da war ein mädchen, warum sollte ich es verschweigen, sie und die heiße sonne haben endlich alle metaphysischen fragezeichen eingeschmolzen, ich bin wieder ruhig und ausge-

glichen. in diese mediterrane harmonie, fürchte ich, hättest du nicht hineingepasst.

Gabriele, liebes, wenn ich nachhause komme, und deinen brief vorfinde, trage ich ihn immer solange mit mir herum, bis ich ganz allein bin. dann sehe ich dich vor mir, in der schrägen sonne Irlands, wie du mit deiner ungeheuer schnellen, wunderbaren schrift zeile um zeile, bogen um bogen kalligraphierst. wäre ich doch gastarbeiter in München, oder kellner, in deinem kleinen cafe´mit den runden tischen. hier ist Karneval, ich hasse ihn und die heiterkeit, die verlogene. lieber trinke ich, denke an lange, goldene haare, grünes moos und die kleine insel am rande Europas. es schneit. schätze, ich bin ganz schön betrunken.

liebe Gabriele, du fragst immer nach dem mediterranen mädchen. es war nur ein mädchen, und die sonne ist untergegangen, es ist nasskalt hier. ich habe sie vergessen, was mir bei dir nicht einmal anflugsweise gelingt. sicher hast du recht, ich schreibe nicht nur aus liebe, sondern auch aus eitelkeit, um meiner selbst willen, wie du es so trefflich zu formulieren beliebtest. aber, betrüge ich dich damit? und ich komme jetzt auch nicht. meine mutter erwartet mich, ich möchte sie nicht enttäuschen. du hast mich ohnedies einen konservativen feigling genannt, also bitte. das bin ich.

liebe Gabriele, als ich nach so vielen wochen deine schrift auf dem umschlag sah, zog sich mein herz zusammen. ich hatte nicht geglaubt, nochmals von dir post zu bekommen. ich bin ein großer feigling, ich habe einfach angst, dich zu sehen, das stimmt. längst hast du neue freunde, alte freunde, neue männer, neue erlebnisse. ich möchte meine erinnerung an dich einfach nicht teilen müssen. durch mein weinglas hindurch sehe ich den völlig unwirklichen sommer letzten jahres, unwirklich in seiner süße, seiner herrlichkeit. ich weiß nicht mehr, was wirklichkeit und was phantasie ist. der herbst, der winter, der frühling, eine kette aus bunten steinen deiner briefe, die bunten steine von Ballycastle. weißt du noch die gesichter der liebenden dort im felsen? sie konnten auch nicht zusammenkommen.

meine liebe Gabriele. deine briefe sind immer so anschaulich, ich sehe alles, was du erlebst, zumindest, was du mir davon mitteilst, deine beziehungen zu frauen verwundern mich weder, noch schockieren sie mich, für eine so sinnliche und künstlerische frau, wie du es bist, erscheint es mir „normal“, auch hast du so lange im kloster nur unter mädchen gelebt, daß sie dir sicher näher sind, als es ein mann sein kann. daß ich der schwächere von uns bei-

den bin, ist auch nichts neues, du erträgst das leben besser als ich und wesentlich konsequenter. liebes, wir müssen uns jetzt endlich sehen, ich darf es nicht mehr verschieben, es ist über ein jahr her, daß wir hand in hand über die grüne insel liefen. ich habe nur so wenig zeit. ich muß mich dem stellen. ich weiß es. schreibe mir, wann es dir passt.

ach Gabriele, draußen schneit es. wie mag es dir ergehen. habe nichts mehr von dir gehört. aber ich, ich habe mich verliebt. sicherlich viel profaner, als bei uns, aber gerade deshalb hat diese beziehung mehr chancen als unsere. ich bin ganz stolz auf mich, wie ein fetter kater. nichts überirdisches hat seine hände im spiel. farewell, sommermädchen mit den grünen augen, bei dir wußte ich sowieso nie, wo ich wirklich dran bin. du bist nicht zu fassen, vielleicht war ich nur eines von vielen aufgeschlagenen büchern in deinem zimmer. du kannst es jetzt tief aufatmend zuklappen und zu den anderen legen. aber erwachsen hast du mich gemacht.

Gabriele, dein brief hat meine schlimmsten befürchtungen weit übertroffen. vor allem sein fröhlicher tonfall, das tat am meisten weh. ich schreibe erst jetzt, weil mich deine mitteilungen gewissermaßen moralisch zerstört haben. ich wußte plötzlich gar nicht mehr, wer ich bin. ich haßte dich regelrecht, vielleicht aus verletzter eitelkeit, vielleicht, weil ich dich noch immer liebe, und es doch nicht will.
ich komme mir betrogen vor. dein rat, den brief nicht sofort zu vernichten, war, wie alles was du sagst, wieder einmal sehr klug. er ist jetzt sechs wochen alt, und ich fürchte, du hattest recht. vielleicht habe ich mich „wie ein eitler hahn um mich selbst gedreht, während ich meine briefe an dich drechselte“; und „wirklich nur meine liebe zu dir geliebt, dich aber aus der wirklichkeit verbannt.“
ich mache mir nur die dinge nicht in der ätzenden weise klar, wie du es tust. natürlich ist das auch der grund, warum ich einem treffen mit dir aus dem weg ging, um „meine abstrakte liebe leben zu können“. natürlich hätte es mit gutem willen irgendwann geklappt. aber mußtest du mir all dieses schreiben? „fruchtbares quälen“ nennst du das.
warum habe ich nie bemerkt, daß deine gedichte keine liebesgedichte an mich sind? daß sie nur unsere gemeinsame thematik berühren, warum habe ich nicht bemerkt, daß du mich an langer leine führst?
die frage ist, ob ich nicht doch den besseren part hatte, ich liebte dich ausschließlich, bis eine andere kam, die dich in ihrer ganzen körperlichkeit verdrängte, die ich jetzt liebe. aber du, du bist allein geblieben, umgeben von abwechslung, kleinen lieben, sich sorgfältig staffelnd und überschneidend, eine

papierbühne mit schiebekulissen, immer von dir betätigt, nie zufällig. vielleicht werden wir uns wieder begegnen, dann wird es sich herausstellen, wer glücklich geworden ist. jedenfalls bleibst du mein sommermädchen, rätselhaft, unergründlich, gescheit, warm und glatt wie die irischen kiesel.

der samtanzug

Uwe hatte einen samtanzug. einen anzug aus braunem samt. wo falten entstanden schimmerte er in goldenem licht. kein cordsamt, nein, eher plüsch. niemand im dorf besaß einen samtanzug, und das wäre wohl auch das letzte gewesen, was ein kind hier auf dem land gebraucht oder getragen hätte.
Uwe Polazcek, ein flüchtlingskind, wie es daheim hieß. sie wurden bei nacht und nebel im rückgebäude des bauern, neben dem speicher über der remise, in dem die guten möbel der familie den krieg über untergestellt worden waren, einquartiert. er und seine mutter. der samtanzug war es, der Uwe von allen anderen kindern abhob, und der samtanzug war auch der grund, warum sie Uwes freundin wurde. damals waren sie beide vier jahre alt, ganz gleich in der größe, beide hellblond und es gibt ein foto aus dieser zeit, auf dem sie umschlungen, ein osterkörbchen in der hand, auf dem rasen in ihrem garten stehen. es waren harte zeiten, damals. auch in ihr haus waren „flüchtlinge" evakuiert worden, es war wenig platz für ein kind und seine bedürfnisse.
scharen von berühmten besuchern, künstler aus München, freunde ihres vaters, deren freunde und freundinnen fielen regelmäßig wie fremdartige vögel ein, machten sich über alles her, was eßbar war, alles, was die mutter in großer mühe dem garten abgerungen und verarbeitet hatte, ohne eisschrank, ohne jede art von küchengerät etc. wie man es sich heute gar nicht mehr vorstellen kann.
bei gutem wetter stieg die mutter morgens vor tagesanbruch auf den berg, pflückte je nach jahreszeit erdbeeren, himbeeren, brombeeren, blaubeeren und pilze, kochte marmeladen und mus, setzte schnaps an, auf dem weißen steinofen, aus berberitzen, vogelbeeren und holunder, der aus dickbäuchigen riesenflaschen in komplizierte glasgewinde aufstieg, gluckerte und bollerte, wenn alle zusammen abends im wohnzimmer saßen, und es ist doch tatsächlich auch einmal vorgekommen, daß ausgerechnet der holunderschnaps explodierte. der riesige fleck an der zimmerdecke ließ sich einfach nicht übermalen. so sorgte sie, so gut sie konnte, für den vater, den berühmten künstler und dessen frau, freunde, und befreundete künstler.
alle waren in der zeit ungewöhnlich hungrig, allein die mengen von kartoffelbrei, die die mutter in der riesigen emailleschüssel

mit dem blauen rand rührte, waren unglaublich. die frau des bauern, des Thomabauern, eine freundliche, kinderlose, üppige frau mit schweren, rotbraunen haaren brachte heimlich rahm und versteckte ihn unter dem flieder.
es gab lebensmittel auf marken, die abschnitte sammelte das kind in einem schwarzen wachstuchtäschchen. sie hatte wenig schätze, aber die bewahrte sie gut. auch ein rotes glasrücklicht, man konnte darin geheime wesen sehen die auf- und abstiegen und in schleiern und schlieren unglaublich schöne, wundersame muster bildeten. sie lebte dann in einer roten, warmen welt, in der fremdartige dinge vor sich gingen, je länger sie hineinblickte, möglichst gegen das licht, um so stärker wurde sie in diese rote welt entrückt, bis sie ihren körper nicht mehr fühlte, bis sie kurz davor war, sich aufzulösen, um für immer mit den mustern im glas zu verschmelzen. im allerletzten augenblick riß sie dann das glas herunter, wickelte es in ein grünes läppchen und verbarg es tief in der wachstuchtasche, die einen scharfen, metallischen geruch hatte und merkwürdige sprünge, die sich, so schien es, immer wieder zu neuen ornamenten veränderten.
dort bewahrte sie auch eine bemalte blechbüchse auf, in der sich spielgeld aus goldener pappe befand, das ursprünglich zu einem brettspiel namens: „Die Reise von Oberbayern nach Tyrol" gehörte. das spiel mit seinen zinnfiguren gibt es noch heute. auch ein männlein aus zelluloid, das als sammelfigur in einem kaffeepaket mitverkauft wurde, und das sie mit einem anderen kind gegen eine puppentasse eingetauscht hatte, verwahrte sie in dieser tasche.
der vater hatte aber nicht nur freunde in München, die herauskamen, um zu essen, er hatte auch freundinnen in Amerika und England aus der zeit, in der er mit seiner frau und den beiden kindern in der Franz-Josef-Straße in München das große haus mit dem atelier bewohnte. diese frauen waren irgendwann einmal als mädchen aus gutem hause, die ein semester bei einem künstler als *paying guests* leben durften, dort aufgetaucht und hatten sich ausnahmslos in den vater, der ein kolossales sexuelles charisma hatte, verliebt. sie waren es auch, die dann carepakete schickten, mit köstlichen, fremden lebensmitteln wie zum beispiel der blockschokolade, steinhart und pechschwarz, von der der vater, und niemand konnte es so wie er, mit seinem hirschfänger hauchdünne scheibchen abraspelte, die dann auf die

diversen nachtische verteilt wurden. der beste war eine aus trockenmilch von der mutter mit wasser schaumig geschlagene creme, ein geschmack, den sie jahrzehnte später nochmals bei dem ersten aller joghurteise wiederfand. diese frauen kamen dann in regelmäßigen abständen als ältliche gestalten mit den namen Jane, Joan, Jean und Dot zu besuch. sie brachten dem kind wunderschöne spielsachen aus plastik mit, und sie gingen immer aufs oktoberfest. von dort erhielt sie aufblasbare gummitiere, wie zum beispiel den grauen elefanten, der dann eines tages einfach zerbröckelte. auch eine negerpuppe, Assa genannt, ganz aus weichem gummi, für die die mutter in orange eine mütze und einen strampelanzug strickte, und die ihre finger verlor mit den jahren, sie zerfielen zu braunem staub. diese frauen benahmen sich sehr ungewöhnlich, sie kicherten und lachten sehr viel, sprachen ein englisches deutsch, wie es das kind noch nicht gehört hatte, sie blickten ihren vater mit heimlichen, feuchten augen an und verschwanden nach drei wochen wieder. die schätze, die man diesen sommerbesuchen verdankte, hortete die mutter das ganze jahr.
der plumpudding, in grünen flachen büchsen, wurde auf die bergtouren mitgenommen, mit einem klappdosenöffner, auch aus den carepaketen, geöffnet, und in winzige dreiecke geteilt. er schmeckte schwer und süß und danach war man satt. das kind wußte nie so recht, ob er gut oder nicht gut schmeckte. oder hersheysirup, die braunen dosen mit der hohen silbernen schrift gab es noch bis in die siebziger jahre in München in einem laden namens Rappaport zu kaufen. heute ist er in plastikflaschen und noch immer übertrumpft er jeden anderen scholoPladensirup weit an geschmack. erdnussbutter im glas. sie klebte am gaumen, man bekam sie nicht mehr aus dem mund und auf dem brot schmeckte sie eigentlich gar nicht. das beste war der geruch beim öffnen des glases.
unübertroffen der gelbe flieger aus plastik. sie bekam ihn mit fünf jahren, so etwas hatte niemand. Uwe durfte ihn anfassen, sonst keiner. sie nahm ihn niemals außer haus mit. es gab zelluloid, aber noch kein plastik. dagegen waren die schildpattgegenstände der toten großmutter, die in der spiegeltoilette im speicher aufbewahrt wurden, nichts. kämme, bürsten, lockenbürsten und dosen. die schubladen hatten einen wunderbaren geruch, noch immer ist ein wenig davon übrig.

außer der wachstuchtasche besaß sie nur ein holzbett mit vier rollen und gitterstäben, das je nach bedarf in ein anderes zimmer gerollt wurde, wo sie aus dem weg war. dieses bett wollte sie nie hergeben. als dann der Feichtnhof abbrannte, angezündet von einer verrückten frau aus dem dorf, da wurde ihr das bett einfach abgenommen und dem kleinsten kind dort geschenkt, denn durch den brand war denen nichts übrig geblieben. diesen verlust überstand sie nie. sie empfand das als himmelschreiende ungerechtigkeit. man hatte sie auch nicht gefragt. es hieß, sie sei ohnehin schon zu groß für das bett. der schreiner Stich zimmerte dann eine art kasten, in den die alten rosshaarmatratzen vom speicher hineinpaßten, genannt der sarg, in dem schlief sie dann. aber sie mochte ihn nie.
derselbe schreiner hatte auch eine kiste gefertigt, in dem ihre spielsachen, die offiziellen, lagen. diese kiste steht heute beim jüngsten sohn, unversehrt, bis auf einen sprung im deckel. in dieser kiste befanden sich ein blechanhänger, grün bemalt, ein esel und ein pferd, das die mutter aus den glacéhandschuhen der großmutter genäht hatte, von denen es reichlich gab, das spiel „Die Reise von Oberbayern nach Tyrol", ein bleizoo, bemalt, dessen figuren man um gottes willen nicht in den mund stecken durfte, zwei holzstühle und ein tisch für die puppen, auch ein bett mit einer ranke aus roten blumen, alles vom schreiner Stich gezimmert, und zu verschiedenen Weihnachten erhalten. außerdem die puppe Erika, mit den zelluloidschnecken, Benjamin, das baby, Lelli, Lalli und Maxi, die drei bären, die zu Weihnachten rucksäcke, schürzen oder pullover gestrickt bekamen, die ungeliebte puppe Friedi Lüti, von einer gleichnamigen unbekannten „tante", zu Weihnachten geschickt, die ganz aus stoff war, mit einem gesicht aus zelluloid. der stoff war rot-gelb-blau kariert, so sieht kein körper aus, und der flieger aus gelbem plastik.
unten im großen südzimmer war das atelier des vaters.
auf den süden und das damit verbundene südlicht schimpfte er immer, man könne da nicht malen. da standen die staffeleien, leinwände, der arbeitstisch. alles farbüberkrustet, und man durfte nicht hinein. nach dem frühstück verschwand er dort pfeifend und die tür immer hinter sich zuwerfend, was die mutter so hasste, und tauchte erst wieder mittags auf nach dem traditionellen ruf: „Willy, essen ist fertig."
nach dem essen und dem darauffolgenden mittagsschlaf des

vaters und seiner frau gab es kaffee mit immer den gleichen plätzchen, die der vater mit seinem fahrrad im dorf holte. sollte er vier semmeln holen, so brachte er zehn, weil er sich genierte, so wenig zu kaufen. er hatte auch keine lust, den betrag aus dem geldbeutel zu nehmen. er legte diesen der kassiererin vor und sie holte sich heraus, was sie brauchte. als er älter wurde, gelang es ihm nur, an einer hauswand auf bzw. abzusteigen. die familie erfuhr es mit entsetzen erst viele monate später. er raste den postweg hinunter, einfach über die bundesstraße hinweg bis zum kiosk, an dessen wand er wieder abstieg. damals war der verkehr nicht so dicht, trotzdem grenzt es an ein wunder, daß ihm nie etwas passiert ist.
der vater, genannt der professor, war überall bekannt und beliebt. er trug stets einen grauen hut mit einer hahnenfeder von Friedrich, dem hahn, der noch relativ jung geschlachtet werden mußte, weil er die gäste anfiel. nach dem schlachten stellte sich heraus, daß seine galle in die leber gelaufen war, was ihn offensichtlich so bösartig gemacht hatte. kreischend war er immer aus dem gestrüpp geflogen, den gästen auf die schultern, hatte sich in kragen oder ohr verbissen und schrecken bei jedermann verbreitet. selbst unmittelbar nach dem schlachten machte er noch ärger. er entkam der mutter, die ihn soeben geköpft hatte, raste kopflos mit schleifspur über den rasen, um dann in den tannenbaum zu fliegen und schaurig aus dem bauch herunterzukrähen. das kind konnte das jahrelang nicht vergessen.
die mutter hatte überhaupt ein unkompliziertes verhältnis zu allem was lebte und gegessen werden konnte. sie schlachtete die hühner, griff von hinten hinein und holte mit schmatzendem geräusch die innereien heraus, rupfte die federn, noch warm, weil sie dann besser herausgingen, während die anderen hühner unten mit dem gedärme des eben geschlachteten verwandten tauziehen veranstalteten. sie zog kaninchen in alten holzkisten im wäldchen, der so genannten baumgruppe im garten und schlachtete sie.
bis neunzehnhundertsiebenundsechzig hatte die familie hühner, die ersten hießen Afra und Ludmilla, es gab ein Grauköpfchen, einen Arendt Roland, genannt nach dem Sputnik, weil er so gerne nachts im garten lustwandelte, bis der fuchs ihn holte, und viele mehr, bis TanTan aus Afrika, der erste hund der tochter die hühner so lange jagte, bis die mutter freiwillig die letzten acht

nach und nach schlachtete und der VW in der garage endlich genug platz hatte nach entfernen des hühnerstalles. der erste sommer ohne hühner war eine regelrechte offenbarung, da man auf dem rasen liegen konnte, ohne hühnerkot.
Uwe im samtanzug und das kind waren drei jahre lang unzertrennliche freunde. zwei tage vor dem ersten schultag, als sie im neuen kleid aus Amerika und festgeflochtenen zöpfen, die blaue schultüte im arm, zur schule geführt wurde, zwei tage vorher verschwanden Uwe und seine mutter aus der kleinen wohnung spurlos. sie hatten wo anders etwas gefunden, keiner hatte es dem kind sagen wollen, und die trauer war gewaltig. neue leute zogen dort ein, eine familie mit vier buben, und der zweitjüngste, Dieter, wurde mit ihr eingeschult. diese familie lebt noch immer im dorf, Dieter ging nach Lübeck, er wurde seemann.
Uwe hieß dann auch der mann, den sie neunzehnhundertdreiundsiebzig heiratete. mit dem kleinen Uwe spielte sie jeden tag und mit ihm entdeckte sie auch ihre sexualität. verborgene spiele hinter dem jasmin, oder dem holunder ließ sie zu verschworenen freunden werden. nie hatte er gepetzt oder etwas verraten. sie kannten alle geheimnisse voneinander und mit ihm hatte sie drei jahre lang das gefühl, nicht allein zu sein.

das korallenriff

„have a little sniff for your nose, have a little sniff for your nose", dieser singsang begleitete uns, wo immer wir auch liefen. ansonsten waren sie freundlich, die Jamaikaner, und ließen uns weitgehend in ruhe.
entgegen der allgemeinen unkenrufe hatten wir auf anhieb ein hotel gefunden, der strand war traumhaft, das meer türkis, einzelne korallenriffe ragten wie grüne pilze über die wasseroberfläche. alles entsprach unseren erwartungen. wir tauchten nach muscheln im klaren wasser, liefen lange an den mangroven entlang und fanden alle klischees bestätigt. leider konnten wir ohne credit card kein auto mieten und mußten mit einem fahrer vorlieb nehmen.
Jack war ein netter, freundlicher schwarzer, der vorzüglich englisch sprach und uns voller stolz seine schöne insel zeigte. wir besichtigten die plantagen, turnten auf den wasserfällen herum, fuhren im inneren der insel durch kleine ansiedlungen, den dschungel, sahen seltene vögel, blühende riesenbäume und menschenleere strände. und Jack verliebte sich in mich. Maria Solanger meinte, ich solle ihn doch mitnehmen, hätte ich doch schon so lange nach jemandem gesucht, der mir die schwere arbeit im garten und im haus abnehme, aber es war wohl nicht so ernst gemeint.
Jack nahm es todernst. er käme sofort mit, er würde leidenschaftlich gerne schnee schaufeln, überhaupt schnee sehen, er könnte auch in der garage schlafen, er würde sich ganz klein machen, ganz unauffällig sein. allein die vorstellung, wie sich der riesige, schwarze mann klein und unauffällig machen würde, war utopisch.
Jack wich nicht von meiner seite. längst fuhr er uns umsonst, brachte getränke, kümmerte sich rührend. von einer frau ließ ich mir zöpfe flechten aus den langen haaren, so machte das schwimmen spaß, gegen die sonne rieb Jack mich mit frischer aloe ein, und an einem der abende fuhren wir mit ihm zum berühmten sunsetpoint, um einen sundowner zu trinken.
die boys trugen scharlachrote uniformen, die drinks waren enorm teuer und wurden in weißen plastikbechern serviert, selbst die frauen an den obstständen, zwischen kleinen schweinen, hühnern und kindern trugen plastikhandschuhe. Amerika

war sehr nah. wir erfuhren in unserem strandhotel, daß man ein ruderboot für acht dollar mieten, zu den korallenriffs fahren, dort wunderbar schnorcheln, und sich innerhalb der riffs ungestört bewegen könne. wie immer war unser geld knapp und acht dollar schmerzten. aber wir fuhren hinaus und bereuten es nicht. kleine rosa fische saugten sich an den fingern fest, die farben und vielfalt waren unbeschreiblich, wir konnten nicht genug davon bekommen. die entfernung zum strand schien recht nah. eigentlich sah ich nicht ein, warum man sie nicht auch schwimmend zurücklegen könne.
Maria Solanger war strikt dagegen. „*wenn alle mit dem Boot fahren,* so meinte sie „*hat das seinen grund*", und sie war nicht bereit, mit mir zum riff zu schwimmen. ich stand am strand und taxierte die entfernung. natürlich sah in der klaren luft alles näher aus, aber selbst, wenn ich das mit einbezog, war es mühelos zu schaffen.
entgegen des wüsten protestes von Maria zog ich flossen und schwimmbrille an und machte mich auf den weg. es war wunderbar im warmen, blauen wasser zu schwimmen, nichts trübte meine begeisterung und ich kam gut vom fleck. irgendwann, so ziemlich genau in der mitte zwischen strand und riff, blickte ich durch die brille ins wasser unter mich. und da sah ich ihn: riesig, mindstens so lang wie ich, ein scheußliches grinsen im gesicht, die kalten bösen augen, der helle leib.
ich tat genau das, was man in so einem falle nicht darf. als erstes riss ich meine schwimmbrille ab, strampelte und brüllte wie wild, wendete, bekam keine luft mehr, schlug um mich, geriet in panik, schrie erneut, klein und verzweifelt rannte Maria weit entfernt am strand hin und her, rang die hände, rief immer wieder etwas unverständliches, während ich versuchte, die panik zu bekämpfen, durchzuatmen, den sicheren strand zu erreichen, ich schaffte es. warf mich in den sand. hörte endlich, was Maria ständig vor sich hin jammerte: „*ich kann doch die überführungspapiere nicht ausfüllen; ich kann doch so etwas nicht!*"
kaum hatte ich wieder luft, zeichnete ich den fisch in den weichen sand. wir holten jemand aus dem hotel, und nach einem blick darauf sagte der mann:„barakuda". jetzt fiel mir auch die ähnlichkeit mit einem hecht auf, das lange maul, das grinsen. von da an nahmen wir wieder das boot für acht dollar.
Jack erfuhr umgehend davon, er tadelte mich vorsichtig, glück-

lich, mich unter den lebenden zu wissen, brachte konfekt und getränke, immer kopfschüttelnd, wie ich so etwas dummes tun konnte. irgendwie hatte ich nicht an große fische gedacht, besser, ich hatte überhaupt nicht nachgedacht. ich ließ mich mit dem fallschirm von einem schiff über das meer ziehen, wir mieteten pferde und ritten durch die wälder, wir schwammen, tauchten, und Jack passte auf mich auf.
zwei tage vor ende des urlaubs erwachte ich nachts und hatte ein merkwürdiges gefühl. mein gesicht spannte, es erschien mir größer, irgendwie anders. ich weckte Maria und leuchtete mich mit einer taschenlampe an, um sie zu fragen, was los sei. Maria stieß einen schrei aus, knipste das licht an und riß mich am arm vor den badezimmerspiegel. was ich sah, hatte nicht das geringste mit mir zu tun. ich erblickte einen mir unbekannten menschen. die augen saßen außen am kopf, die nase war nur noch ein kleiner hügel, der mund breit mit aufgeworfenen lippen. vor aufregung wurde mir übel.
wir warteten den rest der nacht ab, die schlimmsten und abenteuerlichsten befürchtungen aussprechend. ein nierenversagen, ödeme, ich spürte bereits den nahenden tod. am frühen morgen warteten wir in der hotelhalle, um irgendjemanden zu finden, der uns einen arzt nennen oder sonstige hilfe zuteil werden lassen könnte. eine deutsche reiseleiterin wurde telefonisch aus einem anderen hotel unterrichtet, sie kam sofort, sah mein gesicht und meinte, ich brauchte nur die zöpfe aufzubinden. vor vier jahren habe sie das schon einmal bei einer touristin erlebt. nach drei tagen wären die ödeme verschwunden. das tat ich. Maria sagte immer wieder, sie werde nicht mehr mit mir reisen, das alles sei ihr zuviel, ihre nerven hielten das nicht durch.
ich hatte keinerlei sinn mehr für Jacks unerfüllte liebe, ich wollte nur heim. Jack war todunglücklich.
er hatte sich so mit dem gedanken angefreundet, zu mir nach Deutschland zu reisen, daß er mein desinteresse nicht ertragen konnte. ich wiederum hatte keine kapazitäten mehr für ihn übrig, las auf der liege im schatten der palmen, schaute alle zehn minuten in den spiegel, konnte nicht fassen, was ich sah.
im flieger schnurrte mein gesicht zusammen, als ließe man die luft heraus. schon bei der landung in München war nichts mehr zu sehen.

anfang und ende

es war ein kleiner verlag in Mittelfranken, er ging nicht besonders gut, aber auch nicht besonders schlecht. die leute arbeiteten gerne dort, die meisten schon seit sehr langer zeit, und es war auch nicht ungewöhnlich, daß es bei manch einer familie schon die dritte generation war.
der verlag lag in einer idyllischen gegend, ein wenig erhöht, beschattet von einer gewaltigen tanne. eigentlich war es ein privathaus aber sie bauten es immer ein wenig um, und so fanden alle platz. gegen ende der siebziger jahre waren es nicht mehr viele angestellte, aber noch immer nahm sich der besitzer heraus, den leuten ihr gehalt in einem umschlag selbst zu überreichen.
ende der achtziger jahre wurde die frau sehr krank. rührend kümmerte der mann sich um sie, aber sie starb und er blieb allein. zunächst führte er seinen verlag weiter, aber die motivation fehlte ihm. jeden tag ging er mit seinem riesigen Bernhardiner spazieren und sie sprachen darüber, wie sehr ihnen beiden die frau doch fehlte.
eines tages beschloß der mann, daß er eigentlich keine lust mehr habe die arbeit weiter zu machen und er begriff, daß er auch keine lust mehr hatte, sein leben weiter zu leben. er nahm eine seiner flinten aus dem waffenschrank und schoß sich in den mund.
von da an lag der riesige hund auf der terrasse, und auch ihm schien das leben nicht mehr viel sinn zu haben. niemand ging mehr mit ihm spazieren, so wie früher, und das essen schmeckte ihm auch nicht. bald wurde sein fell weit, und seine augen trübe. er mochte auch nicht mehr in das haus zurück. er blieb auf der terrasse und die leute stellten ihm dort sein essen hin. die jahreszeit wechselte, blätter fielen auf sein fell. er spürte seine knochen.
der verlag wurde von einem münchner verlag probehalber übernommen. zunächst war es nur intern bekannt, und so hörte es auch eine frau, die verzweifelt nach einer arbeit für ihren mann, der sie eigentlich verlassen hatte, aber eigentlich auch nicht, suchte. sie erzählte es ihm, eben diesem mann, der seinen vorherigen job schlicht an den nagel gehängt hatte, um ein wenig nachzuleben, was er, wie es ihm schien, vorher versäumt hatte. wenn er etwas getrunken hatte, dann war er überzeugend. also trank er noch etwas mehr als sonst und stellte sich vor. er erhielt

den job und zog hinaus nach Mittelfranken, in das leere haus zu dem einsamen hund, der auf der terrasse lag.
eigentlich wollte er seine familie, die frau und die beiden kinder nachkommen lassen, aber eigentlich auch nicht, denn er liebte noch eine andere, die keine kinder hatte und viel jünger war. die arbeit machte ihm spaß, sein leben auch, denn er lebte abwechselnd mit der einen und mit der anderen frau. seine frau half ihm, die wohnung einzurichten, sie besuchte ihn, und die ruhige landschaft mit den mittelalterlichen städtchen gefielen ihr. namen wie „Wolframs-Eschenbach", „Lichtenau", und dazu die roten kiefernwälder, die hitze, die über den feldern flirrte, die große ruhe, beeindruckten sie. sie erwartete regelrecht, rotkäppchen aus den wäldern treten zu sehen, und sie verstand, warum gerade diese gegend bei den amerikanern so beliebt war. eine durch und durch deutsche landschaft.
als sie ihn das erste mal besuchte, stand sie lange bei dem großen tier auf der terrasse. seine einsamkeit schnitt ihr ins herz. in der nacht fingen die lichter an zu flackern im ganzen haus, sie spürte deutlich eine fremde gegenwart, aber nichts, wovor man angst haben müßte. als sie mit ihrem mann darüber sprach, auch daß sie glaubte, die beiden alten leute seien noch da, war er sehr erstaunt. er hatte nichts bemerkt. nachts rauschte die tanne in ihr fenster und der hund heulte auf der terrasse.
als sie das zweite mal kam war der hund fort. eines tages sei er tot umgefallen, so sagte ihr mann. er war zu seinen leuten gegangen. er hatte keine lust mehr gehabt, meinte sie.
ein drittes mal kam sie nicht mehr. da war schon seine freundin eingezogen, in das haus in Mittelfranken.

freundinnen

sie waren wirklich ungewöhnlich verschieden. während Nadine, hochgewachsen, das dunkle haar kurz geschnitten, mit sehr aufrechter haltung, geraden schultern und kleinen brüsten auf den muskulösen beinen einer tänzerin durch das leben lief, war Steffanie gut fünfzehn zentimeter kleiner, zierlich, zartknochig und weiblich, mit schönem dekoletee, die blonden, feinen haare hochgesteckt, die sich während des tages ständig in zarten federn lösten, ihr kleines gesicht umlodernd wie eine goldene aureole.
andererseits lebte Nadine das sehr weibliche, behütete und konservative leben neben ihrem mann, während Steffanie es einfach nicht schaffte, sich für längere zeit zu binden.
sie hatte das männlichere naturell, freiheitsliebend, mit sehr viel selbstverantwortung. kühn, furchtlos, risikobereit und allen widrigkeiten trotzend, brachte sie ganz allein ihre drei söhne durch, wobei zwei väter nicht einmal ahnten, überhaupt einen sohn zu besitzen.
die beiden frauen verstanden sich glänzend und jede beobachtete neugierig das für sie exotische leben der anderen.
Steffanie liebte es, im kreise von Nadines familie zu sitzen, oma, opa, vier kinder, der vater, der von der arbeit kommt, geregeltes essen, ein heiles familienleben.
sie beneidete in gewisser weise Nadine darum, andererseits bevorzugte sie ihre art des lebens, voller überraschungen, reisen, unabhängigkeit und abenteuer. die söhne waren aus dem gröbsten heraus, sie hatte mehr zeit für sich und ihre unzähligen begabungen. seit ein paar jahren genoss sie jede minute und fühlte sich außerordentlich wohl in ihrer haut. ihr altes gewicht hatte sie durch rauchen und fasten wieder erreicht, sie mußte nicht mehr hart arbeiten, ganze nächte durchstricken, putzen gehen und alles mögliche und konnte endlich an sich selbst denken.
Steffanies art zu leben, vor allem die eigenständigleit und unabhängigkeit der entscheidungen faszinierten Nadine. sie hatte immer ihren mann im rücken, sie lehnte jede verantwortung ab, besprach sich bei jeder entscheidung mit ihm und somit traf sie niemals eine schuld. auch sie fühlte sich wohl und geborgen in ihrem leben, spürte die liebe ihres mannes, fühlte sich in ihrer ehe bombensicher.

eines tages, als Steffanie gerade die treppen zu Nadine heraufrannte, begegnete sie deren mann, der von oben herunterkam. irgendetwas in seinem gesicht ließ sie stutzen. in den wochen danach beobachtete sie ihn genau, sie war sich sicher, er hatte ein verhältnis. so etwas erkannte Steffanie sofort. sie sprach mit zwei weiteren freundinnen aus der gleichen clique darüber, auch diese hatten den verdacht, aber sie waren sich einig, Nadine nichts zu sagen.
Steffanie geriet in einen gewissenskonflikt. sie verbrachte weit mehr zeit in Nadines familie, und so erfuhr sie, ganz nebenbei, daß Nadine eine sehr interessante frau kennengelernt hatte. war Steffanie ansonsten ein ungeheuer neugieriger mensch, so hatte sie diesmal eine ausgesprochene unlust, die „neue" kennenzulernen. Nadine fiel das auf. sie wunderte sich. sie hatte weniger zeit für Steffanie, Dagmar, die „neue", okkupierte sie enorm, war ständig bei ihr und hatte viele gute ideen, wo sie und das ehepaar hingehen könnten, was sie alles an den wochenenden, an den abenden gemeinsam unternehmen würden. Steffanie war nicht der typ, sich ausgebootet zu fühlen, sie war selbstbewußt genug, um abzuwarten. aber sie hatte ein mieses gefühl, diese beziehung betreffend. erklären konnte sie es sich nicht, war aber der meinung, ihre eifersucht spiele eine rolle. sie schämte sich und hielt sich weiter zurück. außerdem, Nadine war nicht die einzige freundin.
Nadine lud zum kaffee. alle waren da, aber nicht ihr mann und nicht die neue. Steffanie war entäuscht und erleichtert zugleich, und konnte sich das wiederum nicht erklären. daß Nadines mann fehlte war allerdings ganz neu. in letzter zeit sei in seinem verlag der teufel los, er müsse ständig überstunden machen, er sei übermüdet, Nadine mache sich sorgen, aber sie hätten beschlossen, nach Marokko zu reisen, und darauf freue sie sich. die freundinnen blickten sich verstohlen an, keine sagte etwas.
vierzehn tage fuhr Nadine mit ihrem mann in urlaub. einen tag nach ihrer rückkehr rief sie aufgeregt bei Steffanie an: „stell dir vor, wen wir am flughafen getroffen haben, du glaubst es nicht, was es für zufälle gibt, Dagmar, ist das nicht verrückt. wir haben ihr von der reise nichts erzählt, ich hatte sie eine woche gar nicht gesehen, wir haben last minute gebucht und sie zufällig auch. es war richtig nett, wir haben beschlossen, im sommer zusammen an die see zu fahren. nur mein mann hat sich nicht so richtig

erholt, er konnte einfach nicht abschalten." Steffanie traute ihren ohren nicht. war denn Nadine völlig blind? „findest du es nicht komisch, daß sie den gleichen flug gebucht hat, meinst du nicht, es könnte abgekartet sein?" Nadine war empört. „du bist eifersüchtig" und sie hängte ein.
Steffanie beriet sich wieder mit den freundinnen. sie waren nach wie vor der meinung, man dürfe sich da nicht einmischen, man müsse den mund halten, schon im mittelalter seien überbringer schlechter nachrichten geköpft worden, außerdem würde man Nadines freundschaft verlieren.
Steffanie beschloß, Nadines mann zu beschatten, und, sollte sich ihr verdacht bewahrheiten, es Nadine mitzuteilen. und so sah sie Dagmar das erste mal. eine unschöne, dunkelhaarige, ältliche frau, mit grellen, gelbgrünen augen in einem hageren gesicht. schlank, klein, unscheinbar. Steffanie war verblüfft. um wieviel besser sah doch Nadine aus, unbegreiflich! sie beobachtete Dagmar und Nadines mann im park, sich wild küssend, in den Isarauen auf den fahrrädern, später auf einer decke im Englischen Garten, auf dem Viktualienmarkt, händchen haltend, zusammen in ein fremdes haus gehend, sehr lange dort bleibend. die frau war Steffanie schrecklich unsympatisch, regelrecht widerlich, was sie sich nicht erklären konnte.
sie fuhr zu Nadine, nach einer woche beobachtung, und erzählte ihr alles. Nadine warf sie raus. sie hörte drei monate nichts mehr von ihr und hütete sich, dort anzurufen.
endlich kam ein brief.

Nadine schrieb:
„es tut mir leid. ich war wirklich blind und blöde. und mittlerweile bin ich dir sehr dankbar, daß du es mir gesagt hast. wir haben, mein mann und ich, ganz vorsichtig wieder begonnen, eine beziehung aufzubauen. nach nächtelangen gesprächen denke ich, viele fehler gemacht zu haben, ich war mir einfach zu sicher, sein leben war nicht mehr aufregend, er hat mit Dagmar gebrochen, er war sogar in gewisser weise erleichtert, als alles rauskam. noch immer kann ich nicht verstehen, wie ich die marokkoreise als zufall betrachten konnte, aber was man nicht sehen will, sieht man tatsächlich auch nicht. hätte nie gedacht, daß das wirklich so ist. jetzt muß ich dir noch was verrücktes erzählen.
Dagmar war ja stark an esoterik interessiert, hat alle möglichen kurse absolviert und manches davon, was sie mir vermittelt hatte, konnte ich in den

schrecklichen letzten wochen gut gebrauchen, um alles einigermaßen zu überstehen. ich war viel zu oberflächlich und ich werde solche fehler, die wohl dazu geführt haben meine ehe beinahe zu vernichten, nicht mehr machen. Dagmar sah irgendwann ein foto von dir auf meinem küchentisch. sie blieb wie gebannt stehen, erkundigte sich, wer das sei. sie nahm es immer wieder in die hand, sie verhielt sich merkwürdig. als ich nachfragte, meinte sie, es würde mich sicherlich schocken, wenn sie mir erzählte, was los sei.
ich bohrte so lange, bis sie damit herausplatzte, du hättest sie in einem anderen leben umgebracht. ich war wirklich schockiert und es fiel mir ein, daß, untypisch für dich, du diese frau einfach nicht kennenlernen wolltest. es gibt schon verrückte sachen. ich bleibe deine freundin, werde aber niemals mehr so viel zeit haben wie früher, denn die gehört jetzt meinem mann, ohne den ich nicht leben möchte und wahrscheinlich auch nicht kann".

Weihnachten

die weihnachtszeit ist für mich eine enorm kritische zeit. sie war es schon in der kindheit und ist es bis heute geblieben. ich habe dann ein extremes bedürfnis nach harmonie, alles, was dem zuwidersteht, trifft mich existentiell. ich möchte unbedingt eine kinderweihnachtsstimmung haben, ich gerate in große wut, wenn ab dem vierundzwanzigsten september in den supermärkten christstollen, plätzchen und nikoläuse liegen. dabei würden sie um diese zeit so gut schmecken, viel besser als dann, wenn man wochenlang, gleich wo man ist, nur noch weihnachtsgebäck und stollen angeboten bekommt.
ich möchte, ganz für mich, die weihnachtszeit richtig begehen. ich backe plätzchen, wickele geschenke ein, stelle die obligate weihnachtsliste zusammen, lasse den oder die weg, füge den oder die dazu.
an den adventsonntagen ist es mittlerweile besonders schwierig geworden, die kinder sind aus dem haus, und ich freue mich immer schrecklich, wenn an einem dieser sonntage Nadja Solokov zu ihrem traditionellen adventskaffee einlädt.
als sehr kleines kind fürchtete ich mich schrecklich vor Weihnachten. das liegt an der verschiedenen denkweise von erwachsenen und kindern. da die zeiten sehr schlecht waren, und niemand große geschenke machen konnte, hatte sich meine mutter etwas fürchterliches ausgedacht, etwas, was mich diese zeit vor Weihnachten als eine zeit der angst und des schreckens erleben ließ. jeden tag verschwanden eine puppe oder ein bär. sie verschwanden einfach, ohne spur. im ersten jahr weinte ich jeden abend im bett. im zweiten jahr hätte ich es doch wissen müssen, aber der kummer war unverändert, ich versteckte meine „liebsten kinder“ geradezu genial, aber sie hatten keine chance. das christkind holte sie, alle. das hatten sie mir gesagt, daß das christkind meine puppen brauche, um im himmlischen schneideratelier neue kleidchen anzupassen. aber es war überhaupt kein trost. ich weiß noch, wie ich mich drei tage vor Weihnachten auf mein letztes, mein liebstes kind drauflegte, aber ich mußte eingeschlafen sein, morgens war sie fort, Veronika aus Amerika.
ich war ein kind, das sehr viel mit puppen spielte, und entsprechend viele besaß ich auch. also hatte meine mutter, die den ganzen tag ohnehin schwer arbeitete, viel zu tun, um nachts die

neuen sachen zu nähen. am heiligabend dann saßen alle wieder da, in einer reihe, in zwei reihen und in drei reihen, denn es wurden in jedem jahr mehr. einmal hatten sie alle rucksäcke, mit lederriemchen aus alten handschuhen, einmal schürzen, liebevoll paspeliert, pudelmützen, schiebermützen, feine jacken, ausgehkleidchen, und die bären eine krawatte, immer passte alles zusammen, wunderschön genäht von meiner mutter. wenn ich sie dann sah, am heiligen abend, dann schrie ich immer vor freude, ich riß sie in meine arme, ich konnte es kaum glauben, und meine mutter mußte gemeint haben, es beziehe sich auf die kleider, aber es war einfach die freude, meine „kinder" wieder zu haben. natürlich gefielen mir auch die bezaubernden sachen, aber das war nur eine nebenwirkung.
als ich dann schon in der schule war, bedeutete Weihnachten für mich in erster linie lesen. lesen, solange ich wollte. ich habe mir eigentlich immer nur bücher gewünscht, viele jahre märchenbücher aus aller welt und habe eine wunderbare sammlung. das lesen war immer meine leidenschaft, gefolgt von fahrradfahren und später autoskooter, noch später der eigene wagen. vielleicht könnte man das gestalten von wohnungen noch dazu nehmen, das auch in frühester kindheit begann.
mein traum, ein puppenhaus, wurde nie wahr. dazu fehlte einfach das geld. aber ich erhielt ein blechbadezimmer mit wassertanks außen die sich füllen ließen und durch kleine kranen, bzw. die toilette innen wieder leeren ließen. auch eine bauernpuppenstube war sehr attraktiv, mit blauroten möbeln. sie waren für kleine püppchen gedacht, und je älter ich wurde, umso ausschließlicher liebte ich alles winzige. schon mit sechs jahren saßen die großen puppen nur herum. ich spielte lieber mit kleinen.
nie werde ich das rosa puppengeschirr im goldenen netz vergessen, das ich nicht bekam an meinem geburtstag, obwohl ich es gewonnnen hatte, meine mutter gab es einem gast, der brüllend darauf bestand. da bin ich eigentlich nie darüber hinweggekommen. oder Wanda, die puppe mit den schönen augen, die die beine nicht bewegen konnte und in der Weißach wegschwamm. ich war untröstlich.
auch die oktoberfestzwillinge aus weichem gummi in bayrischem outfit waren eine sensation. und damit diese puppen ein zuhause hatten, kam ich auf die idee, schubladen aus dem alten kel-

lerschrank vorne auszusägen und übereinandergestapelt zu einem puppenhaus zu gestalten, mit mehreren etagen, einer veranda mit fabelhaftem geländer aus schachfiguren, parkettböden aus gebügeltem stroh, einer wendeltreppe, deckenlampen etc. das war mir viel wichtiger, als das eigentliche spielen mit den puppen. das überließ ich meiner cousine, die jedes ostern bei uns verbrachte. bei jedem ausflug fand ich in irgendeinem souvenirshop wieder etwas, was ich brennend begehrte, und was mir dann der besuch, mit dem, oder besser durch den der ausflug nur möglich wurde, auch schenkte. und jedes jahr gab es schönere sachen.
aber zurück zu Weihnachten. der mittelpunkt der bescherung war das auspacken von paketen. unsere familie bekam sie von der ganzen welt, es war in jedem etwas für mich. dann wurde zunächst in endloser arbeit der äußere knoten aufgezupft, dann der weitere an der schnur um das innere paket. das packpapier wurde sorgfältig gefaltet, die beiden schnüre ordentlich aufgerollt. dann das weihnachtspapier, die verzweifelten aufschreie meiner mutter, als der tesafilm erfunden wurde. es war ein desaster, mit küchenmesser, mit rasierklingen wurde gearbeitet, daß nur das papier wieder zu nützen wäre. endlich hob sich der deckel oder die schachtel wurde aufgeklappt. jetzt ging es erst richtig los, jedes innere päckchen hatte wieder eine schleife, die gerollt, ein papier, das gefaltet wurde.
endlich das weihnachtsgeschenk. meist hingen kleine kärtchen mit den jeweiligen namen daran. aber es war wirklich immer für mich etwas dabei. von den Amerikanern, der Joice, der Jean, der Jane, Dorothy und Emily, den schweizer freunden, unseren verwandten in England, selbst aus Frankreich kamen die pakete.
und wir waren auch immer eine ganze menge leute. der vater, die mutter, die erste frau des vaters, meine halbgeschwister, so alt wie meine mutter, die kleine sängerin, die immer nur den „Hänsel" und das „Christelflein" singen konnte, weil sie so winzig war, die schauspielerin, die später in unser dorf zog, ein haus hier baute und dort mit ihrer lebensgefährtin wohnte, und eine reihe wechselnder überraschungsgäste.
das allerschlimmste war die zeit vor der bescherung. sie vergaßen sie nämlich manchmal, die zeit. ich war das einzige kind. tief in einer unterhaltung über die Labour Party, oder Wagners „Ring", die neue inszenierung oder über Charly Chaplins film „Ram-

penlicht", über das buch „Die Nacht des Jägers" oder die „Palestrina"-premiere im Prinzregententheater vertieft, vergassen sie alles. ich kann mich an jedes dieser themen erinnern. besonders gefährlich wurde es, wenn sie platten auflegten. sie mußten bis zu ende gehört werden. meist mahnte dann die mutter, es sei jetzt langsam zeit. einmal weigerte ich mich, nochmals aus dem bett zu kommen, in das ich mich in meiner verzweiflung gelegt hatte. ich erklärte, das ganze Weihnachten sei verdorben, ich machte nicht mehr mit. sie waren ganz beeindruckt, ja betreten, es tat ihnen leid. aber was half es, im nächsten jahr die gleiche misère.
das zweitschlimmste an Weihnachten war mein vater. nicht nur, daß er stets die vanillekipferl von allen tellern stahl, viel ärger war, wenn die mutter die christkindlzimmertür öffnete. vorher saßen wir alle oben, eine kerze brannte und jeder bekam ein weihnachtsplätzchen von jeder sorte. der vater las die weihnachtsgeschichte von Stifter vor, „Bergkristall", das ende, genaugenommen, die über die vier adventsonntage verteilt worden war. ich hörte sie jedes jahr und ich liebte sie. „ja Konrad." ich weiß nicht, warum mich diese erzählung so erschütterte, wahrscheinlich, weil sie nur in der adventszeit vorgelesen wurde, des ritus wegen, so denke ich heute.
nach dem letzten satz läutete die glocke. dann schwoll das geläut der mainzer domglocken durch das ganze haus: Weihnachten. wir spielten die alte platte auf dem roten grammophon, das man aufziehen mußte, und in dem im krieg ein socken steckte, damit es leise sei, warum weiß ich eigentlich nicht, jedes jahr. neunundzwanzig jahre lang. es wurde später richtig schwierig, die passenden nadeln noch zu bekommen.
wir gingen die treppe hinab und der wundersam vertraute geruch von tannennadeln, kerzen, äpfeln und lebkuchen strömte aus der geöffneten tür des christkindlzimmers, immer wieder erfüllte mich das mit ehrfurcht, immer wieder ergriff es mich. und vor allem meinen vater. theatralisch breitete er die arme aus, intonierte noch zuweilen „im fernen land, wohl aber euren schritten," brach dann in tränen aus und stürzte sich, und das jedes jahr, mit absolut tödlicher sicherheit auf *meinen* gabentisch. ich habe es nie begreifen können, da saßen puppen, lag spielzeug, er war schließlich nicht blind, es war unbegreiflich. dann nahm er mit einem schluchzen einen willkürlichen gegenstand in

die hand, hob ihn hoch und sagte mit gebrochener stimme, „mein gott, was habt ihr mich verwöhnt." es war schaurig. heute sollte ich vielleicht darüber lachen, aber es geht nicht. der gräßliche druck in meinem inneren funktioniert noch immer, das zusammenschnüren der kehle, die mischung aus wut und peinlichkeit, ich weiß es nicht. freundlich nahm ihm dann „mutti" was auch immer aus der hand, führte ihn an seinen eigenen tisch, auf den er enttäuscht und lustlos starrte. das hat mich immer besonders erbittert. ich kann es bis heute nicht begreifen.
trotzdem war Weihnachten wundervoll. am ersten feiertag die gans, von der meine mutter ein leben lang sagte „also ob sie heuer in den backofen passt!" und die niemals rechtzeitig fertig wurde. längst hatten alle heimlich etwas gegessen und anschliessend kaum noch appetit, wenn sie dann um halb drei fertig war. „irgendwie war sie größer, ich habe mich mit der zeit vertan," aber es hat keinen gestört. ich mußte dann meine sämtlichen „bedankmichbriefe" schreiben. und das tat ich, alle, am selben tag, jeder brief anders, nie kam ich auf die idee, sie einfach nur abzuschreiben. damit war ich bis zum abend beschäftigt.
jetzt erst begannen die eigentlichen weihnachtsferien. im dicken sessel, die beine über die lehne, lesen, lesen.
seit vielen jahren habe ich den eindruck, Weihnachten endet direkt am zweiten weihnachtstag. sofort ist fasching. übergangslos. Weihnachten ist überhaupt nur noch ein abend. genau genommen ist Weihnachten nur die erinnerung an Weihnachten. man schafft es nicht mehr. der schmelz ist fort.
da kann ich mich noch so bemühen. trotzdem bleibe ich sehr empfindlich im dezember, damit keiner das alte weihnachtsfünkchen in mir löscht.

kurruhe

unser dorf ist ein kurort. zwar mußte im vergangenen jahr die meßbox so hoch gesetzt werden, daß der teleskopstab extra angefertigt wurde, um die sauberen luftschichten unseres dorfes doch noch zu erreichen, aber das stellte früher kein problem dar. wir kinder waren bei unseren spielen niemals leise.
so geschah es regelmäßig, daß die alte frau Raff aus ihrem haus fuhr und brüllte: „es ist kuhruhe." gebeugt, mit krummem rücken, hasste sie kinder. dann mußten wir für zwei stunden leise spielen, was sehr schwierig war. den enkel der alten frau Raff liebte ich. immer schon. ich liebte ihn durchgängig von meinem dritten lebensjahr an bis zu meinem neunzehnten. kompromißlos, inbrünstig. er war drei jahre älter als ich. bei dem spiel „Stille Post" gelang es mir immer, neben ihm zu sitzen, so daß er mit seinem mund dicht an meinem ohr das wort flüsterte, das es weiter zu geben galt. manchmal spielten wir auch federball, wenn er meinen federballschläger benützt hatte, wickelte ich diesen in schokoladenpapier und versteckte ihn in meiner kiste. da wir sehr viel besuch in den sommern meiner kindheit hatten, erhielt ich bald wieder einen neuen.
diesen jüngling liebte ich beharrlich. schrieb mein tagebuch voll davon, ritzte seinen namen über fünfzehn jahre in tische und bänke der diversen schulen, die ich besuchte. einmal mußte er für drei wochen fort zum hopfenpflücken, ich erhielt eine postkarte, die zu meinem heiligtum avancierte, obwohl nichts wesentliches darauf stand.
später schnitzte er mir ein rindenschiffchen auf einem sockel, mit weißen, von ihm gesäumten segeln, nicht größer als zwölf zentimeter. es steht noch heute zwischen den schätzen in meiner vitrine.
mit vierzehn jahren kam ich in ein internat, ein Benediktinerinnenkloster, und war dort bis zum abitur kontinuierlich unglücklich. aber ich zehrte von meiner liebe daheim im dorf. in den ferien morsten wir uns ganze nächte mit der taschenlampe aus sicherer entfernung. jetzt steht ein schuppen dazwischen, ich kann das fenster nicht mehr sehen, er benutzt das haus noch heute als ferienwohnung.
im november, bei eiseskälte, verkühlte ich mich im offenen fenster sitzend und morsend derart, daß mein blinddarm durch-

brach, aber vielleicht wäre er auch so durchgebrochen. acht wochen lag ich im krankenhaus und mußte anschließend neu laufen lernen. beinahe wäre ich gestorben. wenn wir uns heute begegnen, grüßen wir uns höflich. kurruhe gibt es hier noch immer, aber ich weiß längst, daß es nicht kuhruhe heißt.

baby doll

jetzt war sie sich ganz sicher: „ich muß sterben." wie lange es noch dauern würde, sie wußte es nicht. zwei liter trinkwasser waren noch im tank, außerdem hatte sie noch über die hälfte der gesüßten tubensahne, corned beef und nüsse.
sie lag in einer tiefen mulde, die sie in stundenlanger arbeit unter ihr auto gegraben hatte.
dort fühlte sich der sand kühl an, dort war es zu ertragen, wenngleich nur wenige zentimeter über ihr das stinkende gestänge des autos entlang lief. irgendwie war ihr mittlerweile alles egal. sie hatte hohes fieber, ihr kopf dröhnte und sie hörte alte melodien, zweistimmig, die immer wieder abliefen. sie konzentrierte sich darauf, andere lieder einzuflechten, strengte sich mächtig an, grub in ihrem gedächtnis und ihr fiel alles ein, was sie je an musik geliebt hatte, aber nach wenigen minuten tönten wieder die gleichen akkorde in ihrem kopf. sie kam nicht dagegen an.
natürlich war es auch bodenloser leichtsinn. wer fährt schon allein mit einem fünfhunderter Fiat in die marokkanisch algerische wüste. damals gab es noch nicht die adretten straßen, auch keine ortschaften, selbst die grenze nicht. indefiné, so nannte sich das auf der karte.
Bou Arfa, der einzige ort, den sie gesehen hatte, aber es war lange her, sie war einfach weitergefahren, wie besessen, die reifenspuren begegneten sich, trennten sich, sie konnte sich aussuchen, rechts oder links. es war wie ein spiel. sie hörte nicht auf zu fahren, es war zu schön, benzin hatte sie noch genügend dabei in einem riesigen kanister auf dem rücksitz.
gegen abend verfärbten sich die berge in rosa und violett, sie lagen wie schleier um Gabriele herum, schleier, die sich entfernten, näher kamen, in bewegung waren. nichts war mehr fern oder nah.
Gabriele suchte sich ein kleines wadi, etwas windgeschützt, aß und trank und rollte sich dann auf den beiden vordersitzen in ihrem schlafsack zusammen. feuerrot löschte die sonne berg um berg und hinterließ pflaumenblaue dämmerung. dann war es nacht.
Gabriele lag hell wach auf ihren sitzen. die nacht füllte sich mit geräuschen, sie hörte tiere herumtapsen, kleine schreie, vögel, aber sehen konnte sie nichts. die schwärze klebte wie sirup an

den scheiben des autos. sie vermeinte riesige tiere in unmittelbarer nähe zu spüren, deren atem zu hören, sie sah feuchte schnauzen dicht hinter dem fenster, aber da war nichts. irgendwann ist sie wohl eingeschlafen.
sie träumte, sie führe auf einem schiff, es schwankte, es plätscherte, und sie erwachte. es schwankte und plätscherte tatsächlich. außerdem trommelte es ohrenbetäubend auf das autodach. sie brauchte lange, um zu begreifen, was es war, um überhaupt, so aus dem schlaf gerissen wieder in die wirklichkeit zu gelangen. es goß in strömen.
ihr auto dümpelte auf reißenden fluten das wadi hinunter. noch immer war es rabenschwarz um sie herum. sie bekam panik, ergab sich dann, ließ es geschehen.
mit einem schlag hörte der regen auf. stille.
sie wartete auf das erste licht. es war kalt. dann drehte sie die scheibe herunter und blickte auf einen fluß, der aber, noch während sie hinausschaute, immer weniger wurde, zu einem rinnsal schrumpfte, versiegte. im morgengrauen lief sie, in den schlafsack gewickelt, um ihr auto.
es hatte mindestens zwanzig meter zurückgelegt, stand schief in einer dicken sand- oder schlammwalze. ein vogel sang. golden und heiß überflutete die sonne die bergrücken.
Gabriele frühstückte. dann holte sie ihren eisenspaten und begann, den sandberg abzutragen. er war schwer und sie kam schlecht voran. es wurde schnell heiß. sie hatte ihren wagen vorsichtshalber gar nicht erst gestartet, um sich nicht noch tiefer einzuwühlen. jetzt war es soweit. der erste versuch. es sah gar nicht schlecht aus, sie hatte die fußmatten untergelegt, der wagen fuhr an.
das problem war nur, aus dem wadi herauszukommen. die andeutung einer piste, auf der sie gestern hineingefahren war, gab es nicht mehr. sie nahm anlauf, sie rollte vor und zurück, aber das letzte stück schaffte sie nicht.
es war mittag. sie saß unter ihrem sonnenschirm, den sie, wie immer über die geöffnete autotür gelegt hatte, trank, dachte nach, wartete. sie hörte ein glöckchen. wirklich, glocken, wie konnte das sein.
eine uralte frau auf einem pferd, ein junge hinter ihr, tauchten am rand des wadis auf. die alte, in rote und purpurne glitzertücher gehüllt, war über und über mit glöckchen benäht. bei

genauerer betrachtung konnte Gabriele keine nase sehen, auch die hände endeten weich und rund, keine finger. lepra also. Gabriele winkte begeistert. das pferd hielt an in angemessener entfernung. der junge rutschte hinunter. wagte sich ein paar meter weiter, blieb wieder stehen. Gabriele schwenkte ein knallbuntes tuch mit quasten, das sie in Marrakesch gekauft hatte. jetzt stieg auch die alte vom pferd. sie schauten nach rechts und nach links, konnten es offenbar nicht glauben, eine frau allein in der wüste, mit langen blonden haaren, einem hellblauen kleid, niemand weit und breit. sie stiegen hinab ins wadi, die steigung war zwar harmlos, aber eben zuviel für das kleine auto. sie begriffen sofort, was los war. Gabriele hatte ihr abschleppseil gefunden und damit auf das pferd gedeutet. der junge vertäute es am sattel, das pferd zog, und lustig fuhr Gabriele aus dem wadi auf die piste. fabelhaft, sie freute sich, sie hatte ihr abenteuer, sie war wie berauscht. die frau erhielt das tuch, der junge eine dose corned beef. sie bestiegen ihr pferd und verschwanden, wie sie gekommen waren.
sollte man jetzt denken, Gabriele wäre umgekehrt, so irrt man sich. sie fuhr übermütig, nahezu euphorisch weiter. es war die schönste landschaft ihres lebens, hin und wieder ein paar büschel alphagras, baumlos, in allen abtönungen von rosa, berge, mit unglaublichen verwerfungen, kein mensch, kein auto, kein tier. ihre karte endete in Bou Arfa. das hatte sie längst passiert.
in der nächsten nacht achtete sie darauf, erhöht zu stehen, leicht bergab, so daß sie ohne probleme anfahren konnte.
wieder schien es ihr, als würden riesige weiche tiere um ihr auto streifen, aber sie liebte das längst. es regnete nicht, sie fuhr mühelos am nächsten morgen weiter. tafelberge um sie herum, immer weniger reifenspuren, aber tadellos zu fahren.
sie war völlig in gedanken und hatte wohl deswegen die sandwehe, die überraschend, wie eine dicke zunge über die gesamte breite der landschaft lag, nicht gesehen. dann war es zu spät, sie konnte weder rechts noch links vorbei, sie gab gas, sie versuchte es, aber sie hing fest.
zunächst machte sie sich keine gedanken. sie holte ihre schaufel und begann, den wagen freizugraben. merkwürdigerweise aber stieß sie nirgends auf festen grund. der wagen ließ sich keinen millimeter bewegen. es sah so harmlos aus. nichts ging mehr.
nach einer weile spürte sie ihren kopf, ihr war übel, sie hatte die

sonne unterschätzt. sie setzte sich wieder in den schatten ihres schirmes, aber es wurde nicht besser. sie wartete. irgendjemand würde kommen. natürlich. aber es kam niemand. sie erlebte die dämmerung, die kühle, die nacht. sie schlief unruhig, mit dem ersten morgenschein grub sie weiter. ohne erfolg. diese wehe mußte schon sehr lange gelegen sein. es gab keinen festen boden darunter, sie war schon viel tiefer, der wagen rutschte nach, es war aussichtslos. außerdem war ihr weiterhin schlecht. sie spürte, daß sie fieber hatte. sie trank, so wenig sie konnte, sie leckte an der dosenmilch, eine büchse corned beef und ein vertrockneter brotrest, außerdem nüsse und rosinen. sie mochte nicht essen. die hitze wurde unerträglich.
selbst im schatten des schirms ließ es sich nicht mehr aushalten. sie verbrachte den ganzen tag mit graben, mit versuchen, den wagen flott zu kriegen, aber es wurde schlimmer statt besser. sie konnte es nicht fassen. das wadi war doch um vieles gefährlicher gewesen, hier steckte sie jetzt fest. sie war wütend. ihr kopf dröhnte, das fieber stieg.
sie fühlte sich sehr schlecht, sehr schmutzig, sie stank. die feuchttücher waren längst alle. der tag um. die zweite nacht brach an. wüste träume schwächten sie zusätzlich, alle knochen taten ihr weh, sie konnte nirgends mehr liegen, sie legte sich mit dem schlafsack in den sand. es war ihr alles egel. so konnte sie sich wenigstens ausstrecken. der zweite tag im sand stieg hinter den bergen hoch. sie begann, eine tiefe mulde unter dem auto auszuschaufeln. dort war der sand kühl, beinahe feucht, sie schaufelte eine art grab, dort legte sie sich hinein. nur die gedanken ließen sich nicht abschalten. sie überlegte, wer sie finden würde, niemand konnte wissen, wer sie gewesen sei. also rappelte sie sich wieder auf und schrieb mit dem kugelschreiber winzige fetzchen mit ihrem namen darauf. diese stopfte sie mit ihrem klappmesser in alle ritzen des autos. damit war sie mehrere stunden beschäftigt. in solchen ländern baut man ein auto, das keinen unfall hatte, also nicht von einem djinn besetzt war, völlig auseinander. jeder nimmt mit, was er gerade braucht, und auch ein pass im grenzgebiet ist etwas, womit sich vieles anfangen läßt. die dritte nacht begann. sie schleppte sich ins auto zurück, aber die schmerzen ließen sie nicht schlafen. als hätte sie einer überfahren. ihre lippen waren aufgesprungen, der kopf ein feuerball. sie stank. am morgen des dritten tages wühlte sie ihr weniges gepäck

durch und fand ein sauberes baby doll. sie zog sich nackt aus und das baby doll an. sie kämmte ihre haare, schminkte die augen, legte sich unter den wagen mit dem rest des wassers und der tubenmilch, den pass auf ihrer brust und ergab sich.
und auch dieser tag verging. die wüste nahm sie auf, wie eine große, goldgelbe mutter. sie spürte keinen schmerz mehr, auch ihr körper war schwerelos. sie lag einfach nur da. die vierte nacht begann. sie war nicht mehr in der lage, ins auto zu steigen. sie blieb einfach liegen. sie träumte, die großen, weichen tiere würden über sie hinweggleiten, sie spürte schlangen, skorpione aber niemand tat ihr etwas zuleide, sie fühlte sich eins mit dem sand, der wüste, dem himmel darüber, dem rest von leben in ihr.
am nächsten tag erwachte sie gegen abend von einem geräusch. sie blieb einfach liegen. das geräusch kam näher, sie hörte stimmen, sie roch motoren in der vorher so klaren luft.
jemand zog sie unter dem auto heraus, sie öffnete nicht einmal die augen, man goß ihr wasser über das gesicht, legte sie in ein anderes gefährt, viele männerstimmen sprachen laut durcheinander, ihr kopf war leicht, es ging sie nichts mehr an. es waren marokkanische soldaten auf ihrem letzten herbstmanöver. schon von weitem sahen sie den wagen. der konvoi näherte sich. sie waren nicht sicher, was sie dort erwartete. eine falle der algerier, ein verbrechen, unbegreiflich, aber vorsicht war geboten. eine abteilung mit angelegtem gewehr näherte sich. ein kleines, weißes auto, darunter ganz offensichtlich ein toter. nein, eine frau, eine frau in einem baby doll, mit langen, blonden haaren. reglos. der kommandant hatte schon vieles erlebt, aber das übertraf alles. vorsichtig zog man das mädchen unter dem auto heraus. sie lebte. man legte sie in den jeep. der wagen ließ sich nicht mehr starten, die batterie war ausgetrocknet. die männer hoben das kleine fahrzeug auf ihren Unimog, es war eine willkommene abwechslung und vor allem hieß es, daß sie umkehren müßten, alle waren glücklich und ausgelassen.
sie fuhren einen halben tag zu ihrem stützpunkt. im auto fanden sie ein offensichtlich selbstgenähtes zelt, das mit großem hallo auf dem kasernenhof aufgebaut wurde. sie kümmerten sich um das auto, wickelten die frau in warme decken, denn sie schlotterte am ganzen körper. einer flößte ihr regelmäßig flüssigkeit ein, einen tee, der ihr gut tat und so allmählich nahm sie die umgebung wahr. sie dachte mit entsetzen an ihr baby doll, war

aber viel zu schwach, um in ihrem gepäck nach kleidern zu suchen. sie blieb einfach liegen, rührend kümmerten sich die männer um sie. honigpfannkuchen backte man, kleine stückchen sollte sie essen und immer wieder trinken, obst wurde gebracht, sie waren sehr besorgt.
Gabriele überlegte, man hätte sie auch vergewaltigen können, mitten in der wüste, keiner hätte es erfahren, ein blondes mädchen im nachtgewand. aber sie hatten sie gerettet.
sie fühlte sich unendlich geborgen und beschützt. langsam beruhigten sich die schmerzen im kopf, das fieber ging herunter, am dritten tag stand sie auf und zog sich an. sie durfte sich duschen in der kaserne mit einer pumpe und einem blechnapf. nie wieder im leben hat sie die berührung von wasser so genossen. der kommandant gab ein essen, nur für sie und die höheren offiziere. er sprach gutes französisch, es war ein schöner abend. er konnte es einfach nicht fassen, warum und daß sie allein durch die wüste gefahren war, in diesem auto, er fragte immer wieder, schüttelte den kopf, wunderte sich, und schimpfte auch ein wenig. sie sprachen über Saint-Exupéry, über die wüste, über ihrer beider leben, ihre intentionen, sie verstanden sich ausgezeichnet.
am fünften tag starteten die männer ihr auto, packten proviant in tüten auf den rücksitz, füllten den großen blechkanister mit benzin wieder voll, rieten ihr, nur bei offenem fenster zu fahren, da die verdorbene batterie gefährliche dämpfe abgebe und schickten sie los. sie dürfe nie bremsen, nicht anhalten außer durch eine steigung mit handbremse, kein licht, kein blinker, einfach durch bis Fès. tanken mit trichter und laufendem motor.
und das tat sie. sie raste über den Antiatlas, den Mittleren und den Hohen, sie aß und trank im fahren, sie war neugeboren, sie jagte durch eine schafherde, vorne hinein, hinten heraus, nichts passierte, sie überquerte drei pässe, sah die feuer der beduinen und fuhr endlich in den vorort von Fès ein. zwei tage und beinahe eine nacht hatte sie gebraucht. dort stand eine ampel. zivilisationsgestört, wie europäer sind, trat sie auf die bremse. der motor ging aus. nachts halb drei in Fès. und wieder hatte sie glück. jugendliche kamen, zum schluß eine ganze horde, und sie schoben sie mit riesigem spaß und lautem fröhlichem geschrei bis zum campingplatz, wo sie dann zunächst einmal blieb.

teufelskerle

der gasthof zur post, der dem alten Rehmann gehört, wohnen jetzt die neger. heute zeigen sie im leeren festsaal einen buntfilm. überhaupt, seit die „Amis“ hier im dorf leben, ist wirklich etwas los. ein schwimmbad haben sie gebaut, gleich hinter dem Rehmann, mit einem tiefen und einem kinderbecken und einem sprungbrett, es ist mit einer sisalmatte überzogen, und da liege ich so gerne und schau den sonnenkringeln im wasser zu. denn ich gehe nicht mehr mit auf den berg, das habe ich ihnen zuhause gesagt, weil wir doch jetzt das schwimmbad haben, und da ist es viel schöner. ich habe einen badeanzug aus gesmoktem stoff bekommen, mit lauter gummizugvierecken innen. er ist wunderschön und ich bin sehr stolz darauf. hier lernte ich schwimmen, weil sie mich hineingestoßen haben, ins tiefe becken, die großen, und jetzt kann ich es wirklich und spiele mit beim „eckfangsterl“ immer über die zwei ecken des tiefen beckens, das macht wahnsinnig spaß und großen hunger, und deshalb ist auch das pfundsweckerl, was ich immer mitbringen muß nach dem baden vom bäcker für fünfzig pfennig, gehäutet, wenn ich daheim ankomme, weil die kruste so unglaublich gut schmeckt.
den „Amis“ verdanken wir auch den schlepplift am kirchenfeld. das kann sich keiner vorstellen, wie seither das skifahren spaß macht, wenn man nicht mehr den ganzen hang hinauftreten muß. und alles, was man so geschenkt bekommt, kaugummi, den haben wir immer ganz aufgegessen, weil wir nicht wußten, daß er nur zum kauen ist, lieber gott, hat die mutter geschimpft und angst gehabt, mein magen sei verklebt, vollmilchschokolade, gold- und silberpapier, faltlampions.
ein film wird zum ersten mal im dorf gezeigt. ein amerikanischer film, aber sie reden deutsch dabei. so haben sie es erzählt im dorf, *teufelskerle*, mit Spencer Tracy, und meine freundin darf auch hin. ich kann keinen fragen, sie sind wieder auf dem berg, aber wenn meine freundin darf, dann darf ich sicher auch.
mit alten militärdecken wird der saal verdunkelt, es riecht seltsam und aufregend. die filmspulen surren laut. ich kuschle mich an meine freundin.
der staub tanzt in der weißen lichtschiene, die unbequemen holzstühle knarren, die kinder flüstern und ich muß fürchterlich weinen. jedesmal, wenn das kleinste der straßenkinder, die der

pater betreut, den ganzen tag brav ist, erhält es einen bonbon. der pater erzieht die kinder im einzig wahren, katholischen glauben zu gottesfürchtigen menschen. aber sie sind nicht alle brav. der kleinste hat einen freund, der macht schlimme sachen, und der kleine ist dabei. am abend dann kratzt er den bonbon aus seiner hemdentasche und gibt ihn dem pater zurück. ich muß noch fürchterlicher weinen. später läuft er über die straße hinter seinem freund her und wird überfahren, der pater trägt ihn auf seinen armen ins haus, und ehe er stirbt, murmelt er noch, er habe doch jetzt einen bonbon verdient, er wollte seinen freund vor einer dummheit bewahren. der ist von da an ein ganz guter mensch. ich kann nicht mehr aufhören zu weinen. ich muß mein rad schieben, weil ich gar nicht mehr fahren kann vor lauter tränen.
daheim gibt es einen riesenkrach. die mutter will gar nichts hören, ich habe eine woche hausarrest. aber der film ist in mir für immer. er trennt mich von meiner mutter. meine freundin durfte doch auch. warum sind alle so ungerecht.

Petra

heute kennen Petra alle, dank des filmes: „Indianer Jones“. ich kannte es nicht. ein glück, wir waren vorher da.
Petra ist eine schlucht, eine landschaft, ein einschnitt zwischen den bergen, in die riesige scheinportale eingelassen sind, von gewaltiger, roter pracht. ein unglaubliches wassersystem führt durch die schluchten und, wollte man alles sehen, brauchte man zu fuß bestimmt drei tage.
wir sind ein stück geritten und lange gelaufen. es begann zu regnen, eine seltene angelegenheit, und da ich stets müllsäcke mit mir führe auf meinen reisen, so konnten Maria Solanger und ich im müllsack trocken und behaglich weiterlaufen. die steine begannen farbig zu werden durch den regen, sie leuchteten in unglaublicher pracht, streifen, ornamente, verborgenes wurde sichtbar. irgendwann begann es auffallend kalt zu werden. die Beduinen fachten große feuer an, wir wärmten uns, wollten gar nicht mehr zurückgehen.
es wurde so kalt, daß die landschaft anfing zu dampfen. es begann direkt über dem boden, eine art wabernde milch, nicht wie der nebel, den wir kennen. diese milch, völlig undurchsichtig, stieg langsam höher und höher. wir waren sehr froh, endlich den ort wieder zu erreichen. mittlerweile ging die weiße suppe bis an die brust. eine seltsame begleiterscheinung: ich wurde seekrank. unsere beine und unterkörper sahen wir nicht.
in der gemeindehalle war ein riesiges feuer angezündet worden. man hatte stühle in einer spirale kreisförmig um das feuer angeordnet, und jeder mußte nach zehn minuten weiterrücken.
so kamen nach und nach alle ans feuer, der raum erwärmte sich nur schlecht und wir überlegten gerade, wohin wir jetzt fahren sollten, als ein schreiendes kind in die halle stürmte. sofort verließen alle ihren platz, rannten an die tür, an die fenster.
draußen schneite es wie daheim in meinem dorf. der schnee fiel abnorm dicht, die einzelne flocke ungewöhnlich groß. im nu war alles weiß. die kinder brüllten begeistert, machten schneebälle, wälzten sich. seit zwölf jahren hatte es nicht mehr geschneit.
wir quartierten uns im dorf ein. bald hörten wir, der Kings Highway sei völlig zu. schneepflüge gäbe es keine, aber die radlader seien schon unterwegs. am nächsten morgen lagen sage und schreibe achtzig zentimeter schnee.

die gabe

in meiner verwandtschaft gab es eine frau, die eines tages, mit etwa vierzig jahren, etwas bemerkte, was ihr leben verändern sollte. sie befand sich auf dem bahnhof, zusammen mit vielen menschen. sie sah, daß einige von ihnen über ihrem gesicht eine art totenkopf trugen. sie ging zum augenarzt, die augen waren in ordnung. von da an sah sie die totenkopfmenschen immer wieder, sie mied größere menschenansammlungen.
als sie das erste mal in ihrem bekanntenkreis eine dame mit totenkopf erblickte, und diese zwei tage später von einem auto überfahren wurde und verstarb, ging sie nicht mehr gerne aus dem haus.
noch später verhängte sie alle spiegel in der wohnung aus angst, sie sähe sich selbst mit einem totenkopf. sie erhängte sich ein jahr später. sie hat es nicht mehr ertragen können.

Jemen

es war schon ein komisches gefühl, diese pistole auf meinen knien. *UNIVERSUM* stand darauf in silbernen buchstaben. sie wog mindestens ein kilo. wahrscheinlich war sie aus gußeisen. der fahrer unseres geländeautos hatte sie mir in die hand gedrückt, ich solle schießen, sowie sich etwas bewegt. teils wünschte ich, es würde sich was bewegen, teils hatte ich auch angst davor. irgendwie fühlte ich mich wie im film, es war schrecklich aufregend.
begonnen hatten wir die reise zu viert. ich hatte sie konzipiert und Jelena Perlmann, ihren mann und Melissa, die kleine, gescheite krankenschwester aus der klinik in unserem dorf, mit der ich mich angefreundet hatte, mitgenommen.
die ankunft in Sanaa war schon recht denkwürdig. wir nahmen ein taxi vom flughafen in die stadt, und Jelenas mann, ein äußerst ängstlicher und immer mit dem schlimmsten rechnender zeitgenosse war sich sicher, wir seien samt gepäck entführt worden. er hatte nicht die erfahrung mit arabischen ländern, er konnte sich einfach nicht vorstellen, daß man zu einem hotel nicht direkt hinfährt.
die uralten städte auf der arabischen halbinsel haben einen riesigen souk in der mitte. dort sind die straßen so eng, bei uns würde man es eine fußgängerzone nennen, daß man mit dem auto nicht durchkommt. es ist zwar nicht verboten, aber einfach nicht möglich. also durchfuhr der schlaue und anständige taxifahrer den fluß, der Sanaa umgibt und landete direkt vor dem hotel, das ich ausgesucht hatte. natürlich gab es keinerlei straßenlampen, und natürlich war der fluß auch nicht ohne wasser, und natürlich hätte der mann auch einen riesenumweg fahren können, und weit mehr geld damit verdient. aber er zog die flußdurchquerung vor. nur mit mühe gelang es uns, den panischen Paul zu beruhigen.
was ich nicht gewußt und nicht für möglich gehalten hatte, es war genau das hotel, von dem all die schönen aufnahmen von Sanaa gemacht wurden, die in den katalogen sind. ein glücksfall, es fing gut an.
Perlmanns hatten entgegen meinem ratschlag ihr geld am flughafen gewechselt. vorsichtig und ängstlich wie sie sind, haben sie damit nur ein viertel des geldes erhalten. ich wechselte mit Melissa im souk am nächsten tag und erhielt das vierfache, ich

kaufte die schönsten dinge, es war einfach fabelhaft. im Jemen kann man kein eigenes auto mieten, nur mit chauffeur, und ausschließlich geländeautos. uns war es recht, allerdings entwickelte der fahrer eigenschaften die uns bewogen, nach mehreren tagen einen anderen zu nehmen.
jede art von leben erlischt in diesem land so gegen vierzehn uhr. vorher gibt es aber einen gewissen einkauf abzuwickeln, der eine menge zeit kostet. quat heißt die pflanze, und jedermann frequentiert sie bis hinunter zu achtjährigen jungen. in den hohen lagen wächst er, eine zarte pflanze, deren triebe und junge blätter man kaut, in der backentasche läßt und den saft hinunterschluckt. eine tagesration kostet etwa dreißig mark, die leute sind arm aber sie kaufen es alle. quat macht, daß man weder hunger noch durst fühlt, sexuell stark stimuliert ist und gleichzeitig mit seinen umständen sehr zufrieden. allerdings verfärben sich die zähne aufs häßlichste. auf dem wunderbaren fruchtbaren boden des hochlandes wachsen also nicht getreide, mais oder gemüse, sondern quat. so weit das auge reicht. nicht nur optisch entstellt es die landschaft, die dünnen ruten sehen häßlich aus, es ist auch der grund dafür, daß der Jemen so unter der fuchtel von Saudi-Arabien steht, denn die jemeniten sind nicht reich genug, obwohl sie alles im überfluß hätten.
ich habe es probiert, es schmeckt würzig, leicht bitter, allerdings hatte ich ein problem, nur den saft zu schlucken und aß, ohne es zu wollen, die ganze pflanze, was mir aber nicht schadete und ein angenehmes, zufriedenes gefühl verursachte. so bewegte sich also unser fahrer durch die souks, handelte hier und handelte da, bis er sein bündel quat zum richtigen preis beisammen hatte. dann fuhr er ins gelände und kaute erst einmal. zunächst fanden wir es ganz lustig, aber bald störte es gewaltig, die kostbare zeit in diesem wunderschönen land auf diese weise zu verbringen.
wir sahen die herrlichsten landschaften, alte städte auf dem schmalen plateau von felsen erbaut, königspaläste, wie schwalbennester auf den stein geklebt, wir besichtigten schluchten, unglaubliche felsformationen und fuhren wieder zurück nach Sanaa. hier erfuhren wir, daß die straße nach Marib äußerst gefährlich sei, jeden zweiten tag habe man dort touristen angegriffen. in den zeitungen wurde geschrieben, es handele sich um raubüberfälle, was nicht der wahrheit entsprach. in der umgebung von Marib hatten sie öl gefunden, die beduinen, besorgt

um ihr territorium, greifen nur deshalb die touristen an, damit diese strecke in der geruch der lebensgefahr kommt und somit nicht mehr befahren wird.
Paul geriet sofort in panik und trennte sich mit seiner frau von Melissa und mir, er wählte eine relativ langweilige strecke an die saudische grenze, während ich mit Melissa und einem anderen fahrer nach Marib aufbrach.
wir überquerten einen pass und kamen hinunter in die bewußte ebene, in der auch der sagenumwobene staudamm der königin von Saba liegt, ein hypermodernes, futuristisches bauwerk, kaum vorstellbar, in welcher zeit es erbaut wurde. besonders schön war die durchfahrt durch basaltkegel, die sehr schwarz in weißem sand lagen, „nur nicht aussteigen," meinte der chauffeur, was ich sehr bedauerte, hätte ich doch gerne fotos gemacht.
Marib selber ist zerstört, es stehen nur noch wenige steinsäulen des alten palastes. aber es ist ein unheimliches gefühl auf dieser stelle zu stehen, biblisch, sagenumwoben, gewaltig. große geröllfelder ziehen sich zu beiden seiten hin. an einer tankstelle informierte sich unser fahrer nach den neuesten vorkommnissen, und so konnte er uns erzählen, daß am tage vorher drei kanadier mit gezielten schüssen in die beine verschreckt worden waren. warum mußten sie auch aussteigen, dachte ich mir.
zurück in Sanaa genossen wir wieder zusammen die stadt, eine der schönsten der erde, würde ich sagen. die kinder allerdings mögen die touristen wohl weniger, sie benützen gut funktionierende steinschleudern, und hätte ich nicht meine westernstiefel aus dickem leder getragen, wahrscheinlich wären meine knöchel gebrochen, selbst in den stiefeln hatte ich noch blutergüsse. freundlich, daß sie nicht auf den kopf zielten.
die frauen sieht man nur als wandelnde umhänge, man erkennt nicht einmal, kommen sie auf dich zu, oder gehen sie in deine richtung. sie müssen durch den stoff schauen, sie tragen keine masken wie in den emiraten.
Sanaa ist wie ein platz aus einem märchen. jedes noch so kleinste fenster ist ummalt mit weißer oder hellblauer farbe. verzierungen überall, und in den fenstern leuchten mosaiken aus farbigem glas. besonders schön sieht man es, wenn man nachts durch die stadt läuft. hier brüllt auch noch der muezzin orginal vom minarett, nicht vom tonband.
auf unseren ausflügen hielten wir große essgelage mittags auf

den flachen dächern. von hier gelang es auch unbemerkt herunter zu fotografieren des riesigen teleobjektives wegen. das essen ist würzig, gesund, beinahe fettfrei wie überall auf der arabischen halbinsel.
stundenlang hätte ich durch den souk laufen können, allein die menschen sind von großer schönheit, besser die männer und kinder, denn frauen, wie gesagt, sieht man keine. halbedelsteine, flußperlen, antiquitäten, alles war spottbillig nicht zuletzt durch meinen günstigen wechselkurs. ein atemberaubend schönes land.
sehr ungewöhnlich war ein ausflug mit übernachtung und unserem ersten fahrer, der uns unterwegs erklärte, er habe einen verwandten, gleich um die ecke, den er kurz aufsuchen und ihm verschiedenes bringen möchte. wir überfuhren ganze berge, der tag neigte sich bereits dem ende zu, da brach die radaufhängung, was keinen weiter verwunderte.
in absoluter einsamkeit, der weg war auf keiner unserer karten verzeichnet. wir konnten nicht viel tun. der fahrer prüfte lange und sorgfältig, was passiert war. mittels eines steines, diverser drähte und zweier holzstücke gelang es ihm, den wagen soweit wieder herzurichten, daß wir noch volle drei stunden bis in die nächste stadt fahren konnten. wir durchquerten in dieser nacht einen fluß, zwei weitere pässe und kamen sehr spät an. am nächsten tag war der wagen gerichtet und wir konnten die reise fortsetzen.
stark beeindruckt war ich auch von einem ort, der auf einem flachen felsen klebte, mindestens vierhundert meter hoch. auf einer unglaublichen serpentinenstraße erklommen wir ihn von hinten und hatten die aussicht unseres lebens.
der fahrer saß am rande und kaute quat. in kürzester zeit umringten uns bestimmt zwanzig kinder, sie sahen sich alle ähnlich, waren völlig verdreckt, mit verklebten haaren, mit hasenscharten, wolfsrachen, einäugig oder verstümmelten gliedmaßen. wir fragten den fahrer, was er davon halte. er erklärte, der ort sei so abgelegen, keiner hier besäße ein auto, so daß es inzucht geschädigte kinder sind. sie bettelten und drängelten sich geradezu widerlich an uns, wir hatten keine möglichkeit, zu entkommen, denn der fahrer kaute seinen quat. und nichts und niemand würde ihn davon abbringen.
der Nordjemen gehört sicherlich zu den landschaftlich schönsten

ländern, die ich gesehen habe. uns ist nichts geschehen, aber im jahr darauf wurden touristen entführt, gab es eine wahl, und den männern wurde verboten, eine kalaschnikow zu tragen, ohne die wir nicht einen gesehen hatten. der schöne krummdolch, das gris, steckt allerdings weiter in den gürteln und wurde auch nicht verboten. er gibt dem mann seine würde und ist ein zeichen seiner stärke.

gäste

im wohnzimmer sind gäste. der kronleuchter brennt, obwohl sie doch sonst immer strom sparen. das kind liegt im bett, das man wieder in ein anderes zimmer gerollt hat, und horcht angestrengt auf jedes geräusch. ab und zu tönen lachsalven herüber. die mutter lacht mit einem hellen laut am ende. es muß doch einen grund geben, nochmals nach ihr zu rufen. „gute nacht," hat sie gesagt, „ruf mich nur, wenn es was wichtiges ist." es gibt nichts wichtiges. dann wieder nur leises gemurmel, einer erzählt was. das kind kann es nicht hören. im gang wird betont geflüstert, was heißen soll: das kind schläft. das kind schläft nicht. es liegt feuchtgeschwitzt mit gespitzten ohren im bett. es ist wütend. es wird wieder mal um alles wichtige betrogen. das komische ist nur, daß die geheimnisse der erwachsenen, ist man erst mal dahinter gekommen, so langweilig sind. jetzt ruft es nach der mutter. die ohren tun weh. ohrenschmerzen sind gefährlich, so heißt es immer in der familie. das letzte mal hat man ihm heißes öl an einem streichholz hereingeträufelt. aber so weit läßt das kind es diesmal nicht kommen.

der traum

in ihrer neuen wohngegend gefiel es ihr weit besser als in der vorherigen. zum einen schienen ihr die leute angenehmer, zum anderen konnte sie mit dem kind direkt zu fuß oder mit dem dreirad in den Olympiapark, ohne erst lange mit dem auto oder der S-Bahn lange unterwegs zu sein.
der hof mit den spielplätzen war geschickt angelegt, es gab keinen giftigen goldregen, der im hof der alten wohnung direkt neben den sandkasten gepflanzt worden war, eine überaus glückliche entscheidung, die zur folge hatte, daß sie, ihr mann und das kind am dreiundzwanzigsten dezember abends ins krankenhaus fahren mußten, weil der verdacht bestand, Gabriel habe von den tödlichen samen gegessen.
sie hatten so fröhlich gespielt, die kinder, in den kleinen puppentöpfen das essen hergerichtet, und Gabriel, doch noch ein ganzes stück jünger als die anderen, hatte es brav gegessen.
so warteten sie also im flur des krankenhauses unter einem riesigen, wunderschön geschmückten christbaum darauf, daß der saft, den man dem kind eingegeben hatte, es zum erbrechen bringe. zwar hatte der arzt gesagt, er wirke in zehn minuten, aber es war schon eine halbe stunde vorüber, sie konnten das kind in dem engen untersuchungszimmer nicht mehr ruhig halten, und so nahm Günter den kleinen auf den arm und zeigte ihm den christbaum. endlich wirkte der sirup und Gabriel spie in hohem bogen in den geschmückten baum. in braunen girlanden hing der schleim zwischen kugeln und lametta, er spie den gang entlang, sich windend und kreischend, so daß er sowohl die wand als auch den boden traf, er spie, zurückgekehrt ins untersuchungszimmer auch dort keineswegs in das vorbereitete nierenschälchen, sondern unter den tisch, an die pinnwand, über das schwesternbuch. man jagte sie mehr oder weniger aus dem haus. draußen schien alles erledigt. sie liefen mit dem kind ein paar schritte durch die kalte, sternklare nacht und als wirklich nichts mehr kam, riefen sie ein taxi. kaum auf dem rücksitz, ging es von neuem los. unter wüsten beschimpfungen des fahrers verließen sie den wagen.
Gabriele lief mit dem kleinen weiterhin spazieren, Günter fuhr mit der S-Bahn nach hause und holte sein auto. endlich waren sie daheim, das kind fröhlich und guter dinge, bestiegen den lift,

und ein neuerlicher schwall traf gegen die wand und die schalttafel. diesen abend vergaßen sie nie.
um so zufriedener war Gabriele, auf dem neuen spielplatz keinerlei gefährliche bäume, sträucher oder gegenstände vorzufinden. überhaupt fühlten sie sich dort sofort wohl. Gabriel bekam ein eigenes zimmer, Günter auch, selbst für Gabriele war noch eines übrig, und dann das wohnzimmer, mit den schweren schiebeglastüren auf den großen balkon nach süden. bad und wc waren getrennt, wie es sich Gabriele gewünscht hatte, Günter hatte die bahn vor dem haus, konnte seinen wagen in der tiefgarage lassen, und Gabriel fand sehr bald eine kleine freundin namens Lara. die beiden waren ein so auffallendes paar, daß die leute stehen blieben, wenn sie vorbeigingen. sie hatten sich angewöhnt, hand in hand zu laufen, waren auf den zentimeter gleich groß, beide drei jahre alt, und in der sonne leuchtete Laras kupferroter lockenkopf wie eine fackel, ihr kleines, dreieckiges gesichtchen war mit sehr dunklen sommersprossen verziert, die dekorativ ausschließlich über die nase liefen und unter den augen endeten. und die augen waren wahrscheinlich das außergewöhnlichste an ihr, leicht schräg gestellt und von einem so tiefen, klaren grün, daß sie wie aus flaschenglas erschienen, eingefasst von einem petrolfarbenen ring. Gabriel dagegen war venezianisch blond, dieser helle rotton, den sich weltweit friseure bemühen, ihren kundinnen zu verpassen, seine üppige mähne fiel in weichen wellen bis auf die schultern und auch er hatte einige zarte sommersprossen vorzuweisen. diese beiden kinder waren wirklich ein bezaubernder anblick. schnell lernten sich auch die eltern kennen. es gab noch einen älteren bruder von Lara, ein ernster, verschlossener junge, der sehr an seinem vater hing, denn die mutter war ausschließlich auf die kapriziöse tochter fixiert. da beide männer berufstätig waren, saßen die frauen oft miteinander im hof, redeten, oder liefen mit den kindern in den Olympiapark.
Gabriele hatte herrn Brandl erst einmal gesehen, und sie beschloß, die beiden einzuladen. es wurde ein sehr schöner abend, Brandls, äußerst gebildete und interessante menschen, kommunizierten aufs beste mit Gabriele und Günter, vor allem herr Brandl hatte etwas an sich, was Gabriele faszinierte. seine augen waren die gleichen wie die der tochter. seine beachtliche größe von knapp zwei metern, die breiten schultern, aber seine

gleichzeitig geschmeidigen bewegungen, das herrlich gespaltene kinn, die kurzen, dunkelblonden haare und der volle mund, wobei die oberlippe beim sprechen die nase etwas herunterzog, gefielen Gabriele sehr. sein lachen war leise und wohlig, er redete nicht viel, aber was er sagte, in einem weichen bariton, war kompetent, objektiv, und wurde in einer unglaublich schönen sprache vorgetragen. frau Brandl, eher unscheinbar, redete viel, lachte wenig, und wirkte mit ihren grauen strähnen im kurzgeschnittenen haar älter als er, ein wenig unweiblich, wie ein guter kumpel.
man könnte nicht sagen, daß die ehepaare zu engen freunden wurden, aber sie besuchten sich wechselseitig, mochten sich, und erfreuten sich an der unzertrennlichkeit von Gabriel und Lara.
eines tages fand Gabriele wieder einen vogel. schon seit jahren rettete sie vögel von den straßen, die, gegen ein auto geprallt einfach liegen geblieben waren. zumeist hatten sie nur einen schock, ein befreundeter tierarzt spritzte ihnen vitamine und sie erholten sich in einem großen käfig, den Gabriele eigens zu diesem zweck aus Tunesien mitgebracht hatte. diesmal war es ein spatz, und er lag nicht auf der straße, sondern vor einer hecke. Gabriele fütterte ihn mit fliegen und kleinen würmern, er war noch jung und gedieh prächtig. da er nicht wegflog, wahrscheinlich, weil er noch nicht dazu in der lage war, setzte sie sich zum füttern mit dem vogel in den hof, scharrte die erde auf, und versuchte ihn dazu zu bringen, sich selbst zu versorgen, was immer besser gelang.
so hockte sie auch wieder an einem sonntag morgen unten, neben der hecke, und fütterte ihren vogel. alles schien wie immer, als das tierchen plötzlich umkippte und grauenvoll zu schreien begann. Gabriele war völlig verzweifelt, sie wußte nicht, was sie tun sollte, nahm ihn in die hand und weinte. da kam herr Brandl mit der sonntagszeitung vorbei. er erfasste die situation sofort, nahm Gabriele den vogel behutsam aus der hand und tötete ihn. dann setzte er sich neben die weinende frau auf eine bank, legte den arm um sie und sprach kein wort. Gabriele weinte und weinte, irgendwann längst nicht mehr um den vogel, sie weinte über ihr leben, über ihre ehe, über ihre kindheit, sie weinte einfach und konnte nicht mehr aufhören. niemals hatte sie ihrem mann gegenüber solche schwäche gezeigt, sie wußte gar nicht, wie das plötzlich passieren konnte, sie fühlte nur einen

ungeheuren trost von dem mann an ihrer seite ausgehen, einen trost, von dem sie nicht einmal geahnt hatte, wie sehr sie ihn brauchte, und sie wäre am liebsten für immer so sitzen geblieben, weinend, den großen, herrlichen mann an ihrer seite, den kopf auf seiner schulter. sie weinte volle zwanzig minuten, ehe sie sich wieder in griff bekam, aufstand und in ihr haus zurückging. keiner hatte ein wort gesprochen. und sie sprachen auch später niemals über diesen vorgang. aber von diesem augenblick an sah sie herrn Brandl anders.
es dauerte nochmals drei wochen, ehe sie sich eingestand, daß sie sich in diesen mann verliebt hatte. er beschäftigte ihre gedanken, es war, als sei er in ihre seele eingezogen, und doch war nichts geschehen. sie versuchte, ihn so oft wie möglich zu sehen, sie hatte weder vor, ihn zu verführen, noch mit ihm zu flirten. sie hatten ein geheimnis miteinander und keiner von beiden wußte, welches. auch er sah Gabriele mit anderen augen. auch er suchte, wie sie die nähe, aber sie erwähnten niemals den tod des kleinen vogels, niemals versuchten sie, sich zu verabreden, alles blieb, wie es war, und doch war ihrer beider leben völlig verändert. für Gabriele war der mann einer anderen frau tabu, aber beide fühlten eine große glückseligkeit, wenn sie aufeinandertrafen, oder sich bei den abendbesuchen sahen.
eines morgens wachte Gabriele auf und wußte, daß sie einen ihrer seltenen wahrträume gehabt hatte.
im traum stand sie in der küche von frau Brandl, aber die küche war ebenerdig und eine tür führte hinaus in einen park, aus dem gelbe herbstblätter hereinwehten. das licht fiel schräg auf frau Brandl, die in einem wenig kleidsamen, schwarzen jersey-zweiteiler am herd stand und in einem topf rührte. durch das wirbelnde laub erschien herr Brandl in der geöffneten tür, er lächelte und sein gesicht leuchtete von innen. „erschreckt nicht, ihr beiden," sagte er in seinem warmen bariton, „aber ich bin in sieben tagen tot, es geht mir gut, es tut mir leid, wenn ich euch kummer mache, wir können es nicht ändern." frau Brandl drehte sich entsetzt um zu ihrem mann und sagte mit tonloser stimme, daß sie im dritten monat schwanger sei.
Gabriele erzählte den traum Günter, der wußte, daß sie in riesigen abständen solche wahrträume hatte, und da er eigentlich an solche dinge weder glaubte, noch ihnen in seinem leben einen platz einräumte, erschrak er, denn es war ihm klar, daß Gabriele

es früher oder später frau Brandl erzählen würde. *„wenn es stimmt, dann kannst du sowieso nichts ändern“*, sagte er, *„und wenn es nicht stimmt, machst du die leute nur verrückt“*. Gabriele sah das zunächst ein, aber sie war sehr verzweifelt und nach fünf tagen besprach sie die angelegenheit mit der staunenden frau Brandl.
diese reagierte überraschend vernünftig und meinte, ihr mann würde am siebten des monats mai eine geschäftsreise unternehmen müssen, und die werde sie unterbinden. außerdem könne sie nicht mehr schwanger werden, da sie bereits eine totaloperation hinter sich habe.
nichts passierte, sie berechneten zusammen den siebten tag, die siebte woche, den siebten monat, sie fürchteten sich um sieben uhr morgens und abends, sie sprachen immer wieder darüber, aber es geschah nichts. es vergingen der mai, der ganze sommer, im juli machten sie sich wieder große sorgen, der siebte monat, und im herbst manipulierte frau Brandl das leben ihres mannes so, daß er am siebten september daheim war, als die blätter sich gelb färbten.
in Gabrieles ehe lief es inzwischen nicht zum besten. zwar war nichts vorgefallen, aber ihr mann erschien ihr langweilig, sie litt unter dem, was sie alltag nannte und was sie keineswegs leben wollte. jeder tag erschien ihr wie mit einer schablone vorgestanzt, sie war ständig deprimiert und sie dachte unaufhörlich an herrn Brandl. dieser mann war wie die summe dessen, was sie sich schon als kind und junges mädchen erträumt hatte. herr Brandl war ein wunderbarer vater, wie sie nie einen hatte, seine sanftheit und gleichzeitige stärke, seine entschlußkraft, seine power, seine sportlichkeit, das alles erwuchs in ihrer seele zu einer art kathedrale mit dem leuchtenden namen *BRANDL* auf der spitze. ihr mann kam ihr grau, müde, unscheinbar und uninteressant vor, sie schliefen nicht mehr miteinander, sie begegneten sich wie fremde und keiner von beiden hatte das bedürfnis, mit dem anderen darüber zu sprechen. es wurde ein schlimmer herbst, Gabriele hatte sich verliebt und wollte es nicht. sie schrieb tagebuch, saß stundenlang unten am sandkasten und wartete, daß herr Brandl von der arbeit käme, den arm hebe, ihr kurz zuwinke, um in seinem eigenen haus zu verschwinden. dann erlebte sie in ihrer phantasie, wie es weiterging, und sie konnte sich nicht mehr freimachen von ihren vorstellungen.
weiterhin trafen sich die ehepaare, verbrachten interessante

abende miteinander, und Gabriele glühte wie im fieber. Günter merkte nichts, oder wollte es nicht sehen.
auch frau Brandl schien nichts aufzufallen. deren gesellschaft suchte Gabriele natürlich vermehrt, denn sie war der schlüssel zu ihm, den sie liebte. im winter entspannten sie sich, die gemeinsame sorge betreffend, trotzdem konnte man das verhältnis der beiden frauen nicht als freundschaft bezeichnen. eher als eine notgemeinschaft. von außen schien alles unverändert, aber die liebe zu herrn Brandl bildetete ein nest aus glück und wärme in Gabrieles gedanken und trug sie durch den schnee.
die familie Brandl war ungeheuer sportlich. er war in jungen jahren deutscher meister im abfahrtslauf gewesen, die kinder standen schon von anfang an auf skiern und frau Brandl freute sich das ganze jahr auf den winter und das skifahren. sie verbrachten Weihnachten immer in ihrer hütte in Kitzbühel, und auch an ostern die gesamten schulferien. als dann kurz vor Weihnachten die familie Brandl in den skiurlaub aufbrach, wurde Gabriele beinahe wahnsinnig. sie hatte mühe, sich nichts anmerken zu lassen, sie überlegte ernsthaft, mit ihrer familie auch nach Kitzbühel zu fahren, einfach so, ganz zufällig, um die Brandls zu treffen, verwarf es aber wieder im nächsten augenblick. die zwei wochen ohne *ihn* schienen ihr kein ende zu nehmen.
irgendwann um die jahreswende betrank sie sich ganz fürchterlich, kroch zu ihrem mann ins bett und sie liebten sich bis zum frühen morgen. in ihren armen lag herr Brandl, aber Günter wußte es nicht. sie spürte die großen, warmen, sensiblen hände von herrn Brandl auf ihrem körper, und er war es auch, der immer wieder und wieder in sie eindrang.
von da an schien ihre ehe wieder zu funktionieren, sie hatte eine möglichkeit gefunden, wenngleich auch keine gute. endlich kamen sie zurück, die Brandls, Gabriel und Lara verschwanden sofort im kinderzimmer, und die erwachsenen saßen eine weile zusammen, um von den ferien zu erzählen. Björn hörte musik in seinem zimmer, der große bruder war noch ein wenig größer und ernster geworden, und herr Brandl leuchtete in Gabrieles augen wie ein herrlich geschmückter weihnachtsbaum. frau Brandl und Gabriele sprachen nur noch selten über den traum, alles schien weit entfernt, beinahe nicht mehr wirklich, das jahr war vorbei, es war nichts passiert.
im februar fühlte sich Gabriele nicht sehr wohl. sie vertrug das

essen schlecht, war ständig müde und sehnte das ende des winters herbei. sie hatte ein wenig zugenommen, lag am liebsten zusammengerollt auf dem sofa, sich tagträumen von liebe und glück mit herrn Brandl hingebend. trotzdem verstand sie sich wieder gut mit Günter, alles schien bestens. der märz kam mit schneeglöckchen und weichen winden. man konnte den frühling fühlen. Gabriele war von einer großen unruhe. sie räumte in der wohnung herum, war nervös, niemand konnte es ihr recht machen, der lärm der kinder ging ihr zum ersten mal in ihrem leben auf die nerven. sie schrieb gedichte, fuhr mit den kindern und ihrem VW-bus umher, sammelte moos für ostern, fand in keiner beschäftigung frieden. sie dachte an die kommenden ferien, Brandls würden wieder nach Kitzbühel fahren, sie überlegte, ob sie nicht für eine woche mit Gabriel in die wärme fliegen sollte. sie besprach es mit Günter, er hielt es für eine gute idee, denn ihm war die unruhe seiner frau aufgefallen, auch sah sie für ihre verhältnisse schlecht aus. an Ostern bekamen sie keinen platz mehr im flieger.
sie flog zehn tage vor den ferien nach Tunesien mit Gabriel. es wurde ein herrlicher urlaub, das kind erholte sich, nahm zu und fühlte sich wohl, Gabriele hatte endlich zeit, sich über ihre gefühle klar zu werden, sie riß herrn Brandl, den mann der andern frau, aus ihrem herzen, kam zur vernunft, hatte sehnsucht nach ihrem mann und blühte auf. sie baute sandburgen mit dem kind, unternahm autofahrten mit einem leihwagen und rückte alle dinge ihres lebens wieder an den richtigen platz. Günter holte die beiden am flughafen ab, seine frau begrüßte ihn überschwenglich, sie sah erholt und wohl aus, ihr gesicht war wieder rund und ihre augen strahlten ihn an, wie er es so lange nicht mehr gesehen hatte. daheim fing sie mit den ostervorbereitungen an, verabschiedete sich von Brandls, die in den urlaub aufbrachen, umarmte beide und wußte, während herr Brandl sie in seinen armen hielt, daß sie es wirklich überstanden hatte. auch er merkte es sofort und drückte ihr einen kuß auf die wange, seine augen waren ein wenig traurig, aber auch erleichtert, so schien es Gabriele. es war ein großer abschied.
drei tage später, Gabriele stand in der küche, sah sie auf der anderen straßenseite frau Brandl stehen. das konnte sie sich nicht erklären. ein scheußliches gefühl machte sich in ihr breit, sie rannte die treppen hinunter, ohne auf den lift zu warten, und

blieb atemlos vor frau Brandl stehen. „jetzt ist es passiert," sagte diese, die augen voller tränen. ihr mann war auf dem skihang einer anfängerin ausgewichen und hatte sich, wohl durch die scharfe drehung und sein großes körpergewicht das brustbein gebrochen. ein akia brachte ihn ins tal, aber leider war dieser transport nicht vorschriftsmäßig verlaufen, es traten komplikationen ein, der hubschrauber konnte eines schneesturms wegen nicht sofort starten. als herr Brandl endlich im unfallkrankenhaus Murnau ankam, war er querschnittsgelähmt, aber er lebte. Gabriele war total schockiert, es war der siebte april gewesen, an dem es passierte, und sie konnte nichts sagen, als die verzweifelte frau zu weinen begann. sie flog noch am gleichen tag zurück. Ostern verging und Gabriele absolvierte ihre vorsorgeuntersuchung die schon vorher fällig gewesen war, sich aber durch den urlaub verschoben hatte. sie war im dritten monat schwanger, sie konnte es nicht glauben. immer wieder läutete sie bei Brandls, die schule hatte bereits begonnen, Björn war nicht erschienen.
dann stand frau Brandl vor der tür. sie trug einen scheußlichen jersey-zweiteiler in schwarz, sie weinte bitterlich. Herr Brandl war tot. eine embolie.

TanTan

um ein haar hätte sie ihn überfahren. sie riß den Alfa herum, kam ein wenig ins schleudern, aber in der wüste ist das kein großes problem, fuhr wieder auf die piste und hielt. sie stieß zurück. da lag er. winzig, goldgelb, kaum vom sand zu unterscheiden.
Emmeran und Gabriele stiegen aus. sie waren in Südmarokko unterwegs, wollten bis Spanisch Sahara, die rippenpiste fuhr sich miserabel, und die einzige möglichkeit, einigermaßen darüber hinwegzukommen ist, mindestens fünfundachtzig stundenkilometer zu fahren, so spürt man die einzelnen rippen kaum noch. durch die hohe geschwindigkeit hatten sie bereits ein leck in der ölwanne, weil irgendein mächtiges loch den wagen hatte aufsitzen lassen. mit kaugummi und isolierband hatten sie es notdürftig geflickt.
sie stiegen also aus und betrachteten das winzige geschöpf zu ihren füßen. ein schakalbaby. wahrscheinlich hatte die mutter das stärkere mitgenommen und das kleine liegen lassen. Gabriele hob es auf, es war schwarz vor läusen, lag schlaff in ihrer hand.
nachdem die strecke schon eine ganze weile keineswegs mehr interessant war, sie waren ungefähr auf der höhe von TanTan-plage, beschlossen sie zu wenden und wieder nach norden zu fahren. TanTan, so nannten sie den kleinen Kerl, nahmen sie mit in einem blauen eimer, in das sie ein t-shirt gelegt hatten.
Gabrieles wunsch war schon immer ein hund gewesen. sie hatte oft mit ihrer mutter darüber geredet, die sehr tierlieb war, und schließlich einst einen hund besessen hatte, Rolli, den der jäger erschoß, weil er nicht folgte, aber sie meinte, bei dem unruhigen leben von Gabriele bliebe der hund an ihr hängen. ein hund käme ihr nicht ins haus. ihr letztes wort.
so schenkten die peris in Marokko Gabriele einen hund. für sie war er dort hingelegt worden, sie nahm ihn mit, ihr traum ging in erfüllung. allerdings waren sie noch lange nicht zuhause.
zunächst einmal überlegten sie, welches geschlecht TanTan habe, der knopf am bauch erschien ihnen eindeutig männlich. sie fuhren bis in einen kleinen souk und kauften dort dosenmilch, frische leber und für sich eine melone, sardinen und brot. auf einem ausgewiesenen platz bauten sie ihr zelt auf und versuch-

ten, mit allerdings schaurig eiskaltem wasser, den kleinen hund mit haarwaschmittel zu baden. ganze dünen von flöhen zierten anschließend das becken. sie opferten ein neues t-shirt und wickelten Tan Tan, wieder im blauen eimer, darin ein. er schlief sofort, er schien überhaupt sehr schwach, weder die milch noch die leber hatte er gemocht.
am nächsten morgen, als Gabriele in den eimer blickte, war dieser leer. vom hund keine spur. sie suchten den menschenleeren platz ab, ohne erfolg. zum zelt zurückgekehrt fiel ihnen auf, daß die melone nicht mehr auf dem gleichen platz lag. sie begann selbstständig zu schwanken und heraus purzelte TanTan. er hatte sich durch die ganze wand gefressen, sie innen ausgehöhlt, wohl auch darin übernachtet. eine neue badeorgie war fällig. außerdem war die ölsardinendose fein säuberlich ausgeschleckt und hinter dem zelt lag sein erstes häufchen: ausschließlich getreidekörner. so wußten sie jetzt wenigstens, was er fressen mochte. von nun an gab es fisch, getreide, haferflocken und melone. der hund wurde sichtbar dicker und vor allem munterer. man konnte regelrecht zusehen, wie er wuchs. sie verbrachten noch eine woche in Marokko, dann setzten sie über nach Spanien.
nur so einfach war das nicht. es ist verboten, tiere über die grenze zu bringen. die feindschaft der spanier gegenüber den marokkanern war neunzehnhundertsiebenundsechzig noch in voller blüte, touristen, die von Marokko kamen, wurden schikaniert, mit desinfektionsmitteln abgespritzt, genauestens gefilzt. Gabriele zerbrach sich den kopf, wie sie den kleinen hund durchschmuggeln könnte.
da sie schon mehrfach in Marokko war und die wirklich unglaublichen methoden der spanier kannte, einmal hatte sie sich in einer kabine nackt ausziehen müssen, ein anderes mal wurden aus ihrem auto die seitenwände brutal herausgerissen und somit beschädigt und vieles mehr, kam sie auf eine glänzende idee. die umstände waren anders, sie fuhr keinen fünfhunderter Fiat, sondern einen schweren Alfa, die spanischen zöllner benahmen sich tadellos. es war ganz erstaunlich. keiner wurde desinfiziert von den beiden, sie durften im auto sitzen bleiben, Gabriele hatte ihren riesigen sonnenhut auf dem kopf, hielt ihn mit der hand fest, wegen des windes vom meer her, und so fuhren sie ungeschoren auf die fähre. hier verließen sie das auto,

Gabriele suchte die toilette auf und holte den hund unter ihrem hut heraus, um ihn im waschbeutel unterzubringen, was nicht weiter auffiel, denn die meisten leute hatten einen waschbeutel dabei, dauerte doch die überfahrt die ganze nacht. so ging sie auf deck, mit waschbeutel und Emmeran und war glücklich. in Ceuta angekommen, durften sie einfach herunterfahren, der zoll war ja auf der marokkanischen seite gewesen.
sie steuerten den wunderschönen campingplatz von Almeria an, auf dem vor einigen jahren Gabriele schon einmal war. an die stadt selber hatte sie keine guten erinnerungen, denn sie war mit Andi dort im gefängnis gesessen, schlecht behandelt worden. in den wenigen jahren hatte sich Almeria total verändert. es war eine touristenstadt geworden, überall herrliche läden, das zigeunerviertel von damals fand Gabriele gar nicht mehr. auch der campingplatz war erweitert worden, neue waschhallen begrenzten ihn zur bergseite und es waren jede menge leute da. hier ließen sie sich erst einmal nieder.
TanTan genoß das leben in vollen zügen. er wuchs jeden tag ein wenig, man sah es, gewann an kraft und schlauheit, und vor allem an selbstbewußtsein. er sauste mit einem alten palmwedel über den ungeteerten campingplatz, wenn die leute abends vor ihren zelten saßen um zu essen, daß die staubwolke minutenlang stehen blieb. er fraß vom nachbarn die crevetten, die der bereits als köder auf angelhaken gesteckt hatte, Gabriele riß sie ihm einzeln aus dem hals, sie dachte schon, er würde sterben, aber er erholte sich in wenigen stunden, nieste noch etwas blut und raste schon wieder los.
sie machten lange spaziergänge über die wunderschönen hänge, in denen Gabriele damals die muscheln gefunden hatte. es gab keine mehr, aber es war noch genau so schön. auf dem rückweg mußte Emmeran TanTan wie der gute hirte um die schulter legen, weil er fix und fertig war. so schlief er dann wenigstens die nacht durch. in Almeria kauften sie sein erstes halsband aus rotem leder mit einem goldenen glöckchen.
nach drei wochen brachen sie auf. sie fuhren durch Andalusien, besuchten die magischen stätten wie Cordoba und die Alhambra, tranken in Sevilla kaffee, durchquerten das land über Toledo, wo Gabriele eine lampe kaufte, die heute in ihrem pavillon hängt, erreichten Altkastilien mit seinen schwarzgekleideten frauen, die mit holzgabeln das getreide in die flirrende luft war-

fen und so die spreu vom weizen trennten, biblisch, andere klopften auf einem kleinen betonierten viereck auf die getreidebündel mit einem länglichen, an einer stange hängenden stein. sie überquerten die Pyrenäen auf der alten straße, Gabriele erzählte Emmeran die „Sage vom Rolandshorn", und suchten nach dem kleinstmöglichsten spanischen grenzübergang. sie fuhren wieder zurück bis zu dem nächstgelegenen campingplatz und warteten auf regen. sie warteten drei tage. dann goß es wie aus kübeln. Gabriele hatte sich in einer apotheke ein medikament besorgt, der apothekerin in schlechtem spanisch erklärt, es sei für einen hund, einen hund, der ruhig gestellt werden müsse. natürlich las sie den beipackzettel nicht durch. um zwei uhr nachts verabreichte sie dem hund eine tablette, um drei uhr, bei strömendem regen, fuhren sie an der grenze vor. Gabriele war davon ausgegangen, daß die eitlen spanier in ihren schönen, hellgrauen uniformen bei so einem wetter sich sehr beeilen würden, deshalb hatten sie nach einem kleinen, nicht überdachten grenzübergang gesucht, und ihn gefunden. Emmeran saß auf dem beifahrersitz in Gabrieles schlafsack, zwischen den beinen hatte er den hund, mit den füßen suchte er ihn festzuhalten. merkwürdigerweise war der hund völlig ausgelassen, er fraß an Emmerans zehen, sprang auf und nieder, quietschte, knurrte, was er noch nie getan hatte, aus lauter übermut. der zollbeamte trat ans auto, Emmeran tat so, als schliefe er, schnarchte, grunzte, gab angebliche schlaflaute von sich, bewegte sich unruhig, alles, um zu kaschieren, daß der hund wie ein kreisel im sack herumsprang. aber der starke regen, der außerdem noch in ein gewitter mit donner und blitz übergegangen war, erwies sich tatsächlich als rettung. sie fuhren weiter. später las Gabriele doch den beipackzettel. sie hatte ein stark koffeinhaltiges schmerzmittel gekauft. kein wunder.
so besichtigten sie also noch teile von Frankreich, fuhren durch das schöne Elsaß, im rotgoldenen herbstgewand und kehrten in einem behaglichen gasthaus ein.
Gabrieles mutter hatte ihr als kind erklärt, im Elsaß gäbe es deutschfreundliche und deutschfeindliche gegenden, und auch warum. Gabriele hatte wie immer nicht so genau hingehört, jedenfalls wußte sie es nicht mehr. ihre mutter erzählte immer viel geschichtliches auf den reisen, die sie von und zu Gabrieles internat gemacht hatten, jedesmal über tausend umwege und

immer anders. die wirtin schaute die beiden feindlich an, sie erhielten auch kein obst nach dem essen, wie ihre nachbarn, die suppe war nur halbvoll, das fleisch sehnig und hart. sie hatten die falsche ecke erwischt. hier wollten sie nicht übernachten. sie kehrten woanders ein, wurden freundlich empfangen und dem hund stellte man eine schüssel mit hühnerhälsen hin. am nächsten tag erreichten sie Gabrieles dorf. sie fuhren in den hof ein, die mutter kam aus dem haus. Gabriele war aufgefallen, daß sich der hund den ganzen tag sehr ruhig verhalten hatte. die autotür ging auf und heraus raste TanTan, an der sprachlosen mutter vorbei in den hausgang und dort kotzte er anhaltend die ganzen unverdauten hühnerhälse, für die er wohl einfach noch zu klein gewesen war, waagrecht an die wand.
es war ein außerordentlich ungünstiger einstand. Emmeran verschwand schnell, das gesicht der mutter war kalt, böse und verfinstert. „mir kommt kein hund ins haus“ sprach sie und warf ihre zimmertür zu.
in den nächsten wochen war TanTan glücklich. diese menschen taten wirklich viel für ihn. die ältere legte ständig zweige zusammen, die man alle wieder wegtragen konnte, die jüngere kehrte laubhäufen, in die man mit anlauf hineinspringen und alles auseinanderscharren mußte. und dann kreischten sie so schön. es waren herrliche zeiten.
die mutter gab ein inserat auf. „hund zu verschenken.“ die tochter packte ihre sachen und erklärte, die mutter könne sich zwischen ihr und dem hund entscheiden. sie wohne sowieso die meiste zeit in München, und so schnell komme sie auch nicht mehr raus. und das tat sie.
TanTan wuchs und gedieh zu vollendeter schönheit. die leute sprachen Gabriele an, man drehte sich nach ihm um. TanTan war keineswegs ein rüde, sondern ein mädchen, sie hatte die schärfsten und gesundesten zähne, die je ein hund besessen hatte, wüstengoldenes fell, stehende ohren, wie ein ägyptischer vasenhund, nur der bauch war frei, wie das bei schakalen ist, damit die hitze absorbiert werden kann.
im ersten winter strickte ihr Gabriele ein hemdchen, im jahr darauf ließ der liebe Gott auf TanTans bauch ganz wundersame, dicke grannenhaare wachsen, die überhaupt nicht zu ihrem fell paßten, und die sie bis zu ihrem tod mit siebzehn jahren hatte. sie war gefürchtet bis Tegernsee, konnte ganze türen durchfres-

sen, wenn die mutter, die sich mittlerweile um ihren besuch riß, sie mal wieder zu lange einsperrte, aus angst, sie könne weglaufen. denn so richtig gefolgt hat sie nie. in der stadt paßte sie sich tadellos an, schaute verächtlich, wenn andere kläfften, saß musterhaft in der kneipe unter dem tisch, bettelte nie, scheute nicht rauch noch lärm. in Kreuth zog sie später im winter den schlitten mit den kindern von Gabriele, aber die kälte mochte sie eigentlich nie. im garten ist Tan Tan begraben, Gabriele schnitzte eine grabtafel: *UNSERE LIEBE.*

Günter

Günter legte die zeitung auf den niedrigen couchtisch und sah zum fenster hinaus. stetig und sacht fiel der schnee in den kleinen vorgarten des dreifamilienhauses in Waldtrudering, in dem er mit Jutta wohnte. Waldtrudering gartenstadt, so nannte sich diese gegend, die innerhalb von drei jahren aus dem acker gestampft worden war, mit ordentlich rechteckigen straßen und den schönen namen: amselweg, drosselweg, blaubergweg. eine art trabantenstadt für kleinere häuser, miefig, spießig und langweilig.
Günter hatte seine studentenbude in München noch nicht aufgegeben, aber nach sechs jahren mit Jutta war er mehr oder weniger zu ihr übergesiedelt. die wohnung hatte sie gekauft, die möbel auch, aber er durfte sie aussuchen, die polstergarnitur, den couchtisch, den teppich, die küche und das schlafzimmer, etwas, was ihm wenig lag. Günter hatte keinerlei sinn für wohnen, für dekoration oder ambiente. eigentlich hatte er auch keinen geschmack. für ihn mußten ein sessel bequem und der tisch so hoch sein, daß er mühelos seine pfeife in den dort stehenden aschenbecher leeren konnte. das reichte. überhaupt waren ihm dinge wie wohnen, essen oder natur seltsam gleichgültig. er brauchte in erster linie ruhe, für was, das wußte man nicht so genau, aber ruhe, frieden, ein gutes buch und seine pfeife waren ihm genug.
er stopfte seine pfeife neu, zog sich den dicken band über Vögelin näher und konnte sich aber nicht so recht entscheiden, weiter zu lesen. er betrachtete Jutta, die zufrieden eingerollt in der sofaecke lag, sie hatte die woche überstunden gemacht und war einfach eingeschlafen. ihr kleines weißes gesichtchen lag entspannt in der kuhle ihrer dünnen arme. eine zarte, aber in den proportionen perfekte gestalt. er war die große liebe ihres lebens. sie war immer wieder überrascht, daß es ihr gelungen war, besser, daß sie das große glück hatte, diesen mann neben sich zu haben. sie stellte keinerlei forderungen an ihn, sie liebte ihn ausschließlich und demütig mit dem glauben, daß sie ihn eigentlich gar nicht verdient habe. er hatte sie bereits vor langen jahren seinen eltern vorgestellt, die sie liebevoll aufgenommen und sofort in ihr familienleben integriert hatten. Jutta sagte zu Günters mutter „mutti“, sie nannte sie „Juttchen“, denn das zarte mäd-

chen vermittelte jedem sofort den unbewußten wunsch, ihren namen zu verniedlichen.
Günters blick ging wieder zum fenster. irgendwie, jetzt, wo es abend wurde hatte er den wunsch auszugehen. in den letzten monaten passierte das täglich, aber da er kein mann war, der sich über sein innenleben große gedanken machte, so war es ihm nicht aufgefallen. aber Jutta hatte es bemerkt. gesagt hätte sie nie etwas. die angst war zu groß, ihn zu verlieren. sie fürchtete etwas falsch zu machen und wollte nicht allein bleiben.
bei dem letzten besuch von Günters eltern hatte sie vorsichtig seine mutter gefragt, ob sie glaubte, jetzt, im siebten jahr ihres beisammenseins, daß es möglich wäre, er würde sie heiraten? die mutter lachte und meinte, sie würde ihn mal drauf ansprechen. Jutta war sich sehr mutig vorgekommen das überhaupt auszusprechen.
Günter erfuhr umgehend davon und in seinem magen machte sich eine seltsame flauheit breit. von diesem tag an verlor er die leichtigkeit, er betrachtete die möbel, die er ausgesucht hatte, die eigentumswohnung, alles schien ihm imaginär mit gitterstäben verziert zu sein. sein wunsch nach freiheit war grenzenlos, nur daß ein mann wie Günter sich das niemals klarmachte.
so steckte er seine pfeife ein, holte seine dicke jacke, streichelte Jutta über die wange und ging hinaus ins schneetreiben. sein VW-cabrio sprang nur ungern an, es war scheußlich kalt innen und Günter freute sich auf eine behagliche, warme kneipe.
in den letzten monaten hatte er begonnen, relativ systematisch die lokale in München zu inspizieren. er ging an jedem abend in mindestens zwei oder drei, arbeitete sich von stadtviertel zu stadtviertel, und war in der Maxvorstadt angelangt. allerdings ließ er vornehme esslokale aus.
am vortag war er im Bit gewesen, einer pilsbar, die ihm gut gefallen hatte. diesmal, drei häuser weiter, war es ein kellerlokal, heiß stieg die luft die treppen hinauf und wärmte sein eiskaltes gesicht. es war rauchig unten, eine größere gruppe offensichtlich zusammengehöriger leute saß um die bar und an den tischen war kaum noch platz. zögernd blieb er an der tür stehen. eine hellblonde, junge frau mit sommersprossen fiel ihm auf. sie fiel ihm eigentlich nicht auf, aber ihre augen waren in einer weise auf ihn geheftet, daß er es spürte und zurückblickte. sie hatte ein wunderschönes lächeln, weiche lippen und sehr helle, grüne

augen, er fühlte sich unbehaglich, so in der tür stehend von ihr angestarrt zu werden.
also suchte er sich einen platz, bestellte sein pils und war kurz davor sich richtig wohlzufühlen, als ein kleiner, langhaariger mann neben ihm auftauchte und ihn in gebrochenem deutsch aufforderte, an seinen tisch, besser an die bar zu kommen. da sei eine frau, so erklärte er, die sich einbilde er sei der mann ihrer träume und deshalb wären jetzt die anderen alle schrecklich neugierig.
Günter fand das sehr amüsant. aber auch störend. er überlegte kurz, aber da sich in den letzten monaten in ihm eine große langeweile breit gemacht hatte, überwand er seine unbeweglichkeit, stand auf und ging, die pfeife und sein pils in der hand an die bar.
er hätte es sich denken können, es war die sommersprossige, blonde frau mit den grünen augen. wahrscheinlich so eine exaltierte, verrückte, anstrengende person, die immer alles bekam, was sie wollte. aber sie gefiel ihm, nicht sehr groß, eine sehr schlanke taille, zarte hände, winzige füße und eine flut blonder, weicher haare. sie trug einen schmalen indischen wickelrock mit pailletten besetztem bund, eine dünne bluse, ganz offensichtlich keinen büstenhalter und schwarze stiefeletten. die beiden begrüßten sich und Gabriele, so hieß sie, war ein wenig befangen, sie hatte wohl nicht damit gerechnet, daß Bryan ihn wirklich an die bar holen würde. so saß also Günter neben Gabriele zwischen Bryan und dessen frau Ursula und noch einer ganzen reihe leute. er fand schnell heraus, daß die meisten grafiker und kunstmaler waren, ein schriftsteller war noch dabei und ein mann, der offensichtlich nicht dazu gehörte. diesen hatte Gabriele auf dem korn. anscheinend war er einfach in die runde gestoßen und hatte geglaubt, mit witz und schlagfertigkeit landen zu können. aber da hatte er seine rechnung ohne Gabriele gemacht. an witz und schlagfertigkeit war sie überhaupt nicht zu überbieten, aber auch nicht an bösartigkeit und schärfe. sie machte den mann völlig fertig, hatte die lacher auf ihrer seite, und er mußte gute miene zum bösen spiel machen. das gefiel Günter nicht. später einmal sprach er sie darauf an und sie erklärte, dieser mann habe sich gewissermaßen gewaltsam in die runde gedrängt, das vertrage sie nicht, er habe gemeint, durch flapsige und witzige bemerkungen bei ihr landen zu können,

habe sich angehängt, aufgedrängt und dafür, wie sie es ausdrückte, sein fett bekommen.
Günter und Gabriele redeten und redeten die halbe nacht. längst waren die anderen so nach und nach gegangen, die beiden saßen immer noch. der wirt begann, die stühle auf die tische zu stellen und Günter und Gabriele verließen das lokal. draußen hatte sich der leichte schneefall zu einem blizzard ausgewachsen. die flocken wirbelten und tanzten, sie fuhren in wellen bergauf und bergab, bildeten durchscheinende wolken um die straßenlaternen, fegten wieder weiter, um in einem jähen bogen zurückzutoben. die beiden blieben stehen, drückten den kopf in den nacken und schauten in den himmel. Gabriele wurde schwindlig, sie fühlte sich leicht und emporgehoben, ihr war als sei sie teil eines riesigen ganzen, unendlich geborgen, glücklich, heiter und warm. sie dachte an den mann an ihrer seite und war sich plötzlich sicher, daß sie aus ihrem bewegten leben heraus bei ihm die ruhe fände, die sie brauchte.
Günter war vorher noch nie im schneesturm gestanden, den kopf im nacken. er kam sich ganz kindlich vor und merkte, daß die frau neben ihm das kindliche vermittelte, ihn ansteckte, selber sehr verletzbar und weich war, daß das ganze theater im lokal nur ihre rolle, ihre zungenfertigkeit war, aber sie nicht wirklich repräsentierte. er schaute hinauf in den schnee und hinunter zu Gabrieles geöffnetem gesicht, das, nach oben gerichtet, tiefe hingabe und glück zeigte. sie hatte die augen geschlossen. er konnte seinen blick nicht von diesem gesicht losreißen. er dachte an Jutta, wie sie jetzt zuhause wartete, er verdrängte es sofort. er wußte, er würde mitgehen mit dieser frau hier, wenn sie es wollte.
noch immer standen sie im schneetreiben. Günters jacke begann, von innen naß zu werden. er konnte sich nicht entschließen durch ein wort den bann zubrechen. Gabriele seufzte tief, sie drehte ihr beschneites gesicht zu ihm, er legte seine großen, warmen hände darum und sie küssten sich.
eng umschlungen gingen sie sehr langsam weiter durch den schnee. längst fuhr keine straßenbahn mehr, nicht einmal taxis sah man. es war ganz still in der stadt. alles weiß beschneit, sauber, neu, tadellos, jungfräulich.
sie waren die beiden ersten menschen, die durch diese stadt gingen, mit den einzigen fußspuren, sie waren verzaubert zu

laufen und die stadt mit ihren spuren zu füllen. wie auf einem adventskalender waren nur wenige fenster erleuchtet, der schnee, wirbelte Gabriele breitete die arme aus, sprang in die luft und tat einen juchzer. Günter hatte bisher noch nie eine frau dieser art gekannt. sie erschien ihm total exotisch, begehrenswert, anders, er fühlte sich jünger, weniger gelangweilt, er wollte, daß es so bliebe, daß die nacht einfach ewig dauere. Gabriele war der meinung, es sei der richtige augenblick, den schneeflockenwalzer zu tanzen. den kannte Günter nicht, so sang sie, mit klarer stimme und sie tanzten dazu. auch tanzen war nicht unbedingt eine passion von Günter, aber er sollte in den kommenden jahren mehr tanzen, als sein ganzes bisheriges leben, denn Gabriele liebte es.

und so tanzten ein mann und eine frau mitten im winter in der stadt München, ganz allein den schneeflockenwalzer, und waren glücklich, und alles nahm seinen anfang, war noch heil, noch unbefleckt, noch hoffnungsvoll. und in Waldtrudering verlor eine andere frau den mann, den sie liebte.

der freund

mein langjähriger freund Michel aus Freiburg kommt aus einer großen familie. sechs kinder sind es gewesen und an Weihnachten trafen sich traditionell alle zu einem großen essen in ihrem elternhaus, brachten ihre jeweiligen familien mit und in der halle wurde ein riesiger tisch für alle aufgestellt, der weihnachtsbaum reichte bis unter die decke und alljährlich freuten sich die eltern auf diesen abend, um alle ihre kinder und deren angehörige unter ihrem dach zu bewirten. fünf söhne hatten sie und eine tochter, das nesthäkchen, die noch zu hause wohnte.
die tochter hatte endlich einen freund, die familie freute sich sehr darauf ihn kennenzulernen.
alle erschienen mehr oder weniger pünktlich, nur der freund der tochter fehlte. sie beteuerte immer wieder, was für ein pünktlicher und zuverlässiger mann er doch sei, und daß sie sich sein fernbleiben nicht erklären könnte. sie war sehr nervös, schaute immer wieder zur tür und die anderen zogen sie auf. sie rief bei ihm zuhause an, aber niemand hob ab. sie hörte den anrufbeantworter ab, keine meldung. sie erklärte, es müsse etwas furchtbares passiert sein, war nicht zu beruhigen und so fuhr sie in die wohnung des freundes.
bald kam sie zurück, er war weder daheim noch hatte er in der zwischenzeit etwas von sich hören lassen.
gegen zehn uhr klingelte es an der tür, das mädchen öffnete, aber keiner stand draußen. die weihnachtsnacht war auch nicht der richtige zeitpunkt für einen dummen scherz. es klingelte noch zweimal, alle hörten es, die tochter öffnete, aber niemand war zu sehen.
um dreiundzwanzig uhr fünfzehn donnerte es gegen die hölzerne eingangstür. alle wunderten sich, gab es doch eine klingel.
wieder öffnete das mädchen. die familie, die um den tisch saß, sah, wie sie mit jemandem sprach, konnte aber niemand erkennen. die tochter kehrte zurück zur festlichen tafel, leichenfahl im gesicht.
„es war mein freund“, sagte sie, „er ist tot, er hat einen schädelbruch, ich habe die wunde gesehen.“ dann brach sie zusammen.
wenig später läutete das telefon. es war das krankenhaus. man hätte einen zettel in der geldtasche eines jungen mannes gefunden, der durch einen verkehrsunfall um dreiundzwanziguhr-

fünfzehn verstorben war. auf dem zettel habe die adresse seiner eltern und die der familie des jungen mädchens gestanden. es täte ihnen sehr leid. aber man habe nichts mehr für ihn tun können, obwohl er sofort ins krankenhaus gekommen sei.

Swantje Kniee

knapp vier jahre meines lebens verbrachte ich mehr oder weniger mit Swantje Kniee. sie trat in mein leben wie eine göttin und verschwand auch als solche, lange zeit brauchte ich, um sie in der richtigen relation zu sehen, um sie kennen zu lernen, sie zu verstehen, und das war keineswegs für mich oder irgendwen möglich, solange sie sich in unserem leben aufhielt.
Swantje Kniee besuchte die kunstakademie vom gleichen tag an wie ich. wir hatten uns beide für das grafische gewerbe eingeschrieben, beide neunzehn jahre jung, aber der unterschied zwischen uns allen und Swantje Kniee war eklatant, enorm und nie zu überbrücken. für keinen.
Swantje Kniee war weder besonders groß, noch besonders hübsch, vor allem war sie keineswegs besonders begabt. aber irgendwie bemerkte man das nicht. Swantje Kniee betrat unser leben in einer weise, daß wir alle dankbar waren, daß sie unser ödes dasein mit ihrem glanz ausleuchtete. sie war etwas ganz besonderes. wir wußten nur nicht warum. Swantje Kniee, mittelgroß, etwa in meiner größe, trug kupferfarbenes haar bis an die hüften. dieses haar war leicht, aber nur wenig gekräuselt, so daß es gewissermaßen nicht flach liegen konnte. der effekt war gewaltig, es schien, als wäre Swantje Kniee von einer rotgoldenen haarflut umgeben, die haare waren das entscheidende an ihrem aussehen. meistens trug sie sie in einer turmspange direkt auf dem kopf zusammengefaßt, so daß eine art burgfräuleinoptik entstand. das haar fiel dann offen über die schultern, trotzdem es streng aus dem gesicht gekämmt war.
diese haare setzte Swantje Kniee auch immer ein. sie waren ihr markenzeichen, ihre kostbarkeit.
alles was Swantje Kniee tat, war etwas besonderes. wir konnten uns das nicht so recht erklären, aber weil sie es uns so vermittelte, erschien es uns wirklich so. nach ein paar monaten requirierte sie mich als ihre freundin. ich war zutiefst dankbar, herausgehoben aus dem mob der einfachen leute an die seite von Swantje Kniee. es war unglaublich, unfassbar.
von diesem augenblick an verlangte Swantje Kniee treue bis in den tod von mir. das betraf aber nur mich, keineswegs sie. man mußte die spielregeln kennen, sie waren klar, präzise und hammerhart.

sie erzählte mir alle ihre geheimnisse, aber es waren meist geschichten, die sie erfand, köstliche kleine juwelen, mit denen ich dann ihr haupt magisch schmücken konnte, und ich glaubte jedes wort. ich bewunderte sie.
sehr bald hatte sie einen freund. keine von uns hatte so einen freund. er war schon ein relativ alter mann mit seinen dreiundzwanzig jahren und wir überlegten immer, was so ein alter mann sexuell wohl so alles mache.
wenn er sie abholte, drückten wir uns ein wenig herum, ihr neiderfüllt nachsehend, vor allem aber voll bewunderung.
sie erzählte wunderbares, wie sie aus den ausgekämmten goldenen haaren einen pullover für ihren freund strickte, wie sie sich nachts vor dem geöffneten kanonenofen im flackernden licht des feuers auf einem alten bärenfell liebten, das ihre familie aus dem osten mitgebracht hatte. wie ihr freund sie immer auf den armen trage, beim spazierengehen, damit ihre füße nicht schmutzig würden, sowie der boden feucht oder lehmig wurde. wie sie von ihrem wenigen geld hemden für ihn kaufe, sie staple in einem schrank, den sie aus allerlei kisten vom großmarkt gebaut habe, nun würden vorne die magischen worte draufstehen, Sansibar, Daressalam, Surabaya, Jakarta etc. eine einrichtungsfirma habe ihr tausende von mark für diesen schrank geboten, aber das sei natürlich für sie uninteressant.
sie schrieb, wie ich, gedichte, aber in versform. jeden tag schrieb sie eines für ihren freund, sie zeigte sie mir, ich fand sie um so vieles wunderbarer als meine.
jeden abend nach der akademie trafen wir uns alle in einer Tchibofiliale. vier jahre lang. wir erlebten den kaffee für zwanzig, für dreißig und für fünfzig pfennige ganz gegen ende zu. wir standen dort tatsächlich jeden tag und zogen von dort in zwei verschiedene kneipen. entweder zum Weinbauern, und waren wir da wiedermal herausgeflogen, so ging es in die Hopfendolde, bis es auch da wieder für eine weile hausverbot gab, dann saßen wir wieder im Weinbauern, weil das keiner so genau nahm.
Hans und Swantje saßen natürlich immer dabei, oft ließ sie sich von ihm füttern, gurrte wie ein vögelchen, oder ließ sich streicheln, schnurrend wie eine katze. sie aßen stets von einem teller und ich durfte auf ihrer anderen seite sitzen.
ich war äußerst stolz, von ihr als freundin erwählt worden zu sein. wir galten als unzertrennlich und jeder wußte, was er der

einen erzählt, weiß auch die andere. in gewisser weise fürchtete man uns auch. ich war schlagfertig, hatte eine scharfe zunge und Swantje die dazu gehörende phantasie. besonders gerne machten wir schlüpfrige, anzügliche witze, die es vom wortlaut her gar nicht waren, ihren hintersinn ausschließlich durch die betonung erhielten.
ihren freund Hans sah ich immer mit bewundernden augen. ich nannte ihn onkel, weiß nicht mehr warum. onkel hatte aufgeworfene lippen, blaue augen und einen kleinen kopf. er war mindestens einen meter neunzig, mit beweglichen händen, die er beim sprechen auch einsetzte.
Swantje Kniee war ohne vater, der sei im krieg geblieben, die schwester lebte in Frankreich, die mutter habe ich nie zu sehen bekommmen, auch war ich in den vier jahren nicht einmal bei ihr zuhause.
ich stellte mir, den berichten zufolge, ihre wohnung als einen palast aus tausend und einer nacht vor, maurische hocker, farbige, golddurchwirkte saris von den decken, ein arabisches himmelbett, überall tabletts mit duftendem türkischem mokka, die mutter in pumphosen mit untergeschlagenen beinen auf einem riesigen polster hockend, eine gurgelnde wasserpfeife rauchend, das zimmer mit wundersamen düften füllend, nicht zu vergessen den unglaublichen riesenkater mit den blaugoldgesprenkelten augen, dem weißen fell, der langsam seufzend um die kissen strich. ich hätte es gerne mal gesehen, aber Swantje Kniee erklärte, ihre mutter habe früher als spionin gearbeitet, eine kleine, aber wunderschöne frau, und sie habe aus der zeit noch sehr viel besuch. außerdem leide sie an einer fürchterlichen migräne durch eine schußverletzung, bei der sie nur knapp mit dem leben davon gekommen sei. deshalb wäre jeder weitere besuch für sie einfach zu anstrengend.
die schwester habe ich einmal kennengelernt, sie mochte Swantje ganz offensichtlich nicht, sie fühlte sich ungeliebt und zurückgesetzt von der mutter und war deshalb nach Frankreich gezogen. dort arbeitete sie und verdiente ihren lebensunterhalt als lektorin. sie liebte frauen und sie warb um mich, aber ich war mir nicht sicher, daß es nicht geschehe, um Swantje eins auszuwischen, daher gab ich dem werben nicht nach, mochte diese düstere, junge frau aber sehr, mit den gleichen herrlichen haaren, die aber kurz geschnitten und nachtschwarz wie eine wolke

um ihr markantes gesicht standen. ich hatte zu diesem zeitpunkt ein zimmer in der Mandlstraße, direkt am Englischen Garten. in diesem berühmten standesamt in der gleichen straße, an einem freitag dem dreizehnten habe ich auch später geheiratet, denn ein termin war an diesem tag leicht zu haben.
in dem zimmer in der Mandlstraße fühlte ich mich nicht sonderlich wohl. es war bei zwei adligen damen von meiner mutter gemietet worden, die des adels und der damen wegen glaubte, dort sei ich gut behütet. ein dienstmädchen namens Rethel aus Österreich versorgte die beiden seltsamen frauen. die eine sah aus wie ein jäger, trug ausschließlich anzüge und hatte eine dunkle stimme. die andere, blond gefärbt, mit langen offenen haaren, die sie stets kämmte wie die Lorelei, saß bis in den späten nachmittag in wallenden rosa und violetten gewändern, gelösten haaren und laut trällernd im gang oder in einem der weit geöffneten zimmern. eine üppige, alternde frau, ein sehr merkwürdiges paar, was meine mutter in ihrer naivität übersehen hatte, daß es eindeutig lesben waren und dort hätte sie mich sicher nie untergebracht.
Rethel hatte die schreckliche angewohnheit, mein sämtliches zeichenzeug bis hin zum kleinsten stift nach farbe und größe auf dem riesigen tisch neu zu ordnen. und das jeden tag. das bad durfte ich mitbenützen. der waschtisch, eine gewaltige, muschelförmige keramik, die nur in der mitte blank war, flößte mir stets ein leichtes grauen ein. von innen nach außen setzte sich ein kalkrand ab der, je weiter es dem rande zuging, immer dicker und brauner wurde. es waren schon beinahe stalagmiten.
ich hatte keine andere wahl und war schrecklich froh, nicht mehr in dem Heim Nazareth wohnen zu müssen, in dem meine mutter mich vorher einquartiert hatte. dort war ich rausgeflogen wegen pornografischer träume. ja, erstaunlich. das war die begründung. mich verblüfft noch heute, daß das funktioniert hatte. das mädchen, mit dem ich das zimmer teilen mußte, verschwand jede nacht aus dem fenster und trieb sich in Schwabing herum. sie hatte das zimmer vorher alleine bewohnt, denn es war abnorm teuer. sie war unglücklich, als ich auftauchte, entschuldigte sich im voraus bei mir und gab als grund an, nicht mehr das zimmer mit mir teilen zu können, ich redete im traum die größten schweinereien. das alles wurde zu papier gebracht, eine ganz erstaunliche sammlung, phantasie muß sie gehabt

haben und meiner mutter vorgelegt. die fiel aus allen wolken, zweifelte selbstverständlich, wie immer keinen augenblick an der doch recht absurden wahrheit des gezeigten, trotz meiner beteuerungen, und brachte mich enttäuscht und erschüttert nach hause. so kam ich zu den damen und zu Rethel, dem mädchen.
in dem zimmer standen der erwähnte riesentisch, ein gewaltiges bett, so groß, daß ich mit ausgebreiteten armen nicht die wand oder das bettende erreichte, ein spiegelschrank, gefüllt mit kostbaren, teils handsignierten büchern, ein kleiderschrank, dessen hälfte ich benützen durfte, auf der anderen seite hingen herrlich riechende pelze in weißen hüllen und gegenüber dem spiegelschrank stand ein lehnsessel.
in dieser zeit las ich enorm viel, holte mir jede woche sechs bücher aus der stadtbibliothek und saß dann abends und nachts lesend im sessel, den spiegelschrank gegenüber. irgendwann bemerkte ich, daß ich, wenn ich länger in den spiegel schaute, mein spiegelbild nicht mehr sehen konnte. der spiegel war leerund ich unfähig, mich aus dem sessel zu erheben. erst wenn ein auto vorbeifuhr war der bann gebrochen. dasselbe hatte ich nachts im bett. in schweiß gebadet lag ich und konnte mich nicht bewegen. ich sprach mit meiner mutter darüber, daß ich dort weg möchte, aber sie lachte nur bitter und meinte, sie wüßte genau, ich wollte eine sturmfreie bude, nichts sonst. da wären mir wohl alle mittel recht.
zu dieser zeit war ich noch nicht auserkoren, Swantjes freundin zu sein. ich war viel allein im ersten semester und der atmosphäre des zimmers ausgeliefert. meine stammkneipe wurde der Leierkasten, eine schwulenkneipe, der pächter hieß Peter, ich verliebte mich ein wenig in ihn, wußte aber, daß er schwul war. hier verbrachte ich lange zeiten, um nicht daheim sitzen zu müssen am abend, ich hatte einen zeichenblock mit und skizzierte so manche bekannte persönlichkeit, die dann später mit einem knaben im hinterzimmer verschwand. so erhielt ich von dem heute weltberühmten karikaturist Klama den schönen namen „Malzahn“. das war seine erfindung und das wort zahn für mädchen sollte jahrzehntelang bleiben.
eins seiner ersten veröffentlichten bücher mit dem Malzahn und einer handsignatur habe ich noch.
jedenfalls bat ich Peter, sich zu mir nach zehn uhr an seinem

freien tag ins zimmer zu setzen, damit ich da herausfliege. anders hatte ich es ja nicht geschafft. so geschah es, Peter war längst im lehnsessel eingeschlafen, als der „jäger“ die türe aufriß, wie der engel mit dem flammenschwert die hand theatralisch hob und „hinaus“ brüllte. noch in der selben nacht rollte meine mutter mit dem VW-käfer an und holte mich und meine habseligkeiten aus München ab.
die nächsten tage wohnte ich bei freunden, gegen den willen meiner mutter, aber ich wollte nicht fehlen in der akademie, außerdem konnte ich ihre vorwürfe nicht mehr hören und fand tatsächlich, ein wunder, ein zimmer in der Occamstraße direkt über der „Gisela“, mit deren liedern ich dann die nächsten vier jahre einschlief.
als Swantje Kniee in mein leben trat, und ich ihr später die seltsame geschichte erzählt hatte, da war sie für ihre verhältnisse sehr ruhig, sie sah mich komisch an und erzählte mir die geschichte vom polnischen geiger, einem juden, der das KZ überlebt und in der Mandlstraße, akkurat in meiner wohnung, gelebt hatte nach dem krieg. auch die familie Kniee wohnte dort, ein stockwerk tiefer.
sie freundeten sich an, die mutter und der geiger, aber sie konnte wohl seine tiefe trauer nicht mehr durchbrechen, er erhängte sich eines tages zwischen den zwei fenstern in meinem zimmer.
Swantje meinte, ich würde das gespürt haben, hätte, als gutes medium, in diesem zimmer keine ruhe finden können. die familie Kniee war dann auch weggezogen, in eben diesen palast, den ich noch nie gesehen hatte. ich weiß nicht, was es ist, aber ich hatte später immer wieder die gelegenheit zu glauben, daß ich tatsächlich ein gutes medium bin.
gegen ende der vier jahre unseres studiums sprach Swantje Kniee nicht mehr so oft von ihrem mann, auch ging sie nicht mehr mit ins Tchibo, nur Hans war immer da. er hatte sein studium abgebrochen, war parkwächter geworden, weil er die teuren wünsche seiner frau, sie hatten ein jahr vorher wirklich geheiratet, nicht mehr erfüllen konnte. ich war zu der hochzeit nicht eingeladen gewesen, es schien mir seltsam, sie erzählte tagelang davon, und ich weiß bis heute nicht, warum ich das nicht übel genommen habe.
eine kutsche hätten sie gemietet, für alle gäste, es seien alle die

berühmten leute vom geheimdienst gekommen, aus der zeit, als ihre mutter noch spionin war, auf den tischkarten nur die vornamen, aus sicherheitsgründen, deshalb durfte sie auch keine fremden einladen. trauzeuge sei der freund von Hans gewesen, viel später sollte ich mich in ihn verlieben, und ihre trauzeugin die schwester. im weißen schleier sei sie auf dem Großhesselohersee im boot gesessen, über und über mit lilien und weißen rosen geschmückt. abends dann habe er sie auf dem arm in die wohnung getragen, so wie im film, aber nicht nur die letzten meter, nein, von der kutsche bis ins bett. die hochzeitsreise, die sei erst nächsten sommer, in die Ägäis, denn vorher bekäme er keinen urlaub.
eines tages hieß es hinter vorgehaltener hand, Swantje Kniee habe einen anderen.
Hans trank viel, er sah schlecht aus, keiner wagte, zu fragen. auch ihr studium machte Swantje nicht zu ende. drei monate vorher verschwand sie spurlos aus meinem leben, aus der akademie und von der bildfläche.
sie fehlte mir schrecklich. ich konnte es einfach nicht glauben, sie hat mir nie geschrieben noch sich je wieder gemeldet.
nach dem studium arbeitete ich freiberuflich und jobbte außerdem für eine weile als nachtschwester in einer gynäkologischen klinik in Bogenhausen. ich hatte eine schwesternhelferinnenausbildung absolviert.
und wer liegt eines tages in der privatstation? Swantje Kniee mit einem neuen nachnamen, wieder verheiratet, die haare abgeschnitten, per kaiserschnitt entbunden von einer tochter, weil das damals mode war. es gehe ihr gut, wunderbar, sie habe genügend geld, einen reizenden mann, aber bitte, jetzt müsse sie ruhe haben, und von Hans möchte sie schon gar nichts hören.
dann habe ich sie wirklich nie mehr gesehen. Hans, der sich so sehr ein kind von ihr gewünscht und sein studium aufgegeben hatte, ihretwillen, hat sich nicht mehr erholt.
er war lange parkwächter, kümmerte sich um eine merkwürdige frau, schwer erkrankt und ohne lust am leben. er sanierte sie, heiratete sie, und sie bekamen ein kind. er ließ sich scheiden, jobte als nachlasshändler, kaufte, verkaufte, immer am existenzminimum, zog in ein kleines provinzstädtchen mit einer neuen frau, einer orgelspielerin und arbeitet als mann für alles, als hausmeister, anstreicher, gärtner. ich erfuhr, daß Swantje meine gedichte

abgeschrieben und sie Hans geschenkt hatte, es kam nur heraus, weil er viele jahre später meinen gedichtband gekauft hatte und sich wunderte. sie hatte auch zeichnungen von mir durchgepaust und als ihre ausgegeben. sie wohnte mit ihrer mutter in einem schäbigen einzimmerappartement. der vater war verschwunden, war aber vorher gesund aus dem krieg zurückgekommen, die mutter, jüdin, konnte beide kinder nicht allein durchbringen, daher ging die nicht so geliebte tochter nach Frankreich. sie war nie spionin sondern näherin.
ich sollte die wohnung wohl nicht sehen, weil sich Swantje ihrer und ihrer mutter wegen schämte. die hochzeit fand auf dem standesamt statt. sie sind hinterher essen gegangen. das war es. einen pullover aus ihren haaren hat Hans nie besessen.

schulaufgabe in geschichte

eine der wenigen geistlichen lehrerinnen im internat, sr. Emanuela. zarte, blaugeäderte hände, graue, durchscheinende augen, schneeweiße dicke haut, wie die haut auf dem mittwochspudding. der einzige mensch hier, den sie mag. der einzige mensch, der sie mag.
die dickliche, aschblonde untersekundanerin liest und liest die aufgaben immer wieder durch. auf der innenseite des armes, unter dem pullover, der spickzettel. es wäre verrat ihn zu benutzen. andererseits möchte sie sr. Emanuela auf keinen fall enttäuschen. aber wenn sie erwischt wird, was dann? alles wäre verloren. die überlegungen legen ihr ganzes denken lahm. die uhr rückt unerbittlich weiter, rechts neben der tür. panik steigt auf. sie schreibt stichworte, wie kreuzzug und dergleichen. das könnte wenigstens ein plus hinter der note ausmachen. wenn sie doch wenigstens einige jahreszahlen...
volle konzentration auf den arm. nicht bewegen. nur die finger der anderen hand, akrobatisch. langsam rutscht das papier nach vorne. die nachbarin darf es nicht merken. sie würde es sr. Emanuela mit augenrucken verraten. das ist ihr trick. nicht nachweisbar, aber effektiv. bei Marietta hat sie es auch so gemacht.
zwei zahlen werden sichtbar. noch zehn minuten. wenn sr. Emanuela jetzt noch einmal rechts herum wandert statt links, dann schafft sie es. tatsächlich. weitere vier zahlen. jetzt fällt ihr plötzlich alles ein. sie schreibt fieberhaft, alles was auf dem spickzettel steht, ist in ihrem kopf ohne hinzuschauen. sie vergißt beinahe, das papier wieder im ärmel verschwinden zu lassen. sie schreibt um ihr leben. wieder wird am rande stehen. „schrift nahezu unleserlich". sie schreibt. abgeben.
jetzt könnte sie noch stundenlang, sie weiß alles. das blatt wird ihr unter der feder weggezogen. Sr. Emanuela lächelt. allein das war es wert. sie fühlt sich beschämt aber glücklich.

der erste versuch

es waren schwierige zeiten. in der werbeagentur arbeitete sie nicht mehr und die freien aufträge kamen nicht von allein. ein grafiker, der ihre bandbreite schätzte, ließ sie für sich arbeiten. sie malte lokale aus, entwarf speisekarten, briefköpfe und signets. kopierte alte spiele und nachdem sie gedruckt waren, kolorierte sie diese von hand, denk- und geduldsspiele, kartenspiele und anziehpuppen. sie lernte eine menge leute kennen, aber sie fühlte sich mit neunundzwanzig jahren in gewisser weise an einer schwelle angelangt, unzufrieden. nichts deutete auf eine veränderung hin.
in der Wiedenmeierstraße wartete sie auf die unterlagen eines neuen auftrages. die frau des grafikers stellte ihr eine freundin vor, ein dunkelhaariges, burschikoses mädchen mit leuchtend blauen augen. sie unterhielten sich eine weile, eine warme, ungewöhnlich tiefe stimme, die hände in den hosentaschen, in vorgeneigter haltung. sie sprach nicht viel, lachte gerne und noch am gleichen abend gingen sie zu viert aus. das gespräch kam auf reisen, autofahren, ihre passion, und die andere hatte anscheinend die gleiche einstellung dazu.
sie trafen sich am nächsten tag, tranken einen kaffee zusammen und am abend des gleichen tages noch einen wein. sie begannen sich öfter zu sehen, eine freundschaft entwickelte sich. Paula arbeitete in einem elektronischen betrieb, jahre vorher hatte sie den sport aufgegeben, den sie seit ihrer frühesten kinderzeit betrieben hatte. sie war tatsächlich deutsche fünfkampfmeisterin geworden, aber sie hatte keinen spaß mehr daran. hin und wieder spielte sie noch tennis, schwamm sehr gerne, machte bergwanderungen, aber an einer sportlichen laufbahn war sie nicht mehr interessiert. außerdem gehörte sie mit vierundzwanzig jahren schon zu den alten in dieser branche.
Paula und Gabriele trafen sich jetzt regelmäßig. irgendetwas an Paula faszinierte Gabriele, da waren eine scheu oder eine spannung zwischen ihnen beiden, die sie nicht orten konnte. beide frauen waren rasante autofahrerinnen, hatten ein starkes technisches verständnis, fuhren eine gerne bei der anderen mit und beschlossen, am wochenende nach Venedig zu fahren, abends, nachdem Paula mit der arbeit fertig war. sie wohnte in einer kleinen wohnung mit dem kater Lehmann und suchte bereits seit

längerem eine größere. Paula holte Gabriele mit ihrem Autobianchi ab, die freundschaft vertiefte sich. Paulas zurückhaltende und abwartende art passte gut zu Gabrieles forderndem und energiegeladenem wesen. sie ergänzten sich prächtig.
an einem nachmittag im sommer zog Gabriele sich um in ihrem winzigen appartement und Paula wartete solange auf der sitzlandschaft in der mitte des zimmers, wie es zu dieser zeit modern war. nass und in ein badetuch geschlungen kam Gabriele aus dem bad. etwas in Paulas gesicht ließ sie stutzen, sie setzte sich neben sie, sie umarmten sich, sie küßten sich und waren zärtlich zueinander. für Gabriele war das kein problem. aber für Paula, die sich plötzlich ihrer neigung zu frauen bewußt wurde. Gabriele sah in Paula die freundin, die ausschließliche so sehr ersehnte freundin, die freundin, nach der sie seit ihrer kinderzeit suchte.
Paula sah in Gabriele den partner.
von da an änderte sich etwas in der beziehung. was für Paula todernst war, für Gabriele war es ein spiel, das körperliche zählte nicht in dem maße für sie, sexuell war sie auf männer fixiert und daran änderten die zärtlichen stunden mit der freundin, nach denen sie sich genauso sehnte wie diese, nichts.
Paula mißtraute jedem mann, der in Gabrieles nähe kam. Gabrieles beziehungen waren kurz, intensiv und heftig. sowie sich der alltag einschleichen wollte, oder der andere ihr sicher war, floh sie. mit dieser einstellung strahlte sie eine starke anziehungskraft auf männer aus, da sie nicht vermittelte, einen mann zu suchen. auch durch ihre extrovertierte art, ihre klugheit und bildung und nicht zuletzt der optik wegen, die hüftlangen blonden haare, die weibliche figur machten eindruck auf männer. Paula hatte auch einen freund gehabt, aber es war schief gegangen. jetzt war sie nur an Gabriele interessiert.
Gabriele wollte Paula nicht verletzen und sie um nichts in der welt verlieren, aber sie hatte weiterhin immer wieder beziehungen zu männern, die natürlich letztlich doch von Paula registriert und zu einem ständigen zankapfel wurden. sie einigten sich darauf, daß keine beziehung länger als vierzehn tage halten dürfte. Gabriele schien das sehr knapp bemessen, aber sie hielt sich daran. es fiel ihr auf, daß der abendliche wein, den sie zusammen tranken, bei Paula nicht mehr in gläsern zu zählen war. immer standen leere flaschen im zimmer, und gingen sie irgend-

wohin, so bestellte Paula sofort wein, ehe sie auch nur in die speisekarte schaute. immer öfter stritten sie um nichtigkeiten, fühlte Gabriele sich von Paula ungerecht behandelt und dominiert. aber sie entschlüpfte auf ihre art.
Paula begann briefe zu schreiben, in denen sie erklärte, daß sie es so nicht mehr aushalte, daß es besser sei, sie trennten sich. aber kaum sahen sie sich wieder, so schloß Gabriele Paula in den arm, küßte sie und verscheuchte jedes ernste gespräch. sie wollte Paula nicht verlieren, sie wollte keine grundsatzgespräche, sie wollte die heitere leichtigkeit ihrer beziehung unbedingt aufrecht erhalten, die für Paula längst nicht mehr existierte.
Paula mußte geschäftsreisen machen. sie besuchte kunden, führte verkaufsgespräche und übernachtete im hotel. sie schrieb lange briefe an Gabriele, die diese jedesmal verblüfften, weil sie so deprimiert, anklagend und teilweise verzweifelt klangen. aber noch gelang es ihr, sowie sie sich sahen, alles wieder ins lot zu bringen.
Paula hatte ihre traumwohnung gefunden. mitten in der stadt, in einem großen herrschaftshaus an einem belebten platz. sie wohnt noch heute da. eine dreizimmerwohnung, altbau, mit hohen decken und stuck. Paula lud Gabriele in ein feines lokal ein und eröffnete ihr, sie könne jederzeit bei ihr einziehen. aber es sei dann für immer. Gabriele fiel spontan nichts anderes ein, als zu sagen, daß sie sich eigentlich vorgestellt habe, später einmal kinder zu haben. sie war tatsächlich nicht interessiert, zu heiraten, aber kinder, das schon. mit großem ernst bot Paula ihr an, zusammen ein kind zu adoptieren. Gabriele verließ verblüfft das lokal und zog sich zunächst einmal zurück, was Paula schrecklich kränkte.
es war winter, Gabriele fuhr in ihr elternhaus und dort igelte sie sich ein, wie sie es immer getan hatte, wenn eine entscheidung zu treffen war. am wochenende sollte sie mit ihren grafikerfreunden einen geburtstag feiern.
sie hatte Paula nichts erzählt, irgendwie stand sie auch nicht zu der beziehung, die sich so geändert hatte. sie wollte sich amüsieren, lachen und fröhlich sein, ohne überwachung, wen sie denn anschaue, mit wem sie denn rede. aber Paula fand es heraus, sie rief an, machte eine szene. sie fühlte sich zu recht ausgeschlossen, und Gabriele schämte sich, konnte sich aber nicht überwinden, die freundin trotzdem mitzunehmen.

der geburtstag fand in einem kleinen kellerlokal in der Maxvorstadt statt. es ging hoch her und alle waren äußerst ausgelassen und lustig. irgendwann betrat ein mann das lokal, und im selben augenblick wußte Gabriele, daß sie sich in diesen mann verlieben würde. sie teilte ihren überraschten tischgenossen mit, dies sei der mann ihres lebens. alle lachten über den vermeintlichen scherz und man beschloß, ihn an den tisch zu holen. Gabriele mußte ihn immer wieder ansehen, sein schmales gesicht, die etwas vorgewölbten augen, den mund, mit den empfindsamen, sinnlichen lippen. eigentlich war er überhaupt nicht ihr typ. sie mochte männer mit dunklen locken und blauen augen, aber dieser hatte etwas an sich, was sie magisch anzog.
das fest war längst zuende, auch das lokal war bereits leer, man begann, die stühle auf die tische zu stellen, aber die beiden saßen immer noch da und Gabriele hatte das gefühl, sie müsse ihm jetzt sofort, auf der stelle und ohne auch nur das geringste auszulassen ihr ganzes leben erzählen. ihr schien plötzlich die zeit unter den händen zu verrinnen, die zeit, in der sie mit ihm sprach, sie hatte sich hals über herz verliebt.
Günter, so hieß dieser mann, war in einer festen beziehung, und das schon seit sieben jahren. sie murmelte nur, sie sei es auch, ohne weitere erklärungen abgeben zu wollen. sie verbrachten noch die gleiche nacht zusammen und den ganzen nächsten und übernächsten tag. Gabriele dachte nicht an Paula, und wenn, unterdrückte sie es sofort. sie wollte nicht an sie denken, sie wollte kein schlechtes gewissen haben, sie war glücklich, total glücklich. bis dann Günter meinte, er müsse so langsam nach hause, seine freundin warte. Gabriele überlegte nur kurz. sie erklärte ihm, sie fahre jetzt in ihr elternhaus. sie bleibe dort vier tage. wenn er in diesem zeitraum auftauche, so hieße es, er habe sich für sie, gegen seine freundin entschieden. anderenfalls sei alles für sie erledigt. sie verließen zusammen das appartement, jeder in seine richtung.
draußen auf dem land hatte es ziemlich geschneit. die lange einfahrt, zwar geräumt, aber schwer zu befahren. für Gabriele stellte das kein problem dar. aber für Günter. denn er kam am dritten tag und blieb natürlich stecken. Gabriele rannte hinaus, und ohne auch nur ein wort mit ihm zu sprechen, fuhr sie sein auto mühelos aus dem tiefschnee und auf den parkplatz. dies sollte für Günter eine bleibende erfahrung werden. damit hatte er ein pro-

blem. aber nicht zu diesem zeitpunkt, denn sie waren beide bis über die ohren verliebt.
sie setzten sich über und ineinander in den dicken sessel am fenster, sie las ihm ihr lieblingsmärchen vor, sie redete und redete, er schwieg und schwieg, und beide waren glücklich.
Paula hatte überall herumtelefoniert und selbstverständlich die story des geburtstagsabends erzählt bekommen. sie fuhr morgens zum appartement von Gabriele, der rolladen unten, lichtschimmer dahinter und wieder nachhause. sie wartete drei tage und rief in Gabrieles elternhaus an. dort war diese endlich eingetroffen und erzählte, übersprudelnd vor glück und verzweiflung, der ungewißheit wegen, wie Günter sich entscheiden könne, Paula die ganze geschichte. sie merkte nicht, wie sehr sie diese verletzte, es war doch ihre freundin, wem anders erzählt man jede, aber auch jede einzelheit. Paula hörte zu und schwieg. irgendwann machte sie Gabriele darauf aufmerksam, daß sie gemeinsam in wenigen wochen eine bereits gebuchte reise in die algerische wüste unternehmen wollten, die erste, große, gemeinsame reise. Gabriele hatte es schlicht vergessen. sie könne jetzt nicht weg. oder doch, wenn Günter sich anders entschiede. also hänge es von Günter ab, fragte Paula, nur von ihm, und Gabriele bestätigte es.
in den nächsten wochen und monaten hatte Gabriele für Paula keine zeit. Günter und sie gingen keinen schritt ohne den anderen, sie trennten sich nicht eine einzige minute, fuhren zusammen in die Schweiz, in die Türkei, nach Syrien, in den Libanon und erst als Gabriele von ihrem ersten kind entbunden wurde, war Günter nicht dabei. Gabriele heiratete Günter gegen all ihre vorsätze. Paula durfte trauzeugin sein, der hund bekam eine schleife, Gabriele sah so schön aus wie noch nie und Paula versuchte sich anschließend auf einem skihang umzubringen, indem sie einfach mit geschlossenen augen herunterraste, sich sämtliche knochen brach. aber sie blieb am leben. von Gabriele wollte sie nichts mehr hören. sie wollte sie nicht besuchen und auch das kind nicht sehen.
irgendwann, als Gabriele wieder einmal dort anrief, erklärte ihr ein fremder mann, er sei der ehemann von Paula und wenn sie auch nur noch ein einziges mal anriefe oder sich gar blicken ließe, würde er sie verprügeln.

der bär

eigentlich war der sommer in München schon vorüber. Gabriele hatte das semester über wieder hart gearbeitet. sie mußte ihr studium verdienen, da die achtzig mark, die sie von zuhause erhielt, nicht einmal den preis für das winzige zimmer in der Occamstraße abdeckten, das einhundertfünfzig mark kostete. aber sie wollte wieder nach Griechenland.
im sommer hatte sie kleine tonelefanten an der Leopoldstraße verkauft, von ihr im winter hergestellt. dort entwickelte sich mittlerweile eine regelrechte verkaufskolonie, dabei war es doch so bescheiden losgegangen neunzehnhunderteinundsechzig, mit Cäsars kupferringen, Hannes' schaurig schönen ölschinken, Gerds batiken und Gabrieles elefanten. drei jahre später mußte man sich bei der stadt eine genehmigung kaufen, im jahr darauf wurden die plätze bereits limitiert, und noch später nannte die stadt den verkauf die „Schwabinger Wochen". auch heute stehen die händler und sogenannten künstler den ganzen sommer über zu beiden seiten der Leopoldstraße, längst gehört es zur festen einrichtung und macht den flair der oberen Leopoldstraße bis zum Siegestor aus. es werden dort gemälde, zehnminutenporträts, gürtel, glastiere, kitsch und krempel verkauft und keiner weiß mehr, wie es einmal angefangen hat.
Gabriele war geschickt im geldverdienen. sie wusch leichen am Westfriedhof, der bestbezahlte job Münchens, sie bediente an den wochenenden die automaten eines minilokals namens Picknick, legte im Münchner Merkur mittwochs zeitungen ein und freute sich alljährlich auf das dreikönigsschneeschaufeln, wenn man sich im morgengrauen die schaufel holte, sich in die liste eintrug und zurück ins warme bett schlüpfte, um dann pünktlich am abend das geld zu kassieren, und das drei tage lang. sie hatte ihre tausend mark beisammen und löste glücklich am hauptbahnhof das ticket für den orientexpress nach Griechenland. wie immer nahm sie nur einen kleinen rucksack, waschpulver und den schlafsack mit, suchte sich ein leeres abteil und genoß den beginn ihres alljährlichen abenteuerurlaubs, freute sich auf die wärme, das meer und die vielen leute, die sie kennenlernen würde.
draußen schob man exklusiv die landschaft für sie vorbei, sie aß einen apfel, schrieb ein wenig oder las und war zufrieden, alles

hinter sich lassen zu können. etwa in Jugoslawien lief sie durch den zug, schaute sich die leute an, trank einen kaffee im speisewagen, das große panoramafenster genießend. sie unterhielt sich eine weile mit einem langhaarigen, leicht schmuddeligen jungen, der ihr dann in das abteil folgte, um mit ihr zwischen und in zwei tunnels im stehen sex zu haben, und noch einige stunden später konnte sie es gar nicht fassen, wie das so schnell hatte geschehen können.
in Athen wechselte sie den zug, um in den hafen von Piräus zu gelangen und kaufte die karte für eine fähre, die sie auf die inseln bringen sollte. die nacht verbrachte sie in einem warteraum zusammen mit unendlich vielen griechen, die sangen, laut schnarchten, ihre quengelnden kinder fütterten und umgeben waren von unzähligen riesigen, mit stoff umnähten körben, geflochtenen taschen und mit schnur umwickelten koffern. im morgengrauen legte die fähre ab, sie saß wie immer an deck auf dem großen kasten mit den tauen und rettungsringen, fest in ihren schlafsack gewickelt und beobachtete die geschäftigkeit der leute, der matrosen, der wirte, die ihre cafés öffneten, bis alles immer kleiner wurde und verschwand. war sie sonst immer auf die Kykladen gefahren, so war diesmal ihr ziel der Dodekanes.
sie fuhr den ganzen tag und die nächste nacht. sie blieb auf ihrem kasten, so wurde ihr nicht schlecht, sah elmsfeuer am mast und delphine, die im ersten morgenlicht vor dem bug der fähre, weit schneller als diese, wunderbare spiele aufführten. sie war absolut glücklich. als Kalymnos in sicht kam, war sie überrascht über die bunten häuser im hafen, ganz anders, als auf den Kykladen.
Kalymnos, die schwammfischerinsel. aber die schwämme hier waren teurer als auf der Akropolis.
sie trank ihren ersten türkischen kaffee, den man jetzt den griechischen nennt, sah den fischern zu, die überall auf dem boden saßen und farbige netze knüpften, meist ältere männer, viele von ihnen hatten nur ein bein, oder es fehlten finger oder füße, erkundigte sich nach einer jugendherberge, aber so etwas gab es zu dieser zeit noch nicht auf Kalymnos und erblickte eine reihe von schwarzgewandeten frauen, die hand in hand ins meer stiegen, singend, ihre gewänder bauschten sich um sie herum.
sie blieb ein paar stunden dort, wusch sich notdürftig, machte notizen und wartete auf den angekündigten bus, der sie ins lan-

desinnere bringen sollte. sie fand die vom busfahrer beschriebene pension, bekam auch ein bett in einem winzigen verschlag und schon bald war sie wieder unterwegs, die insel weiter zu erkunden.
Kalymnos war nahezu unbekannt bei den touristen und hatte wohl auch nicht die typischen attraktionen zu bieten. Gabriele gefiel es hier, das bergige, die kleinen schattenplätze unter den wenigen oliven, der würzige heiße geruch über den steinen und ausgetretenen pfaden. aber drei tage später stand sie trotzdem auf der fähre nach Kos. auch in Kos gab es so gut wie keinen tourismus, aber einige pensionen und ein kleines hafenhotel. Kos erschien Gabriele riesig, es war die größte der griechischen inseln, die sie bisher besucht hatte. die hälfte war von türken bewohnt und sie konnte sich nicht vorstellen, wie das funktionieren könne, da sie die erbitterte feindschaft der griechen gegen die türken immer wieder erlebt hatte. mühelos fand sie ein günstiges zimmer und mietete sich ein.
und hier lernte sie Sven kennen, Sven aus Stockholm, glänzende braune haare, tiefbraune augen, goldbraune haut, einen fein geschwungenen mund unter einer eher zierlichen nase, empfindsam, zartgliedrig. bei einem liter retsina im orangefarbenen metallbehälter redeten sie die halbe nacht, in englisch über litaratur, kunst, reisen, die heimat und später über den sinn des lebens und die liebe. bei letzterer blieben sie dann auch und es genügte ihnen nicht mehr, nur darüber zu sprechen. am nächsten morgen, die wirtin rieb schelmisch die beiden zeigefinger zusammen, als sie das frühstück auf die terrasse trug, war sich Gabriele darüber klar, daß sie sich verliebt hatte.
Sven und Gabriele verbrachten neun tage auf der insel, sie wanderten, fuhren mit einem der unzähligen sammeltaxen, sie badeten am meer, liebten sich und redeten und redeten und liebten sich.
Svens rückfahrt war nicht verschiebbar. das ende der neun tage rückte näher und näher.
zwischen dem griechischen und dem türkischen teil der insel, die eigentlich recht flach und nicht besonders attraktiv in Gabrieles augen war, verglichen mit dem, was sie schon alles gesehen hatte, verliefen äcker und felder, unbewohnt.
papierfetzen und müll trieb der wind darüber hinweg und auf der türkischen seite begegnete man den beiden mit großer

zurückhaltung, aber freundlich, der unterschied zu den lauten, neugierigen und aufdringlichen Griechen war eklatant. sie besuchten unzählige kleine kirchen, tranken unzählige türkische moccas in unzähligen kneipen und cafés, sie kletterten auf den felsen an der bucht entlang, lagen im schatten von kleinen mauern im starken geruch von oregano und bitterkraut, sie wanderten stundenlang über den sandstrand, bauten sogar eine burg mit bayrischem und schwedischem turm, liefen geheimnisvolle muster mit den blossen füßen in den weichen sand, schrieben mit stöcken liebesgedichte in der jeweiligen muttersprache dicht an die wellen und sahen zu, wie diese sie löschten.
die nacht vor Svens abreise verbrachten sie eng umschlungen auf der terrasse ihrer kleinen absteige. sie liebten sich zu sehr, um sich jetzt körperlich zu lieben, sie hatten sich alles noch zu sagen, es war zum verzweifeln, sie konnte es einfach nicht akzeptieren, daß er wirklich abfahren sollte. er könnte mit nach Deutschland kommen, dort studieren, bei ihr wohnen, aber er ging nicht darauf ein, er mußte zurück, mitten im studium, und er nahm es ernst, als einziger sohn seiner eltern. sie würden sich schreiben, ja, jeden tag, und anrufen, und besuchen, ja, das würden sie.
im morgengrauen ging sie mit auf die fähre nach Piräus, sie hielten sich und konnten nicht voneinander lassen. tief atmete sie seinen warmen sonnengeruch ein und schaffte es im buchstäblich letzten augenblick, noch von der fähre herunterzukommen. sie winkte bis der arm schmerzte.
den nächsten tag verbrachte Gabriele mit tagebuch und stift in einer kühlen nische zwischen den felsen am strand. abends bestieg sie das erstbeste schiff, es fuhr nach Rhodos.
in Rhodos gefiel ihr gar nichts, zu groß, zu viele touristen, zu viele motorräder und kein Sven. ein paar engländer nahmen sie mit ihrem bus mit nach Lindos, einer auf einem hügel über dem meer gelegenen Akropolis, hier war es schon besser und sie kam in einer nahegelegenen jugendherberge unter. wie immer hielt man sie allgemein für eine schwedin, wohl der langen weißblonden haare und der weichen gesichtszüge wegen, was ihr gar nicht recht war, denn die schwedinnen genossen einen schlechten ruf in Griechenland. aber als deutsche wollte sie auch nicht gelten, sie sprach englisch und war ziemlich froh, in der jugendherberge unzählige leute aus der halben welt kennenzulernen, mit ihnen zu reden und zu trinken und sich so von ihrem gebro-

chenen herzen ein wenig abzulenken. sie blieb drei tage in Lindos, sah abends dem mittlerweile weltberühmten sonnenuntergang hinter der Akropolis zu, wanderte mit Australiern, sang mit Engländern, fischte mit Franzosen und trank retsina mit Amerikanern. am dritten tag erschien Klaus aus Schwaben in der jugendherberge. mürrisch, nörgelnd, sehr deutsch. außerdem war er schon „alt", mindestens achtundzwanzig jahre. Klaus erzählte Gabriele, daß er am nächsten tag in die Türkei reisen würde, um neun uhr morgens mit einem fischerboot, mit dem kapitän sei schon alles ausgemacht, drei stunden, länger würde es nicht dauern, da das türkische festland nicht weit von Rhodos entfernt liegt. Gabriele erzählte Klaus, daß sie tragisch verliebt sei und unbedingt abwechslung brauche. und so fuhren Klaus und Gabriele nach Marmaris.
in die Türkei zu fahren, zu trampen, war damals ein riskantes unterfangen. niemand bereiste die Türkei, und schon gar nicht auf eigene faust. Gabriele stellte sich die Türkei vor wie ein märchen aus tausend und einer nacht, eine steigerung von Griechenland, weiße kuppelpaläste, strahlende sonne, vergoldete halbmonde, wie in ihren lieblingserzählungen von Elsa Maria Kamphöfener. die Türkei, das war abenteuer pur. sie konnte es kaum erwarten.
die überfahrt hatte wenig freude bereitet. der kapitän beschimpfte die beiden unaufhörlich in verschiedenen sprachen, wie unerträglich es sei für ihn, touristen in die Türkei zu schaffen, hätten sie doch weiß gott die möglichkeit in Griechenland zu bleiben, dem schönsten und herrlichsten land der welt, aber zu den feinden müßten sie fahren, es widere ihn an. entsprechend hoch war auch der fahrpreis ausgefallen. besonders ungünstig erschien auch die herrische und arrogante art, in der Klaus zunächst mit den griechen, später mit den türken umging. er machte jedem schnell klar, daß er ihn sowieso für einen gauner, eierdieb und trottel hielt, und daß er, Klaus, sich von so einem nicht über den tisch ziehen lasse, daß er, Klaus, das alles durchschaue und wisse, und daß es gar keinen sinn habe, bei ihm, Klaus, auch nur den anflug eines derartigen versuches zu wagen. das machte ihn auf der stelle unbeliebt. vor allem bei den Türken, die Gabriele später als eines der freigiebigsten, freundlichsten, zurückhaltendsten und stolzesten völker der welt kennen lernen sollte.
als Marmaris in sicht kam, war sie vollständig enttäuscht. es lag

da, dunkel an den wald gelehnt, kleine braune holzhäuser, die sie fatal an Bayern erinnerten, sie war einfach noch zu jung um die schönheit dieser häuser zu begreifen, die sie auf späteren türkeireisen immer wieder suchte, von denen es mittlerweile nur noch ein einziges in Üsküdar gibt, das erhalten wird von der türkischen filmgesellschaft, um dort drehen zu können. sie übernachteten in einem hafencafé und fuhren am nächsten morgen in aller frühe in einem großen, offenen jeep in den wald und über das gebirge.
der wirt hatte ihnen diesen tip gegeben und sie bekamen noch zwei plätze, wenn man es denn als plätze bezeichnen sollte. im jeep saßen vierzehn leute, schwer zu beschreiben, wie sie alle platz gefunden hatten. davon zwei hochschwangere frauen, drei kleinkinder und der rest schwerbewaffnete männer in verschiedenen altersgruppen. außerdem fanden noch ein schwein und vier gänse platz, aber nicht Gabrieles rucksack. eiserne tramperregel ist, sich niemals vom pass zu trennen. einen brustbeutel hatte ihre mutter ihr schon vor zwei jahren genäht, mit der auflage, ihn immer um den hals und mit dem pass darin zu tragen. aber der steckte im rucksack. dieser wurde außen am jeep zusammen mit den anderen gepäckstücken vertäut und die fahrt begann.
in atemberaubender geschwindigkeit jagte der jeep über geröll und ausgewaschene wege in steilen serpentinen den pass hinauf. nach kürzester zeit begannen die schwangeren frauen grauenvoll zu erbrechen, das schwein schrie, die männer lachten und der fahrer beschleunigte. Gabriele hielt sich mit aller kraft am gestänge fest und blickte hinunter in die schluchten und täler. es war eine unglaubliche fahrt. dann ging es wieder abwärts, die steine spritzten, die kurven waren halsbrecherisch. sie gelangten in einen dichten wald, wie es so etwas in Deutschland gar nicht gibt. riesige, bemooste föhren, fichten und kiefern, es begann dunkel zu werden. der fahrer hielt an. es entspann sich ein sehr emotionales gespräch zwischen ihm, den männern und den frauen. diese waren offenbar dagegen, die männer lachten und Gabriele hatte keine ahnung, um was es ging. griechisch verstand sie einigermaßen, in türkisch kannte sie kein wort. englisch sprach keiner. die diskussion eskalierte. zwei schwer bewaffnete männer sprangen vom wagen und hoben Gabriele herunter. sie dachte nur an ihren rucksack mit dem pass. sie klammerte sich

an den wagen, aber die männer lachten nur noch mehr und rissen sie los, einer rechts, einer links trugen sie sie halbwegs in den dichten wald.
Gabrieles gedanken überstürzten sich. jetzt werde ich vergewaltigt, jetzt werden sie mich erschlagen, damit ich es nicht sage, vielleicht, wenn ich mich nicht wehre, wenn ich freundlich bleibe, mitmache, vielleicht passiert mir dann nichts, und der pass ist im rucksack.
sie lief brav mit, alles fiel ihr ein, was sie über solche situationen gelesen hatte, sie lächelte die männer tapfer an, und Klaus, ja Klaus war stumm auf dem jeep sitzen geblieben, die bewaffneten männer um sich herum. im laufschritt ging es immer tiefer in den wald. Gabriele ließ ihr leben an sich vorbeiziehen, sie dachte an Sven, an ihre mutter, das haus in Kreuth, die schulzeit, das internat, den gitarrenlehrer, den sie so geliebt hatte, sie dachte an ihre kommilitonen an der akademie, an ihr zimmer in München, ihre gedichte, die tagebücher. alles überstürzte sich in ihrem kopf. dann dachte sie gar nichts mehr und versuchte, weder zu stolpern noch sich den fuß umzuknicken. und noch immer ging es bergab im laufschritt durch den wald. dann hielten sie an. einer der männer legte den finger an die lippen. man ließ Gabriele los. sie konnte es nicht fassen, noch begriff sie nicht im mindesten, was das alles sollte. es war totenstill im wald. ganz vorsichtig gingen die drei weiter.
und da lag er, der bär. ein riesiges, braunes geschöpf, hingestreckt, angeschossen, tödlich verletzt. aus seinem schaumbedeckten maul kam ein fauchen. die blutunterlaufenen augen drehten sich in den höhlen, er konnte nur noch die pfoten bewegen. aber auf und neben ihm turnten zwei kleine bären, nicht größer als wolfshunde, rundlich und flauschig versuchten sie immer wieder an der mutter zu trinken.
einer der männer zog eine flasche fanta aus der hosentasche und drückte sie geöffnet Gabriele in die hand. sie sollte die kleinen bären daran trinken lassen. Gabriele war völlig überfordert, gerade dem vermeintlichen tod oder einer vergewaltigung entgangen, konnte sie das bizarre dieser situation noch nicht richtig begreifen. brav tränkte sie die bärchen, die schmatzend und mühelos aus der flasche tranken.
das also war es gewesen, ihr, der fremden mit den blonden, langen haaren, ihr wollte man etwas besonderes zeigen, eine lie-

benswürdigkeit der männer, deshalb waren auch die frauen dagegen, man verlor zeit, es wurde ja schon dunkel.
nichts war passiert. Gabriele strahlte die beiden männer an, zurück ging es wieder im laufschritt, große freude und fragerei im jeep, sie nickte nur immer, toll war es, ja, toll! toll! wiederholten die männer und die frauen, toll! und sie lachten und klatschten in die hände.
tief in der nacht erreichten sie eine ortschaft, wo sie in der wirtsstube auf dem boden in ihren schlafsäcken übernachten konnten. der jeep fuhr weiter, alle winkten und lachten. Gabriele konnte nicht schlafen. sie hatte ein wunder erlebt.

der bruder

meine freundin hat einen großen bruder, der ist schon in der oberschule. nur wenigen mädchen ist es gelungen, daß er ihnen etwas ins poesiealbum geschrieben hat. von den kleinen nur mir und der Helga.

meine freundin wohnt oben am berg in einem braunen haus, genau auf der anderen seite der Weißach, und da bin ich gerne, weil die kinder, und es sind fünf, keine richtigen betten haben, sondern solche kojen, wie ich das nur von büchern kenne. man kriecht hinein, dann liegt man im halbdunkel unter dem schrägen dach, abgeschirmt, beschützt, geschützt, und trotzdem kann man sich mit den anderen unterhalten, von einem dunkel zum anderen.

manchmal, wenn ich bei meiner freundin bin, ist auch der bruder da. er spielt mit den größeren mädchen spiele, die man nicht spielen darf. einmal haben wir uns angeschlichen und zugeschaut, ich fand es sehr aufregend. und meine freundin hat gesagt, daß sie ihn jetzt in der hand hat, daß sie ihn jederzeit auffliegen lassen kann, und daß das eine feine sache sei.

vom garten aus sieht man über die hügel direkt auf den Blauberg. von hier aus kann man auch die Halserspitze sehen, von meiner seite sieht man sie nicht, weil der Hohlenstein sich davor schiebt. über die hügel läuft ein kleiner wiesenweg bis zu der kapelle und verschwindet dann in den falten der endmoränen. sie liegen wie dicke teigfalten am fuß der großen wiese, die der gletscher vor sich hergeschoben hat, so haben wir es in der schule gelernt. und so sind sie liegengeblieben, was ein großes glück ist, denn sie verbergen alles und jeden.

und beim nächsten mal sind wir wirklich dabei. meine freundin hat ihren bruder gezwungen, und ich bin schrecklich aufgeregt. wir sind fünf, die Finni, die Hilde, die Birgit und ich und natürlich der bruder. wir müssen einen alten leiterwagen ziehen, darin liegt eine scharf riechende decke und dann geht es über die wiese runter in die schattigen, heimlichen mulden.

die Finni muß sich auf den rücken in den leiterwagen legen. und sie hat keine unterhosen an. die decke wird über sie gebreitet, so daß nur der unterleib frei bleibt. dann ergreift der bruder meiner freundin die deichsel und drückt sie ihr zwischen die schenkel. sie muß so lange liegen bleiben, wie er es will. dann kommen

Hilde und meine freundin dran, bei der geht es blitzschnell, wen interessiert schon die eigene schwester.
jetzt liege ich auf dem rücken im wagen. die stinkende decke nimmt mir die luft, aber da ist noch etwas anderes, was mir den hals zuschnürt. die deichsel rammt zwischen meine geöffneten schenkel, die ich versuche, zusammenzupressen, unerbittlich werden sie mit der deichsel gespreizt. die luft unter der decke wird zu brei, gleich platzt der kopf, gleich werde ich schreien. aber ich schreie nicht. es ist vorbei.
Finni darf noch purzelbäume ohne schlüpfer machen, Hilde muß im hocken pinkeln, aber das interessiert mich nicht. ich fahre mit dem rad nach hause, es tut weh auf dem sattel zu sitzen.
ich freue mich auf den nächsten schultag, wenn ich in der pause den bruder meiner freundin wieder sehe.

Island

abends zog es mich dann nochmals hinaus. ein süßer nebel begann bereits die hinteren berge weich einzuhüllen. das grün, so schmerzhaft unendlich grün, in einer klarheit und reinheit, wie ich sie weltweit noch nie gefunden hatte.
im weißen, rauhen, köstlichen moos zu liegen, schon ein klein wenig eingesunken in die erde, warm und duftend, über dir ein blauer himmel, der sehr zart, diffus, fast gläsern erscheint. ein immer stärker werdendes bedürfnis, hineingesogen zu werden in diesen feuchten, warmen schoß. der himmel wird grau, wie von weichen schleiern überweht. alles unwichtige, traurige, ärgerliche löst sich ab und hinterläßt große ruhe, einvernehmen mit den dingen, nie mehr möchtest du aufstehen aus diesem zärtlichen boden.
da ist er, der Vatnajökull! soeben, in diesem augenblick für mich hier erstarrt. Asgard, das geschlecht der Asen. hier sind sie zuhause, hier hat die erde begonnen zu sein. oder der Myrdaljökull. die gletscherlagune. nie hätte ich geglaubt, daß eis wirklich durchscheinend kobalttürkis ist. beim malen verwende ich diese farbe als verfremdendes element. hier, in Island, ist sie wirklichkeit.
die menschen auf dem land sind groß, auf eine grobe art schön, ein wenig, wie man sich riesen vorstellt. derbe hände und füße, gerade schultern, langgezogene nacken, tiefliegende, melancholische augen. sie sprechen nicht viel. eine art ländlicher adel umgibt sie. sie haben eine elementare sehnsucht nach kunst. es gibt keine tankstelle ohne galerie, kein privathaus ohne bilder und skulpturensammlung. viele malen in ihrer freizeit während der langen dunklen winter, wenn keine touristen da sind. in den wenigen städten, die jungen, die sehen aus wie sie überall aussehen.
dieser rosige, mehlige, rauchige nebel, er entsteht völlig rätselhaft. sein beginn ist nicht auszumachen, es fängt irgendwie an, wallt, raucht, fliegt vorbei, und in wenigen minuten verblassen ganze teile der landschaft um anderswo wieder aufzutauchen, wieder zart zu werden und gänzlich zu verschwinden. wahrscheinlich brauchen die elfen diese zeit, um alles wieder zu reinigen und zu klären, was der mensch allein durch seine anwesenheit und seine gedanken verdorben hat.

Gabriel

als die ersten wehen kamen, glaubte sie die geburt stehe unmittelbar bevor. unerfahren, wie alle beim ersten kind, fuhr sie in die klinik. der arzt hatte ihr versprochen, sollte sie entbinden, seinen urlaub abzubrechen und die geburt vorzunehmen. selbstverständlich waren es erst die eröffnungswehen und selbstverständlich hätte es noch eine ganze weile, tage sicherlich, gedauert, aber der arzt, nunmehr extra angereist, ließ die geburt einleiten und so begann das desaster.
aus irgendeinem grund vertrug sie das wehenmittel nicht, bekam krampfwehen die so massiv wurden, daß sie zeitweise regelrecht das bewußtsein verlor. selbstverständlich war das kind noch nicht bereit aus eigener kraft herauszukommen, selbstverständlich wurde zur zange gegriffen, selbstverständlich hatte das kind schwerste kopfverformungen und war von oben bis unten mit käseschmiere bedeckt, der klare beweis dafür, daß das kind zu früh geholt worden war. beim nähen des dammschnittes nähten sie den nerv mit ein, selbstverständlich, und als das kind nach zwei tagen noch immer die augen nicht öffnete, geriet sie in eine hysterische panik, die mit medikamenten behandelt werden mußte. am dritten tag bildete sich ein ausschlag auf dem köpfchen des jungen. ohne ihre einwilligung gab man antibiotika und der ausschlag verbreitete sich über das ganze baby. ohne ihre einwilligung, geschweige denn einer benachrichtigung überführte man das kind in das Haunersche kinderkrankenhaus.
sie verließ im schneesturm, am vierten tag das krankenhaus auf eigene verantwortung, stahl einen gummiring aus dem schwesternzimmer, öffnete das schiebedach, setzte sich auf den ring, da die schmerzen des eingeklemmten nerves kaum zu ertragen waren, und fuhr im dichten schneetreiben zur Haunerschen klinik.
dort, in der aufnahme, fand man kein kind dieses namens. ihr kind war weg. es war nirgends. sie wurde wieder hysterisch, ohnehin stark angegriffen von den ganzen umständen, sie brüllte durch die gänge, bis eine strenge ordensschwester ihr das kind brachte, ohne sich zu entschuldigen, ohne eine erklärung abzugeben, warum man es zunächst nicht gefunden hatte.
sie nahm ihr kind und fuhr in einem, mittlerweile zum blizzard angeschwollenen schneesturm nach hause.

neun tage hielten sie es aus, das kind schrie, die eiterpusteln wurden dicker, platzten und bald war Gabriel von einer klebrigen, gelben schicht bedeckt. ihr mann brachte keinerlei verständnis dafür auf, daß sie das kind aus dem krankenhaus geholt hatte.
sie fuhren mit ihm in eine andere klinik. hier zeigte man ihr das leere bettchen eines kindes und bedeutete ihr freundlich, sie sei noch jung, sie könne noch viele kinder haben, diese krankheit mache geschwüre im knochenmark und sei nicht heilbar.
in dem bett sei gerade gestern ein kind mit eben dieser krankheit gestorben. sie nahm ihr baby und verließ diesen ort.
wenn Gabriel denn sterben muß, kann er auch bei mir sterben, nicht im krankenhaus, entschied sie. sie zog das kind aus, und schnürte es mit einem alten turban dicht an ihren nackten körper. darüber zog sie ihre kleidung. so verbrachten sie die nächsten drei wochen.
sie machte ihm packungen aus gekochten kartoffeln, aus quark, aus zwiebeln. sie konnte es nicht stillen, durch die ganze aufregung hatte sie keine milch. sie gab ihm bifidum-produkte, so daß sein stuhl einfach abzufangen war, denn es vertrug keinerlei windeln, weder seinen urin noch irgendein waschpulver, womit sie die sachen auswaschen konnte. das waren extrem schwierige zeiten.
manchmal wünschte sie sich, sie wache auf und habe kein kind. oder ein kind, so wie die anderen mütter. ein ganz normales, gesundes kind. sie haderte mit dem schicksal, sie tobte gegen die ungerechtigkeit, daß ihr das passieren mußte.
dem mann war alles längst zuviel. er mochte schon gar nicht mehr heimkommen.
für ihn war es unerträglich. aber auch für sie und für das baby. jedoch es gedieh. es nahm zu, durch die gelben krusten auf seinem kopf wuchsen goldene haare, seine ärmchen wurden rund, der ausschlag wanderte den körper hinauf, verweilte noch ein wenig auf der stirn, um dann spurlos zu verschwinden. den kopf bedeckte bald eine flut von rotgoldenen locken, die augen wurden größer, sehr blau, sein mund voll und weich.
die Pampers erreichten den deutschen markt, und siehe da, die vertrug das kind.
es wollte unter keinen umständen das tragetuch verlassen, erst als ein dreirad angeschafft wurde, konnte es sich dazu entschliessen.

drei jahre lang hatte sie Gabriel getragen, er ist ein schönes kind geworden, aber ein schwieriges. sie trägt ihn noch immer, schwer an ihrem herzen. sie und das kind wurden eins und sind es bis heute geblieben.

die verletzten hände

diesmal ist sie vom heuwagen gefallen. es ist genau wie immer. beginnen die großen sommerferien, passiert es. und es sind immer die hände. regelmäßig in den ersten vierzehn tagen, und diesmal ist es der heuwagen.
er war, wie immer, hoch beladen, die kinder sind darauf herumgetobt, nirgends kann man sich festhalten bei der schwankenden fahrt. dann lief alles ab wie im traum, ein ruck, der stoß gegen den kopf, die abgeschürfte schulter, stimmen und wagengepolter, das sich entfernte und das handgelenk, das so komisch aussah.
bis nach hause ist es weit. und da ist keiner. nur die frau Heinrich, die sie doch nicht mögen soll. sie ist ein flüchtling und klaut gemüse. dabei ist sie so nett.
sie haben die kommode mit anilinfarbe überstrichen und liegen auf unserer friedensmatratze, sagt die mutter, aber die ist nicht da, nur die frau Heinrich. sie kühlt das gelenk mit kaltem wasser und bläst drüber, damit es noch kälter wird.
das kind darf sich auf das bett, auf die friedensmatratze legen und draußen geht der sommertag weiter, drinnen ist nichts mehr wie vorher.
frau Heinrich schaut besorgt mit winzig verkleinerten augen durch die brillengläser. das kind ist atemlos vor schmerz und dem wissen, daß etwas schlimmes passiert ist.
später kommen dann die mutter, der vater und dessen frau und sind gleich ganz aufgeregt, und stellen viele fragen, vor allem nach dem kopf, wenn es doch aber die hand ist. endlich kommt auch der schmerz so richtig, weil für ihn vorher noch keine zeit gewesen ist, die mutter war nicht da. und er pocht und klopft in der fremden kalten hand mit dem schiefen gelenk.
oben im sanatorium schmieren sie einen gips herum, das tut unglaublich weh und aus dem gips schauen die finger eiskalt und schwarz heraus.
zwei wochen später bekommt sie die windpocken. sie ist wirklich sehr krank und magert ab. und der runde arm wird auch immer dünner, und weil es doch unter dem gips so juckt und es da nicht gilt, zieht sie ihn aus, und kratzt und kratzt und zieht ihn wieder an. und so wächst das gelenk schief zusammen.
in Bad Tölz ist ein wunderdoktor, der wird den arm nochmals brechen und ihn durch seine wundersalbe neu zusammenheilen

lassen. das kind ist in panik. mit der mutter in Tölz, läßt das kind den arzt nicht an sich heran, den knochenbrecher, aber dem macht das irgendwie nichts aus. er lacht und die mutter schämt sich wieder mal für ihre tochter. er sagt, daß es keinen sinn hat, wenn sie nicht will. das hat das kind noch nie gehört. es faßt vertrauen. wird ruhig. erleichtert reicht es dem mann die hand zum abschied.
da kracht es. ohne jeden schmerz hat er die hand gebrochen. irgendwie hat das kind das gar nicht mitbekommen. es ist empört, die hand wird bandagiert, es spürt wut, aber keinen schmerz, und der arzt lacht immer noch. die erwachsenen haben es wieder mal reingelegt.
aber tatsächlich heilt das handgelenk schnell, gerade und komplikationslos.
als trost reist die mutter mit dem kind nach München zu tante Tinni. eigentlich möchte nicht das kind, sondern die mutter dorthin. tante Tinni sieht sehr eigentümlich aus. die haare gleißend, kohlpechrabenschwarz gefärbt, hinten kürzer als vorne, ein bubikopf. es hatte nie gewußt, daß man haare färben kann wie ostereier.
tante Tinni spricht viel und schnell mit vorgebeugtem kopf. sie hackt die worte wie ein vogel pickt und lächelt mit dunkelbraunen zähnen unter einem schwarzen bart heraus. sie lebt in Schwabing, große räume, zimmerdecken mit stuck in schwindelnder höhe, flügeltüren mit weißem milchglas führen ins enorme esszimmer. hier ist platz, denkt das kind, hier könnte man sicher auch spielsachen über nacht liegen lassen.
tante Tinni hat schon besuch, einen jungen, der auf dem parkettboden sitzt und aus den unglaublichsten bausteinen, die das kind je gesehen hat, eine burg baut. mit mauerwerk bemalte holzklötze und andere ganz aus farbigem glas. der bub sagt nicht: grüß Gott. er sagt laut und vernehmlich: „das alles gehört mir allein. das mädchen darf nichts anfassen."
eine weile wartet es, jetzt muß er doch geschimpft werden, oder die tante Tinni geht mit ihm ins nebenzimmer und sagt ihm leise, daß der gast immer vorgeht, so wie es ihre mutter tut. daß der gast heilig ist, man sich ihm immer unterwerfen muß als gastgeber. es wartet, aber nichts geschieht.
längst reden die beiden frauen angeregt miteinander, sie kümmern sich nicht um die kinder.

der junge baut einen turm, er baut lange und fügt geschickt die glassteine ins gebäude. er schaut bei jedem stein höhnisch auf das mädchen, das noch immer regungslos daneben steht.
es denkt an seine geburtstage, an denen es nie ein zweites stück kuchen erhält, sondern immer eins der eingeladenen kinder, weil sie gäste sind. es denkt an die rosafarbenen, winzigen tassen im goldenen netz, die es rechtmäßig gewann an seinem eigenen geburtstag und die die mutter einer anderen gab, weil sie weinte und schrie und die tassen haben wollte.
der turm mit palast ist fertig.
da dreht sich die mutter auf dem stuhl um und sagt zu dem jungen: „das hast du aber schön gebaut!"
dann geht alles ganz schnell. das kind holt mit dem fuß aus und tritt mit aller kraft gegen die spielsteine. sie spritzen in alle richtungen. die schwereren holzsteine zerschlagen das glas. der junge schreit gellend auf und wirft sich auf den schoß von tante Tinni. dann ist es totenstill.
die mutter, tiefdunkelrot im gesicht, packt das kind mit einem ungewohnt harten griff am oberarm und zerrt es durch die flügeltüren in das leere esszimmer. „hier bleibst du", sagt sie mit einer fremden, rauhen stimme, und rührst dich nicht vom fleck. sie drückt das kind auf einen der vielen stühle am leeren tisch. dann verschwindet sie aus dem zimmer und zieht die tür ins schloß.
das kind steht vom stuhl auf und verharrt eine weile schweratmend mitten im raum. dann rennt es zur tür und schlägt mit der heilen hand und aller kraft, deren es fähig ist, das milchglas ein. das splittern der scheibe hört es noch tagelang in seinen ohren.
es bemerkt kaum, daß man es wegschleppt, daß blut fließt, daß es in ein krankenhaus kommt, daß ein arzt ihm drei große klammern auf die riesigen schnitte setzt. es spürt keinerlei schmerz. auf einem brett wird die hand bis zum ellbogen verbunden. nur die wahnsinnige wut über die ungerechtigkeit, die ihm widerfahren ist, pocht in seinem kopf.
zuhause kann es sich nicht an- oder ausziehen, selbst auf dem klo muß es sich helfen lassen mit beinahe acht jahren.
die mutter tut es mit angewidertem gesicht.
es gibt keinen gutenachtkuss und das kind will auch keinen.
nun würden sie wieder im wohnzimmer sitzen und die halbe nacht darüber reden, was für ein schwieriges, böses kind es doch

sei. diese alten erwachsenen, die nichts verstehen, die mutter, die sich nur schämt, statt zu ihm zu halten.
beide arme klopfen und schmerzen nun doch sehr. vielleicht hat es wirklich einen fehler gemacht. es drückt die hand mit den klammern an den bettrand. jetzt büßt es, weil es so weh tut, dann ist morgen wieder alles in ordnung.

eine triviale geschichte

Markus sah Lena und wollte sie besitzen, mit allen sinnen. wenn er später in den vierunddreißig jahren, die verstreichen sollten, ehe er sie wieder sah, an sie dachte, konnte er seine gefühle von damals einfach nicht anders beschreiben. er war sehr jung, anfang zwanzig und aus dem schwäbischen. sein vater war klassischer landarzt, betreute eine kleinstadt von entbindung bis mandelentzündung. der einzige sohn sollte diese praxis übernehmen und daher medizin in München studieren.
sein abitur bestand er glänzend, aber vor dem studium hatte er regelrecht angst, besser gesagt, vor dem leben in München, zwischen lauter studenten, die er nicht kannte, für die er, dessen war er sich sicher, ein schwäbisches landei sein würde. allein sein breiter dialekt, an dem sich zuhause keiner störte, schien ihm ein großes handicap zu sein und war es dann tatsächlich auch.
er bezog eine winzige bude und fuhr brav jedes wochenende heim, denn dort war er der könig, geldsorgen hatte die familie keine, er mußte nicht jobben, wie die meisten seiner kommilitonen, er bewohnte zwei riesige zimmer im neu erbauten landhaus seiner familie und obendrein konnte er jederzeit in das nur wenige kilometer entfernte ferienhäuschen, idyllisch gelegen zwischen streuobstwiesen und kleinen flußläufen, ausweichen, wenn er allein sein wollte. jeder kannte und schätzte seine familie und in München war er niemand.
Lena lernte er im fasching kennen. er ging als pirat, und seinen durchtrainierten körper konnte man herzeigen. mit dem roten kopftuch, dem goldenen ohrring am ohrläppchen, dem leibchen, der roten schärpe unterhalb des muskulösen bauches war er eine appetitliche erscheinung.
Lena tanzte ausgelassen zwischen mehreren männern, er verlor sie immer wieder aus den augen im gedränge des Medizinerballs und hatte mühe, immer wieder in ihrer nähe aufzutauchen. zunächst einmal mußte er herausfinden, welcher der männer zu ihr gehörte oder ob sie allein da war. eine schwierige angelegenheit.
Markus hatte den eindruck, sie kenne jeden, und doch bestätigte sich im lauf der nacht seine hoffnung. Lena trug ein spitzenhemdchen und eine schauerliche totenkopfmaske, die sie aber, der hitze wegen nach oben in den wust aus rotblonden haaren

schob. immer wieder überlegte Markus in den nächsten vierunddreißig jahren was es gewesen sei an diesem mädchen, was ihn derart bezaubert hatte.
sie war hübsch, gewiß, aber es gab eine menge hübscher frauen an jenem abend, sie hatte eine gute figur, war nicht zu groß, was für Markus wichtig erschien, war er doch selbst nur einen meter vierundsechzig. aber das war es alles nicht. sie hatte etwas an sich, etwas freies, ungewöhnliches, eine unerhörte sexualität, und das spürten alle männer um sie herum.
Markus verfolgte sie hartnäckig, er hielt sich stets in ihrer nähe auf, sie hatte es längst bemerkt, sie tanzten miteinander, trennten sich wieder, sie holte sich etwas zu trinken und Markus stand neben ihr und holte sich ebenfalls etwas zu trinken.
müdigkeit schien sie nicht zu kennen, auch schwitzte sie merkwürdigerweise überhaupt nicht in der hitze und der schlechten luft.
hin und wieder rauchte sie, an die wand gelehnt, die anderen beobachtend, winkte irgendjemandem zu und tauchte wieder unter in der wogenden menge. Markus hatte zeit. er ließ sie nicht aus den augen. ab drei uhr morgens lichtete sich die tanzfläche, immer mehr pärchen verließen umschlungen das fest, Markus sah seine chance kommen. noch hatten sie kein wort miteinander geredet und Markus fürchtete sich davor, seines dialektes wegen, der noch häßlicher in seinen ohren klang, wenn er sich bemühte, hochdeutsch zu sprechen.
als sie zum ersten mal gähnte, sprach er sie an. „ein schwäbischer pirat," lachte sie und tauchte wieder ein zwischen die tanzenden. bei ihrer nächsten zigarettenpause lehnte auch er an der wand und rauchte. so erfuhr er, daß sie kunststudentin sei und ebenfalls vom land, es ihr aber in München gut gefiele und sie derzeit keinen festen freund habe. allerdings fügte sie hinzu, daß sie auch überhaupt keine lust dazu verspüre.
Markus redete wenig, tanzte aber hervorragend, ein weiterer pluspunkt in ihren augen, wie er hoffte. so machte sich das öde tanzschulenjahr in seiner kleinstadt doch noch bezahlt.
dann ging sie, allein, aber mit einem zettel, auf dem seine adresse und sein name standen. er kannte ihren namen auch, Lena, „und die adresse", fügte sie beiläufig hinzu mit dem zusatz, „wenn es dir wirklich wichtig ist, dann hast du sie dir jetzt gemerkt." und er hatte sie sich gemerkt.

er ließ zwei tage verstreichen, gab noch einen dritten dazu, mühevoll, dann stand er vor ihrer tür. natürlich war sie nicht da. neunmal hatte er pech. beim zehnten mal sprang sie gerade die treppe hinunter. sie hole sich jetzt ihre buttermilch, rief sie und wirbelte an ihm vorbei in den milchladen vis-à-vis. Markus lud sie zu einem opulenten frühstück im drugstore ein, sie hatte mächtigen hunger. ihm wurde schnell klar, daß sie keinen pfennig übrig hatte, stets am essen sparte, stets hungrig war.
eine weitere chance für ihn, denn geld hatte er genug. sie verabredeten sich für das wochenende.
Markus konnte sein glück nicht fassen. erst jetzt entspannte er sich ein wenig und überlegte, was er seinen eltern sagen würde, warum er nicht komme.
zuhause hatte er eine freundin. sie war die tochter eines mit den eltern seit jahren eng verbundenen ehepaares und die kinder hatten schon zusammen im sandkasten gesessen. es war einfach immer völlig klar gewesen, daß er Susanne später heiraten würde und er mochte sie auch. sie war ein braves, häusliches mädchen, kochte schon jetzt so gut wie seine mutter, freute sich auf ihn jedes wochenende und hatte die möglichkeit, Markus könnte während des studiums in München eine andere kennenlernen, nie in betracht gezogen. sie schliefen schon seit fünf jahren miteinander, zärtlich, liebevoll, ohne große erregung. plötzlich gefiel ihm das nicht. er kam sich verplant, ja manipuliert vor, züchtete mühsam eine kleine aggression gegen die arme Susanne in seinem herzen, nur um sein gewissen ein wenig zu beruhigen.
das wochenende kam näher. Markus war völlig verunsichert, sein roter sportwagen kam ihm plötzlich spießig vor, dabei hatte er ihn so geliebt. auch überlegte er stundenlang, was er anziehen sollte, welches rasierwasser ihr gefiele, oder besser gar keines? er war verblüfft über sich, über seine gefühle, und konnte keinen klaren gedanken fassen. dann war es soweit. Markus erhob sich aus dem stuhl, als Lena den drugstore betrat, in dem sie sich verabredet hatten. sie trug einen langen rock, eine beinahe durchsichtige bluse und das rotgoldene haar flutete um ihren kopf. er entdeckte sommersprossen und grüne augen, was ihm vorher nicht aufgefallen war. er war der glücklichste mann der welt.
mit dem roten flitzer fuhren sie in richtung süden. sie bestimmte, wohin er fahren sollte und sie landeten kurz vor Tirol in einem verborgenen flußtal.

das sei ihr platz, erklärte sie und er parkte brav seinen wagen. sie liefen lange einen winzigen pfad hintereinander her, sie vorneweg und standen dann hoch über dem eisgrünen wasser einer tiefen klamm.
Markus war begeistert. seine nassen füße störten ihn nur wenig. „im sommer können wir hier schwimmen," erklärte Lena, und Markus konnte seine freude über diese aussicht kaum verbergen. sie würde ihn noch im sommer wollen, er schlang von hinten seine kräftigen arme um sie und küßte sie in den nacken.
er spürte den schauder, der über ihre haut lief, er stand in flammen. sie tranken noch glühwein in einer winzigen kneipe und fuhren zurück nach München. „also bis dann," rief sie, sprang aus dem wagen und war verschwunden. Markus konnte das alles nicht einordnen. fünf tage fand er sie nirgends. selbst nachts war kein licht in ihrem fenster. er war niedergeschlagen. sie hatte wohl doch einen anderen. er entschloß sich, ihr einen brief zu schreiben. er schrieb ungefähr zehn, aber zuletzt entschied er sich für drei zeilen, die er in ihren briefkasten warf.

„es war schön.
könnten wir doch wieder machen!
bin samstag in unserem lokal."

daheim überlegte er, ob „unserem lokal" nicht schon zu vertraulich geklungen hatte. ab neun uhr saß er samstags im drugstore. um zehn schlenderte sie herein. diesmal in einem braunen strickkleid und hohen, braunen absatzstiefeln. er sprang vom stuhl. sie frühstückten. dann gingen sie zum auto. „jetzt zeig mir mal wo *du* gerne bist!", sagte sie und schaute ihn erwartungsvoll an.
„wir haben ein ferienhaus in der nähe meiner heimatstadt, da bin ich am liebsten!" „also, fahren wir!" er verzichtete darauf, zu erwähnen, wie weit es sei, sie rasten über die autobahn bis beinahe Stuttgart und waren am frühen nachmittag bei seinem haus. er holte die schneeschaufel und legte einen weg für sie frei. es war eiskalt. sie trugen holz zum kachelofen, setzten ihn in brand und Markus stöberte in der speisekammer nach essbarem. er zündete viele kerzen an und kochte aus diversen dosen ein etwas seltsames mahl für sie beide.
sie schien glücklich, entspannt, er war furchtbar aufgeregt, würde sie hierbleiben, müßte er sie zurück nach München fahren, er wagte nicht zu fragen. er fand zwei paar gummistiefel und sie machten in der blaugrauen dämmerung einen langen spazier-

gang, der in einer wilden schneeballschlacht endete. dann liefen sie zurück ins haus. ihr war kalt, er kochte tee, sie kuschelte sich an ihn, sie küßten sich, er zitterte am ganzen körper. ganz vorsichtig zog er am reißverschluß ihres strickkleides und dann liebten sie sich so, wie er es noch nicht kannte.
es war die schönste nacht in seinem leben. als er erwachte, saß sie am fenster und blickte über die schneebedeckten hügel. er holte sie zurück ins warme bett, er hatte seine scheu verloren, nie war ihm bewußt gewesen, wessen sein körper und seine hände fähig waren. am nachmittag fuhren sie zurück nach München. sie hatte den kopf auf seinen knien liegen, warm und zufrieden wie eine katze. sie sprachen kein wort.
wenn es die schönste nacht seines lebens war, so waren die nächsten wochen und monate seine anstrengendsten. nie wußte er, ob er sie wiedersehen würde, nie war sie da, wenn er sie suchte. er konnte sich nicht mehr auf sein studium konzentrieren, er war völlig blockiert von der liebe zu ihr. sie erschien ihm rätselhaft, teils fremd, teils unendlich vertraut.
seine stimmungen schwankten zwischen höchster glückseligkeit und tiefer niedergeschlagenheit. aber es ging weiter.
im sommer fehlte sie drei wochen. die semesterferien hatten begonnen, er reiste nicht nach hause, beobachtete ihr fenster, wartete. dann war sie wieder da. als sei nichts geschehen.
sie fuhren wieder zu dem kleinen haus in den streuobstwiesen, liebten sich, und langsam hingen die zweige der obstbäume schwer von früchten herab.
in diesem sommer regnete es häufig, sie stellten das benutzte geschirr vor das haus und der regen wusch es. sie war ihm so vertraut, daß er sich ein leben ohne sie nicht mehr vorstellen konnte, aber er wußte immer, eines tages könnte sie einfach fort sein. einige male fuhren sie auch zum grünen wasser, schwammen und liebten sich auf den kühlen felsen. über ihr leben erfuhr er nur wenig. der vater war tot, die mutter lebte im gebirge, da habe sie auch ihr zimmer, sie gehöre zu einer clique, alles künstler, sie sei einzelkind. und daß sie gedichte schrieb, ein tagebuch führte, seine eltern nicht kennenlernen wollte. das war es aber auch schon. sie zeigte ihm ihr haus, stellte ihn ihrer mutter vor, las aus ihren gedichten.
ehe das wintersemester kam, fuhren sie noch einmal für vier tage in sein häuschen. sie sah müde aus, als er sie abholte. etwas

bedrückte sie und so bedrückte es auch ihn. trotz der wärme zündete sie den kachelofen an, stellte kerzen auf und bat ihn, etwas zu kochen. längst hatte er genügend vorräte angeschafft. sie zelebrierten ein schweigendes mahl und liebten sich bis in den frühen morgen. bei ihr hatte Markus immer das gefühl, je tiefer er in sie eindrang, je mehr er sie liebte, sie desto weniger zu besitzen. das war auch ein punkt, über den er in den nächsten vierunddreißg jahren nachdachte. er hatte später viele frauen, er besaß sie alle.
am vierten Tag sprach Lena aus, wovor sich Markus so lange gefürchtet hatte. „jetzt gehst du wieder in dein leben zurück," sagte sie, „du hast dein studium vernachlässigt, du hast eine familie, als einziger sohn, die bestimmt eine zukunft für dich vorbereitet hat, in der ich keinen platz habe, und auch nicht hineinpassen würde. bitte versuche mich zu verstehen, es war schön, nichts war falsch, aber jetzt ist es vorbei."
draußen war regen aufgezogen, er platschte in die pfannen und teller auf der terrasse und Markus hatte mühe, nicht zu weinen. stumm brachte er sie nach München zurück, sie sahen sich vierunddreißg jahre nicht mehr.
Markus heiratete ein jahr später das mädchen, das er heiraten sollte. er schloß mit bravour sein studium ab, machte noch den doktortitel, bekam zwei söhne und eine tochter, die er sich so sehr gewünscht hatte und die er Lena taufte. sie starb acht monate nach der geburt.
er übernahm die praxis seines vaters, wurde ein erfolgreicher landarzt, betrog seine frau regelmäßig und kaufte sich jedes jahr einen neuen Porsche.
eines tages fuhr er nach Bayern, fand das tal mit dem grünen wasser nicht, aber ihr haus und die einfahrt. sie saß im garten mit einer menge leute, das gesicht schmal geworden, die grünen augen noch größer und noch immer die flut rotgoldener haare ums gesicht. sie erkannte ihn sofort, nannte ihn beim namen, stellte ihn den gästen vor, er trank kaffee, aß kuchen, fühlte sich verwirrt und die alte leidenschaft flammte auf. er war einfach mit ihr noch nicht fertig. er beschloß, das zu ändern. ein paar tage später rief er sie an, er habe eine tagung in Nürnberg, ob sie nicht kommen möchte, sie sagte zu.
in Nürnberg, im eleganten Crown Hotel, sahen sie sich richtig wieder. ihre kleidung gefiel ihm gar nicht, zu bunt, zu verrückt,

zu auffallend. sie war mit dem geländewagen heraufgefahren, sehr selbstbewußt, aber Markus fühlte sich diesmal in keinster weise verunsichtert. sie liefen durch die stadt, die lokale, die er vorschlug, gefielen ihr nicht und umgekehrt.
Lena spürte, daß sie eigentlich wieder heimfahren wollte, der alte zauber kam nicht auf.
sie landeten in einer karaokebar und dort sangen sie die halbe nacht alte Sinatralieder. er hatte einen schönen tenor, sie sang alt, es war überraschend, lustig und beiden gefiel es. im Crown Hotel fielen sie übereinander her. sein körper war so durchtrainiert wie damals. mit den füßen riß sie bilder von der wand, die zu boden fielen und zerbrachen. Markus genierte sich, als das stubenmädchen kam, um aufzuräumen.
Lena hatte sich auf das frühstücksbuffet gefreut, aber als sie endlich erschienen, war alles abgeräumt. Lena holte sich einen teller und häufte ihn voll, direkt vom servierwagen, und wieder genierte sich Markus. sie ließ sich schwarzen kaffee bringen, setzte sich seelenruhig in eine ecke und frühstückte. Markus spürte, welche welten sie beide trennten. er hatte noch nie eine emanzipierte frau kennengelernt.
er sagte sich, sie ist künstlerin, die sind anders. dann fuhr Lena wieder heim. eigentlich hatten sie sich nie verstanden.

die erscheinung

sie hatten alles genau geplant. heiligabend wollten sie noch zuhause verbringen, um ihre familien nicht zu brüskieren und am ersten feiertag sollte es losgehen. so wenig gepäck wie möglich, denn der alte DKW 1000 war nicht gerade riesig und zwei paar ski sollten auch noch platz haben. außerdem hatten sie vor, im auto zu übernachten, beide studenten, konnten sie sich ein hotel, noch dazu in der hochsaison, nicht leisten.
es war schneidend kalt. Jürgen holte Gabriele in ihrem dorf, das achtzehn kilometer vor der österreichischen grenze liegt, ab, denn sie wollten ohnedies über die grenze nach Südtirol. geschlossene schneedecke, wenige leute nur unterwegs und die alten sommerreifen verhielten sich keineswegs überzeugend. sie kamen nicht so schnell voran, wie sie geglaubt hatten, aber sie genossen es. in Saalfelden fuhren sie ausgiebig ski, tranken im hotel heißen tee und übernachteten neben einem zugefrorenen fluß, äußerst unbequem, der skier wegen, im auto.
morgens überlegte der DKW ziemlich lange, ob er nochmals anspringen sollte, aber Jürgen konnte ihn überreden, und so fuhren sie weiter kreuz und quer durch das winterliche land, hielten bei skiliften an, machten die eine oder andere abfahrt und fuhren dann weiter.
in Brunico verweilten sie länger, sie fanden sogar einen bauern, der sie in ihren schlafsäcken auf dem heuboden übernachten ließ. am nächsten tag kratzten sie sich beinahe zu tode, da war es ja im auto noch besser. sie beschlossen ins Stubaital zu fahren.
damals war zwar das Stubaital, wie heute ein sacktal, aber die straßen, schmal und kurvenreich, schlängelten sich hoch über einem flußtal bergauf, wo jetzt auf pfeilern eine sechsspurige autobahn entlangführt. es ist ein ausflugsziel geworden, das man schnell erreicht, damals war es ein verschlafenes tal, kaum erschlosse da es nur einen einzigen skilift ziemlich weit hinten gab und die straßen im winter ohnedies nur dürftig geräumt waren.
es war schon früher abend als sie den eingang des tales erreichten. ein wirtshaus, wahrscheinlich die letzte menschliche behausung, ein verlassenes sägewerk, sie beschlossen einzukehren.
bei hellem himmel mit kleinen rosa wolkenschleiern und einem bläulichen dunst über dem schnee fuhren sie später los. es war

bitterkalt. nicht einmal im auto wurde es gemütlich. der weg stieg kontinuierlich, der DKW mit seinen sommerreifen und dem unseligen saxomat, eine art halbautomatik, äußerst ungeeignet für solche strecken.
wurde der weg sehr steil, so setzte sich Gabriele auf die haube, hielt sich an den scheibenwischern fest und zur not legten sie bretter unter, die sie aus dem zaun rissen, der das ende der straße und den beginn des abgrundes begrenzte. vollmond. atemberaubende helligkeit. die natur unter der riesigen schneedecke war wie mit scheinwerfern ausgeleuchtet, kein windhauch zu spüren. Jürgen und Gabriele, völlig ausgelassen, übernächtigt, glücklich verliebt und endlich im urlaub, nahmen alles als spaß, keinen augenblick machten sie sich die gefahr bewußt, in der sie sich befanden. sie fuhren weiter mit dem unzulänglichen auto das tal hinauf, mitten in der nacht in den tagen zwischen Weihnachten und Neujahr, wo auf dieser strecke ganz gewiß kein mensch unterwegs war.
manchmal glaubten sie, es wirklich nicht mehr zu schaffen, sie lachten und ihre stimmen schallten fröhlich durch die nacht, sie wollten einfach so weit wie möglich kommen, um an einem wunderschönen platz zu übernachten. sie erwarteten eine geräumte ausweiche oder etwas ähnliches. aber es gab nur eine spur, mangelhaft gepflügt, und mitten auf der straße wollten sie nicht parken. das hatten sie sich nicht überlegt.
wieder einmal hingen sie fest. Jürgen hatte ein langes brett unter die vorderräder gelegt, Gabriele stieg auf die kühlerhaube, als sie plötzlich etwas spürte. sie hätte nicht sagen können, was es war, etwas veränderte sich atmosphärisch, auf halbem weg, schon auf der stoßstange stehend, hielt sie inne.
es war, als hielte die natur um sie herum gewissermaßen den atem an, was vorher lustig und ausgelassen erschienen war, wurde plötzlich bedrohlich. das alles ging so schnell, daß Gabriele nicht darüber nachdenken konnte, sie blieb einfach in der bewegung stehen, drehte sich zu Jürgen um und auch er, noch halb gebückt vom unterlegen des brettes, verharrte in dieser stellung. keiner sprach ein wort, es waren ja auch nur sekunden, der vollmond brannte kalt herunter, es war vollständig hell. links ein riesiges, unberührtes schneefeld das, eine kleine schwelle überwindend sich bis zum waldrand ausbreitete. rechts der fluß, geforen, tief unter ihnen. die straße so breit wie ein auto.

Jürgen flüsterte: „geh ins auto, schnell!“ Gabriele stieg von der stoßstange und da sah sie ihn.
mitten in der unberührten schneefläche, keine zwanzig meter entfernt, saß ein mann. genau auf der kleinen erhebung, der schwelle, die beine leicht angezogen, das gesicht zu ihnen gewendet. nur, er hatte kein gesicht. auf seinem kopf eine rote pudelmütze, grob gestrickt, bis über die ohren. er trug ein braunes wams, dunkle kniehosen und um die waden waren eine art gamaschen gewickelt aus lederstreifen, bis zu den füßen, die man nicht erkennen konnte im schnee. die arme aufgestützt auf den knien, sein gesicht in beide hände gelegt, so hockte er da. nur eben daß er kein gesicht hatte. auch warf er keinen schatten im gleißenden mondlicht und weder zu noch von ihm weg führte eine spur durch den tiefen schnee.
Gabriele und Jürgen starrten, sie starrten einfach, dann sprangen sie ins auto, warfen die türen zu, ein knall, der sich an den bergen zu brechen schien, Jürgen schaltete den rückwärtsgang ein und jagte auf sommerreifen das gesamte tal herunter, das sie mindestens drei stunden hinaufgefahren waren, immer weiter, nur weg, sie sprachen kein wort. sie konnten sich später auch nicht erinnern, wie lange sie gebraucht hatten, auch nicht, wie es möglich gewesen war, nicht in den abgrund gestürzt zu sein, sie hatten überhaupt keine erinnerung daran. am sägewerk wendete Jürgen endlich den wagen. er fuhr zurück bis zu der alten wirtschaft, sah ein licht, zog Gabriele aus dem auto und sie traten ein.
der wirt war gerade dabei die letzten gläser abzutrocknen, die stühle standen auf dem tisch. er warf einen scharfen blick auf die beiden, die kreidebleich im türrahmen standen.
„hobts´ en gseng?“ das war alles was er sagte.
sie tranken obstler und hörten staunend die geschichte von dem mann in der roten mütze, der seinen freund erschlagen hatte weil der seine frau liebte, der immer in den rauhnächten da sitzt, den alle einheimischen schon gesehen haben, der keinem was tut, einfach nur ein abdruck in der erinnerung der zeit, eine manifestation, eine erscheinung.

sommergäste

einige jahre lang, und in meiner erinnerung sind es ungezählte, kam jeden sommer eine familie mit zwei kindern zu uns. darauf freute ich mich, wie immer, wenn sommerbesuch kam, schrecklich, denn dann wurden viele ausflüge gemacht, es wurde auswärts gegesssen und vor allem waren endlich wieder kinder da, mit denen ich spielen konnte.
die mutter, eine adelige, war mit uns verwandt und hatte einen texanischen *oilbaron* geheiratet. sie war seine große liebe, die „deutsche prinzessin", mit blondem haar, groß gewachsen und sie hatten zusammen zwei töchter.
Felizitas, die ältere, fünf jahre jünger als ich, war ein bildschönes mädchen. es hatte die zarten glieder der mutter, deren naturblondes, welliges haar, und es sah aus, wie ich mir immer den „Little Lord Fauntleroy" vorgestellt hatte. meistens trug es hosen an den schmalen langen beinen und es sprach, weil die familie ständig den wohnort wechselte, fließend englisch, französisch und deutsch. ein pflegeleichtes und unkompliziertes kind, vom vater unglaublich streng behandelt. die mutter hielt sich bedeckt, wenn er das kind wieder einmal ungerecht rügte oder für etwas strafte, was die kleinere tochter getan hatte. Felizitas hatte keine chance sich zu verteidigen. die jüngere, Annabelle, nützte den umstand, der liebling des vaters zu sein, weidlich aus.
bei ihrer geburt wäre die mutter beinahe gestorben. auch dem winzigen kind räumte man nur eine geringe lebenserwartung ein.
so wurde alles was dieses tat und sagte weidlich bewundert, es kniff unter dem tisch die größere und wenn diese dann schrie oder auch nur ruckte, wurde sie geschimpft. die kleine durfte essen was sie wollte, man war begeistert, wenn sie überhaupt etwas mochte, die große mußte essen was auf den tisch kam. Annabelle malte bilder auf denen die leute blutig enthauptet wurden, sie malte menschenfresser, häßliche phantasiegestalten mit ausgekratzten augen und dergleichen. sie liebte es, die bilder anschaulich und sadistisch zu erklären, sollte man es nicht auf anhieb erkannt haben und lauerte auf entrüstung oder ablehnung, die aber stets ausblieben.
einmal gab es forelle. Annabelle bohrte nur die augen heraus und knackte sie zwischen den schneidezähnen, sich völlig

bewußt, welche wirkung sie damit erzielte. überhaupt tat sie alles um zu provozieren, aber der vater, blind vor liebe, sah es offensichtlich nicht.
mich hat das tief beeindruckt, kann ich doch ungerechtigkeit schwer ertragen. Felizitas war glänzend in der schule, sie hatte die besten noten, aber es wurde nur über die spärlichen erfolge von Annabelle gesprochen.
und so ging es weiter bis heute. Felizitas studierte und heiratete den erstbesten mann, um der familie zu entfliehen. natürlich dauerte diese ehe nicht lange. sie hielt vorträge in der ganzen welt, reiste von einem kontinent zum anderen, hatte erfolg, mit allem was sie tat. aber die liebe der eltern gehörte Annabelle. Annabelle dagegen lernte sehr schwer, die grundschule schaffte sie nur mit mühe und konnte natürlich auch nicht studieren. sie hing daheim herum, liebte ihre hunde, machte einen kurs in maschinenschreiben, den sie mit dem dritten anlauf schaffte, was die familie vor glück nahezu durchdrehen ließ. die frohe nachricht wurde an alle geschrieben. von Felizitas hörte man nichts. als deren ehe zerbrach, regten sich die eltern auf, hielten nicht zu ihr und hatten auch keinerlei verständnis für ihre lage. sie war so gescheit, daß sich kein weiterer mann an die nunmehr erwachsene frau traute, sie war so tough in ihrem beruf, in dem es weltweit auch keine andere frau gibt, so scheinbar emanzipiert, man nahm nie irgendwelche rücksichten auf sie.
Annabelle dagegen blieb weiterhin in ihrem elternhaus, einem riesigen herrenhaus in Südengland, tat nichts, verdiente kein geld und war weiterhin der stolz ihrer eltern. Felizitas fand dann doch noch einen piloten der sich traute, ihr mann zu werden. mit über vierzig jahren bekam sie ihr erstes kind. jetzt war ich ganz sicher, daß sie es geschafft hätte, immerhin hatte sie das enkelkind, das ersehnte, gebracht. aber wieder sollte ich mich geirrt haben. sie hörte nur kritik an der erziehung ihres kindes, man verweigerte ihr jede anerkennung. sie brachte es fertig, ihren schweren beruf weiterzuführen, ein zweites kind in die welt zu setzen und ließ sich mit ihrer familie in der nähe der eltern nieder.
der großvater liebte seine enkel, ein blitzgescheites mädchen und einen jungen, der ihm aus dem gesicht geschnitten war, aber nicht seine tochter. er lebte längst sein eigenes leben in seinem stadtbüro in London. das riesige, weitläufige herrenhaus mit

dem maurischen badepavillon stand leer. die mutter gewöhnte sich an, mit dem gärtner und seiner frau in der küche zu essen, die vielen räume blieben unbenützt. später starb sie an einem herzinfarkt. nur Annabelle wohnt noch immer dort. sie ist zu einer ungeschlachten, fatal dem vater ähnlich sehenden frau geworden, sie beherrschte die mutter zu deren lebzeiten, gibt den ton an im haus und hilft manchmal der schwester mit den kindern.
mich hat diese familie immer fasziniert. Felizitas hat nichts falsch gemacht. wie konnte es so kommen. mir erscheint es ziemlich wundersam, daß Felizitas in der lage ist, ein ganz normales leben zu führen, wenigstens ohne sichtbare schädigungen.

Asilah

wieder einmal in Marokko schloß ich mich einer gruppe englischer jungs an. sie hatten gitarren dabei und abends, auf dem campingplatz, spielten sie und ich sang mit ihnen die ganzen Bob Dylan-lieder, alles von Peter, Paul und Mary und vieles mehr. ich hatte endlos zeit.
die Engländer liebten alles, was englisch war, anders als ich, der ich das nordafrikanische suchte. stand irgendwo das wort „sandwich" angeschrieben, so sind sie mit sicherheit dort eingekehrt.
wir kamen an einen ort an der küste des Atlantiks, der Asilah hieß. dort hatte ein englisches pärchen eine kleine pension mit wasch- und campingmöglichkeit eingerichtet. die bar war mit muscheln verziert, es gab sandwichs. hier blieben wir eine weile. der strand war riesig, man konnte eine stunde laufen ohne an felsen zu gelangen. und das nach beiden seiten. wir schwammen, wuschen unsere sachen und sangen abends zur gitarre.
eine australische footballmanschaft zog nach ein paar tagen ein und es ging hoch her. der Atlantik ist tückisch, sieht er ruhig aus und es ist ebbe, so bedeutet schwimmen lebensgefahr. aber es gab keine fahnen am strand und auch keine warnungen. wir waren einfach ahnungslos.
eines morgens schwamm ich ganz allein im ruhigen meer, die wellen schienen harmlos, ich mußte sie nicht durchtauchen, um ins offene meer zu gelangen. nach einer weile wollte ich umkehren, aber es gelang mir nicht. als gute schwimmerin strengte ich mich enorm an, ich schwamm mit allen kräften, aber ich kam dem strand nicht näher. ich versuchte es seitwärts, schwamm unter wasser, spürte schon so etwas wie boden unter den füßen, schaffte es aber nicht, aus dem wasser heraus an den strand zu gelangen. in wilder panik tauchte und paddelte ich nach leibeskräften und hatte endlich glück. lange lag ich zu tode erschöpft im sand, ehe ich mich zu unserer unterkunft aufmachte. die engländer schliefen noch alle aber die australier waren schon fort. ich weckte Bill, den gitarrenspieler, und erzählte ihm von meinem abenteuer. wir gingen zusammen hinaus um die australier zu warnen.
wir mußten nicht lange laufen, sie hatten wohl die entgegengesetzte richtung eingeschlagen, von mir deshalb unbemerkt. feinsäuberlich standen sechs paar schuhe am strand. von den

australiern keine spur. wir rannten zurück und suchten die anderen. sie kamen gerade aus dem ort zurück, beladen mit einkäufen. zusammen gingen wir wieder zu den einsamen schuhen. wir fanden keinen der sechs kräftigen und starken jugendlichen mehr. zwei trieben tot weit draußen im meer, zwei holten wir bei flut ein, die anderen waren verschwunden. ich reiste allein weiter ins landesinnere, die unschuld, das meer betreffend, habe ich für immer verloren.

fluchten

vorsichtig legt sie das deckbett über den stuhl in der nähe des gekippten fensters. sie bedauert, es nicht über die stange auf dem balkon werfen zu können, dicht vor der tür, wo es den ganzen tag bleibt und abends so wunderbar riecht, wenn sie es hereinholt, draußen, im haus auf dem land. selbst, wenn sie die fensterbank abräumte, sich das fenster ganz öffnen ließe, selbst dann könnte sie das bett nicht herauslegen, schwarz vor dreck würde es werden, oder anregnen. schließlich ist sie jetzt in der stadt und nicht auf dem land.
sie zündet die erste zigarette an, läuft mit der heißen kaffeetasse durch die beiden großen räume, die durch einen schmalen, originellen gang miteinander verbunden sind, um über den geräumigen flur wieder zurück ins zimmer zu gelangen. sie kreißt. sie findet keine ruhe. trotzdem ist mit der stadtwohnung die flucht gelungen. eine flucht von vielen und das ist die effektivste. vor dem riesigen, bemalten fenster aus einer kasbah in Fès verweilt sie, dreht lange den bronzenen hundekopf in den händen, betrachtet die fotos an der wand, den spiegel ihrer unzähligen reisen, alles kleine fluchten, wischt in der küche über den labrador-granit, den sie sich immer gewünscht und jetzt tatsächlich auch hat, streichelt Herrn Jobi über das fell, der im fenster sitzt, um sich wieder vor den laptop zu setzen und an dem brief weiterzuschreiben, den sie am vorherigen tag begonnen hat.
diese wohnung liebt sie, es ist ihr refugium, eigentlich braucht sie nicht mehr als das was hier hereinpasst. aber das haus auf dem land ist voll, alles dinge, die sie liebt aber nicht braucht. eigentlich braucht man gar nichts. alles ist ersatz für das was sie in ihrem leben nicht geschafft hat, ersatzbefriedigung pur. sie mag schöne dinge um sich herum, zum anfassen, zum besitzen, denn sie hat nicht, was sie wirklich begehrt: jemanden für sich.
es hat nicht geklappt, kein einziges mal, und immer dachte sie, das ist er, oder das ist sie, der mensch für mich, ihr persönliches bollwerk gegen trivialität, alltag, mittelmäßigkeit. die große liebe, das allesüberdauernde, das für immer.
auch heute noch sieht sie gut aus und früher einmal war sie wirklich schön, auch heute noch ist sie jemand, den man nicht vergißt, ist man ihr begegnet, sie ragt heraus aus der menge, sie ist anders, ganz anders als die anderen. sie hat mehr power, mehr

geschmack mehr stilsicherheit, mehr wissen, kann sich besser ausdrücken als die meisten und ist trotzdem allein geblieben. es ist etwas unbequemes an ihr, etwas forderndes, etwas, womit manch einer nicht gut klarkommt, andererseits ist es genau das, was alle bewundern. sie paßt sich nicht an, sie macht es nicht allen recht und verströmt dennoch all ihre kraft an andere menschen. sie macht fehler die ihr klar sind und die sie trotzig durchzieht. ihre stimmungen schwanken von tiefer melancholie zu irrer betriebsamkeit wenn es gilt, jemanden aufzubauen, zu helfen, zu fördern und dann fühlt sie sich wieder zutiefst enttäuscht. das haus auf dem land liebt sie abgöttisch. hier ist sie geboren, aufgewachsen, hier ereilte sie ihr erstes leid, die erste liebe, die ersten entäuschungen. hier hat sie gelernt, daß die menschen, die erwachsenen, sie betrügen, daß sie lügen, daß niemand sie so liebt, wie sie ist. das kind, das allen im wege war. das angeblich schwierige kind. das einsame kind. und genau so ging es immer weiter. das einsame kind.
wenn sie nachts im bett liegt und der südwind aufsteht, gegen drei uhr morgens, der das gute wetter bringt oder den schnee im winter, der eiskalte, wunderbare südwind, dann packt sie eine sehnsucht, die sie nicht einordnen kann. jede einzelne blume, jeden busch und baum im garten hat sie gehegt und gepflegt, gepflanzt oder umgesetzt. die weiße silhouette des blaubergs schneidet ihr ins herz, es ist liebe zu dieser landschaft.
sie läuft mit Herrn Jobi den Weißachdamm herunter, sie kennt jedes pflänzchen, jeden geruch, alles ist teil ihrer seele. sie wird das haus verkaufen um endlich frei zu werden. die neunzigjährige mutter, warum kann sie sie nicht lieben. sie braucht nur in das zimmer zu kommen, und sie wird schlecht wie eine frucht, die verfault. sie haßt und liebt diese starke, egoistische, sehnige, fordernde frau, sie macht sie verantwortlich für die trauer in ihrem leben und der haß bricht heraus und ergießt sich wie eiter über alles, was mit dieser frau zu tun hat. sie möchte sie so gerne lieben. sie möchte für sie sorgen, aber sie will sie nie mehr sehen, oder auf armen tragen, und mit diesen widersprüchlichen gefühlen kommt sie nicht zurecht.
als sie klein war hatte die mutter ihr so viel bedeutet. sie war ihre königin. heimlich schnupperte sie an den abendkleidern im schrank, zog die glasstöpsel aus den parfumflacons von Chanel, um daran zu riechen, an dem leben ihrer mutter bevor sie gebo-

ren wurde und alles sich änderte. die mutter klagte bei dem kind, daß sie keine zeit habe, die viele arbeit, der alte mann, der ihr vater war, aber nicht der mann der mutter und dessen frau, die sie durchfüttern müsse, die wie drohnen im haus säßen, und das kind beeilte sich diese beiden zu hassen, die sie doch so gerne geliebt hätte. das kind begann an den türen zu horchen, auf der suche nach der wahrheit.
aber die wahrheit gab es nicht. sie sprachen anders wenn es nicht dabei war, plötzlich war das kind böse und war es doch nie. das kind, das allen im wege war. dann schafften sie es fort, in ein feines internat. das schwierige kind, das nie schwierig war, sondern nur geliebt werden wollte, und es bekam kein silbernes besteck, wie die anderen feinen kinder, obwohl oben, im speicher, in grauen hüllen, hunderte von silbernen löffeln und gabeln im koffer lagen.
dann wurde es dick, das kind, das eigentlich schon ein junges mädchen war und niemand sagte ihr, was in ihrem körper geschah und das blut erschreckte das kind. es glaubte, langsam zu sterben, also sprach es mit niemandem darüber.
das wenige taschengeld, von dem die anderen thunfisch und „amerikaner" kauften, ging für binden drauf und keiner sollte es merken. dann merkten sie es doch und schleiften das kind, das längst ein junges mädchen war, zum arzt. und die mutter hatte keinerlei schuld an irgendetwas, denn den arzt hatte eine freundin ihr empfohlen und die hatte auch keine schuld daran, daß sie dem arzt nicht sagte, daß das kind, das längst ein junges mädchen war, noch unschuldig, noch unberührt war. der arzt entjungferte das mädchen, das blut spritzte bis an die fenster, und er rief: „so eine schweinerei." aber die mutter traf keine schuld. so hörte das mädchen auf zu bluten, es blutete überhaupt nicht mehr.
aber das war auch nicht in ordnung und so brachten sie es wieder zum arzt und der machte eine ausschabung.
neben dem mädchen lag eine frau die sterben mußte und es wußte. sie kam ans bett des mädchens und weinte, und sprach vom tod, und das mädchen, das eigentlich noch ein kind war, ängstigte sich zu tode. es wurde in ein anderes zimmer verlegt, dort lag eine schöne frau. sie hatte viele rosen am bett und männer besuchten sie den ganzen tag und brachten noch mehr blumen, kleine geschenke, parfum und konfekt. das kind, das eigent-

lich längst ein junges mädchen war, verliebte sich in diese frau, ihr dreieckiges gesicht, die dunklen augen, den glänzenden kurzhaarschnitt, die gepflegten hände, das seidene nachthemd. sie wollte so werden wie sie, einmal so sein wie sie. frau Sokal wurde ihr idol. von da an liebte sie frauen, die ein wenig so aussahen.
sie erhielt tabletten die sie brav einnahm und die zur folge hatten, daß sie einmal im monat vor schmerzen besinnungslos wurde. sie würde auch nie kinder bekommen, so sagte man ihr, und ihr körper war ihr nichts mehr wert.
als sie bühnenbild studieren wollte verbot es die mutter, so ging sie an die akademie und studierte gebrauchsgrafik, weil sie dann schneller geld verdienen würde. sie schlief mit vielen männern. aber keiner besaß sie. sie wurde eine junge frau, die die männer begehrten, denn sie spürten instinktiv, daß sie nicht zu erobern war. und männer lieben es zu erobern. aber sie suchte nur den einen, den es nicht gab. mit dreißig sah sie aus wie zwanzig. sie war schlank und schön, das blonde haar den rücken hinunter. und sie war anders.
mit dreißig begegnete auch sie dem mann von dem sie dachte, es sei der richtige. er vermittelte ihr, im besitz der wahrheit zu sein, und sie glaubte ihm jedes wort.
jetzt müßte sie glücklich sein, aber sie war es nicht.
sie wurde schwanger entgegen der aussage des arztes, aber das kind war nicht in ordnung. damit konnte der mann nicht umgehen und auch nicht mit ihr.
lange trennten sie sich ohne sich zu trennen. wieder verdunkelten die alten schatten ihr leben. nach dem zweiten kind verließ er sie und es war ihr recht. zwölf jahre litt sie trotzdem daran und begriff, daß sie immer allein gewesen war und es auch bleiben würde.
noch einmal verliebte sie sich in eine frau, die ein wenig aussah wie frau Sokal, wieder war sie sich sicher, diese liebe hat eine chance, schließlich war sie jetzt alt, schon über fünfzig und hatte viel gelernt. mit größter vorsicht beging sie diese liebe, aber vorsicht gehörte wohl nicht zu ihrem wesen und so ging es wieder schief.
nur die liebe blieb, die keiner wollte. wieder war sie auf der flucht. die stadtwohnung wurde ihre zuflucht. hier ist sie gerne. nichts und niemand reißt an ihr, sie befriedigt ihre sehnsucht nach heilem, schönem. noch ist alles neu, wenn auch die vor-

hänge schon gelblich werden nach nur einem jahr, auch an den türen sieht sie sprünge. es ist nicht aufzuhalten.
Herr Jobi und sie haben einen festen ritus, Herr Jobi kennt die regeln, die regeln auf dem land und die in der stadt.
sie liebt Herrn Jobi nicht, aber er ist da und sie wollte, daß er da ist.
Kismet, den hund vor Herrn Jobi, hat sie geliebt. aber er starb auf schaurige weise, damit kommt sie auch nicht zurecht und fühlt sich schuldig.
sie wird niemanden mehr lieben. Herr Jobi lebt mit ihr. aber er ist frei.
jetzt wird sie das geliebte haus auf dem land verkaufen, weg von allem, was sie unfrei macht, nochmals neu beginnen, in großer eile, denn die zeit ist knapp. schon jetzt hat sie sehnsucht nach der landschaft, die ihre seele liebt.
noch einmal würde sie versuchen zu entkommen, der mutter, dem Blauberg, dem fluß mit seinen gumpen, den leuten dort, die sie nicht mag, die sie nie mochten, sich selbst.
und Herr Jobi begleitet sie die letzte strecke ihres lebens sein leben lang.

protokoll einer veränderung
das haus in den wiesen

sie erwacht vom geräusch stoßweisen gasgebens, wenn er versucht, mit dem wagen rückwärts zwischen dem großen blumencontainer und ihrem VW-bus hindurch aus dem hof zu fahren. genau genommen erwacht sie nicht davon, eher erwartet sie im schlaf das vertraute geräusch um erwachen zu können. zehn minuten vor halb acht, wie jeden morgen außer samstag und sonntag. ab Geltendorf nimmt er dann die S-Bahn nach München.
ein köstlicher augenblick und der tag noch heil. keines der kinder um sie herum, der geruch von frisch gebrühtem kaffee aus der küche, der mann schon aus dem haus. das genießt sie. leidenschaftlich. sie läuft ins bad, ins wohnzimmer, zieht einen der schweren holzrolläden hoch, trinkt in der küche einen schluck kochend heißen kaffee, ordnet irgendetwas im arbeitszimmer, leert einen halbvollen aschenbecher aus um dann wieder in der küche zu stehen und noch mehr kaffee zu trinken. ein köstlich konfuses hin- und herlaufen ohne großen sinn, noch nicht eingespannt in den ewigen trott des tages.
über die wiesen steigt die sonne aus einer dünnen nebelschicht und taucht das wohnzimmer mit seinen unmengen von palmen in ein grünes lichtermeer. die scheiben wirken blind und schmutzig. in schrägen sonnenbahnen liegt der staub wie latten ins zimmer hinein. und so erwacht sie aus ihrer morgendlichen benommenheit, nimmt hastig in der küche platz um allein zu frühstücken, ganz allein, wie früher, herrlich, sie kaut schneller, noch sind die kinder in den zimmern.
später erinnnert sie sich oft daran und kann es nicht verstehen. dann zelebriert sie „frühstück“ mit den kindern, regelrecht wie eine heilige familienhandlung, so als müsse sie die geborstenheit ihrer ehe durch rituelle handlungen zu einer neuen einheit verschmelzen. noch später dann frühstückt sie wieder allein, wieder heimlich und in gestohlener, köstlicher ruhe. so lebt sie immer der jeweiligen vergangenheit hinterher, dem glück und der freiheit des alleinlebens, dem glück und der geborgenheit in der familie und viel später, dem glück und der stille im haus zwischen den wiesen. das haus hatten sie drei jahre vorher gemietet. im sommer kommt viel besuch. garten, bach, der wundervolle

buchenwald, der Ammersee schön nahe und so sitzen sie dann unter der markise, essen kuchen, reden, und die kinder der freunde und die eigenen spielen im garten.
an den werktagen achtet sie darauf daß alle fort sind, wenn ihr mann nach hause kommt, müde, inaktiv, sich auf die terrasse oder vor den fernseher setzt, liest und schweigt. dann läuft sie knisternd vor aufgestauter erwartung wie ein tiger durch die vielen großen räume, bringt die kinder ins bett, erzählt ihnen lange gutenachtgeschichten, singt lieder und versucht so die enttäuschung niederzuzwingen.
der erste winter offenbart seine tücken. nach der überheizten stadtwohnung frieren sie in dem feuchtkalten haus. das öl des vormieters ist zu ende und es dauert lange bis sie neues bekommen. Günter ist der einfachheit halber in München geblieben, ihm war es zu kalt, außerdem bereitet ihm einrichten oder gestalten keinerlei freude. sie streicht, bis an die nase vermummt, die wände, das erst zwei monate alte kind liegt eingeschlagen in felle und decken in einem leeren wäschekorb. wickeln und stillen entpuppen sich als katastrophe. die windeln dampfen so, daß sie das kind kaum noch säubern und waschen kann, es ist gläsern vor kälte. der größere erholt sich von einem schweren keuchhusten bei der großmutter in den bergen. so beziehen sie beide ganz allein ihr neues heim. sie und Tristan, das kind.
als alles fertig ist, die bilder an den frisch gestrichenen wänden hängen, das porzellan und glas im schrank stehen und jeder gegenstand seinen platz gefunden hat, auf dem er die nächsten sechs jahre stehen sollte, erst dann bricht sie zusammen und muß mit dem kind ins krankenhaus. so hat sie endlich zeit, sich von dem schritt ins neue leben zu erholen und fühlt sich wohl.
noch im sommer des vorjahres glaubte sie, nichts könne ihre ehe noch retten. ihr mann bezog ein zimmer in München bei einer ältlichen, unschönen arbeitskollegin, mit der er, wie sie jahre später erfuhr, unverzüglich ein verhältnis begonnen hatte.
nach einer gelungenen vernissage ihrer bilder liebten sie sich, beide ein wenig angetrunken, mit großer leichtigkeit. ohne es zu ahnen empfing sie ihr zweites kind. bereits voll mit der planung der trennung in allen einzelheiten beschäftigt, konnte sie es kaum glauben, als der frauenarzt eine schwangerschaft im fünften monat feststellte. wie sehr hatte sie sich vorher jahrelang das zweite kind gewünscht, sogar eine adoption hatten sie in erwä-

gung gezogen. so schien ihr das kind ein omen zu sein, die ehe weiterzuführen.
nächtelange gespräche mit ihrem mann und der plan, von München wegzuziehen, machten einen neuanfang möglich.
er hatte das haus in den wiesen gefunden, seine entscheidung war es, dort hinzuziehen. sie stimmte zu, obwohl es ihr sehr weit weg von München zu sein schien und stürzte sich in die schwangerschaft, die sie im gegensatz zu der ersten problemlos und tadellos bewältigte.
bereits im herbst nach dem umzug sieht aber alles wieder hoffnungslos aus. in ihren aufzeichnungen aus dieser zeit schreibt sie: ich habe den eindruck, als könne ich die dinge nicht mehr fassen, alles zerrinnt mir unter den händen, ich kann nicht mehr vermitteln zwischen mir und mir.

protokoll einer veränderung

trennung

ich schlafe mit meinem mann wie man einkäufe erledigt. bin zärtlich, um ihn nicht zu verletzen. wo sind die großen gefühle? ich habe ihn sogar mit einem alten freund betrogen, eine lausige angelegenheit. alles erschien wie hinter einer glasscheibe. zwar klar und gut sichtbar, aber sozusagen ohne geruch, geschmack, farbe, ton und wirklichkeit.
draußen pocht der sommer heiß und herrlich. das kleinere kind in meinem arm mit seiner starken zärtlichkeit, nichts läßt sich vor ihm verbergen. in seinen riesigen, ernsten augen läuft mein ganzes leben ab wie ein film. ein trösterlein, wie die kleinen fatschenkinder des Franziskanerordens, Tristan, der ritter und liebende.
meine erstarrung schreitet voran. ich denke an das märchen vom reisekamerad, wie er stückweise zu stein wird um seinen freund zu retten. aber ich rette niemanden, nicht einmal mich selbst, ich erstarre selbstständig, stetig.
was ist es eigentlich genau? ich liebe mein haus in den wiesen, den garten, das margeritenmeer, die büsche, schwer vor blüten, die jahreszeiten lasten auf mir in ihrer ganzen süße, meine schönen kinder, den gutaussehenden, freundlichen und gescheiten mann, nur die künstlichkeit schließt mich ein wie farbiges glas, ein riesiges glasfenster, wenn nur keiner dagegen stößt! ich höre

mich reden mit einem, von dem ich mich genau erinnere, ihn zu lieben. ich mache gewaltige anstrengungen, aber meine stimme bleibt flach, kühl, manchmal verletztend. ich bin gefangen in der rolle, die er mir unterstellt.
der kleine sitzt schon auf dem alten hochstuhl von Gabriel in der küche. wie schnell ist es wieder gegangen, er sitzt so gerne auf gleicher höhe wie wir anderen. manchmal unterhalten wir uns in fein abgestimmten tönen über mehrere räume hinweg, er antwortet differenziert und zufrieden. die abendsonne vergoldet seinen dicken kopf und das glas in der vitrine funkelt.
warum ist das so, daß ein und dieselbe arbeit wie geschirr spülen, aufräumen oder backen soviel freude und soviel hass vermitteln kann. die gleiche stehen gebliebene kaffeetasse in Günters zimmer, der gleiche volle aschenbecher können mich mit zärtlichkeit oder mit wilder wut erfüllen.
Günter schirmt sich ab. ich dagegen kann nicht unerreichbar sein, meine kinder fordern unerbittlich ihr recht. es macht mich aggressiv, ihn seinen gedanken und tagträumen nachhängen zu sehen, während ich mich allein mit der realität konfrontiert sehe, mit der ich in keiner weise zurecht komme. mir scheint, das leben schmelze unter mir fort.
was ich erzähle, was ich sage, könnte jeder sagen. alles ist des erzählens wert. vor allem die kleinen dinge, die nicht wichtig sind, die man sagen möchte, den ganzen tag hinausschreien möchte, die man immerfort erlebt, aber niemandem sagen kann, weil sie so nichtig sind. sie sind es doch, die die summe des ganzen lebens ausmachen. sie wachsen uns ein wie gras, machen froh oder traurig, sind zart und alltäglich, grausam sind sie, daß man darin ersticken oder ertrinken kann. ersticken oder ertrinken in jedermanns tag, und so lassen wir sie wachsen, die kleinen dinge, jahr um jahr und die dunkelheit setzt immer früher ein, und die zeit drängt, das gold verschleißt, mit dem wir die kleinen dinge verbrämt haben und so werden sie riesig, bedrohlich, und ersticken uns.
wenn Günter heimkommt bemerke ich hilflos staunend, daß ich unfähig bin, etwas sinnvolles zu tun. körperliche unruhe befällt mich, irgendein muster scheint zu zerreißen, ich sitzte herum, wische an etwas, trauer hüllt mich ein.
seine anwesenheit genügt nicht mehr, seine wirklichkeit wird der von mir produzierten nicht mehr gerecht. wieder erschlagen

mich meine eigenen erwartungen, zerstören die gegenwart, lassen mich hilflos zurück.
ich träume, ich gehe mit Wolfgang zu einem kleinen hotel in einem herbstlichen park. dort lieben wir uns, heftig, verzweifelt, können nicht mehr aufhören, als sei etwas losgetreten worden. glück füllt mich bis zu den haarwurzeln. ich bemerke wie meine brüste plötzlich anschwellen. draußen beginnt es in strömen zu regnen, wir sehen den tropfen auf der fensterscheibe zu. er küßt die innenseiten meiner schenkel, da klopft es an der tür. der portier erscheint drohend und sagt, daß wenn ich mit meinem galan nicht in zwei minuten das hotel verlassen habe, man mir den tiger schicke. ich wisse, was das zu bedeuten habe.
draußen wird es wieder herbst. ich erwache und schlafe ein im herbst, ich wohne innerhalb der jahreszeit. in der stadt hatte ich angst, das zu versäumen, hier geschieht es um mich herum.
Tristan wächst neben mir auf, eine bewegliche landschaft, ein kleiner stern.
ich liebe meine beiden kinder, den mit den goldenen locken, das kummerkind, immer wieder krank, stets auf dem sprung, sich oder etwas anderes zu zerstören und den kleinen, der den reichtum jeden tages bedächtig in sich aufnimmt, ohne sprechen zu wollen.

protokoll einer veränderung
das letzte jahr

sie träumt, sie liege in Kreuth auf dem alten sofa und sehe fern. der film heißt „täler und träume“. es regnet, viele sitzen um einen großen tisch im gleichen zimmer und diskutieren. auch ihre kinderfreundin ist dabei. sie versucht sich bemerkbar zu machen, ohne erfolg. sie geht ins nebenzimmer, dort steht ein pferd aus dunkelbraunem holz. plötzlich weiß sie, daß dieses pferd das einzige sein wird, was sie je lieben kann.
wenn sie morgens aufwacht, sind ihre hände dreckig. sie fühlt sich schlecht, müde. die küche ist voll mit schmutzigem geschirr, schmutz lagert auf allen dingen. es gibt nichts, auf das es sich zu freuen lohnt. draußen schmutziger schnee unter einem schmutzfarbenen himmel, unlust, unfreude.
sie verreist spontan und nimmt das ältere kind mit. endlich urlaub, allein mit Gabriel. er blüht auf in sonne und wärme.

sandburgen bauen und jede nacht den frust aus dem körper tanzen. ein kleines liebeserlebnis inklusive, so heiter der beischlaf, nicht weiter wichtig, seit wann kann sie das? alle körperlichen beschwerden sind wie weggeblasen. sie fühlt sich jung und schön. sie kommen zurück, braun, gesund und glücklich. sie liebt ihre familie inbrünstig. sie schläft mit ihrem mann voll wärme und zärtlicher liebe.
erste anzeichen von frühling. sie ist regelrecht verliebt in Günter. aber da ist Reinhard, ihr traummann, blaue augen, schwarze locken, männlich, musisch, empfindsam und mordsgescheit. sie sehen sich an den langen abenden wenn Günter spät nach hause kommt, sie reden und haben es beide so nötig, seine frau, ihr mann, ein unendliches thema. sie treffen sich in der stadt, eine freundin stellt ihnen die wohnung zu verfügung. diesmal ist nichts heiter und leicht, diesmal sind es die schweren geschütze der liebe. eine nacht, die verwundet, die bleibt.
sie träumt, sie stehe in der Frauenkirche, draußen regnet es. ihre füße sind voll erde und lehm. sie vermag sie nicht anzuheben, um in die kirche zu gehen, wie sie es möchte.
seit sie verliebt ist, sieht sie Günter mit neuen augen. hier er, dort Reinhard. mit ihm möchte sie keineswegs leben, ihm nur weiterbegegnen in dieser neuen, atemberaubenden choreografie. es ist so leicht, die geliebte zu sein, alles richtig zu machen, was seine frau falsch macht. endlich gespräche über kunst, literatur, über glück und sinn, endlich! exklusiv und ohne alltag!
aber beide sind verheiratet. der druck des heimlichen wird allmählich ungut stärker. was vorher pikant und aufregend erschien, reißt jetzt an den nerven. ein dummes mißgeschick jagt das andere. die leichtigkeit der beziehung verflüchtigt sich.
ihr siebenunddreißigster geburtstag. „bin ich das im spiegel?" gerade ausgerechnet heute muß Günter länger arbeiten. seltsam. das hat es noch nie gegeben. lilien zum frühstück, aber der tag einsam und unerfreulich.
am nachmittag Reinhard und rote rosen. draußen tobt sich der april aus. sie ist unzufrieden. was ist ein traummann, letztendlich auch nur ein mann. sie hat lust die beziehung abzubrechen. sie sprechen nur noch über seine probleme, über niemandes probleme möchte sie reden, auch nicht über ihre, leicht und heiter und unbeschwert möchte sie neben ihm sein, und rasanten sex möchte sie mit ihm haben. unbemerkt hat sich die beziehung

verändert, alltag ist eingebrochen. und die ewigen geldprobleme. sie kann sich gar nichts leisten. ewige rechnerei. sie fängt an zu stehlen, mit großem erfolg. nicht, daß es ihr spaß macht, aber endlich kann sie sich leisten was sie so sehr begehrt. es bleibt haushaltsgeld übrig. sie zieht sich und die kinder ganz anders an, nörgelt nicht mehr bei jedem fleck oder loch in den kleinen hosen. sie wird lockerer, großzügiger, entspannter. das leben macht endlich wieder spaß.

protokoll einer veränderung
finale

im januar hat sie wieder eine große einzelausstellung in Freiburg. sie nimmt Maria mit. in Basel wollen sie noch ein paar stunden herumbummeln. das kaufhaus Jelmoli wird zur falle. Maria kann nicht widerstehen. sie steckt parfums ein, kaschmirleggings, unterwäsche. sie läuft hin und her und beim herausgehen wird sie von einer ältlichen detektivin mit schraubegriff gepackt. der unendlich lange weg für beide mit heißem kopf durch das ganze kaufhaus. Maria ist ausländerin, sollte sie vorbestraft werden, verliert sie ihre arbeitsgenehmigung. und sie ist schon in München erwischt worden.
sie versucht der polizei klarzumachen, daß Maria nur in ihrem auftrag geklaut hat. man glaubt ihr nicht. im geleitzug mit uniformierter polizei zurück durch das kaufhaus, transfer zum posten Clara. ein polizist fährt den mit bildern beladenen VW-bus hinterher und in die polizeitiefgarage. in der grünen minna auf einzelsitzen durch die ganze stadt. sie nimmt alle eindrücke gierig in sich auf, ist völlig locker, beinahe glücklich. sie prägt sich die in die türen geritzten graffiti ein, den strengen geruch nach lauge und kälte auf dem langen gang, sie wird tadellos behandelt. nur Maria weint und weint. zu ihr ist man unfreundlich und geringschätzig. beide kommen in die schönen neuen terroristenzellen in einzelhaft, weißgekachelt, kalt, an der decke eine kreisende camera, eine liegekoje aus fliesen mit abgerundeten ecken, in unregelmäßigen abständen hell aufleuchtendes licht. auf einem blechteller eine kalte, gekochte kartoffel und eine scheibe brot. sie findet alles unheimlich aufregend, ihr einziges problem, die vernissage am nächsten tag.
am frühen morgen eine weitere überführung in ein anderes

revier. ewige warterei. sie kommen gegen kaution frei. jetzt ist es knapp mit dem aufhängen der bilder, der galerist dreht schon beinahe durch. aber sie schaffen es, die vernissage läuft ab wie im rausch und ist ein großer erfolg. sie erinnert sich, auf dem hinweg eine nebensonne gesehen zu haben. sie bringt unglück, so heißt es. als sie zu Maria davon spricht, wird diese wütend, gibt ihr die schuld an allem, sie hätte es sagen müssen mit der nebensonne, und ohne die ausstellung wäre sie überhaupt nicht ins Jelmoli gegangen. eine merkwürdige reaktion. die freundschaft hat einen knacks und sie sollte auch nie mehr so werden, wie sie es bis zu diesem zeitpunkt war.
zuhause trinkt Günter auffallend viel und zu jeder tageszeit. er wirkt niemals betrunken. die tage des überflusses sind vorbei, nach Basel klaut sie nichts mehr, sie kann sich nichts mehr leisten. ihr leben erscheint ihr wieder todtraurig.
sie träumt, Günter und sie müssen die Olympischen Spiele in einem auto mit tretpedalen erreichen, Günter hat sich die firmenkamera ausgeliehen. die polizei hält sie an und verlangt einhundert mark. sie verhandelt mit dem polizist, sie dürfen weiterfahren, aber dort angekommen, merken sie, daß die kamera fort ist.
am morgen ihres achtunddreißigsten geburtstages beugt sich Günter über sie, den obligaten strauß weißer lilien in der hand. sie weiß nicht, daß sie ihn fünf monate nicht mehr sehen wird, auch nicht, daß seine freundin, mit der er seit einem jahr zusammen ist, am selben tag ihren dreiundzwanzigsten geburtstag feiert. am abend wartet sie umsonst auf ihn. sie kann es sich nicht erklären. schon das letzte mal ist er so spät gekommen. diesmal kommt er gar nicht. er ist längst mit der freundin in Venedig.
später weiß sie nicht mehr, wie sie die tage danach, die wochen und monate mit den beiden kindern bewältigt hat. sie haßt, sie liebt, sie wartet. übelkeiten wechseln ab mit herzjagen, sie nimmt valium in großen mengen und spürt keinerlei wirkung. den kindern bereitet sie eine schöne zeit, einen glücklichen sommer, mit wasserrutschbahn aus Aldi-tüten im garten, mit kreidemalereien auf dem frisch geteerten bürgersteig, mit kleinen ausflügen und anderen kindern. in Uwes firma beantragt sie zunächst urlaub, dann unbezahlten urlaub. man hat dort mitleid mit ihr. jeder hat es gewußt, nur sie nicht. sie wartet auf ein lebenszeichen. es kommt ein brief, ein liebesbrief, daß sie unbedingt durchhalten

müsse, er komme zurück. ihre stimmung wechselt weiter zwischen hass, liebe und niedergeschlagenheit. er ruft an, schickt telegramme, briefe. er schreibt, daß er eine weile frei sein müsse, er liebe sie, aber auch die andere. er tauge nicht als vater. im herbst wird Gabriel eingeschult. auf ihre bitte erscheint Günter zu diesem anlaß und mimt den familienvater. das kind ist selig. sie auch. in der nacht lieben sie sich wie noch nie. später geht er. sie löst sich auf. kleine fetzen von ihr reißen ab und verwehen, sie kann nichts mehr festhalten. sie gerät in totale abhängigkeit von seinen besuchen. sie nimmt weiter valium und raucht kette. wenn er da ist, können sie nicht genug voneinander kriegen. er macht ihr liebeserklärungen, etwas ganz neues, er bewundert das haus, als habe er nie darin gewohnt, er findet es „großartig“, wie sie mit den kindern umgeht.
dann verschwindet er wieder, den alten schlapphut auf dem kopf, die whiskyflasche im handschuhfach.
der job ist mittlerweile gekündigt, das eigene und die sparbücher der kinder leer.

brief von Günter im oktober:
„immer noch keine entscheidung. fastentscheidungen. ich weiß, daß es sein muß. diese verdammte angst. in jedem falle mache ich jemanden kaputt. auch die andere ist eine liebesgeschichte. der kalte schrecken, dich zu verlieren, der abend, an dem ich dich abweisend erwartete, statt dessen liebe, immer wieder und noch liebe. sternchenlächeln in der küche, du bist noch da, ich liebe dich. fuhr ganz doof nach Ansbach, ganz doof glücklich, als sei meine hinrichtung aufgeschoben.“

natürlich sind fastentscheidungen noch schwerer auszuhalten, als alles andere. sie liebt ihn, aber möchte sie nochmals mit ihm leben? wenn er so bliebe wie jetzt, in diesem ausnahmezustand. der mann, mit dem sie seit acht jahren verheiratet ist hat mit dem mann, den sie jetzt liebt, nichts zu tun. außerdem, sollte er sich für eine von ihnen entscheiden, er würde stets denken, die andere sei es gewesen. vielleicht wäre er deprimiert.

brief an Günter:
„ich mache mir gedanken über deinen letzten besuch. vor liebe schmolzen mir buchstäblich die beine. weiterhin lebst du ganz den augenblick, ohne verantwortung, ohne dir über dein wollen und können rechenschaft abzulegen. in

diesem zustand möchtest du gewaltsam verharren. wir machen es dir so einfach, anbetung, liebe, hingabe. wenn du die kinder und mich verlassen willst, dann tue es, aber geradlinig und aus überzeugung. wenn du mit Sonja zusammenleben willst, entscheide dich für sie. aber halte uns nicht beide hin. es ist ohnehin sehr falsch, von einer beziehung in die andere zu rutschen, ohne sich selbst dazwischen zu finden. was mich betrifft, so wachse ich wie ein kleiner baum unendlich langsam mit jedem tag ein wenig bewußter in meine neue freiheit.“

eines tages bereitet sie für ihn ein großes essen, nicht zuletzt deshalb, um sich selbst ihre kraft zu beweisen. es schmeckt fabelhaft, er ist begeistert, wie immer, wie früher. gleich zu anfang bleibt ihr der salat im halse stecken. zunächst ignoriert sie es, aber in der nacht werden die schmerzen unerträglich. am nächsten morgen fährt Günter sie ins krankenhaus. man vermutet einen knochen in der speiseröhre, obwohl sie immer wieder beteuert, nur salat gegessen zu haben. der arzt entschließt sich zu einer operation mit dem steifen rohr. zu tage kommt ein versteinerter salatklumpen, der jetzt in der vitrine der psychosomatischen abteilung zu besichtigen ist. danach bricht ihr kreislauf zusammen. es ist kein bett frei. man bittet Günter, sie wieder nach hause zu fahren. er muß dableiben, um am nächsten tag die kinder zu versorgen. er sagt: wenn du glaubst, mit dieser erpressung punkte für dich zu sammeln, dann täuschst du dich. etwas in ihr zerreißt mit einem häßlichen ton.
Günter spielt jetzt wochenendvater. die kinder sind glücklich. das kennen sie aus anderen familien. sie verarbeitet pflaumen zu mus. das haus riecht wunderbar. die kinder sind septembervergoldet. die ersten herbststürme kommen. keine beruhigungstabletten mehr, sie raucht nicht. einkapselung. sie mag Günters spiel nicht mehr mitspielen. er lebt ganz offiziell mit zwei frauen. sie bittet ihn, nicht mehr zu kommen, hebt das telefon nicht mehr ab, verweigert jeden kontakt. die abende sind besonders schwierig, nur das telefon nicht anfassen, oder sie hebt ab und hängt sofort wieder ein. sie trifft alte freunde wieder, geht auf einladungen, ins kino, wird stärker.

Günter schreibt:
„warum genügt es dir nicht, daß ich dich liebe? mir genügt schon das glück, wenn ich meine pfeife anzünde.“

ganz langsam hört sie auf an ihm zu leiden. nur manchmal in den nächten trifft es sie noch wie ein keulenschlag. sie springt aus dem bett, dreht den fernseher und das radio an, betrachtet ihre schlafenden kinder, ruft freunde an.
im winter wieder eine ausstellung. sie lernt viele neue leute kennen, das haus in den wiesen füllt sich mit nettem besuch. auch Günter erscheint wieder. er sieht schlecht aus.

brief an Günter:
„gerade bist du gegangen. ein lieber besuch. kein hass schlägt hinter dir her, keine verzweiflung, gefühle in altrosa und graublau. wäre ich ein junges mädchen, schwärmte ich ein wenig für dich. aber bist du nicht vielleicht einfach ein wenig langweilig ?"

sie haben sich lange nicht gesehen. er bittet sie ihn in der stadt zu treffen. es schneit und regnet durcheinander, sie trägt einen blaßblauen mantel mit perlen und pailletten. das lokal, in dem sie sich verabredet haben, hat ruhetag. er kommt, sehr spät, sieht todmüde und überanstrengt aus, ist völlig durchnäßt und hat unterwegs seinen geldbeutel verloren.
sie nimmt ihn mit nach hause, kocht heiße suppe. zwischen ihnen wächst eine unglaubliche erregung. sie achten darauf, sich nicht zu nahe zu kommen. the sultans of swing, Dire Straits, ihrer beider lieblingsmusik. plötzlich erscheint es ihr völlig sonnenklar, daß er der einzige mann auf der welt ist, der sie derartig erregt. sie vergißt das jahr der getrennten schlafzimmer, den schmerz um ihn, sie spürt nur die luft im zimmer knistern. als er sie dann endlich an der schulter packt, sinkt Scarlett o'Hara an Rett Butlers brust. ich will dich jetzt haben, stammelt dieser und sie fallen übereinander her, in unglaublicher lust. alle barrikaden stürzen ein, es gibt keine probleme mehr. gegen zwei uhr morgens wirft sie ihn raus. glühend vor glück. sie hat gewonnen, er ist ihr liebhaber, sie will ihn nicht zurück. draußen schneit es in fetzen, der frühling kann kommen.am nächsten morgen ruft er an. er möchte wieder wochenendvater sein. seine liebe zu ihr sei tiefer, als die zu Sonja. sie mag es nicht mehr hören. sie ist endlich frei. kein schmerz mehr, sex statt liebe. sie reicht die scheidung ein „in beiderseitigem einverständnis". sie hat die unterlagen bis heute nicht durchgelesen, sondern nur bei den kreuzen unterschrieben, sehr zum entsetzen ihrer diversen freundinnen.

freude und neugier auf ihr neues leben erfüllen sie. irgendwann im nächsten winter sitzt sie im wohnzimmer und strickt von wellen heilsamer ruhe umgeben. da erscheint sein weißes gesicht hinter der scheibe. immer häufiger findet sie auf der terrasse seine spuren im schnee. einmal läßt sie ihn ein. setzt sich mit ihm in die küche, hört ihm zu. daß es ihm so schlecht gehe, daß er immer noch beide liebe, daß er sehnsucht nach den kindern habe... sie möchte keine gedanklichen infektionen mehr. er tut ihr leid. ihr problem ist längst das älterwerden, das sich akzeptieren ohne die liebeserklärungen anderer.
Günter sagt: „dein gesicht ist in jedem alter schön". sie muß aufhören jemanden zu brauchen, der ihr das sagt. sie ist nicht umgekommen, hat mehr gelernt als in ihrem ganzen bisherigen leben, jetzt muß sie das gelernte für und gegen sich selbst benützen. jeder tag macht sie stärker. der schmerz, der siebenköpfige drache, sie hätte alle köpfe auf einmal abschlagen müssen wie im märchen, auf anhieb gelingt das nicht. so ist immer wieder einer nachgewachsen. aber mittlerweile sind es kleine, harmlose. so geschieht es, daß sie mitten in einer tätigkeit aufsteht, seine nummer wählt, einhängt. wie ein zwang.
Jürgen ruft an. ihre liebesbeziehung liegt zwanzig jahre zurück. seine frau lief fort. sein kummer ist jünger als ihrer. sie telefonieren täglich. halbe nächte hindurch. ohne seinen anruf mag sie gar nicht mehr einschlafen. er lädt sie auf seinen hof in Niedersachsen ein. sie könne dort leben, es sei herrlich für die kinder.
sie beschließt erst einmal über das wochenende nach Gödestorf zu fliegen. sie spürt keine verliebtheit in sich, nur sehnsucht nach geborgenheit. sie nimmt das jüngere kind mit. sie lieben sich den wogenden wachholder im fenster. kaum zurück, ruft Günter an. wo sie denn gewesen sei, er werde ohne sie nicht mehr froh, sie liebe ihn doch noch?
draußen tobt ein wind ums haus. es singt in den schlüssellöchern, die kinder seufzen im schlaf. das leben ist schön. sie kann am telefon vorbeigehen, spürt den sog kommen und abebben. sie horcht nicht mehr auf autogeräusche, schaut nicht durchs fenster nach seiner silhouette, sucht im schnee keine spuren. sie liest ihre tagebücher nach und kann sich nicht erinnern, von irgendeiner lektüre in den letzten jahren so gefesselt worden zu sein. der schnee steht in riesigen wänden ums haus. sie fühlt sich

geborgen. geborgen in sich selbst und der liebe zu ihren kindern.

brief an Günter:
„am sonntag bin ich bei klirrendem frost mit den kindern, sozusagen auf der suche nach der verlorenen zeit, unseren letzten ausflug nochmals nachgefahren. diesmal fanden wir einen freien tisch im lokal, es gab auch das eis, das sich die kinder damals umsonst gewünscht hatten. später, in der eisgoldenen dämmerung, mußte ich zwei herren in meinen kofferraum bitten, um mit meinem hinterradantrieb die spiegelglatte steigung zu schaffen. jetzt schneit es, wir sitzen in Tristans zimmer und fangen schneeflocken mit meiner alten schiefertafel ein. rosen blühen und verwehen, weißt du noch? aber märchen haben dich nie interessiert. Gabriel hat sich gestern verletzt, der nachbar fuhr uns auf der verstopften glatteisstraße nach Landsberg ins krankenhaus. denn ich mußte das kind in meinen armen beruhigen.
wie schön war es doch früher, als du bei solchen anlässen da warst, ich meine kleine hand in deiner trockenen, großen, warmen so schön knödeln konnte. wir werden fortziehen, der hauswirt macht ärger, und meine mutter freut sich wenn ihre enkel in ihrer nähe sind. ich fülle buch um buch mit meinen aufzeichnungen. manchmal sehe ich dich in der küche gestalt annehmen, hier, auf deinem vertrauten platz. aber das geht vorbei.
draußen hat ein bedrohlicher winter meine birke geknickt, aber im haus ist wärme, frieden. oder du erscheinst hinter den beschlagenen scheiben auf der terrasse.
ich blicke nicht auf. aber du lächelst."

die probe

die lehrerin triumphierend ansehen, während der schulaufgabe. eine art vertrauen zwischen mir und ihr vortäuschen, als hätte sie es gerade mir recht gemacht mit der auswahl der fragen. tief gebückt über dem blatt schreiben und schreiben, als reiche die zeit gar nicht für all das, was man weiß. stolz sollte sie sein, die lehrerin, auf mich. ich möchte sie nicht enttäuschen. ich werde sie wieder enttäuschen. ich lese die fragen immer wieder durch, ich verstehe plötzlich nicht einmal mehr den inhalt. ich schaue auf die uhr, noch acht minuten. wilde panik, nicht merken lassen, alle schreiben, alle wissen alles. ich weiß nichts. noch vier minuten. plötzlich fällt mir etwas ein, ich habe nicht genügend zeit, die hand ist seltsam steif, der füller kratzt, mir wird schlecht. ich kann den satz nicht einmal zu ende schreiben. die blätter werden eingesammelt, die lehrerin schaut mich mit ihren klaren augen traurig an. ich wollte sie wirklich nicht enttäuschen, gerade sie nicht, die einzige, die ich mag. mich kann man einfach nicht mögen.

Malallah oder der tanz der arabischen fischer

an der bar des bombastischen hotel Sheraton Sharja sah sie ihn zum ersten mal. Malallah. Gabriele und Maria waren am neunten tag nach der öffnung der Vereinigten Emirate für den tourismus nach Sharja geflogen, allein, was dort einer mittleren sensation entsprach. sie hatten sich weder vorbereitet noch die geringste ahnung, was sie dort erwartete. vom hypermodernen, neuen flughafen Dubai, einem futuristischen, arabischen schmuckstück mit kuppeln, farbigem glas und großem prunk fuhren sie ins emirat Sharja.
die wenigen frauen, die sie unterwegs zu gesicht bekamen, trugen goldene masken aus pappe über augen und nase und waren vollständig verhüllt. die männer, ausnahmslos in weißen, seidenen galabeas und dem traditionellen kopfschmuck, bewegten sich stolz und langsam, schwere goldketten um die handgelenke, zugleich abwartend und neugierig. es gab noch keinen touristen im hotel, das malerisch in einer wunderschönen bucht lag, deren strand mit großen korallenstücken bedeckt war. am liebsten hätte Gabriele sofort zu sammeln angefangen, aber sie hatten genug zeit und tranken zunächst in der hotelbar einen kaffee, gierig beäugt von den männern. dort saß auch Malallah, höflich, freundlich und nachtschwarz im weißen gewand.
sie badeten im türkisfarbenen meer, Gabriele schleppte große korallenstücke auf das zimmer, Maria legte sich in einem knappen bikini neben einen felsen in die abendsonne. urlaub. traumurlaub, so hatten die beiden sich das vorgestellt. ein menschenleerer strand, sonne, luxus, baden und ein leihauto mit klimaanlage für den nächsten tag, um die gegend zu erkunden.
allein das abendessen war überwältigend. ober in einheimischer tracht hinter den stühlen, von allen seiten bedient, wein, köstliche, ungewohnte speisen und wieder kein gast außer ihnen. später setzten sie sich in die bar und da war auch wieder Malallah, ruhig, freundlich, und nachtschwarz.
sie kamen ins gespräch. er war zollbeamter im hafen, erzählte ihnen vom raketengleichen aufstieg seines landes durch das öl, vom goldmarkt, den sie unbedingt sehen müßten in Abu Dhabi, oder auch in Dubai, von seinem vater, der es vorzog, weiter fischer zu bleiben, weil er mit der plötzlichen änderung nicht zurechtkam, von den kamelrennen, von seinem neuen Mercedes

und von seiner frau, von der er sich nicht scheiden lassen könne, da ihn das umgerechnet etwa fünfzigtausend Mark kosten würde, von der er sich getrennt habe und in einem bescheidenen appartement lebe, da es für ihn die beste lösung sei.
langsam füllte sich die bar mit einheimischen männern und unverschleierten, europäisch gekleideten frauen, die durchwegs nutten waren, wie Maria und Gabriele bald feststellten. an diesem abend gingen sie frühzeitig ins bett, denn sie waren müde von der langen fahrt und den vielen eindrücken.
am nächsten tag fuhren sie nach Fujaira, einem kleinen emirat mit palmenhainen, schluchten und einer bezaubernden landschaft. unterwegs sahen sie riesige halden aus autos, kühlschränken, mobiliar, einfach in der landschaft deponiert und am abend erklärte ihnen Malallah, daß der plötzliche reichtum zur folge hatte, daß die leute sich jedes jahr ein neues auto, einen neuen kühlschrank etc. kauften, und die nicht mehr benötigten sachen in der natur entsorgt würden. es war wohl alles ein wenig schnell gegangen.
er lud die beiden frauen ein, mit ihm nach dem abendessen tanzen zu gehen, im hotel.
der tanzsaal war, wie alles andere, riesig, pompös, modern arabisch. farbige lichter in allen ecken, eine lifeband, europäische musik und ausschließlich einheimische männer. wieder strömten elegante junge frauen herein, man tanzte, trank alkohol, aß nüsse und datteln, konfekt und arabisches gebäck.
Maria und Gabriele tanzten ausgelassen, tranken zuviel, lachten zu laut und immer war Malallah um sie herum, sorgte für drinks, für süßigkeiten. um mitternacht stoppte die musik. Malallah erklärte, nun würde der berühmte tanz der arabischen fischer stattfinden, sie müßten unbedingt mitmachen.
das licht flackerte, die musik wurde schwül, arabisch, die gesamte atmosphäre veränderte sich. Gabriele schwante schlimmes. sie trat an den rand, sie weigerte sich, die tanzfläche zu betreten. Maria hatte schon längere zeit einen festen tänzer, großgewachsen, herrlich anzusehen, im schwarzen anzug, blendend weißem hemd, mit intensiv grünen augen.
eine art polonaise begann, die hände lagen jeweils auf den schultern des vordermannes und in schlangenlinien bewegten sich die tänzer rhythmisch durch den riesigen saal. die musik spielte schneller und schneller, pfeifen und trommeln skandierten höher

und höher und mit einem paukenschlag verlosch das licht. das erste, was Gabriele sah, als es wieder hell wurde, war Maria, die kreidebleich am boden lag zwischen den gespreizten beinen ihres tänzers. Gabriele sprang in den kreis und ohrfeigte den mann rechts und links. dann wurde es still. die grünen augen funkelten vor tödlichem haß. eine europäerin, die einen araber schlug! Gabriele zog Maria vom boden und lief mit ihr zum lift. Malallah hinterher. er entschuldigte sich fürchterlich, brachte korrekt die beiden frauen zu ihrem zimmer und verschwand. Maria brachte noch immer kein wort heraus, Gabriele war verärgert, hatte sie doch irgendetwas in der art geahnt und deshalb bei diesem tanz nicht mitgemacht. später erzählte Maria, ihr tänzer habe sie im augenblick des verlöschenden lichtes nach unten zwischen seine schenkel gedrückt und sie von oben bis unten betatscht. es sei viel zu schnell gegangen, sie habe sich nicht wehren können.
die beiden beschlossen, den nächsten tag eine größere fahrt zu machen, nicht den ganzen tag im hotel zu sein.
am morgen klingelte das telefon: Malallah. es tue ihm leid, er würde ihnen gerne sein land zeigen, aber die beiden verspürten keinerlei lust.
sie besichtigten den goldmarkt in Dubai, ein gebäude von einem kilometer länge, gold, soweit das auge reichte, die ketten auf walzen gedreht, in allen erdenklichen größen und formen wie der weihnachtsschmuck bei Ludwig Beck in München. es gefiel ihnen nicht. sie schwammen gegen abend in der bucht vor dem hotel und trafen beim abendessen erneut Malallah. wieder entschuldigte er seine landsleute, wieder bot er sich an, mit ihnen eine fahrt am nächsten tag zu machen. diesmal willigten sie ein. die wüste war überwältigend. Malallah fuhr mit einem schweren geländeauto die dünen herauf und herunter, sie picknickten, ritten auf kamelen und waren wieder zufrieden.
Malallah hatte einen freund. den brachte er mit am nächsten morgen und zu viert hatten sie eine menge spaß. die männer verhielten sich tadellos, Malallah bot an mit Gabriele zu seinem vater zu fahren, Ahmet würde solange Maria eine verborgene schlucht zeigen mit wasserfall. man trennte sich.
der alte fischer wohnte in einem weißen haus am meer. sie besichtigten einen fischmarkt zusammen und Gabriele erhielt ein riesiges sägeblatt von einem sägefisch, worüber sie sich

schrecklich freute. am abend traf man sich wieder im hotel. die acht tage neigten sich dem ende zu, Gabrieles gepäck hatte sich verdoppelt, steine, korallen, das sägeblatt, sie konnte nicht aufhören, am strand zu sammeln.
am letzten abend fuhr Malallah mit ihr in ein kleines dorf. auf dem strand aßen sie fisch unter funkelnden sternen. das meer sah eigenartig aus, sehr hell, irgendwie anders. Malallah schlug einen spaziergang vor, er erklärte, in etwa einer halben stunde wäre das plankton in den wellenkämmen, es sei ein unglaublicher eindruck, meeresleuchten. so etwas hatte Gabriele noch nie gesehen, wohl aber darüber gelesen. sie war überglücklich, und so lief sie mit Malallah unter den sternen am meer entlang.
langsam begann das plankton zu steigen. zunächst blinkte es nur hier und da grün auf, wenn die brandungswelle sich überschlug, aber dann leuchtete welle um welle, es war märchenhaft, unbeschreiblich, und so geschah es, daß sie irgendwann in Malallahs armen lag, im sand, vor dem grün funkelnden meer, daß sie sich liebten unter den sternen, und es war so selbstverständlich und schön, daß Gabriele keinen augenblick darüber nachdachte.
spät kam sie ins hotel zurück, Maria war auch gerade erst eingetroffen. sie hatte das meeresleuchten von einem felsen aus beobachtet zusammen mit Ahmet.
Malallah und Ahmet begleiteten die frauen zum flughafen. zwei jahre lang telefonierten beide und Ahmet erschien sogar im dritten jahr an Marias haustüre. in einer klinik in deutschland hatte er sich das bein operieren lassen. aber Ahmet in Deutschland war nicht das gleiche wie Ahmet in Arabien. von Malallah blieb Gabriele nur ein foto. sie hatte es auf dem fischmarkt geschossen in der dämmerung. leider sind aber nur Malallahs zähne zu sehen, denn an diesem tag trug er eine nachtblaue galabea. da Gabriele keinen blitz benützt hatte, leuchteten nur die weißen zähne. die fische sieht man deutlich.

Ibiza

einmal wollte sie Weihnachten nicht daheim feiern, einmal im leben. wie oft hatte sie schon überlegt, irgendwohin zu reisen, aber es dann doch unterlassen. diesmal sollte es also endlich wahr werden. sie freute sich unheimlich, die kinder waren das erste mal einverstanden, der große blieb bei seinem vater, den kleinen wollte sie mitnehmen.
eine freundin, die eine finca auf Ibiza besaß, hatte sie gebeten, dort auf die katzen und das haus aufzupassen. Gabriele sagte zu. leider kannte diese freundin sie ganz offensichtlich nicht gut genug und hatte aus sicherheitsgründen noch drei andere frauen eingeladen.
so waren sie also zu viert. es hätte unheimlich nett werden können, wurde es aber nicht. das haus war eiskalt. mit den frauen, die schon ein paar tage früher gekommen waren, verstand sie sich nicht. das kleine auto, die einzige möglichkeit dieser üblen, zwischenmenschlichen situation zu entkommen, wurde ausgerauft.
die finca lag abseits von jedem trubel auf einer anhöhe mit wunderbarem blick. die bildhauerin holte sie vom flugplatz ab, eine sanjassin, bhagvananhängerin von dunkler schönheit, wartete zuhause. die beiden mochten sich vom ersten augenblick an nicht. die dritte war wesentlich älter, der junge ging ihr ganz offensichtlich auf die nerven, obwohl er nichts tat, einfach, weil er dabei war. Gabriele fühlte sich ausgebootet und miserabel, denn sie wurde behandelt wie ein eindringling. sie hatte einen faltchristbaum zuhause gebastelt, Fimo mitgebracht, um krippenfiguren zu modellieren, überhaupt wollte sie richtig Weihnachten feiern, die anderen nicht. die gelbe katze mit den blauen augen ging lange mit ihr und dem kind jeden tag spazieren, der einzige lichtblick.
Gabriele und Tristan beschlossen, die insel so bald wie möglich wieder zu verlassen. sie fühlten sich schlecht, völlig durchgefroren, da der kamin in ihrem zimmer zwar funktionierte, aber keinerlei hitze abgab. sie sägten holz, sahen zu, wie es prasselnd verbrannte, sahen die flammen und es war, als schauten sie in einen fernseher. es war der kälteste winter, den Ibiza je erlebt hatte. die kälte kroch in ihre körper, breitete sich aus und auch die elf bierflaschen mit kochendheißem wasser nachts im bett

ließen die beiden nicht warm werden. die schönsten augenblicke waren, wenn sie das auto haben durfte und ein wenig herumfuhr. sie fanden einen blühenden mandelbaum, reifbedeckt und blieben lange darunter stehen. diese insel war nicht der richtige platz. Gabriele fühlte förmlich, wie sie abgelehnt wurde, von den frauen, der insel, von allem. sie war total deprimiert. so fuhren sie am zweiten weihnachtsfeiertag zum kleinen flugplatz und hörten, daß der erste flieger nach Mallorca am zweiten januar Ibiza verlasse, daß er aber bereits bis auf drei plätze ausgebucht sei. sie hätten nur die möglichkeit, sehr früh, noch ehe die schalter geöffnet würden da zu sein um die flüge zu erhalten.
die nächsten tage waren kein bißchen besser als die vorhergehenden. für Gabriele war es die reinste hölle. sie konnte hinterher nicht genau sagen was eigentlich so schlimm war, aber sie fühlte sich durch die gespräche, die behandlung ausgezogen, verletzt, zerschlagen und ihr selbstwertgefühl fiel völlig in den keller. es gab nur wenige zeiten in ihrem leben mit denen sie ihre augenblicklichen gefühle vergleichen konnte, vielleicht nach Günters spektakulärem verschwinden, in ihrer ersten schwangerschaft, in großen abständen in der beziehung zu ihrer mutter. aussichtslosigkeit und hoffnungslosigkeit machten sich in ihr breit, die sie regelrecht krank werden ließen. sie vertrug das essen nicht mehr, verlor alle tatkraft, versuchte verzweifelt, wenigstens dem kind die tage so erträglich wie möglich zu machen, allerdings ohne großen erfolg.
die silvesternacht mit den drei frauen brachte keine entspannung. tarotkarten wurden gelegt, jeder stand dann im garten, Gabriele und Tristan eng umschlungen, und sie sahen dem fernen feuerwerk zu, ihren gedanken nachhängend.
pünktlich, am zweiten januar, drei stunden vor dem öffnen der schalter, stand sie mit Tristan in der abflughalle. sie war keineswegs allein. eine familie mit drei kinden war schon vor ihr. die halle, ein hufeisen, hatte sechs schalter, an jeder seite zwei. die familie hatte sich so verteilt, daß, einschließlich vater und mutter, an fünf schaltern jeweils einer stand. Gabriele und Tristan waren nur zwei. an welchen schalter sollten sie sich stellen, welcher würde sich öffnen? schnell füllte sich der raum mit leuten die auch nach Mallorca fliegen wollten. ausschließlich spanier. die völlig überreizten nerven von Gabriele, ihr miserabler gesamtzustand und der übermäßig verzweifelte wunsch die insel

zu verlassen, ließen sie die zwei richtigen schalter auswählen. sie erhielt die flüge nach Palma.
ein weiteres problem war das geld. sie hatte einen euroscheck dabei, den gegenwert von vierhundert mark. außerdem nach dem bezahlen des fluges noch umgerechnet knapp vierzig mark bargeld. keine karte, niemand, den sie hätte bitten können, ihr telefonisch geld anzuweisen.
sie bestiegen den flieger, sie starteten. dann wurde der start abgebrochen. rechts und links der piste rollten polizei und krankenwagen vor. im flugzeug helle aufregung, sie durften nicht aussteigen. Gabriele fand eine frau die ein paar brocken englisch sprach. es sei ein triebwerk kaputt. es könne dauern. draußen blaulichter zu beiden seiten. es war gespenstisch. der flug verzögerte sich um vier stunden. Tristan und Gabriele waren so ziemlich am ende ihrer kraft nach all den aufregungen.
endlich landeten sie in Mallorca. es war halb drei in der nacht. die englisch sprechende spanierin bot Gabriele an, gemeinsam ein taxi zu nehmen, es käme für beide billiger, außerdem wisse sie eine nette kleine pension gleich bei ihr um die ecke. Gabriele war tief erleichtert. sie fuhren lange durch die nacht, hielten, und in sekundenschnelle war die frau verschwunden ohne ihren taxianteil bezahlt zu haben. vor ihnen erhob sich, grün angestrahlt, ein riesiges hotelgebäude. Residencia Drach! sie zahlten das taxi, hatten noch zwölf mark übrig und zogen in die einzige freie suite.
wohlige wärme schlug ihnen entgegen. im radio spielte marokkanische musik, Gabrieles sehnsucht nach diesem land erreichte ungeahnte ausmaße, wärme, freundliche menschen, der geruch nach warmem soukbrot, der köstlich riechende staub. sie lag wach im bett und dachte an Marokko. das kind schlief wie ein toter, endlich.
am nächsten morgen machten sie kassensturz. sämtliche kleinen münzen gab sie in das außenfach auf der überschlagklappe ihrer umhängetasche, innen lag ihr großer geldbeutel mit dem ticket ab Mallorca, dem einzigen scheck, den zwölf mark in pesetas, den pässen und diversen anderen dingen. sie zog den reißverschluß zu und klappte die außenklappe darüber.
Tristan bekam ein hörnchen von der straße, sie verzichtete auf das frühstück. so zogen sie los. ein glück, daß das busfahren in Spanien so billig ist. sie fuhren durch die ganze stadt bis zum

menschenleeren strand. hier war es nicht annähernd so kalt wie auf Ibiza. sie bauten eine strandburg, teilten sich eine portion pommes frites, wanderten am meer entlang, unglaublich glücklich dem horror entkommen zu sein. am frühen abend waren sie zurück auf der plaza. ein starker wind kam auf, am himmel trieben fetzen einer bengalischen abendbeleuchtung, sie liefen über den weihnachtsmarkt, scheppernd stießen die farbigen birnen der festbeleuchtung gegeneinander, von allen seiten plärrten kinderchöre weihnachtslieder, vom sturm verweht. neger boten die seltsamsten dinge zum verkauf an, sie blieben dort bis es dunkel war und fuhren mit dem bus zurück zur Residencia Drach. im warmen bett aßen sie zwei enzaimadas, waren glücklich, schliefen tief.
die sonne schien durch die fenster der Residencia Drach. wieder fuhren sie mit dem bus zur plaza, in den straßencafes saßen die touristen, sie liefen durch den park.
eine frau näherte sich ihnen und reichte Gabriele eine rote nelke. jede freundliche geste füllte Gabrieles seele mit wärme. sie freute sich. ihre tasche hatte sie über der rechten schulter, außerdem die kamera und neben sich das kind. die frau stand genau vis-à-vis von ihr. Gabriele streckte die hand nach der nelke aus, da redete die frau von ihren ninjos, vom arzt und allem möglichen, und Gabriele wurde klar, daß es eine zigeunerin war. aber ihre hochstimmung wich nicht. sie rückte ihre tasche nach vorne, öffnete den äußeren reißverschluß und zog eine peseta heraus. die reichte sie der zigeunerin und dann geschah es: wie abgeschnitten endete der straßenlärm. Gabriele stand plötzlich in absoluter stille vor der frau im blauen pullover. sie sah gleichzeitig den rücken dieser person und darauf, in einer art halfter, ihren grünen geldbeutel, der doch in der tasche mit geschlossenem reißverschluß lag. sie ging in unendlicher langsamkeit um die frau herum, zog den geldbeutel aus dem halfter, stellte sich zurück an ihren platz, streckte der wie erstarrten zigeunerin die nelke wieder hin und die peseta fiel klirrend zu boden.
im gleichen augenblick hörte Gabriele wieder autogeräusche, lautes hupen, das scheppern der straßenbahn und ihren sohn, der heftig schluchzte. die zigeunerin raffte die röcke und rannte durch den leeren park in richtung der zitadelle. Gabriele eilte, das kind an der hand, hinterher und fotografierte. schnell schlossen sich ein paar touristen an, jemand schrie: „policia!", die zi-

geunerin raffte ihre röcke und zeigte ihnen viermal den nackten hintern. Gabriele drückte jedesmal auf den auslöser, rannte weiter und erreichte den höchsten punkt neben der zitadelle. hier stand ein pulk von bedrohlich aussehenden männern. sie schrien Gabriele an, die zigeunerin auch, Gabriele traute sich nicht weiter. sie suchte mit Tristan, der noch immer weinte, ein polizeirevier auf.
der polizist interessierte sich nicht im geringsten für die geschichte, das sei normal, den touristen werden handzettel ausgeteilt, das wisse doch jeder, die zigeunerbanden seien ein fester bestandteil von Palma. was, sie habe den geldbeutel wieder? das allerdings konnte er nicht fassen. Gabriele mußte die geschichte nochmals erzählen, immer mehr polizisten umstanden sie. das habe es noch nie gegeben, das sei das erste mal seit bestimmt dreißig jahren, die börsen seien sonst immer weg, das sei eine sensation.
Gabriele verließ mit dem kind die weiter diskutierenden männer. sie liefen durch den park. sie kaufte einen kaffee an der straße. ihr war schlecht. sie befragte Tristan, wie er die sache erlebt habe, wie das alles passieren konnte.
er erzählte, die zigeunerin sei wie angewurzelt stehen geblieben, habe sich nicht mehr rühren können, die peseta in der ausgestreckten hand. Gabriele sei nie um sie herumgegangen, die zigeunerin selbst hätte den geldbeutel wie in trance aus dem schulterhalfter genommen und ihn Gabriele gereicht. der verkehr wäre zu jedem zeitpunkt zu hören gewesen. ein wunder? Tristan war noch immer blass. er wollte auch nichts essen. sie fuhren zurück zum hotel, legten sich auf die betten, Gabriele erzählte ihm geschichten um ihn zu beruhigen. dann spielten sie bis zum abend karten und nach den obligaten pommes frites schliefen sie die letzte nacht im hotel. der euroscheck reichte gerade um es zu bezahlen. am nächsten morgen flogen sie tief erleichtert und stark erkältet zurück nach München.
als sie die fotos entwickelt hatte, war die entblößte zigeunerin nicht drauf. die bilder waren schwarz. eine erklärung für alles fand Gabriele nicht.

der schularzt

in die erste klasse der volksschule kam der schularzt.
„alle in einer reihe aufstellen, ausziehen bis auf die unterhose!"
er geht von einem zum anderen.
„mund auf, umdrehen und wieder zurück!" dann der gekrümmte, kalte zeigefinger zwischen haut und hosengummi. ein blick hinein, vorbei.
ein eigenartiges gefühl, ein druck im hals aus dem körper herauf, ein gefühl, das bleiben sollte.
später im garten, es ist sommer, die freundin ist da. etwas ist nicht wie immer. wir spielen „schularzt". heimlich, verborgen hinter dem holunder, mit dem gekrümmten zeigefinger zwischen haut und hosengummi, ein blick hinab, das zurückschnellen des gummis. da ist es wieder, der druck im hals aus dem körper hinauf in den kopf. „und jetzt wieder du." was ist das für ein zauber? maßlose, heimliche aufregung hinter dem holunder.
bei meiner freundin läuft eine feine, braune linie von unterhalb des nabels bis in die weichen schamlippen. warum sieht es bei mir anders aus? und warum sah ich es gestern beim baden noch nicht? wir sprangen nackt unter dem gartenschlauch hin und her.
allein wichtig ist, das gefühl läßt sich immer wieder provozieren. beliebig oft. die pforte zu einem geheimen land? nur der holunder duftet süß, dumpf und wie früher.

Santorini

Jürgen saß auf einem warmen stein hoch über dem meer auf Santorini. er versuchte mit einer blasebalgbürste das objektiv seiner heiß geliebten Rollei zu entstauben. am vormittag waren sie mit dem schiff von Piräus angekommen, Jürgen, sein freund Hans und eine gruppe weiterer touristen, darunter ein sehr junges mädchen, blond, hübsch und gescheit, mit dem sie die ganze nacht auf deck diskutiert und karten gespielt hatten. Hans gefiel sie noch besser als Jürgen, aber offensichtlich hatte sie an keinem der beiden interesse.
vom Kaimeni zog schon ein abendlicher dunst herüber, Thera lag im mehlig silbrigen gegenlicht und Jürgen freute sich darauf zu fotografieren. er studierte medizin in München, fotografierte ausschließlich in schwarzweiß und entwickelte und vergrößerte seine arbeiten selber im keller seines mutterhauses am Ammersee. im freundeskreis stellte er hin und wieder aus und verkaufte seine arbeiten auch.
jetzt war das licht genau richtig, jetzt würde er die weiche abenddämmerung mit der unglaublichen kuppelsilhouette des inzwischen wohl meistfotografierten motives der welt in exakt der beleuchtung festhalten können, wie er sich das vorgestellt hatte. später wollten sie dann noch hinüber zum schwarzen strand von Perissa laufen, ein ganzes stück, aber er hatte sein stativ schon eingepackt für lange belichtungen aus der hand, er war alles in allem sehr zufrieden.
Hans kam und mit ihm das mädchen vom schiff. Jürgen packte seine sachen zusammen und durch die warme, silbern leuchtende dämmerung wanderten sie nach Perissa.
nachdem sie vormittags angekommen waren hatten sie sich gleich nach einer unterkunft umgeschaut. schon im hafen standen die leute und boten ihre dachterrassen an, mit frühstück natürlich. es gab auch schon ein hotel in Santorini mit elf zimmern, aber da wohnten nur reiche leute.
Gabriele lebte immer in Griechenland auf den dachterrassen, wenn es keine jugendherberge gab. also hatten sie zu dritt einen platz bekommen, waren die steilen treppen auf eseln hinaufgeritten, diese bedauernd, die angeblich, eben wegen dieser täglichen strapaze, nicht älter als drei bis fünf jahre würden. die wirtin war nett, sie tranken einen ouzo als willkommen, packten ihre

rucksäcke aus und richteten ihre schlafsäcke und luftmatratzen auf der terrasse her.
sich Perissa nähernd, hörten sie fröhliche musik. ein großes fest war im gange, touristen und einheimische tanzten den Sirtaki, lachten und tranken, und unter einem olivenbaum spielten ein verkrüppelter geiger und sein sohn auf dem bouzouki dermaßen unglaublich schön, daß die drei jungen leute wie angewurzelt im schatten des mondes einfach nur dastanden und die szenerie auf sich wirken ließen. Jürgen vergaß zu fotografieren, vor allem war es schon dunkel, der weg war länger als gedacht, sie hatten ihn unterschätzt.
Hans und Gabriele tanzten und tranken mit den anderen, sie lachten, waren vergnügt, flirteten ein wenig und die nacht verging wie im fluge. Jürgen hatte sich auf die seite gesetzt, er schaute lieber zu, machte sich gedanken und hatte keine lust, zu tanzen.
als über dem meer der erste fahle streif des morgens herüberzog, gingen die drei, müde, leicht betrunken und zufrieden zurück auf ihre dachterrasse. es war ein kurzer schlaf, denn, wenn die sonne kommt, hält man es keine fünf minuten mehr aus im gleißenden licht und der schnell einsetzenden hitze.
mißmutig und unausgeschlafen trafen sie sich zum frühstück wieder. am strand, im schatten der bäume wollten sie den schlaf nachholen. Gabriele war schon fort. auf dem fest war sie einem alten fischer begegnet, der sie zu einer bootsfahrt eingeladen hatte. das kleine schiff umrundete Kaimeni, die alte schildkröte, wie Gabriele sie bei sich nannte, ihrer form wegen, und dann fuhren sie an der küste entlang weiter. hier war das meer so unglaublich tief, daß die schiffe nicht ankern konnten.
Kaimeni hatte sich bei einem vulkanausbruch vom meeresgrund gehoben, der alte krater, und war erstarrt in der mitte, das halbkreisförmige Santorini um sich herum. haie hatte man hier auch schon gesehen, Gabriele wußte das, aber sie vertraute dem fischer. diese angeln nicht mit leinen, sie werfen eine nylonschnur weitausholend ins meer, an die ein bleilot geknüpft ist, das sie meistens selber gießen. und so tat es auch dieser, nur verfehlte das lot das meer und traf akkurat die stirn von Gabriele, die blutüberströmt, ohnmächtig auf dem schiff zusammenbrach. es war eine scheußliche und tiefe wunde und sie blutete fürchterlich. der fischer holte seine metalltabaksbüchse aus der tasche

und rollte mit etwas meerwasser aus dem tabak zwischen zeigefinger und daumen eine kugel. diese stopfte er Gabriele in das loch auf der stirn. dann bespritzte er ihr gesicht mit wasser, legte sie vorsichtig auf den schiffboden und begann seelenruhig sein lot wieder auszuwerfen.
als Gabriele zu sich kam, konnte sie sich nicht so recht erinnern was geschehen war. der kopf tat fürchterlich weh und als sie hinfasste mit der hand, spürte sie eine art vogelnest auf ihrer stirn. der fischer lachte, klappte seine tabaksdose wieder auf und schemenhaft konnte sich Gabriele in der spiegelung des deckels erkennen. was sie sah gefiel ihr gar nicht. aber, was sollte sie machen. unerbittlich angelte der mann zwei weitere stunden in denen Gabriele unter einem provisorischen dach aus schrubber und fischerjacke wartete und wartete.
als sie endlich, es war schon spätnachmittag, nachhause kam, saßen Hans und Jürgen im gesprenkelten schatten des weinlaubes, das den sitzplatz der wirtsleute überdachte, mit diesen zusammen und tranken Retsina.
als Gabriele sich näherte blieb Hans mitten im satz stecken, während die wirtsleute vor vergnügen aufkreischten und Jürgen sich leicht besorgt näherte. immerhin studierte er medizin.
er begutachtete die wunde, staunte über das vogelnest und meinte, das nikotin habe die starke blutung gestoppt, er glaube nicht daß alle tabakskrümel jemals wieder herauswüchsen. Gabriele war am boden zerstört, außerdem war ihr schlecht von der vielen sonne. sie legte sich auf eine schattige bank und trank wasser.
abends wollte sie nirgends hin, sie wollte nur auf der kühlen terrasse bleiben, die wunde schmerzte und klopfte, ihr war noch immer leicht übel. solidarisch beschlossen Hans und Jürgen, bei ihr zu bleiben. sie redeten, lachten, tranken Retsina und Gabriele glitt langsam hinüber in einen halbschlaf, fühlte sich besser, während die stimmen immer weiter fortrückten.
irgendwann in der nacht erwachte sie, rechts Hans, links Jürgen. sie fühlte sich wieder gut, nur der kopf war ein wenig taub. sie betrachtete die beiden schlafenden männer, den blonden Hans, mit seiner roten haut und den dunklen Jürgen, tiefbraun, eine der schönen langen hände lose auf ihrem schlafsack. sie erinnerte sich an seine goldbraunen augen mit den langen wimpern, eine spur schräg in das dreieckige gesicht gestellt, die regelmäßi-

gen, sehr weißen zähne, sein tiefes, glucksendes lachen. sie öffnete vorsichtig den reißverschluß ihres, und noch vorsichtiger den seines schlafsackes. dann ließ sie sich sachte neben ihn rollen.

die brave frau

es war einmal eine frau, die liebte ihren mann über die maßen. sie sah nicht besonders gut aus, hatte schlechtes haar und die zähne standen übereinander. aber sie war sehr klug.
ihr mann war ein großer künstler, im in- und ausland berühmt. er war nicht sehr klug. er liebte die frauen und die frauen liebten ihn, denn er hatte das gewisse etwas. sie hat ihm nie vorhaltungen gemacht, noch je erwogen, sich von ihm zu trennen. sie wußte, er würde immer nur zu ihr zurückkommen, denn sie war stark und er schwach.
als sie ihr haus verkaufen mußten, ließ sie sogar ihre kinder zurück, um an seiner seite zu sein. als sein atelier abbrannte, zog sie mit ihm an einen ort, an dem sie nie leben wollte. als die frau, der das haus dort gehörte, ein kind von *ihrem* mann bekam, zog sie es auf, kümmerte sich um dieses kind, als sei sie seine mutter. als eine alte krankheit bei ihm wieder durchbrach und ihn bis zu seinem tode in ihren klauen hielt, sorgte sie für ihn und dafür, daß er zeit und platz hatte, um zu malen. als seine depressionen schlimmer wurden tröstete sie ihn und half ihm, seine tiefs zu überwinden.
als er starb vernichtete sie alles, was ihm vielleicht bei der nachwelt hätte schaden können, packte ihre sieben sachen und verließ sofort den ort, an dem sie nie hatte wohnen mögen.

der mann mit dem roten hemd

gellendes geschrei aus dem kinderzimmer. sie rennt die treppe herunter, das kind sitzt mit weit aufgerissenen augen in seinem bett und schreit stoßweise. was ist denn passiert? er greift nach mir, er will mich holen! wer denn, wo ist er denn? dort, aus der wand kommt er, und das kind zeigt an die rückwand seines bettes.
die mutter legt die hand an die wand, das kind zu beruhigen, ihm zu zeigen, daß da nichts ist und fährt überrascht zurück, die wand ist eiskalt und feucht. sie rückt das bett ein wenig ab und beschließt, am nächsten tag eine matte an die wand zu nageln, es ist winter, denkt sie, die außenwand.
langsam beruhigt sich das kind, die mutter steckt ein nachtlicht in die steckdose, sie weiß, kinder in diesem alter fangen an zu träumen und können noch nicht damit umgehen, also fürchten sie sich. bei dem älteren sohn war es auch so.
die nächste nacht, das gleiche gebrüll. das kind in namenlosem entsetzen, keuchend. er holt mich! aber da ist doch jetzt die matte, er kann nicht mehr durch die wand. sieh doch, am fenster. der rolladen ist doch zu!
siehst du es nicht, mama, am fenster.
das kind läßt sich nur schwer beruhigen. die mutter sitzt noch lange, nachdem es wieder eingeschlafen ist, an seinem bett. die rückwand faßt sich jetzt trocken und warm an.
in der kommenden nacht schläft die mutter unten im gästezimmer in unmittelbarer nähe zu den kindern. sie erwacht von panischem geschrei. das kind steht mitten im zimmer, die hand auf den bauch gepresst. er hat mich gebissen. die mutter sieht als erstes nach, ob der ältere bruder auch wirklich schläft, dann untersucht sie die wunde. es ist eindeutig ein biß. merkwürdig bläulich verfärbt. sie holt das kind in ihr bett, am morgen ist ein dünner roter strich von der wunde aufwärts zu sehen. sie fährt ins krankenhaus.
der arzt fragt immer wieder wie das passiert sei, sie kann es nicht sagen, sie weiß es nicht. vielleicht ein stich? viele stiche, und so im halbkreis, der arzt möchte das kind nicht gehen lassen. die abdrücke sind jetzt tief violett. am abend schwellen sie ab, der rote strich verschwindet, der arzt entläßt mutter und kind mit der empfehlung, das zimmer nach ungeziefer abzusuchen. der

bruder hat den tag bei freunden verbracht. es ist ein eisiger wintertag, frost, rauhreif, nur eine zaghafte bläue am rand des himmels.
der kleine möchte erst gar nicht in sein bett. die mutter schlägt ein lager neben seinem auf. sie kann ihn nicht immer zu sich nehmen, dann bleibt er nie mehr in seinem zimmer. das kind schläft ruhig bis gegen morgen.
sie ist eingeschlafen. er zupft an ihrem arm, zittert am ganzen körper, deutet auf die geschlossenen rolläden. siehst du ihn, mama? aber da ist doch nichts! doch, da steht er, er hat ein rotes hemd an und keine hosen, schau doch.
sie nimmt das kind in den arm, trägt es hin und her, plötzlich wird es ganz ruhig. jetzt kommt er nimmer, sagt es.
so? er nimmt das mädchen. welches mädchen? kannst du es nicht sehen, das mädchen mit den blonden haaren, er hat es an der hand, er grinst.
todmüde sackt der kleine zusammen. er schläft bis spät in den morgen.
gegen mittag geht die mutter einkaufen. im dorf unten stehen sie beisammen. beim bäcker, beim metzger, alle reden sie über ein unglück. was für ein unglück? gestern ist ein kind ertrunken, oberhalb von ihnen, das enkelkind von den leuten. es war zu besuch. der weiher war zugefroren, es ist eingebrochen, keiner hat es gemerkt. dann war es so unterkühlt, im krankenhaus ist es gegen morgen gestorben. ein mädchen, drei jahre alt, so ein liebes kind, mit blonden haaren...

junge aphroditen

endlich hatte sie ihre komplexe los. sie konnte es noch immer nicht begreifen, wie sie sich von den dummen mädchen im kloster so fertig hatte machen lassen. ihre unterlippe sei zu dick, längst wußte sie wie hübsch ihr mund war, jeder mann hatte es ihr gesagt, oder der spitze busen, sorgfältig hatte sie ihn im internat verborgen, jetzt trug sie ihn gewissermaßen schwungvoll, sie besaß keine büstenhalter, sie konnte es sich leisten, man beneidete sie darum. überhaupt hatte sie gelernt, daß sie schön war. die flut der blonden haare, die merkwürdig dunkel gewesen waren zu schulzeiten, die zarte haut mit den sommersprossen und die grünen, irisierenden augen, zierliche hände und füße. ihre ganze haltung hatte sich verändert, hocherhobenen kopfes schritt sie jetzt und sie konnte jeden mann haben den sie wollte, sie behandelte sie alle schlecht, männermordend, würde man es bezeichnen, nur der eigentliche grund war ihre sucht, geliebt zu werden. davon konnte sie nie genug bekommen, so kompensierte sie die schulzeit, vor allem die kindheit. und die männer lagen ihr zu füßen. sie war ein unsicherheitsfaktor, in jeder hinsicht, und das machte die männer verrückt nach ihr.
ihr winziges zimmer in Schwabing über der „Gisela“, deren lieder sie jede nacht hörte und liebte, war ihr ganzes glück. nie hatte sie einen eigenen platz gehabt, geschweige denn ein zimmer. schräg unter ihr befand sich das Occamkino, ein kleines filmkunsttheater, sie hatte immer freikarten, sie konnte ins kino gehen, so oft sie wollte, es war wunderbar.
zuletzt spielten sie den film: junge aphroditen. hätte sie bezahlen müssen, wäre sie sicherlich nicht hinein gegangen. aber es war etwas an dem plakat, das sie faszinierte. ein halbnacktes mädchen mit einem stück fell war abgebildet, ein mädchen mit dunklen, sehr kurzen locken, eher ein knabe, man sah die kaum entwickelte, kleine, harte brust, den schlanken hals, die langen beine. als kulisse bot der streifen Griechenland, mühsam mythologisch, an kitsch grenzend. aber die gestalt des mädchens beschäftigte Gabriele wochenlang. im kino befanden sich ausschließlich männer, einer onanierte keuchend neben ihr, es stank wie in einem raubtierkäfig.
ihre freikarten erhielt sie von Gert, einem sehr gut aussehenden, bisexuellen mann, der sehr geschickt mit den verschiedensten

jobs sein geld verdiente, für den sie zwei jahre vorher geschwärmt hatte und der ihr ein echter freund war. er bediente auch im Leierkasten schräg gegenüber, einem schwulenlokal, in dem einige bekannte schauspieler und jede menge stricher verkehrten und das die stammkneipe von Gabriele wurde, denn dort war es immer warm und niemand störte sich daran, wenn sie bei einem kleinen hellen die halbe nacht dort saß, schrieb, las oder sich mit freunden traf. er war es auch, der ihr geholfen hatte, nur durch seine anwesenheit nach zehn uhr abends, der unheimlichen wohnung in der Mandlstraße zu entkommen, in der der geist eines toten polnischen geigers Gabriele jede ruhe raubte und sie krank machte.
Gert hatte eine freundin, eine etwas verworrene geschichte, sie erwartete ein kind von ihm und stellte unter seiner anleitung kleine tiere aus draht und wolle her, die sie an der Leopoldstraße verkaufte.
Gabrieles leben war randvoll. sie hatte eigentlich keine zeit sich auf eine feste beziehung einzulassen, denn es gab unmengen von interessanten männern, die sie keineswegs versäumen wollte, außerdem ihr studium, das sie sehr ernst nahm, und ihre clique, mit der sie sich jeden abend im Tchibo traf, redete, kaffee trank, um dann in den Weinbauern überzuwechseln.
in diesen jahren schlief sie nicht länger als drei bis vier stunden pro nacht, wusch sich wenig, da das wasser im gang eisig lief und übertünchte morgens die schminke des vorhergehenden tages. aber sie fühlte sich unglaublich wohl. ihr derzeitiger freund, ein däne den sie im urlaub kennen gelernt hatte, bestand leider nur aus einem, aber durchaus ernst zu nehmenden briefwechsel und so hatte sie noch einen zweiten an ihrer seite, der unglücklicherweise auch Gert hieß und somit der kleine Gert wurde. alle ihre gefühle lagen dicht an der oberfläche, man las Sartre, Cocteau, Lorca, diskutierte nächtelang, sie schrieb gedichte, wie sie es immer getan hatte und briefe an Sven, den dänen. ihre gedichte aus dieser zeit sind melancholisch, haben beinahe liedcharakter.
sie schrieb an Sven:
im traume lag ich tief im meer
mir war so wohl, so warm, so schwer
und Sven antwortete:
mein haar hab ich ausgerissen für dich, nur für dich
mein herz hab ich ausgerissen für dich und mich

wo sie ging und stand schrieb sie, auf zigarettenschachteln, kleinen papieren, rückseiten von allem möglichen.
irgendwann ist mein gesicht
gestorben in diesem grünen licht
irgendwann ist meine hand verdorben
ich schreie und merke es nicht
ich sitze und sterbe in meinem gesicht
und seh diesem sterben nach
das lächeln das im spiegel bricht
sich einst im auge brach
man lebte überschwenglich, die empfindungen waren schwülstig.
Gert bewunderte Gabriele, ihre zeichnungen, vor allem aber ihre gedichte. er war ein wenig stolz auf sie und hatte auch das gefühl, sie beschützen zu müssen. dem kleinen Gert trat er mit mißtrauen entgegen. er warnte ihn, Gabriele nur ja ernst zu nehmen, sie sei naiv, unschuldig und mit diesem eindruck hatte er recht. zwar wechselte Gabriele ihre männer wie andere die bettwäsche, aber sie war tatsächlich unschuldig. man darf auch nicht vergessen, die wilden sechziger jahre waren tatsächlich wild, ein beischlaf war so gut wie nichts wert. Gabriele küßte die männer auch nie. sie sagte ihrer freundin, daß ihr kopf sauber bleiben müsse, der mund, für den rest reiche wasser und seife. in dieser zeit eine merkwürdige einstellung.
an einem herrlichen herbstnachmittag radelte Gabriele durch den Englischen Garten. sie schob das rad am ufer des Kleinhesseloher Sees, um den schwänen zuzuschauen und sah auf einer bank ein mädchen sitzen, kurze dunkle locken, jeans, eine grüne, lange strickjacke um den mageren knabenhaften Körper gewickelt.
sie ging nicht weiter. junge aphroditen, dachte sie und starrte so lange, bis das mädchen, das in einem buch gelesen hatte, die augen hob und Gabriele ansah. sie kamen ins gespräch. sie hatte ihr ganzes geld für eine setkarte ausgegeben, wollte model werden und hangelte sich mühsam mit kleinen shootings durch das leben. sie war israelin.
von diesem nachmittag an trafen sie sich häufig. es gab eigentlich nichts, worüber Gabriele mit Sarah reden konnte, sie waren so verschieden, wie man nur verschieden sein konnte. Sarah kannte weder lyrik noch prosa, sie hatte niemals etwas von Camus,

Sartre, Benn oder sonst jemandem gelesen, sie war an nichts interessiert außer an ihrer karriere. und doch war etwas an ihr, was Gabriele faszinierte, etwas begehrenswertes, etwas erotisches, etwas, was sie besitzen wollte.
wenn sie mit Sarah in einem lokal saß fiel ihr auf, daß diese bei männern nicht besonders ankam. sie wunderte sich, erinnerte sie sich doch an das publikum in dem film „junge aphroditen" aber auf ihren setkarten war Sarah ein vamp, ein schönes mädchen, eine unnahbare frau, ein aufregender teenager, immer gerade so, wie man sie für das jeweilige foto herrichtete. nur in wirklichkeit war sie unscheinbar, unbedeutend, unerotisch.
Gabriele fragte Sarah, warum sie nicht in einer dieser aufmachungen herumliefe, warum sie sich nicht schminkte. aber Sarah ging es wirklich nur um ihre karriere, nichts anderes war für sie wichtig. im grunde war sie ein zutiefst langweiliger mensch. Gabriele wunderte sich über sich selbst, was wollte sie eigentlich von diesem mädchen, aber sie fand sie wunderschön. ihr makelloser körper, die emotionslosigkeit, das ebenmäßige gesicht, die dunklen locken, alles das gefiel ihr unglaublich. zu einer freundin sagte sie: „hätte ich eine villa und viel platz, ich wünschte, sie stünde ausgestopft im treppenhaus, sie ist einfach perfekt."
in ihre clique nahm Gabriele Sarah gar nicht erst mit. sie wußte, was man dort von ihr halten würde. aber irgendwie gelang es ihr auch nicht, sie aufzugeben.
nach zwei monaten hatte Sarah es geschafft. eine modelagentur nahm sie unter vertrag. sie reiste noch am gleichen tag nach hamburg. Gabriele war untröstlich, sie fühlte sich beraubt, auch betrogen, sie hatte etwas investiert, von dem sie nichts, aber auch nichts zurückbekommen hatte. sie analysierte ihre gefühle, wie sie es immer tat, sie kam sich vor wie ein verlassener liebhaber und doch war nichts geschehen, was dieses gefühl gerechtfertigt hätte.
sie stürzte sich mit neuem schwung auf die männer, aber etwas fehlte, etwas fand sie nicht, etwas blieb unerfüllt von dem sie nicht sagen konnte was es war. jahre später liebte sie eine frau. und obwohl die beziehung schief ging, wurde Gabriele klar, daß eine erotik und nähe zwischen ihr und frauen zustande kam die sie mit einem mann nicht leben konnte. niemals war sie lange mit einem mann glücklich, auch zwei weitere versuche mit frauen scheiterten schnell, trotzdem blieb die sehnsucht nach dem

menschen, der nicht mann nicht frau ist, dem zwitterwesen, mit der schönheit und perfektion einer frau, mit der fremdheit, der macht eines mannes.

Almeria

endlich hatte sie ein auto und sie fuhr und fuhr, es war freiheit, freiheit von zuhause, freiheit, die man fühlen, spüren, atmen konnte. einfach nicht zu glauben. sie fuhr durch Italien, durch Frankreich bis ins sagenumwobene Andorra, von dem sie ziemlich enttäuscht war, aber trotzdem ein paar schuhe kaufte, sie ging auf den flohmarkt in Barcelona, besichtigte Guadix, stark beeinträchtigt von scharen kleiner zigeunerkinder, die sich an den rückspiegel hängten, auf die motorhaube warfen, sich an den scheibenwischern festkrallten, sie bangte um ihr auto, schaffte es aber irgendwie, die kinder loszuwerden, kam nach Córdoba, saß lange im innenhof um die ungeheuren eindrücke zu verarbeiten, sie kaufte in Sevilla zwei schöne keramiken, erreichte Granada, blieb vier tage dort in den gärten der Alhambra mit den verblühenden rosen, im hintergrund die silhouette der verschneiten Sierra Nevada, schrieb, zeichnete und las die märchen von Irving. sie erreichte Almeria, damals noch ein ruhiger ort mit einem riesigen campingplatz, dem schönsten bisher, direkt am meer, halb leer so spät im jahr. dort war es noch richtig heiß, allerdings wenig interessante leute bis auf einen schweizer, einen höllisch gutaussehenden jungen, mit dem sie sich später anfreundete. und dort blieb sie auch.
Andi beobachtete ein mädchen, das ein offensichtlich selbstgenähtes zelt aufstellte. so etwas hatte er noch nie gesehen. es sah gut aus, kümmerte sich um keinen, verbrachte seine tage auf den felsen, am meer, zeichnete, las, ganz für sich und ohne die üblichen allüren, die er von mädchen dieses alters kannte. er schätzte es auf gerade zwanzig und wunderte sich, daß es allein reiste.
nach einer woche hatte jeder von ihnen unabhängig voneinander eine art tagesablauf entwickelt. sie frühstückten morgens vor ihren zelten, Andi im schatten seines vordaches, Gabriele unter einem aufgespannten schirm, den sie kunstvoll mittels eines seiles zwischen zelt und baum befestigt hatte. dann gingen sie schwimmen oder machten eine mindestens zweistündige wanderung durch das ungewöhnlich schöne, bergige hinterland. im erdreich fand Gabriele dort eine schnecke, besser, nur das gehäuse einer längst ausgestorbenen art, die sie sammelte. gegen mittag waren sie wieder beide unten am zeltplatz. bei Andi gab es

ein opulentes mahl, er kochte auf seinem gaskocher, richtete alles schön her, breitete ein farbiges geschirrtuch aus und speiste zu mittag. Gabriele öffnete eine dose thunfisch und aß weißbrot dazu. gleichzeitig las sie in einem buch. später wanderte sie über die klippen oder saß im schatten eines felsens, schaute dem meer zu, las, zeichnete. sie hatte schon bemerkt, daß Andi ihr mit den augen folgte, aber er war ihr irgendwie zu schön und sich auch zu sehr dieser schönheit bewußt, das störte sie gewaltig. sie wollte jedenfalls keine kerbe in seiner flinte sein. sie ließ ihn links liegen und hatte allerdings auch wirklich keinerlei lust, nur ein einziges jota ihrer freiheit aufzugeben. sie war heilfroh, ihrem häuslichen irrsinn entkommen zu sein, hatte wieder die werbeagentur verlassen und auch einen eifersüchtigen liebhaber, wollte ihre ruhe haben, urlaub machen.
in der zweiten woche bot Andi ihr an, sie auf dem motorrad mit in die stadt zu nehmen. sie fuhr mit und sie bummelten durch die läden, tranken mandelmilch und kauften für den abend und den nächsten tag ein. in der dunkelheit kehrten sie zurück, zum ersten mal kochten und aßen sie zusammen und saßen bis spät in die nacht am feuer.
sie trafen sich öfter, er sorgte ganz unauffällig dafür, sie war immer fröhlich und bereit mitzumachen, was er vorschlug. aber sie zeigte keinerlei persönliche gefühle. sie sah gut aus mit den langen blonden haaren und der schmalen taille, außerdem gefielen ihm ihre rückenpartie, der zarte hals und die kleinen hände und füße. am meisten aber reizte ihn, daß sie nicht auf ihn abfuhr, wie er das sonst gewöhnt war.
es folgten unbeschwerte tage. Andi gab sich große mühe, Gabriele zu erobern, Gabriele fand ihn richtig nett mit der zeit, schätzte das gemeinsame essen, die ausflüge in die stadt, die großen spaziergänge. er brachte ihr das harpunieren bei, sie tötete den ersten tintenfisch und schlug ihn brav nach seiner anweisung stundenlang auf einen flachen stein. am abend machten sie salat daraus. er schmeckte köstlich.
zwar hatte Andi sich fest vorgenomme einen einsamen männerurlaub zu machen, zu angeln, ein bißchen Hemingway, undurchsichtig, die scharen von frauen müde abweisend, die sich unaufhörlich um ihn bemühten. so war es auch gewesen, aber hier in Almeria, diese Gabriele, sie flirtete kein bißchen mit ihm. um so überraschter war er, daß sie ganz selbstverständlich nach

ihrem ersten, gemeinsamen stadtbummel bei ihm aß, lange saß, sich offenbar wohlfühlte.
erst in der zweiten woche ihrer bekanntschaft liebten sie sich zum ersten mal, es war leicht und unkompliziert, beide waren sich darüber klar, daß es eine urlaubsliebe war, nicht mehr aber auch nicht weniger.
Andi dehnte seinen makellosen körper auf einem grünen badetuch mit gelben fischen. zwar entstand der begriff waschbrettbauch erst in den neunziger jahren, aber auf ihn hätte er zugetroffen. ein sportlicher junge, ein reiches elternhaus, sorglos.
im frühjahr sollte er in der großfirma seines vaters beginnen. zwei jahre studium lagen bereits hinter ihm und er wollte noch mal richtig ferien machen, so wie früher, mit motorrad, zelt und schlafsack. er war einfach losgefahren, ohne ziel, ohne zeitdruck, ohne vorstellungen was er wollte, nach Almeria gelangt, hatte sich harpune und angelzeug zugelegt und beschlossen, hier ein paar wochen zu bleiben, im regenärmsten und wärmsten fleckchen europas.
war sie morgens nicht auf dem platz wenn er erwachte, denn sie schlief eisern weiter in ihrem eigenen zelt, irrte er unruhig umher, ärgerte sich über sich, traute sich nicht einmal zu schwimmen, er könnte ja versäumen sie zu sehen, wenn sie, von wo auch immer, wiederkäme.
als eine gruppe männer ankam, ihre zelte aufbaute, abends gitarre spielte, da war es ihm sehr wichtig, stets den arm um sie zu legen, gingen sie in der nähe vorbei.
an einem samstag der dritten woche fuhren sie wieder gemeinsam nach Almeria. sie brauchten brot, den süßen Muskateller, den sie offen kauften, wobei der händler den hals nicht bis oben füllte, so wie bei den einheimischen, tranken die obligate mandelmilch mit dem schwer zu merkenden spanischen namen „horchada", saßen noch ein wenig auf der plaza und fuhren dann mit dem motorrad in der dämmerung zurück zum campingplatz.
gleich hinter der stadt kommt eine gerade strecke, neben der, den abhang hinauf die zigeuner ihre behausungen haben.
Andi und Gabriele fuhren auf diesem weithin zu überblickenden stück straße, als ein zigeuner einen ziehwagen beladen mit tomaten, der am rand gestanden hatte, so auf die straße rollte, offensichtlich in voller absicht, daß Andi und Gabriele hineinfahren

mußten. der unfall als solcher war nicht weiter schlimm, nicht einmal die weinflasche zerbrach, auch am motorrad sah man keine beschädigung, aber der zigeuner, er schrie, tobte, schlug mit den armen aufs pflaster und lawinenartig rasten unzählige andere den hang hinunter. Gabriele saß verblüfft in zerquetschten tomaten und drückte ihren rucksack fest an sich. Andi untersuchte das motorrad.
die polizei war innerhalb weniger minuten da. großes palaver. der zigeuner brüllte weiterhin, erzählte, redete, erklärte, Andi und Gabriele verstanden kein wort und konnten auch nichts erklären. sie sprachen beide kein spanisch. zwei polizisten führten die beiden zu ihrem streifenwagen, samt rucksack, brot, weinflasche und obst. das motorrad blieb liegen, sehr zum leidwesen von Andi. der war empört. ein braver junge aus dem schweizer großbürgertum, es war unfaßbar für ihn, denn immer klarer wurde, daß die beiden verhaftet waren.
man brachte sie tatsächlich ins gefängnis. eine zelle ohne elektrisches licht. brot und wein wurden abgenommen, den rucksack durfte Gabriele behalten. draußen war es inzwischen dunkel. drinnen auch. ein polizist kam und erklärte, in der weinflasche fehlte etwas. also wäre das alkohol am steuer. außerdem geschwindigkeitsübertretung und der gewaltige schaden am wagen des zigeuners. dieser mann sprach gebrochen englisch. Gabriele erklärte ihm sorgfältig, daß zum einen die weinflasche für touristen niemals ganz gefüllt werde, und zum anderen der zigeuner absichtlich sein gefährt vor das motorrad gerollt habe. der mann hörte zu und verschwand.
gegen vier uhr morgens mußte Gabriele nötig auf die toilette. sie hatten beide großen hunger und durst. sie klopften und riefen und endlich kam auch jemand. der ging mit Gabriele durch riesige korridore und endlose stockwerke zu einer toilette. er öffnete Gabriele die tür, schlüpfte hinter ihr hinein und fiel über sie her. sie schrie so laut sie konnte, sie trat um sich, wehrte sich und brüllte wie nie in ihrem leben. das unglaubliche geschah.
ein zweiter mann tauchte auf, der erste hatte plötzlich handtücher über dem arm und machte ganz offensichtlich dem anderen klar, daß er nur die handtücher bringen wollte. Gabriele war völlig außer sich. Andi konnte es nicht fassen. er hatte mittlerweile seine lethargie oder seinen schock überwunden und dieses weitere vorkommnis beflügelte wohl sein gehirn, denn er

erinnerte sich endlich am morgen des nächsten tages, von seinem vater einen brief dabei zu haben, der diesen, in spanisch abgefasst, seinem einzigen sohn und erben mitgegeben hatte.
weder Andi noch Gabriele wußten was darin stand, aber die wirkung war ungeheuer. sie hatten den brief dem beamten übergeben und schon ging alles ganz schnell. man führte sie in ein helles, sonniges zimmer, holte frühstück, lächelte die beiden an, es war kaum zu glauben, anschließend ging es durch weitere flure in einen riesigen, leeren gerichtssaal und dort fand eine art schnellgericht statt. wieder verstanden die beiden kein wort. aber der brief lag gut sichtbar vor dem richter. auch der zigeuner war anwesend, er lamentierte und schrie wieder herum, aber diesmal wurde er verwarnt. er schwieg voller angst. ein ellenlanges schriftstück wurde vorgelesen, der zigeuner fiel auf die knie und begann bitterlich zu weinen. Gabriele und Andi mußten vortreten und erhielten jeder umgerechnet achtzig mark, warum auch immer. sie durften das brot, den wein und das obst wieder mitnehmen, das motorrad stand schon bereit, gewaschen und glänzend in der morgensonne. Andi und Gabriele fuhren zum campingplatz, aber ihre leichtigkeit war dahin.
Gabriele hatte keinerlei lust mehr in Almeria zu bleiben. sie packte ihre sachen und schiffte sich samt auto in Algeciras auf der Virgen de Afrika ein.
Andi packte auch. er war wütend, fühlte sich gedemütigt, wollte nur noch heim in die sichere Schweiz.

der schatten

sie braucht nicht mehr zur schule zu gehen bis zum sommer und dann sind sowieso ferien. wegen des schattens. sie stellt sich in die sonne, befühlt ihre brust. wie kam der schatten da hinein? die mutter schaut ernst und zuhause sind sie noch besorgter.
auf dem balkon richten sie auf dem alten liegestuhl von der großmama ein bett. sie darf sich wünschen was sie essen will. alle werden sie beneiden. ein schatten auf der lunge.
sie ißt butterbrote, die butter ist ganz dick drauf. und bananen. weiß der himmel wo sie die aufgetrieben haben. abends ist sie gar nicht müde. sie war ja nicht in der schule, hat nicht mit den buben herumgetobt. sie kann im bett lesen so lange sie will. sie liest nur noch. die nette lehrerin ihrer schule bringt bücher aus der schulbibliothek und von sich selbst. sie liest, eingepackt in das dicke federbett, denn es regnet, sie liegt auf dem balkon, es trommelt aufs kupferdach.
sie hört die kinder draußen spielen, aber zunächst macht es ihr gar nichts. sie kann lesen so viel sie will. die mutter kocht ihr tee im alten bauchwehkännchen. aber sie ist doch gar nicht krank. sie liest geschichten von kleinen mädchen, die mit puppen spielen. sie haben ein baumhaus gebaut, die brüder, und dort verbringen sie den ganzen sommer. Gabriele spielt alles nach mit den püppchen aus Amerika. sie nennt sie Gisel und Ursel nach einem anderen mädchenbuch, eine blond, eine rothaarig. leider können sie die beine nicht bewegen. die mutter hat ihr schöne spitzen und stoffreste gebracht. sie näht kleine kleidchen, sie ist ein richtiges mädchen zum ersten mal in ihrem leben.
am schönsten ist es, wenn es regnet. sie hört die regenvögel singen, eine amsel ruft wieder und wieder ihren eigenen namen, die mutter hat es auch gehört, das wird ihr keiner glauben. das geräusch des regens auf dem dach und die wärme unter dem plumeau. nichts zu tun, und alle sind lieb zu ihr. niemand nörgelt an ihr herum, niemand ist enttäuscht, niemandem ist sie im weg.

der zweite versuch

am fünfundzwanzigsten oktober ist herrliches wetter. ziemlich lange war es kalt und regnerisch und sie ist noch nicht mit dem garten fertig. sie öffnet die tür des wintergartens, schlüpft in die schuhe und wie sie wieder aufblickt, steht sie da. sie steht einfach da, die hände in den hosentaschen, die vorgeneigte haltung, das kurze dunkle haar. es ist Paula. Gabriele, ungeschminkt, unfrisiert, in den ältesten klamotten, völlig überrumpelt, ruft ihren sohn und verschwindet ins badezimmer. sie setzt sich auf die badewanne und versucht ihre gedanken zu ordnen. die astrologin hatte gesagt, es wird etwas geschehen, was ihr ganzes leben verändert, genau in der woche, sie selber fühlte sich seit monaten unausgelastet, antriebsschwach und auch die malerei ging ihr nicht so von der hand, wie sie es gewohnt war. sie schrieb kaum noch, hatte wieder mit rauchen angefangen und war alles in allem ein wenig unzufrieden. und jetzt steht Paula im garten. der sohn klopft an die tür, ob sie nicht bald mal rauskommen möchte. sie schminkt und frisiert sich, zieht sich ordentlich an und kommt endlich aus dem bad.
sie setzt sich mit Paula in den kleinen pavillon im garten. sie sind total nervös, rauchen, irgendwie ist für Paula der platz zu eng, sie wechseln ins wohnzimmer. hier läuft Paula hin und her, kann nicht sitzen bleiben und Gabriele schlägt vor, essen zu gehen.
Paula bestellt eine renke, dort besonders gut und immer frisch aus dem see.
sie reden, irgendwas. Gabriele sagt: ungestraft bist du nicht wieder in mein leben gekommen. so einfach kommst du auch nicht wieder raus! sie weiß eigentlich nicht warum sie das sagt.
bald fährt Paula nach München zurück. Gabriele ist völlig aufgelöst. ist es das, was die astrologin gemeint hat, findet sie jetzt die freundin wieder, die sie damals verloren hatte? sie ruft am nächsten tag an, die tochter ist am apparat. ihre mutter habe eine fischvergiftung, sie habe den notarzt in der nacht holen müssen, es gehe ihr schlecht. aber der fisch war in ordnung, Gabriele hat auch davon gegessen.
Gabriele fährt nach München und trifft Paula. sie laufen eine kleine ladenstraße hinunter, Paula ist völlig desinteressiert an den schaufenstern, an den kleidern, an allem, so scheint es Gabriele. sie schaut sie diesmal auch genau an, das faltige gesicht, der klei-

ne harte kopf, die scharfen blauen augen, die knabenhafte figur, beinahe zu dünn, die endlos langen beine in schwarzen jeans. sie hat mühe, die bilder des mädchens von damals mit der frau von heute zu verschmelzen. sie fühlt sich nicht wohl, auch nicht später in Paulas wohnung, noch immer derselben im alten haus am platz mit dem stuck an der decke, dem neugierigen, anstrengenden kind ausgeliefert, das sie okkupiert, beinahe belästigt, lauter peinliche sachen sagt, wie, daß Gabriele doch jünger aussehe als ihre mutter, viel mehr wisse über pop und alles, warum Paula so nicht sei, daß das endlich mal eine nette frau sei, die sie da mitbringe und vieles mehr. Gabriele ist alles nur unangenehm.
sie möchte weg. sie hat das gefühl, noch könne sie. trotzdem verabredet sie sich mit Paula.
sie treffen sich erneut. Paula liebt kunst. wenigstens eine schiene, denkt Gabriele. sie essen zusammen und diesmal verträgt es Paula.
Paula fährt zu ihr, die alte strecke, die sie schon fünfundzwanzig jahre früher immer gefahren ist. sie besucht Gabriele und bleibt über nacht. die frau neben ihr ist nicht das mädchen von damals. es ist eine frau, die erfahrung mit frauen hat, die mit frauen gelebt, die frauen geliebt hat und für die männer schon seit vielen jahren nicht mehr interessant sind. für Gabriele ist das alles sehr neu. sie kann ihren kopf nicht ausschalten, sie kann sich nicht entspannen, sie möchte aber so gerne und Paula ist ihr so vertraut. einmal will sie es noch versuchen. die ehe hat nicht geklappt, aber mit einer frau, der man doch so nahe ist, die einen doch ganz anders versteht, eine beziehung des vertrauens und des sich gegenseitigen abgrenzens und achtens, das ist es, das wäre wundervoll.
in der nächsten zeit verbringen sie jede freie minute miteinander. Paula nimmt ihre aufgabe als mutter sehr ernst, hat sie sich doch vorher jahrelang nicht um das kind gekümmert und deshalb ein schlechtes gewissen. das möchte sie jetzt alles durch ständige präsenz, viele geschenke und ein luxusleben wieder gut machen. das kind hängt mit seinen vierzehn jahren unnatürlich an der wiedergewonnenen mutter und betrachtet jeden eindringling mit großem mißtrauen. also sind die freien minuten bei Paula sehr gezählt, auch bei Gabriele, die jeden tag arbeitet und eine menge dinge zu erledigen hat.
Paula gewöhnt sich an, dreimal die woche morgens hinauszu-

fahren, gleich nach dem frühstück und zu Gabriele ins warme bett zu schlüpfen. das sind wunderbare stunden, sie kommen sich immer näher, Gabriele merkt, wie sie sich bereits wieder einer form der abhängigkeit nähert.
sie malt, endlich, sie schreibt, wie noch nie, sie ist glücklich und outet sich fröhlich den entsetzten freunden, die sich nur schlecht an Paula gewöhnen können und sie nicht sonderlich mögen.
Gabriele möchte sich eine stadtwohnung suchen und mit Paula zusammenwohnen. und da will Paula nicht. Gabriele ist vollständig verblüfft. Gabriele hört, daß frauen in Hamburg heiraten können. das will Paula schon gar nicht. Gabriele wird mißtrauisch. der höhenflug hat den zenit erreicht und die kurve senkt sich wieder.
Gabriele küßt Paula in der öffentlichkeit, Paula mag das nicht. Gabriele diskutiert mit ein paar frauen über irgendetwas, jemand greift sie an, Paula verteidigt sie nicht. sie hält sich raus. Paula beginnt, sowie sie zusammen sind, Gabriele psychologisch auseinander zu nehmen. sie verkündet thesen und ergebnisse, zeigt dies auf, begründet das.
Gabriele fühlt sich seziert. auch verflüchtigt sich bei ihr die lust am sex. eigentlich ist es ausschließlich zärtlichkeit, was sie möchte, beisammensein. für Paula aber gewinnt gerade der sex mehr und mehr an bedeutung.
trotzdem mietet sie ein kleines appartement oben im haus am platz. sie stellt es sich wunderschön vor, muß Paula doch nicht mehr so weit fahren, sie braucht nur eine treppe hinauf zu ihr gehen. sie fahren silvester zusammen fort.
mitten in der wüste wohnen sie in einer alten kasbah. es ist der geburtstag von Paula. riesig und orangerot steigt der vollmond hinter einer sanddüne herauf. eine nicht zu überbietende szenerie. Gabriele ist vollständig verzaubert. sie findet ein wunderschönes, großes, versteinertes holz. sie schenkt es Paula. ihr ist es zu schwer. unsensibilität und unverständnis.
zurück in München, merkt Gabriele, daß Paula keineswegs gerne hinauf in ihr appartement kommt. sie möchte erst kaffee trinken, die zeitung lesen, letztlich kommt sie so gut wie nie. Gabriele dagegen spürt, daß es ihr auch gar nicht gefällt, wenn Paula da ist. sie empfindet sie als eindringling. mehrfach gibt es streit. Gabriele genießt das appartement, aber als ihr refugium, es stört sie plötzlich, daß es im gleichen haus ist. als sie ihre ein-

weihungsfeier macht, schaut Paula nur kurz herein, weil die tochter nicht mit eingeladen war. die tochter, immer die tochter. diese versucht längst mit erfolg, die beiden gegeneinander auszuspielen. Gabriele zieht den kürzeren. Paula glaubt nur der tochter. immer öfter und immer heftiger streiten sie.
Gabriele merkt, daß Paula einen machtkampf sucht, sie kann sich das nicht erklären, sie verändert ihre haltung, sagt zu allem ja, läßt Paula recht haben.
daraufhin wird Paula richtig aggressiv. sie beschimpft Gabriele, mit dieser einstellung würde sie, Gabriele in ihr, Paula, etwas wecken, was ungut sei. dafür sei nur sie, Gabriele verantwortlich.
Gabriele ist jetzt häufig sehr müde. sie nimmt ab, das essen bekommt ihr nicht. der arzt glaubt, sie habe eine lebensmittelallergie. sie hat auch keine lust mehr zu essen. sie mag sich plötzlich nicht mehr. sie fühlt sich tief deprimiert, aber sie schafft es nicht, mit Paula zu brechen.
im märz helfen sie zusammen jemandem beim umzug. Paula brüllt Gabriele im hof laut an, sie ist lieblos und arrogant.
trotzdem fahren sie wieder zusammen in urlaub. Gabriele bittet Paula auf dem flughafen in Casablanca, den berühmten Humphrey Bogart-spruch zu sagen. sie wartet darauf. es ist für sie todwichtig. Paula sagt ihn nicht.
sie machen einen dritten gemeinsamen urlaub. er ist deutlich kameradschaftlicher. wenn Paula ohne einen einzigen spritzer durchs meer krault wie durch warmes öl, da weiß Gabriele, daß sie diese frau liebt. und Paula liebt Gabriele.
sie können eins ohne das andere nicht auskommen. aber miteinander wird es immer schwieriger.
im juni macht Gabriele schluß. im juli macht Paula schluß. im august macht Gabriele schluß. diesmal nimmt Paula es an.
Gabriele wird jetzt ernsthaft krank. sie ist sehr dünn und sieht elend aus. ständig erkältet, kommt sie nicht mehr recht hoch.
gegenseitige höchst unerfreuliche anrufe. lange briefe mit unendlichen psychologischen abhandlungen von Paula, gedichte von Gabriele.
Weihnachten mit einer anderen freundin und deren tochter wird ein fiasko. silvester verbringt sie im bett, die jahrtausendwende. im januar die influenza. so krank war sie noch nie. zwei frauen aus ihrer malgruppe kümmern sich rührend um sie. sie wird alles los, den ganzen dreck, sie fühlt sich gesäubert nach neun tagen

extremen fiebers, sie weiß, sie kann neu anfangen. langsam erholt sie sich. im märz schmeckt es ihr wieder, sie hat eine wohnung in München gekauft, sie wunderbar eingerichtet und sie bezieht sie am ersten april, dem gleichen tag, an dem sie, ein jahr vorher das kleine appartement bezogen hatte, das längst gekündigt ist.

einmal trifft sie sich noch mit Paula in einem straßencafé. schon von weitem sieht sie sie sitzen. sie bleibt stehen und schaut sie lange an. nichts rührt sich in ihr, es ist vorbei. sie frühstücken zusammen und Paula sagt beim abschied: dir geht es richtig gut!

das haus in der straße mit den blühenden linden

selbstverständlich blühen die linden nur einmal im jahr und auch nicht besonders lange. aber wenn ich an das haus denke, dann rieche ich gleichzeitig den geruch der blühenden linden. selbstverständlich weiß ich auch nicht besonders viel über das haus in Schwabing. es ist gelb und ich habe mir nie die mühe gemacht, ordentlich zu recherchieren, wann genau es gebaut wurde und von wem. ich denke vor der jahrhundertwende. es ist ein ähnliches haus wie viele, wurde nicht im krieg zerstört und hat schlecht und recht seinen dienst getan. ich kann nur über die leute erzählen, die dort leben und die, selbstverständlich, für mich untrennbar mit dem haus verbunden sind.
es ist ein haus, in dem ich mich immer wohl gefühlt habe, in dem ich gerne zu gast bin und das sich in den einundvierzig jahren, in denen ich es kenne, innerlich immer den neuen situationen angepaßt hat. nur die oberste etage blieb unangetastet. hier wohnt die mutter. und hier wird sie immer wohnen, heute schon in den neunzigern, eine unglaublich jung aussehende, aparte frau. lange trug sie einen pagenschnitt aus glänzenden, schwarzen haaren. jung habe ich sie nicht erlebt. allerdings auch nicht alt, obwohl sie alt ist.
zu dem haus, hinten hinaus, gehört ein wunderschöner garten. es ist immer still dort, die vögel singen auffallend laut, man hört kein auto von der straße in der die linden so wunderbar blühen. wenn sie blühen.
auch der garten hat sich immer wieder verändert. einige der riesigen bäume wurden gefällt, ein sommerhaus gebaut, in dem einer der zwillinge vorübergehend wohnte, noch früher, für eine weile, drehte sich alles um einen großzügigen sandkasten, verstreutes kinderspielzeug lag in allen ecken, dann kehrte wieder ruhe ein, stücke alter säulen, bemooste steine mit skulpturen, überhaupt steine jeder art und größe vermittelten ein wildromantisches ambiente, ein großes schild „Galerie" wies mit einem strengen pfeil auf die enge kellertreppe. der keller. überhaupt ist es der keller gewesen, mit dem das haus in mein leben trat. aber davon später. der pfad zum keller, zur galerie, wurde liebevoll gestaltet mit resten aus carrara-marmor, kugeln aus stein, gebogenen wunderwerken aus totholz und farbe und kunstvoll verrosteten unglaublichen gegenständen aus eisen.

die garage, die abwechselnd als möbellager, garage und austellungsraum fungierte, erhielt einen neuen anstrich, um dann aber schnell und bescheiden wieder zu verwittern und somit homogen in das ganze zu passen. horden von kindern bevölkerten den garten, ernsthafte kunstgespräche wurden um eiserne tische geführt, unter farbigen lampions feierte und tanzte man, liebespaare lagen in den ecken so manchen heißen sommerabend, verkleidete tanzten die ganze nacht durch und gras wuchs das alles wieder zu.
ich lernte das haus in den sechziger jahren kennen, als ich die münchner akademie besuchte und sehr bald von den unglaublichen festen in eben jenem keller hörte, die dort an fasching gefeiert wurden. den fasching hat München längst abgeschafft, er findet nur noch im Deutschen Theater mit der schickeria, und auf wenigen privaten bällen meist älterer leute statt. heute können die jungen das ganze jahr herumlaufen wie sie wollen, sie färben die haare blau, rot oder grün wann immer es ihnen danach ist, ziehen sich ringe durch nase und ohren, auch ohne fasching. fasching findet nur noch in den rheinmetropolen sorgsam organisiert statt. wir freuten uns damals das ganze jahr darauf. jede eisdiele wurde ab Silvester zum faschingsladen umfunktioniert, man verkleidete sich, spielte eine rolle, tanzte bis zum umfallen, lernte neue männer kennen, kaufte zeitig karten für die berühmten bälle im Regina Palasthotel, den Medizinerball im Haus der Kunst, den Technikerball und wie sie alle hießen. die dekoration fabrizierten wir kunststudenten, man arbeitete ein vierteljahr daran. es war die aufregendste zeit überhaupt.
den fasching im keller des gelben hauses hatte die mutter ins leben gerufen, schnell erlangten diese feste einen ruf, der weit über München hinausging.
vor dem krieg war sie mit einem amerikaner verheiratet gewesen, eine eher kurze episode aus der sie zwei töchter erhielt, die schönen Hendersons, wie sie allgemein genannt wurden. sie waren nur ein jahr auseinander und die jüngere studierte mit mir grafik. so kam ich in die glückliche lage, mitfeiern zu dürfen im fasching jener tage.
allgemein hieß es, die beiden sähen aus wie zwillinge, was ich zu keinem zeitpunkt fand. auch waren sie total verschieden vom wesen her. beide hatten die tiefdunklen, vollen und glänzenden

haare der mutter, die ältere trug jahrzehntelang den gleichen pagenschnitt wie sie, während die jüngere die haare lang und offen über die schultern fließen ließ. zu unrecht galt die ältere als die „schöne Henderson", das hat mich immer geärgert. sie waren beide äußerst attraktiv. während Lara etwas gediegenes, später nahezu spießiges vermittelte, oder sollte man es vielleicht geordnetes nennen, so erschien mir die jüngere als die interessantere, weit künstlerischere, allerdings auch schwierigere. Veronika hatte etwas verwischtes, das weiche, ovale gesicht mit der ständig wechselnden mimik war schwerer zu erfassen, ungenau eben, lebendiger, anziehender aber gleichzeitig auch zurückweisend. jeder mochte sie und doch gehörte sie keiner clique an, sie war für sich, obwohl sie immer überall dabei war.
in unserer klasse in der akademie gab es einen, der besser aussah als die anderen. ein schlaksiger, langer, schwieriger mann, auch er irgendwie nicht greifbar. der wurde ihr erster freund. wurden alle beziehungen immer sorgfältig durchgehechelt bei uns mädchen, redeten wir über diese beiden eigentlich nie. sie waren zusammen und dann waren sie nicht mehr zusammen. kein klatsch, keine emotionen, keine endtragödie. heute ist er ein bekannter grafiker, arbeitet für große zeitungen und war auch schon damals der erste, der eine wunderschöne, riesige altbauwohnung mitten in Schwabing mietete. er plante seine karriere geschickt und zog sie durch, während wir noch alle irgendwo jobten und gewissermaßen durchs leben dümpelten.
obwohl Veronika niemals meine freundin war, ist sie es immer gewesen, und wir haben bis heute ein enges verhältnis besonderer art. sie hat ein umfassendes wissen in astrologie erworben, kann dinge wunderbar erfassen und auf den punkt bringen, unsere gespräche sind für mich stets kostbar und wichtig. Veronika liebte spiegel, sie setzte ihren körper immer in szene, zeigte ihre schönen brüste, verkleidete sich leidenschaftlich gerne, lachte viel und laut und stand doch jahrzehntelang im schatten ihrer älteren schwester, fand sich selber nie schön, war immer unsicher, was ihr äußeres betraf. auch kreierte sie erst in den letzten jahren einen eigenen stil, eine eigene wertigkeit.
Lara dagegen glänzte im bewußtsein ihrer geordneten schönheit, heiratete und leitete nach elf jahren kinderloser ehe eine adoption ein, die zur folge hatte, daß sie endlich schwanger wurde. die adoption wurde zurückgenommen und sie schenkte

in vier jahren drei kindern das leben. später verlor sie ihren mann und ich weiß wenig über sie. sie verließ schon vor der eheschließung das gelbc haus, sie hatte nie dort hingehört und ist auch keine hauptperson meiner geschichte. Veronika blieb. schicksalhaft ist sie mit dem haus verbunden. sie gehört zu ihm und das haus gehört zu ihr, genau wie ihre mutter, die in der obersten etage lebt. Veronika hatte nie die intention, das haus zu gestalten, die räume einzurichten und doch atmet es ihre persönlichkeit. sie lernte einen kameramann kennen, von dem sie den ersten sohn bekam. eine eher kurze liebesangelegenheit, wenn man es denn liebe nennen möchte. Veronika kann nicht lieben, oder erscheint es nur mir so, die ich unter liebe etwas ganz anderes verstehe, flammend, tödlich, ausschließlich, grandios und mit sicherheit zum scheitern verurteilt.
Veronika brauchte ein ganzes leben, um sich selbst zu finden. die menschen, die sie liebten oder umgaben, waren eher publikum, statisten, als freunde, partner oder geliebte. Veronika suchte immer nur sich selbst, fahndete nach sich, kreiste um sich, wobei die schmerzhaftigkeit dieses weges nicht zu unterschätzen ist. es kam die zeit, in der sie das mutterspiel spielte. der garten meines gelben hauses war ständig bevölkert, mütter, kinder, geschrei, das haus mußte sich verändern, aus dem arbeitszimmer und dem schlafzimmer wurden kinderzimmer und trotzdem schien es mir nie die wärme und geborgenheit auszustrahlen, die ich von anderen familien gewöhnt war.
unsere kinder kamen so ziemlich zeitgleich auf die welt. Veronikas ältester, ein bildschöner junge mit dem bewußten pagenschnitt aus glänzendem, schwarzen haar war Veronikas liebling. nie sind sie mir als mutter und kind erschienen. sie ließ ihn partner sein, fotografierte und beobachtete ihn interessiert und aufmerksam, nicht wie eine mutter, eher wie eine große schwester. sie vermietete das erdgeschoß an einen netten, ruhigen mann, der so ganz allmählich und unspektakulär in Veronikas familienleben vordrang.
boshaft könnte man sagen, er diente sich herauf bis in ihren schoß. nur daß es so nicht war. er vermittelte ordnung, häuslichkeit. er richtete seine wohnung ein, stetig, langsam, unmerklich auch das haus. es wunderte keinen menschen, daß Veronika eines tages wieder schwanger war, es sollten zwillinge werden, sie erschienen einen tag vor meinem zweiten sohn. es waren die

häßlichsten kinder, die ich je gesehen habe. ich bedauerte Veronika der kleinen, elenden würmer wegen, mit den uralten, faltigen gesichtern ohne lächeln um die scharfen, kritischen augen. es wurden bezaubernde kleinkinder. nicht ganz so schmelzend schön wie der älteste, aber so, daß man sich nach ihnen umsah auf der straße und wieder mit dem bewußten pagenschnitt aus diesmal braunem haar. jetzt begann die hochzeit von Andreas, dem mann aus dem paterre. im haus roch es köstlich, es wurde gekocht, etwas ganz neues, schon morgens das müsli geschnetzelt, ein eßzimmer entstand, eine familienidylle. nur Veronika blieb außen vor. sie spielte irgendwie nicht mit. die zwillinge, die vom charakter einer mittleren heuschreckenplage glichen, beherrschten den alltag. sie redeten wenig, anders als der erstgeborene, aber sie waren blitzschnell, untereinander gleichgeschaltet zerstörten sie in minuten, was der große gebastelt oder gebaut hatte. meine kinder lehrten sie das fürchten. sie waren eine zerstörerische einheit, schnell, gemein, tödlich. Veronika sah all dem zu, amüsiert, interessiert, abgegrenzt. ich bewunderte sie, hatte ich doch mühe gehabt, nicht ungerecht oder entnervt zu sein, Veronika meisterte es souverän. durch die zwillinge wurde ihr verhältnis zu dem erstgeborenen sehr eng. doch niemand merkte es, auch er nicht. die jahre vergingen, der große trat in eine band ein, veränderte sich, wurde zum kummer seiner mutter. die zwillinge lebten krass ihren egoismus. der vater kümmerte sich weiter rührend um sie. das erdgeschoß meines hauses blieb eine ruhige, häuslichkeit und klarheit ausströmende landschaft. Veronika räumte ein zimmer als atelier um. puristisch, zweckmäßig, hell. sie arbeitete hart, materialbilder, alles in der für sie typischen weise dokumentiert und archiviert. sie freundete sich mit der idee an, ihre arbeiten endlich auszustellen. vorher hatte sie bücher illustriert, karikaturen und eine komikfigur, heute bereits ein klassiker, erfunden, es gab keine finanzielle not mehr und die zwillinge spielten klavier bei der mutter in der obersten etage.
endlich kam auch wieder der keller ins gespräch. eine galerie. ideal. es wurde geweißelt und ausgeräumt, der müll aus der garage entsorgt und der müll vom keller dort untergebracht. kein kinderspielzeug mehr im garten, das gras wuchs wieder nach und die riesigen, herzförmigen blätter des pfeifenstrauches schmiegten sich um die säulenterrasse, auf der ein behaglicher sommer-

sitz entstanden war. obwohl Veronika das spartanische liebte, das klare und leere, immer wieder alles mögliche herauswarf aus dem haus, war sie eine sammlerin. der vorgarten, das treppenhaus und der sommersitz füllten sich mit totholz in schönen formen, aufgefädelten lochsteinen, kleinen vogeltotenschädeln und allem möglichen, zum teil in deckelgläsern. das haus atmete wieder auf. die zeit der kinder war lange vorbei.
die kellergalerie wurde zum hit. allerdings auch zur schwerstarbeit für Veronika. es war die zeit, in der sie wieder verstärkt sich selbst suchte und das mit ungeheurer betriebsamkeit kompensierte. sie mutierte zur dauerschauspielerin, hielt eine laudatio nach der anderen, quirlte durch die räume in schillernden gewändern, genoß den trubel, feuerte ihn an, fotografierte schelmisch und ärgerte sich gleichzeitig bodenlos über die unzuverlässigkeit der diversen künstler, aber vor allem über das nicht verdiente geld. zwar hatte sie überall erzählt, arme künstler oder junge fördern zu wollen, also eine gute tat, mehr für sich als für die anderen, nur war ihr das nicht klar, trotzdem war sie davon ausgegangen, regelmäßige einnahmen zu haben neben dem ruhm, der ehre, der vielen arbeit und administration, die sie leistete. aber unter dem strich blieb nichts übrig. die galerie trug sich, aber ohne profit. so hatte sie es nicht gemeint. nach ein paar jahren machte sie all dem ein ende. jetzt war sie an einem punkt, an dem sie farbe bekennen mußte. ihretwegen. jetzt wurde es kritisch. das haus versank in ruhe, der keller erlosch, aber die ruhe war trügerisch. Veronika sah sich unversehens in einer neuen rolle. und sie blühte auf. sie hatte das alter entdeckt. ihr freund und partner, der vater der zwillinge, wurde in die neue rolle mitgerissen. Philemon und Baucis. das war die devise. und was lag näher, als ein anwesen auf einer griechischen insel.
dort würde man sitzen, händchen haltend, philosophierend, gelassen dem alter in seiner reinheit entgegenschauend. und wie immer, wenn Veronika sich etwas in den kopf gesetzt hatte, klappte es. und wie immer klappte es dann rein zufällig. hier wäre zu streiten, geschah es der affirmation wegen oder war es vorher so geplant vom schicksal oder von wem auch immer.
jedenfalls durch „zufall“ erfuhren sie von dem haus auf Syphnos. sie reisten nach Griechenland, wieder ließ Veronika alles bewußt und ohne schmerz hinter sich, besichtigten das haus und kauften es. für immer wollten sie dort wohnen, hin und wieder in

München, einfach so, nach dem rechten zu sehen. aber leben in Griechenland, blauer himmel, farbe, meer, das glück des alters. natürlich kam es so nicht. das glück des alters nervte schon nach dem ersten jahr. weder war sie Baucis noch Andreas Philemon. und schon gar nicht waren sie Philemon und Baucis. es klappte einfach nicht.
zurück in mein gelbes haus. es wurde wieder umgeräumt. nichts mehr mit esszimmer und familienleben. Veronika bezog den ersten stock. eine küche brauchte sie nicht. Philemon blieb unten. er litt. er konnte nichts für die rollen, die Veronika ihm aufoktruierte. er war so, wie er war. und jetzt war er unglücklich. eigentlich mochte jetzt keiner mehr im haus leben, vor dem die linden blühen, wenn sie blühen. der garten ist jetzt völlig zugewachsen. die mutter lebt noch immer in der obersten etage. aber keiner spielt mehr klavier mit ihr. die zwillinge sind lange aus dem haus, es war schwierig gewesen, sie im leben zu integrieren. und Veronika? sie wäre glücklich, wenn sie nicht das elend Philemons vor augen hätte. sie hat wieder einmal die rolle gewechselt, jetzt ist sie jung und einer liebt sie, auf dessen knie sie sitzt. sie konnte wieder entkommen. Venus, nicht Baucis. weil ja der verstand nur ein teil ist. und weil wieder frühling ist, und bald die linden blühen in der straße vor dem gelben haus.

flüchtlingskinder

in meiner klasse sind es nur drei: die Wanda, die Heidrun und der Dieter. der Dieter ist kein richtiger flüchtling, er wohnt nicht im flüchtlingslager hinten am bach, dem ehemaligen Kaufmannserholungsheim. er wohnt im speicher des bauern, über der remise, wo vorher Uwe mit seiner mutter gelebt hat, drei jahre lang, mein bester freund im braunen samtanzug. leider ist er nicht mit mir in die schule gekommen, er konnte nicht sehen, wie gut mir die zöpfe gestanden haben, die meine mutter mit großem kraftaufwand für den ersten schultag geflochten hatte, auch nicht mein amerikanisches kleid, das man wenden konnte, erst blau, dann rosa. der Dieter ist ganz anders, immer ernst und vernünftig, er hat keinen samtanzug, und überhaupt ist er kein ersatz.
aber die Wanda und ihre große schwester Anna, die Heidrun mit den schwestern Brünhilde und Sieglinde, das sind echte flüchtlingskinder. daheim haben sie gesagt, ich darf da nie hin, das sei kein umgang, da habe ich nichts verloren. sie sagten auch immer, daß es brave leute sind, die flüchtlinge, brave leute, das wird immer betont. außerdem, wie kann ich etwas dort nicht verloren haben, wenn ich gar nicht da bin. erwachsene sind rätselhaft. aber echte flüchtlinge, das muß man natürlich alles gesehen haben. sie sind völlig anders als die leute im dorf. die frauen haben riesige, braune wachstuchtaschen und kaufen unmengen ein. dabei heißt es, daß sie arm sind. sie tragen schwarze kopftücher die in den ecken so gefaltet sind, daß die stirn verdeckt ist wie bei den nonnen. sie sprechen auch anders: ribajemocht, nono, knädln und sowas. einige kommen aus einem land das Bämmen heißt.
die Heidrun und ihre schwestern, sie haben keine mutter. sie ist verloren gegangen. einfach so, das kann ich mir überhaupt nicht vorstellen. wie kann eine mutter verloren gehen, es gibt doch niemand, bei dem man sicherer weiß, wo sie ist. aber sie haben einen vater und der ist ein richtiger vater, nicht so wie meiner. er ist jung und fröhlich, er spielt spiele, richtige spiele mit seinen kindern und das unglaublichste, er geht doch tatsächlich mit auf den wandertag. der einzige vater, der jemals mit auf einen wandertag gegangen ist. er rennt, pfeift auf den fingern, singt laute lieder und an fasching, ich kann es kaum glauben, hat er eigen-

händig die kostüme seiner töchter genäht. Heidrun war ein schmetterling mit großen, bunten flügeln aus seidenpapier, mit ihren eng gedrehten naturlocken sah sie wunderschön aus, Sieglinde ging als burgfräulein und Brünhilde als Robin Hood, niemand sah so hübsch aus von uns allen.
flüchtlinge können alle gut nähen, sagt meine mutter. mein zaubererkostüm hat die frau Heinrich genäht, unser flüchtling im haus, die aus jedem lappen ein ballkleid machen kann, wie die mutter sagt, aber gegen den schmetterling kam sie nicht an.
die lehrerin mag Heidrun nicht. sie reißt sie immer an den haaren, den schönen, dichten, goldblonden locken und oft fliegen ganze büschel durch das klassenzimmer. aber da ist die Heidrun auch schuld daran, sie widerspricht und sie glaubt tatsächlich nicht, daß erwachsene immer recht haben.
sie sagt, daß sie in diesem drecksdorf nur vorrübergehend bleibt, daß sie ein filmstar wird und bis Amerika geht und daß wir alle noch von ihr hören werden.
die Wanda und ihre schwestern lachen nie. sie sind immer todernst. richtige „streberbatzen", Wanda hat nur einser. sie sagt, das einzige, was sie einem nicht wegnehmen können, ist was man im kopf hat. und deshalb will sie soviel lernen wie es geht. mir ist die Wanda unheimlich.
einmal bin ich doch zu dem riesigen, düsteren haus geradelt hinten an der Weißach. hinter dem haus ist gleich der berg und vorne der bach, alles ist feucht und dunkel in den zimmern und es riecht so komisch. die betten sind aus eisen und übereinandergesteckt und was sie haben, liegt in pappschachteln auf dem fußboden unter den betten. das muß toll sein, abends sich noch mit zwei anderen unterhalten zu können. nie allein zu schlafen, immer kinder um sich herum.
„herzlich willkommen im schloß", hat der vater von Heidrun zu mir gesagt. und gelacht. sie essen schmalzbrote, sowas gibt es bei uns nicht, es schmeckt köstlich mit den kleinen, harten stücken drinn und dem salz oben drüber.
ab sofort tauschte ich sie in der schule gegen meine leberwurstbrote, bis es rauskam, es gab einen riesenkrach und ich verstehe nicht warum.
der vater von Wanda ist riesig und vorne und hinten behaart, seine nase ist breit und er trägt ein grünes unterhemd. er raucht eine selbstgeschnitzte pfeife und tabak haben sie dort auch ange-

baut, er trocknet an der wäscheleine. aber er kauft auch tabak in kleinen schachteln im dorf. in jeder liegt ein rosa seidenpapier. das wünsche ich mir inbrünstig. Wanda rückt keins heraus, sie will nur tauschen und das mache ich auch. das zinngeschirr aus der puppenküche von der großmama, stück um stück gegen jeweils ein papier. mit den abschnitten von den lebensmittelmarken lassen sie sich zusammenkleben. ich bin glücklich. aber natürlich wurde auch das entdeckt. ich habe keinen platz, etwas eigenes zu verbergen. in der schachtel unter dem baum wäre das papier kaputt gegangen. es gab hausarrest, mama weinte sogar, sie verstehen mich einfach nicht. und ich verstehe sie nicht.
viele jahre später, im internat, habe ich riesige martinslaternen hergestellt, mit märchenmotiven, hauchdünn aus schwarzem papier herausgeschnitten und mit farbigem seidenpapier hinterlegt. sie waren jeden herbst die attraktion der schule und wurden regelrecht legendär. zwei stehen noch heute, total verblichen, in einem ausstellungskasten im werkraum.

mutti

mutti, die frau meines vaters, aber nicht meine mutter. die hohe taille, ein schwerer, tiefer aber schmaler busen, kleine ondulierte löckchen, mal mehr, mal weniger bläulich, je nachdem, ob sie beim frisör war oder nicht.
mutti mit den dicken brillengläsern und dem strickzeug. vor allem mit dem strickzeug! selbst bei autofahrten strickt sie, sich in die kurven legend, mit unbeweglicher miene. immer wieder die finger über die maschen gleitend, zählend, aber weiter sprechend mit winzigen unterbrechungen.
mutti, die gerechte. sie kann nicht kochen, auch beim abspülen geht schon mal was kaputt. aber sie richtet den toaster, überzieht die lampenschirme neu, richtet die kette des fahrrades, auf dem sie, seltsam schmal mit engen knien ins dorf fährt.
sie spricht viel über die Labour Party die aber, wie ich relativ spät begriff, nichts mit der leberpaté zu tun hat, die wir immer von Anna aus Niederbayern erhalten. sie liest eine zeitung namens Punch mit sich auf der titelseite verschlingenden karrikaturen, die sie abonniert hat.
mutti mit den viktorianischen erziehungsmethoden (was machst du denn da, das darf man nicht. man faßt sich nicht an...).
mutti, die mir jeden tag vorliest. „ein kind hat nicht mit erwachsenen zu essen, sagt sie." sie liest in unendlichen fortsetzungen „Nils Holgerson" vor, „Winnie the Pooh", den „Struwwelpeter", „Puella auf der Insel", märchen...
mutti, die sich nach tisch kurz mit der zeitung aufs abgedeckte bett legt, in einen achtminutentiefschlaf sinkt, die brille auf der nase und tief erholt wieder erwacht.
mutti, die spartanische, die auf den berg steigt im selbstgestrickten rock, einem lumberjack, mit ihrem selbstgenähten grünen rucksack mit der weißen kordel in dem ein apfel, ein klappbrot und ein ei liegen, welches letztere sie zumeist wieder mitbringt. kein getränk.
mutti, die nicht schmusen, streicheln oder liebkosten kann. die nur in diesem schönen haus wohnt, weil ihr mann dort ein atelier hat, seines ist in der Franz-Josef-Straße in München abgebrannt, die nie ihr leben gelebt hat, sondern das ihres mannes, auf seine bedürfnisse abgestimmt es einfach aushält, neben der frau zu leben, der mutter des kindes ihres mannes, in deren haus.

mutti, mutter courage, die nach kriegsende mit dem triebwagen dreimal in der woche nach München fährt, um in den trümmern ihres hauses zu suchen und zu holen, was noch benützbar ist, was heil geblieben ist. immer soviel, wie sie tragen kann auf ihren schmalen schultern.
mutti, die realistin, aber auch die magierin, die magnetische watte, holt mit dem fahrrad, bei einer frau in Gmund, sechzehn kilometer entfernt, und damit den dauerschluckauf ihres mannes, meines vaters, wirklich heilt.
mutti, die sechzehn tage nach dem tod ihres mannes, mit über achtzig jahren auszieht aus dem haus der anderen frau, um bei ihrer eigenen tochter, auch schon weit in den sechzig, zu leben, was für beide sehr schwierig ist.

Carla

in einem eleganten Münchner vorort steht Carla breitbeinig auf der staffelei um die galerieaufhängung zu überprüfen. die bilder der letzten ausstellung sind abgehängt, bereits vom künstler geholt, und so hat sie jetzt die aufgabe, alles für die nächste ausstellung vorzubereiten, etwaige flecken zu überstreichen, die herunterhängenden nylonträger auszuhaken. eine langweilige arbeit. man kann auch nicht sagen, daß sie und Lydia die galerie zusammen betreiben, eigentlich gehört alles Lydia, das haus, in dem sich unten noch ein gut gehendes kur- und saunabad befindet, die villa, in der Lydia mit ihrem mann, einem berühmten sportorthopäden wohnt, wenn er mal zuhause ist und den zwei söhnen. Carla ist immer nur das mädchen für alles.
als gelernte physiotherapeutin arbeitet sie im kurbad mit, darf sich partnerin nennen, ohne es eigentlich zu sein. im grunde hat sie einen groll gegen Lydia, die sie in ihrer leicht kolonialen art auch immer fühlen läßt, wer der herr im haus ist.
andererseits ist Carla etwas träge, was arbeiten betrifft. sie hat sich nie so recht kümmern mögen und sich auch immer auf die jahrelange freundschaft mit der reichen Lydia verlassen. es ist auch recht bequem. sie fühlt sich sicher und hat genügend zeit für ihr privatleben.
Carla, die hochgewachsene, mit dem dunklen pagenschnitt, den langen beinen, der makellosen figur, hat ein paar vorlieben, die relativ kostspielig sind.
sie fährt gerne schnelle sportwägen und sie liebt frauen, frauen, die ihr unterlegen sind, denen sie zeigen kann, wer die größte ist, denen sie teure geschenke macht und die sie anbeten. solange sie es möchte. Lydia weiß offiziell nichts davon und sie möchte es auch nicht wissen. in ihrer stark bürgerlichen, aber elitären lebensweise ist für so etwas kein platz. was nicht bedeutet, daß sie gegen monatsende nicht regelmäßig die kasse überprüft und schon einige male privat nachgefüllt hat, was mysteriös verschwunden war. aber die loyale und geradlinige Lydia sieht Carla als ihren ganz persönlichen sozialfall und erfährt eine gewisse befriedigung in der bewunderung, die sie bei ihren freunden deswegen erfährt, sind diese doch nicht blind.
gerade hat Carla, die leiter zwischen den beinen eingeklemmt, mit dieser wieder einen ruck gemacht, um nicht jedesmal abstei-

gen zu müssen, da geht hinter ihr die türe auf und herein tritt eine junge frau mit blonden, langen haaren, einer feuerfarbenen pluderhose, die in goldenen manschetten endet und einer offensichtlich selbst genähten, kanariengelben jacke über einer scharlachroten taillenschärpe.
Carla steigt ab. das will sie sich aus der nähe anschauen. Carla Czelenek, Gabriele Winter, so stellen sich beide vor und eine spur zu lang blicken Carlas schwarzbraune augen in die sehr hellen, grüngelbgesprenkelten der anderen.
Gabriele wirbelt herum, schaut sich alles an, prüft die galerieaufhängung und sagt, sie werde kommenden freitag mit ihren bildern hier erscheinen und, wenn sie wolle, die frau Czelenek, so könne sie ihr beim aufhängen helfen. ehe Carla noch irgendetwas sagen kann, ist sie allein. beunruhigt steigt sie wieder auf die leiter.
am freitag überlegt Carla länger als sonst, was sie anziehen soll. ihre garderobe ist sehr exquisit, ausschließlich hosen, aber in bestem tuch, zwei oder drei paar jeans, pullis in allen variationen, cashmere, seide, lambswool, aber immer ein wenig schmal und ausschließlich in den farben schwarz, grau, silber und sämtlichen gedeckten brauntönen, etliche äußerst teure lederjacken und für theater und oper schwarze samtboleros und jäckchen mit pailletten, perlen oder bestickt, blusen aus leinen oder seide mit pluderärmeln.
Carla entscheidet sich für eine alte jeans und ein weißes hemd aus leinen. sie ärgert sich über sich selbst und rast mit wegspritzendem kies in die galerie.
Carla und Gabriele hängen die bilder auf. Gabriele bestimmt genau wo und wie sie hängen sollen, bittet Carla, handschuhe anzuziehen, tritt zurück und ruft mit zusammengekniffenen augen: ein wenig mehr rechts, stop, etwas nach links!
Carla ist verblüfft. das ist ihr noch nicht passiert, sie läßt ein paar ironische sätze fallen, und die andere kontert schnell und scharf. eigentlich möchte sich Carla ärgern, aber es geht nicht. dieses mal trägt Gabriele eine art steifen, grauen sack mit riesigen taschen, in denen sie hammer, nägel, moltofill, eine wasserwaage, bleistifte, schraubenzieher und einen putzlappen verstaut hat. dazu pinkfarbene stümpfe, hochhackige, violette pumps und um hals und arme jede menge klirrende ketten und reifen in allen farben. außerdem hat sie noch eins ihrer kinder mitgebracht, das

auf dem bauch am boden liegend mit kreiden große bilder malt und über das man jedes mal beim durchqueren des raumes hinwegsteigen muß.
Gabriele und Carla arbeiten schnell und effektiv. noch nie war das aufhängen der bilder in so kurzer zeit erledigt, so kommt es Carla vor. sie gehen zusammen mittagessen und Carla wählt ein lokal, in dem man sie nicht kennt. sie unterhalten sich glänzend, das offene, sommersprossige gesicht von Gabriele gefällt Carla, aber diese frau ist nun wirklich nicht ihr typ, so emanzipiert, mutter zweier söhne, allein erziehend, pausenlos redend, durch ihr outfit alle blicke auf sich ziehend, für Carla sehr gewöhnungsbedürftig in ihrer zurückhaltenden eleganz.
Gabriele erzählt, sie wohne in einem haus zwischen den wiesen in der nähe des Ammersees, mit einem riesigen garten und hinter dem haus dichten buchenwäldern. ihr mann sei vor gut drei jahren ausgezogen, sie hätten zwar ein geldproblem, aber das habe sie alles im griff. sie stricke die nächte durch pullover für eine boutique und so kämen sie zurecht. außerdem verkauften sich ihre bilder ganz gut, die miete sei niedrig und seit neuestem würde der mann sogar etwas für die kinder zahlen. sie sei einundvierzig, Carla hätte sie wesentlich jünger eingeschätzt, und sie mache auch noch grafische aufträge, soweit es mit den kindern möglich sei. sie freue sich auf die ausstellung, lacht sie, bezahlt, packt ihr kind und entschwindet in einer Carla sehr vertrauten, heftigen fahrweise.
Carla läuft lange mit ihrem hund durch den park. sie fühlt sich verwirrt und irgendwo nicht wohl. sie ärgert sich über sich selbst, aber sie kann das grünäugige sommersprossenlachen nicht aus ihren gedanken verbannen. die frau, mit der sie im augenblick zusammen ist, langweilt sie schon lange.
sie hat ihr ganzes theater schon abgespielt, die frau liegt ihr zu füßen, hündisch und abhängig und es ist höchste zeit, sie abzusägen. das tut sie noch am gleichen nachmittag und es gibt heulen und wehklagen. aber Carla kann sich schon nicht mehr darauf konzentrieren. sie erlaubt der armen person, sozusagen als bonbon, den hund dreimal die woche ausführen zu dürfen, so schlägt sie zwei fliegen mit einer klappe und erntet dafür noch dankbarkeit.
sie fährt zurück in das kleine häuschen in Gauting, das sie dort bewohnt, zwei zimmer nur, aber immerhin ganz für sich. vor

dem eingang zwei dunkelrote rosenbüsche, die hinterseite von flieder überwuchert. aus der küche sieht sie weit über die felder nach osten. sie liebt dieses haus, es ist etwas besonderes, nur parterre und genau groß genug für sie.
mittwoch nachmittag steht sie wieder vor dem kleiderschrank und überlegt, was sie heute zur vernissage anziehen soll. sie entscheidet sich für schwarze seidenhosen, ein weißes pluderhemd und einen winzigen bolero mit türkisfarbener stickerei. schon sehr früh ist sie in der galerie. sie hilft die getränke aufzustellen, die gläser, sie dekoriert das buffet noch ein wenig, rückt an diesem oder jenem bild und schaut sie sich zum ersten mal richtig an. es sind märchenbilder, naturalistisch gemalte versatzstücke in völlig neue zusammenhänge gebracht, landschaften, tiere, bäume und hin und wieder irgendwo dazwischen zart ein gesicht, oder der teil eines gesichtes. poetischer realismus, ein zweig des surrealismus. wunderschöne arbeiten findet sie, in einer von der künstlerin selbstentwickelten technik, die diese aquaplast nennt.
je nach lichteinfall wechseln die bilder die stimmung, durch die verschiedenen schichten von metallhaltigen farben. Carla sieht sie jetzt im kunstlicht ganz anders als am nachmittag des hängens. sie bleibt vor einem bild stehen, auf dem ein see mit einem schloß im hintergrund zu sehen ist, schwäne, seerosen und zartes blütengerank auf der einen, ein gesicht, sehr ausdrucksstark und ganz in grün gehalten, auf der anderen seite. sie erkennt die stark gewölbten lippen, die grüngelbgesprenkelten augen, die schmale nase.
„gefall ich dir?" tönt es hinter ihr. sie konnte sich gar nicht erinnern, daß sie sich geduzt haben. sie dreht sich betont langsam um und meint, sie habe die technik studiert. aber die andere lacht nur.
Carla kann sich nicht erinnern, wann sie sich das letzte mal so verunsichert gefühlt hat. sie ist neununddreißig jahre alt, hat sich einen genauen plan gemacht, wie sie leben möchte und das hat nunmehr sechs jahre lang gut geklappt. sie ist zufrieden, hat was sie braucht und findet es gar nicht gut, aus dem takt gebracht zu werden.
die galerie besteht seit fünf jahren. zehn ausstellungen richten Carla und Lydia jedes jahr aus. aber so eine war noch nicht dabei. kaum hat sie Gabriele begrüßt, kommen musiker mit

saxophon und trommeln. über hundertfünfzig leute brechen herein, es ist ein mordsrummel, Carla schenkt sekt aus, orangensaft, räumt gläser fort und bringt frische, sie begrüßt leute mit Lydia, die sie noch nie gesehen und nie wieder sehen wird, das alte stammpublikum ist gar nicht auszumachen. in allen eimern und vasen stehen riesige blumensträuße, fleurop bringt noch einige mehr, die stimmung ist fabelhaft, die musik unermüdlich, ein rauschendes fest. um neunzehn uhr hat es begonnen und nach mitternacht gehen die letzten. Carla ist steinmüde. sie sitzt auf einer polsterbank und versucht, ihren rücken zu entlasten. Gabriele hilft Lydia die gläser wegzuräumen und setzt sich dann kurz neben sie.
„wo gehen wir jetzt hin?“, so fragt sie und zeigt nicht die leisesten zeichen von erschöpfung. Lydia möchte nach hause. und zwar sofort. sie hat tiefe ringe unter den augen, sie ist solche anstrengung nicht gewöhnt, außerdem hat sie venenschmerzen in den beinen.
Carla rappelt sich auf, sie verlassen die galerie.
Gabriele, im vierten jahr von ihrem mann getrennt, hat lange gebraucht, um sich davon zu erholen. sie hat keinerlei lust mehr sich nochmals emotional zu binden, ihr reicht es. sie ist zutiefst verletzt, aber davon merkt man nichts. sie hat in letzter zeit ein paar nette männer kennengelernt, Axel, den motorradfahrer und höllisch gut aussehenden arzt, Frank oder Harry, aber, wenn es ernst werden sollte hatte sie die beziehung sofort gekappt. sie machte es sich zur gewohnheit, nach einer vernissage nicht allein nach hause zu gehen. diesmal war nicht *ein* mann dabei, der sie interessiert hätte. sie hatte die spannung gemerkt, die zwischen ihr und Carla entstanden war und so überlegte sie ganz rational, sich auf ein abenteuer mit einer frau einzulassen. sie denkt an die unselige angelegeneit mit Paula, beinahe zehn jahre zurück und in irgendeiner weise erinnert Carla sie daran, die knabenhafte ausstrahlung, die langen beine, nur ist Carla wesentlich größer, gepflegter und vor allem eine erwachsene frau.
sie gehen zusammen in eine bar. sie fahren zu Carla. Gabriele betritt das haus durch das tor aus roten rosen. ein klavier steht im wohnzimmer.
Carla setzt sich und spielt „stormy weather“. Gabriele kuschelt sich zu ihren füßen. sie macht das ganz bewußt, sie ist erregt. später küssen sie sich. noch später lieben sie sich. Gabriele fährt

nach hause. tief befriedigt von einer erfolgreichen vernissage und einem krönenden ende des abends.
am nächsten tag, sie sitzt mit den kindern beim frühstück, prasselt draußen der kies gegen die fensterscheiben. Carla ist vorgefahren mit ihrem Schirocco. Gabriele weiß nicht, was sie mit ihr anfangen soll. sie machen einen langen waldspaziergang durch den buchenwald, vorbei am schwarzen weiher mit dem tümpelmolch, den die kinder so lieben, dann lädt Carla alle zum essen ein.
die nächste zeit erscheint den kindern wie eine folge aus feiertagen. ausflüge, essen gehen, geschenke. Gabriel erhält den heißbegehrten roten modellporsche, Tristan den großen plüschdrachen, den er sich so gewünscht hat. nachts, wenn die kinder schlafen, rast Gabriele die fünfunddreißig kilometer zu Carla in ihr kleines haus und sie lieben sich.
nach drei wochen sagt Jelena Perlmann, die nachbarin und freundin von Gabriele zu ihr, sie sehe um zehn jahre älter aus, der fehlende nachtschlaf, der stress, man sehe es. auch „stormy weather" klingt mittlerweile sehr falsch in Gabrieles ohren.
sie ist einfach müde. vor allem mag sie nicht mehr, daß Carla am tag so oft kommt.
Carla geht es gar nicht gut. sie hat sich in Gabriele verliebt, aber irgendwie läuft es diesmal ganz anders, als sie es gewöhnt ist. Gabriele bestimmt wann sie sich wo sehen. Carla ist unsicher, sie weiß nicht einmal, ob Gabriele sie liebt, aber sie wagt nicht, zu fragen. sie ist zutiefst verunsichert. sie fühlt sich krank. sie hat ihre rolle verloren und kennt sich mit sich nicht mehr aus.
magisch wird sie angezogen von dem haus in den wiesen, in dem Gabriele wohnt. sie kann sich nicht mehr auf die arbeit konzentrieren. sie nimmt jetzt häufiger geld aus der kasse, blumen, geschenke, das benzin, sie kann es nicht mehr finanzieren. Lydia hat es längst bemerkt. aber wie immer verliert sie kein wort darüber. sie ist nur sehr erstaunt, daß Gabriele das mitmacht, diese hatte sie ganz anders eingeschätzt, eine reine männerfrau, sie wäre nie auf die idee gekommen, daß frauen sie interessieren könnten.
Gabriele fühlt sich unter druck. sie zuckt schon zusammen wenn sie den wagen von Carla hört. sie mag nicht mehr so okkupiert sein, sie hält es nicht mehr aus. zwei monate geht es schon, immer öfter fährt sie mit den kindern fort, ist einfach nicht da,

wenn Carla kommt. aber in den nächten zieht es sie in das haus mit den rosen, sie möchte geliebt werden, aber sie möchte frei sein.
Carla macht Gabriele vorwürfe. warum sie jetzt so oft weg sei, ob sie etwas falsch gemacht habe, ob sie einen anderen habe. Gabriele weicht aus. sie beschließt, das ganze abzubrechen. sie sieht es als sucht bei sich, einen kitzel wie zigarettenrauchen, sie weiß, daß sie diese frau nicht liebt, nie geliebt hat, daß sie ihre ruhe wieder braucht.
sie packt ein paar taschen und fährt mit den kindern in das Elsaß. es ist jetzt herbst. die fahrt ist wunderbar, sie fahren durch den Schwarzwald, Gabriele erzählt den kindern das märchen vom „Steinernen Herz", sie besuchen freunde in Freiburg, sie bleiben in Strasbourg, besichtigen das münster und wohnen bei freunden, dem direktor des dortigen Holiday Inn. sie machen lange spaziergänge in der orangerie und Gabriele beschließt, sich einen ginkgobaum zu kaufen.
zurückgekehrt nach drei wochen, quillt der briefkasten über von wutentbrannten oder enttäuschten briefen von Carla. ein paar tage hört sie nichts, hat aber ein schlechtes gefühl und auch ihr gewissen plagt sie. sie schreibt einen langen abschieds- und erklärbrief an Carla und schickt ihn ab. sie hört niemals mehr von ihr.
Carla fährt zum haus in den wiesen. es ist leer. sie fragt die nachbarin, Jelena Perlmann, von der sie weiß, daß es eine freundin von Gabriele ist. diese berichtet, Gabriele sei mit den kindern für längere zeit in den urlaub gefahren. sie wisse nicht wohin, habe auch noch keine nachricht erhalten. Carla ist niedergeschmettert, was hat sie falsch gemacht. sie ist wütend, traurig, voller hass. sie schreibt viele briefe in der jeweiligen stimmung und schickt sie ab. sie hört nichts von Gabriele. Lydia macht sich ein wenig sorgen um Carla. auch die alte liebe, die noch immer den hund täglich ausführt, erscheint und sieht eine gewisse chance für sich.
Carla ist völlig durcheinander. sie hat schmerzen im unterleib, schon länger, aber sie hatte nie zeit noch lust einen arzt aufzusuchen. sie geht zum zahnarzt, zum orthopäden, endlich zum gynäkologen. der stellt ein karzinom fest. Carla kann es nicht fassen. sie hat ihr leben lang sport getrieben, nie geraucht, sie war nie krank, nie anfällig. allerdings hat sie auch nie die vorsorge-

untersuchungen gemacht. krebs also. sie geht nicht ins krankenhaus. aber das wissen um ihre krankheit läßt sie völlig verfallen. sie kann an nichts anderes mehr denken. sie arbeitet nicht mehr, sie kann kaum noch etwas essen, sie schläft nicht mehr, an Gabriele denkt sie nicht oft. sie ist ganz mit sich beschäftigt. Lydia kümmert sich rührend. aber sie kann auch nichts tun. die alte liebe zieht bei Carla ein. sie betreut den hund, kocht, wäscht, sorgt sich. Carla geht noch immer nicht ins krankenhaus. im sommer des darauffolgenden jahres wird sie, zu einem gerippe abgemagert, von der freundin ins krankenhaus gebracht. man kann nichts mehr tun. sie stirbt vier tage später.

der circus

an irgendeinem tag im sommer meiner kindheit hieß es, der circus kommt.
und er kam tatsächlich. ein kleines, graues zelt wurde unten auf dem „Felser fleck“ aufgebaut, der wunderschönen wiese, auf der jetzt oft die pferde vom bauern Killinger weiden, auf dem platz, von dem es heißt, es sei früher der richtplatz gewesen, ein galgen habe dort gestanden, in der mitte zwischen den vier dicken bäumen, von denen jetzt nur noch einer steht.
der circus brachte einen echten elefanten mit, ein lama, mehrere kleine hunde und eine ganze menge kinder. der, der später den clown spielen sollte, war ein unfreundlicher, mürrischer mann. er mochte keine kinder, weder uns noch die vom circus. wir spürten auch, daß sie ihn fürchteten. ein kleines mädchen in meiner größe übte mit blaßblauen, zerschlissenen ballettschuhen auf einem seil. sie trug dazu ein blaues schirmchen. sie war mager, aschblond und ihre schenkel waren voll roter striemen. von der nase zum mund liefen tiefe falten. meine mutter meinte, sie sei viel älter als ich, aber circuskinder hätten nie genug zu essen, weil sie klein bleiben müßten, das sei so.
ich rannte den postweg hinunter, gleich nach dem frühstück, um zuzuschauen. so etwas hatte es hier noch nie gegeben. ich konnte nicht genug davon bekommen.
ehe der circus kam hatte es, wie so oft im sommer, zwei wochen geregnet. die wiese, die tiefer liegt als die straße, war völlig aufgeweicht. am nächsten tag fand die aufführung statt. der clown verkaufte die karten, unfreundlich wie immer schubste er uns noch in den rücken, als könne es ihm nicht schnell genug gehen. wir saßen dann im halbkreis auf verblichenen, blau angestrichenen holzbänken, und ich erwartete zauberer, frauen in goldenen gewändern, große magie.
ich wurde ziemlich enttäuscht. hunde sprangen durch einen reifen, das lama spuckte, der clown machte sehr vulgäre witze und das mädchen einen spagat, außerdem lief sie in geringer höhe über ein seil. es kamen noch pferde, aber davon gibt es hier genug, und ich wartete auf den elefanten.
der elefant war der höhepunkt der vorstellung. er wurde im kreis geführt, wir durften ihn anfassen, und dann sollte er auf einer kleinen bank platz nehmen. die bank wurde gebracht, der elefant

nahm platz, die bank verschwand im rasen. der elefant fiel rückwärts um. er fiel um wie ein stein.
die männer schrien ihn an, sie schlugen ihn, aber der elefant kam nicht mehr hoch. er war total verwirrt, er blieb einfach liegen. die männer holten stangen mit scharfen spitzen an den enden, sie knüppelten auf ihn ein, sie stachen und brüllten weiter und das publikum lachte und brüllte mit.
ich verließ das zelt, ich ging nach hause, ich weinte und erzählte nicht warum. das war der circus .

nicht mehr und nicht weniger

an irgendeinem morgen rief sie einfach an. sie wählte die nummer, wartete darauf, daß ihr herz schneller schlüge, aber nichts geschah. es war auch keiner da, nur der bann schien gebrochen. ein paar tage später wählte sie, jetzt ganz kühl, erneut. mit erfolg diesmal.
was sie dann miteinander sprachen, freundlich, höflich, beinahe unbeteiligt war lapidar und nicht wichtig.
aber sie hatten miteinander gesprochen.
und es war nichts passiert.
warum sie dann nach einigen wochen erneut anrief, läßt sich schlecht beurteilen.
wieder tauschten sie erlebnisse aus, redeten über den urlaub der einen, über den umzug der anderen, eine einladung wurde ausgesprochen, auf einen späteren zeitpunkt verschoben.
nichts rührte sich in beider herzen. es war wirklich vorbei.
trotzdem hatte Gabriele den wunsch, den starken und unbezwingbaren wunsch, die andere wiederzusehen. war es, um ihr zu zeigen, wie sie jetzt wohnte, wie sie das haus gestaltet hatte, war es, um Paula leibhaftig zu erleben. das ist schwer zu sagen.
draußen auf dem telegrafendraht sammelten sich bereits die schwalben. unmerklich beinahe war es herbst geworden.
hier gab es noch telegraphendrähte, alte wasserleitungen, verschmutzte bäche und vor allem, es gab keine touristen. in dieses verschlafene dorf zog es keinen.
nur sie.
sie hatte alles hinter sich gelassen. sie war gesprungen ohne netz, ohne doppelten boden, einfach so. das geld war längst zu ende, das andere haus noch nicht verkauft, die situation der bettlägerigen mutter ungeklärt, aber schon atmete das haus ihre anwesenheit, sah nach ihr aus, sie hatte es sich zu eigen gemacht, obwohl es von der optik her keineswegs ihrem geschmack entsprach.
in zwölf unglaublichen wochen war es ihr gelungen, ihre unzähligen dinge her- und unterzubringen. sie hatte bäume gefällt, böden und fensterbänke gefliest, decken gestrichen, kiesflächen angelegt wo vorher gestrüpp war, rasen gesäht, dem haus und seinem garten ihren stempel aufgedrückt.
sie war unendlich müde. ihre knochen, jeder einzelne, schmerzten, sie schlief schlecht oder gar nicht, sie zweifelte, war eupho-

risch, zweifelte wieder. aber sie hatte es getan. sie hatte es wirklich getan, hatte ihre kindheit, ihr elternhaus, die landschaft ihres lebens, den klaren fluß und den geliebten berg hinter sich gelassen, um noch einmal neu anzufangen.
ihr altershaus, wie sie es nannte.
sie fürchtete den augenblick, in dem sie fertig wäre, fertig mit allem hier, aber noch bestand kein grund zur sorge.
obwohl das neue haus nicht größer war als das alte, hatte sie viel mehr platz, unendlich viel war weggeworfen oder verschenkt worden, sie hatte richtig durchgeräumt, jeden gegenstand nochmals in die hand genommen, behalten oder nicht behalten.
die zeit ihres höhlendaseins war zuende, jetzt brauchte sie weite, platz, raum um sich herum. der winzige garten bot genug möglichkeiten zur gestaltung, nie mehr schnee schaufeln, nie mehr alles hinunter und dann wieder hinauftragen müssen, denn die überdachte terasse schützte vor jedem wetter. ein sauberer keller, weiße wände, alle bilder neu aufgehängt, alles neu.
und wohl auch deshalb hatte sie bei Paula angerufen. alles neu.
eine normale, einfache frauenfreundschaft, unbeschwert, unkompliziert und nicht durch etwas so schwieriges wie die liebe zum scheitern verurteilt.
sie freut sich auf den besuch einer freundin, sie freut sich auf einen besuch. nicht mehr und nicht weniger.

knöchelchen

hinten im Binderhaus, am bach, wo ich immer den milchschaum von der zentrifuge löffeln durfte, hat man neunzehnhundertsiebenundvierzig unter dem dach eine familie untergebracht. flüchtlinge. das ist in vielen häusern so gewesen.
Hoyler heißen sie und haben sechs kinder. die frau ist klein und zart, sie trägt das aschblonde haar über ihrem müden gesicht streng zurückgeknotet. er ist ein riese, der gewaltige schädel mit beulen, höhlen und wölbungen über dem breiten, knochigen körper. wir kinder haben alle angst vor ihm, besonders seine eigenen.
Wolfgang ist ein jahr jünger als ich, ein derber, kleiner kerl mit breitem mund, breiter nase und einer warze dazwischen. die augen stehen weit auseinander im teigigen gesicht. dicke, braune haare streben senkrecht weg vom kopf, nur morgens nicht, da werden sie mit wasser angeklatscht. seine beiden jüngeren brüder, Bernhard und Eberhard sind still und farblos und für mich unbedeutend.
keineswegs aber seine ältere schwester Ursula. vor ihr fürchte ich mich. sie ist herzkrank. sie haben gesagt, erst wird sie blau und dann fällt sie tot um. sie wird höchstens fünfzehn.
ich finde, fünfzehn ist schon ziemlich alt, länger braucht man nicht unbedingt zu leben. aber es könnte passieren, wenn ich dabei bin. das möchte ich keinesfalls. sie hat dunkelbraune, unglaublich glänzende locken um das dreieckige gesicht, die sie in zwei dicken zöpfen über den rücken herunter trägt. für die zopfenden braucht sie keine haarspangen, sie drehen sich von selber ein.
wie gerne würde ich einmal Ursula frisieren, aber die großen buben haben gesagt, daß man bei ihr alles nur für geld darf und ich habe keines.
Ursula braucht nur in die schule zu gehen, wenn sie will. sie will beinahe immer, unbegreiflich für mich. als einzige bekommt sie zuhause keine schläge, der nächste bruder, Werner, spricht kein wort zu irgendjemandem. es heißt, er habe zurückgeschlagen, als sein vater über ihn herfiel.
er ist schon sechzehn und sehr kräftig, und die strenggläubige familie habe mehrere wochen gewartet, daß die hand des jungen verdorrt. so steht es in der bibel: „der seine hand hebt gegen

vater oder mutter, dess hand verdorre." aber sie ist nicht verdorrt und so reden sie einfach daheim nichts mehr mit ihm.
Bärbel, die älteste, geht schon arbeiten. in ihrer freizeit muß sie die kleineren geschwister hüten und so sieht man sie kaum.
Wolfgang hat ein unglaubliches spielzeug, aber leider darf er es nicht aus dem haus tragen. und so überwinde ich meine furcht vor dem vater der, wenn er nicht im wirtshaus ist, ruhelos von einem zimmer ins andere schreitet, mit solchen schweren stiefeln, die hier sonst keiner trägt und vor Ursula, die jeden augenblick blau anlaufen und umfallen könnte und dann so aussähe, wie die toten oben im aufbahrhäusel neben der kirche, zu dem wir immer heimlich gehen, weil es so gruselig dort ist und weil wir trotz des komischen geruchs immer nachschauen, ob die toten wieder halbe kleider anhaben, wie der bauer aus Riedlern, der eine jacke ohne rücken, strümpfe ohne füße und eine hose ohne hinterseite trug, weil die zeiten so schlecht sind, wie meine mutter sagt.
aber das spiel zieht mich magisch an: aus einem sperrholzkasten läßt sich ein altar mit drei bankreihen klappen, in einem leinensäckchen sind silberne kelche, eine monstranz und sogar ein weihrauchfaß. kirche spielen, nennen wir das. meine eltern weigern sich hartnäckig, mir so etwas schönes zu schenken. aber Wolfgang läßt mich nur dann damit spielen, wenn ich vorher zu den „knöchelchen" mit ihm gehe.
die „knöchelchen" heißen Irmgard und gehören zu seiner jüngsten schwester. sie ist bei der geburt gestorben und weil sie vorher in der großen eile nicht mehr getauft werden konnte, darf sie nicht im friedhof liegen, sondern draußen vor der mauer. ich finde, sie hat von dort eine wesentlich bessere aussicht auf den Blauberg, die wiesen und den kleinen weg. ein weinender porzellanengel und eine vase mit blumen, mehr ist nicht zu sehen. dort stehen wir und Wolfgang erklärt, daß die „knöchelchen" nie in den himmel kommen können, weil der pfarrer nicht schnell genug war. sie können nicht selig werden, so sagt er und ich stelle mir vor, wie im abendlicht selige „knöchelchen" in seltsamen mustern dem himmel entgegentanzen. ob da auch so ein glücksknochen dabei ist wie bei unseren hühnern, den man in zwei teile reißen muß, das habe ich nie gewagt zu fragen.
wie aufregend ist doch das leben bei anderen leuten. was haben diese kinder für ein glück, in dieser familie zu leben! sogar

geschenke aus Amerika erhalten sie kurz vor Weihnachten in der schule. wirklich aus Amerika. Wolfgang ergattert einen parka mit teddyfutter. weder besitzt hier jemand sowas, noch kannte man den namen dafür. ich hasse meine schweren lodencapes, in die sich die nässe einsaugt und bedauere einmal mehr, aus einer sogenannten guten familie zu sein.
aber dann passiert eine dumme geschichte. eigentlich hat es nichts mit Ursula zu tun, aber seitdem darf ich nicht mehr zu Hoylers gehen, kann den altar nicht mehr ausklappen und nicht mehr mit Wolfgang spielen.
in dem wunderschönen bücherschrank meiner mutter gibt es ein buch, das heißt „Die hundertfünfzig moralischen Geschichten". die kinder darin sind aus einer fernen zeit, sehr moralisch und heißen Kuno und Amalie, Paul und Meta.
in der geschichte „Das Hündchen" rettet ein mädchen einen kleinen hund vor der grobheit der knaben. sie gibt dafür ihr ganzes taschengeld. nachts liegt ein mörder unter ihrem bett, das hündchen schlägt alarm, so daß der mann gefaßt werden kann.
kaum liege ich im bett, und es ist dunkel, beginne ich zu schwitzen, höre das verdeckte atmen des mannes unter meinem bett, spüre das messer mit feiner scharfer spitze durch die matratze, kann mich nicht mehr rühren, nicht mehr atmen. denn schlafe ich ein, wird er mich töten. meine mutter merkt schnell, daß etwas nicht stimmt. ich sage ihr, daß Ursula mir vom schwarzen mann erzählt hat, dem, der hinter dem komposthaufen steht, der einem packt ehe man zeit hat zu schreien, man ist einfach nicht mehr da, ohne spur, ohne rest.
deshalb darf ich nicht mehr zu Hoylers. aber das buch gebe ich nicht her. dabei habe ich nachgeschaut, es gibt keinen schwarzen mann hinter dem kompost! und als dann Ursula mit siebzehn, nicht mit fünfzehn, stirbt, da habe ich ein schlechtes gewissen und werde es nicht mehr los.
das grab an der friedhofsmauer war eines tages fort, auch der schöne engel. Hoylers sind ausgezogen, das aufbahrhäusel ist jetzt immer verschlossen.

die schönste frau der welt

so würde ich sie bezeichnen, Harda Usbek, als die schönste frau der welt. sie hatte nachtschwarzes haar, in der mitte gescheitelt, es fiel ihr in weichen wellen auf die schulter. sie trug diese frisur ihr ganzes leben und ist heute mit achtzig noch immer von einer kühnen schönheit.
ihre makellose figur war stets von einem dirndl umhüllt, ohne falten, ohne flecken, wie frisch gebügelt. ich habe sie in anderer kleidung nie gesehen. man hatte mühe, die augen von ihrem unglaublichen dekolleté loszureißen. das naturbraun ihrer samtenen haut färbte sich in den sommern, die sie in meinem dorf verbrachte, zu einem tiefen goldton. stets hielt sie sich sehr gerade, sie ging nicht, sie schritt, eine dunkle königin. ihre veilchenblauen augen richtete sie kritisch auf alles und jeden, aber wenn sie lachte, ein warmes, tiefes, glucksendes lachen, dann wurde sie zu einem jungen mädchen, die starke unterlippe wölbte sich plötzlich weich und verführerisch, die schmale oberlippe zog die nase ein wenig nach unten. sie warf dabei ihren herrlichen kopf zurück wie eine löwin.
und da war mein lieblingsonkel, onkel Dietrich, ein graf. er tauchte jäh auf, wenn es keiner erwartete, in einem seiner schnellen autos und wenn Harda Usbek hier weilte geschah das auffallend oft. müßte ich ihn beschreiben, so fällt mir als erstes die farbe grau ein. sein staubblondes, sorgfältig gescheiteltes haar, seine stahlgrauen augen, seine grauen anzüge, und er erschien immer in anzug, hemd und krawatte, lose an seinem langen, knochigen körper, seine leicht graue haut.
jeder kennt die unendlichkeit seiner kindersommer und die unendlichkeit der kinderwinter. die beiden jahreszeiten haben miteinander nichts zu tun, es gibt keine übergänge. die eiskalten winter, der schnee so hoch, wie er nie mehr war später. mit der säge schnitten sie quadern aus dem schnee, es gab keine fräsen, zu schaufeln war er nicht mehr. so hielten sie die kleineren wege frei. alle landstraßen weiß und sauber, kein salzmatsch, die wenigen autos fuhren vorsichtig.
die sommer waren die zeit der besuche, besuche mit kindern, mit denen ich spielen konnte. auch Harda Usbek hatte zwei kinder, einen winzigen sohn, Martin und Jane, in meinem alter. Jane hatte die gleichen schwarzen haare wie die mutter, aber braune

augen, war unkompliziert und hatte es schwer, denn sie wurde unendlich streng erzogen. gerade, wie die mutter, mußte sie am tisch sitzen, während der kleine sich darunter wälzte, fortsprang, um etwas zu holen, nicht recht essen wollte, ein zartes kind von drei jahren als ich ihn zum ersten mal sah. Jane mußte vernünftig sein, zeigte nie eifersucht, hatte überhaupt wenig chancen, gefühle zu zeigen. sie war der mutter ganz offensichtlich lästig.
Harda Usbek reiste alljährlich zu beginn der sommerferien aus einem winzigen ort in Ostfriesland mit den kindern an. abends saßen sie vor dem bauernhaus, in dem sie jahraus jahrein wohnten, aßen frische beeren in süßem rahm, pünktlich auf die minute, aus weißen suppentellern.
schaute Harda Usbek ihrem sohn nach, wenn er die hühner jagte oder den ball kickte, wurden ihre augen beinahe weich, aber nur beinahe. so hat sie die tochter nie angesehen. heute, die zusammenhänge kennend, ist mir ihr verhalten klar, wenngleich ich es nicht nachempfinden kann. Harda Usbek heiratete einen mann, noch im krieg, bekam die tochter, der mann starb.
sie hatte den unbändigen willen, wieder zu heiraten, abgesichert zu sein, nicht mehr arbeiten zu müssen. sie schaffte es durch einen reichen juden. aber die ehe währte nur wenige jahre. auch dieser mann verstarb und so war sie allein mit zwei kindern und sah die große tochter als gewaltiges handicap, einen dritten, reichen mann zu finden. auch denke ich heute, die schönheit ihrer tochter sei ihr nicht recht gewesen, eine art konkurrenz vielleicht, ihre eigene strahlende schönheit schmälernd.
ich erinnere mich genau, als onkel Dietrich und Harda Usbek sich das erste mal beim kaffeetrinken in unserem garten begegneten. wieder einmal raste er überraschend in unser grundstück, überquerte den rasen und blieb wie angewurzelt stehen. für einen mann wie onkel Dietrich war das sehr ungewöhnlich. er war ein mann der bewegung, er sprach mit den händen, redete wie ein wasserfall, hatte nie zeit. rauschte er an, so brach wilde hast in der familie aus, denn wir wußten, er würde mit uns sofort einen ausflug machen, einfach so auf den Großglockner, auf das Timmelsjoch oder einen anderen pass. er liebte die schnelligkeit, er war nicht in der lage, auch nur für minuten ruhig sitzen zu bleiben.
so stand er also auf dem rasen, und seine grauen augen umfingen die makellose gestalt von Harda Usbek. er setzte sich brav an

den tisch, von dem wir uns sofort bei seinem nahen erhoben hatten, in der meinung, es liefe ab wie sonst. er saß am tisch, trank kaffee und schwieg. seine augen ruhten auf Harda Usbek. sein markantes gesicht mit den tiefen labialfalten, der riesigen, gebogenen nase, die viele in unserer familie haben, dem großen sinnlichen mund, alles war merkwürdig weich, verwischt, beinahe unsicher. er hatte sich verliebt, hier vor unseren augen, hals über herz, eine unglückliche liebesgeschichte begann.
Harda Usbek gefiel er auch. aber das war für sie irrelevant, er hatte wenig geld, also keine chance bei ihr. das wußte onkel Dietrich natürlich nicht.
er warb um sie mit allen mitteln, die ihm zur verfügung standen. er machte geschenke, führte sie aus, er bewunderte sie, liebte ihren stolz, liebte die herrliche frau, liebte sie rasend und verzweifelt. er belagerte sie. sie zog alle register, sie machte ihn verrückt. aber er bekam sie nicht.
dann passierte etwas, wovon ich glaubte, es würde ihre meinung ändern.
wir waren in unserem kleinen schwimmbad. traumschön mit bronzenen gliedern lag Harda Usbek auf einem blauen tuch im grünen badeanzug, einen ihrer langen schenkel ein wenig angewinkelt, die herrlichen arme lose neben sich. Jane und ich schwammen, spielten eckfangen, als ich plötzlich große unruhe am kinderbecken bemerkte. onkel Dietrich war natürlich mitgegangen. Harda Usbek richtete sich auf und sah onkel Dietrich auf sich zu kommen, den kleinen Martin auf den armen. reglos war er auf dem grund des kinderbeckens gelegen, onkel Dietrich hatte ihn gefunden, ihn beatmet, das wasser aus ihm herausgepreßt, ihm das leben gerettet.
Harda Usbek erhob sich wie in trance, sie war leichenfahl. er legte das kind neben sie, es war schon wieder bei bewußtsein. Jane und mich hatten sie völlig vergessen, sie packten ihre sachen und verließen, onkel Dietrich wieder das kind auf den armen, das schwimmbad.
auch meine familie, nachdem sie die geschichte erfahren hatte, war ganz sicher, jetzt würde sie onkel Dietrich erhören, sie würde ihn endlich heiraten, die vier würden eine familie. immerhin hatte er ihr lieblingskind gerettet. aber sie erhörte ihn nicht.
noch am gleichen abend machte er ihr einen heiratsantrag. noch am gleichen abend reiste er ab um aber zwei tage später schon

wieder aufzutauchen. dabei hätte onkel Dietrich jede frau haben können und das war wohl auch vorher so. sein temperament, seine heißblütigkeit, sein charme und seine sprachgewandtheit, sie schmolzen die herzen der frauen. aber nicht das von Harda Usbek. dabei waren wir uns alle ganz sicher, sie liebte ihn auch. aber leider paßte er nicht in ihr lebensprogramm.
sie hat den reichen mann später gefunden, aber es hat lange gedauert. da waren die beiden kinder schon erwachsen.
heute ist sie wieder witwe, auch dieser mann starb. onkel Dietrich dagegen, ein kettenraucher, wurde nur fünfundfünfzig jahre. lungenkrebs raffte ihn in kürzester zeit weg. wir begruben ihn auf dem neuen friedhof in Kreuth. später wurden tennisplätze und ein minigolfareal danebengebaut, der friedhof zusammengerückt und so geschah es, daß onkel Dietrich mit zwei fremden damen im grab lag, was gut zu ihm paßte. nur paßte der friedhof irgendwann der gemeinde nicht mehr, er wurde aufgelöst und so durfte onkel Dietrich in unser familiengrab, was vorher nicht genehmigt worden war.

Erich und Corinna

in der studienzeit war die clique ein fester bestandteil meines lebens. im gegensatz zu den anderen hielt ich es so, daß ich meine liebhaber, sozusagen mein privatleben, außerhalb führte und daher nur die wechselnden beziehungen der clique erlebte, aber diese nicht meine. da waren Hans und Swantje, Klaus, der fabelhafte zeichner, Erich, eine eher tragische gestalt, Mathias, der sein geld mit taxifahren verdiente, Wolfgang, der bühnenmensch, der sich später mit Eva, der journalistin zusammentat und sie auch heiratete, Michel, der immer frauen liebte, die ihn nicht liebten, vor allem mich, Lilo, die kapriziöse, die in die wg von Klaus und Michel einzog und auf die wir hoch wetteten, wer sie denn nun letztendlich bekam. es war Klaus, aber Michel heiratete sie später, da war der antiquitätenhändler Alfred und Franz, der stumme, der später fünf kinder bekam und da war ich. ansonsten fluktuierte noch eine stets wechselnde corona um uns herum.
Erich war eher scheu, aber unglaublich gescheit. Corinna stieß erst später zu uns und bereits als seine freundin.
in der clique glaubten die männer alle, ich hätte mit jedem etwas gehabt, außer mit ihm, so daß immer eine gewisse spannung bestand. in wirklichkeit schlief ich mit keinem von ihnen, was dann seltsame blüten trieb. eines nachts tauchte Klaus auf in meiner wohnung, legte sich in mein bett und erwartete, daß ich mit ihm schlafe. ich verbrachte die nacht auf meinem stuhl. auch Erich war äußerst interessiert an mir und irgendwann, als wir alle wieder sehr viel getrunken hatten, erklärte er laut, er würde jetzt mit mir nach hause gehen und mit mir schlafen. ich stand sofort auf, trank mein bier aus und verließ mit ihm das lokal. in seiner wohnung zog ich meine kleider aus, legte mich auf sein bett und befahl ihm zu zeigen was er so drauf habe. Erich war so geschockt, daß er unfähig war, seinen körper unter kontrolle zu bringen, worauf ich auch spekuliert hatte. ich zählte bis drei, stand wieder auf und fuhr zurück in das lokal, wo ich lautstark verkündete, Erich sei leider nicht in der lage gewesen, liebe zu machen. von da an hatte ich ihn jahrelang als feind. ich fand, es sei die gerechte strafe für sein verhalten gewesen.
später lernte er Corinna kennen. Corinna und Erich waren das idealpaar. beide über die maßen intelligent, gebildet, aber sehr

chaotisch und häuslich. sie mieteten sich eine art bungalow in Feldmoching unter der S-Bahn, die alle zwanzig minuten, "salinger-mäßig" über dem haus vorbeidonnerte. sie schlachteten schweine, füllten würste, pflanzten – bitte sehr – wein an, stampften diesen und verarbeiteten ihn zu einem wirklich guten getränk. ich fühlte mich immer sehr wohl bei ihnen, denn die selbstgezimmerten möbel, die behaglich niederen wände, die unzähligen bücher, übereinandergestapelt und überall herumliegend, hühner, die in das haus hereinliefen, und dazwischen überall Corinnas kostbarkeiten, seidene, gestickte tücher, gläser in allen farben, samthocker, kunsthandwerk von verschiedenen reisen mitgebracht, und über allem der würzige geruch von Erichs pfeife, das gefiel mir, war so ganz anders, als ich es kannte. mir ist staub verhaßt, ich sauge und putze, nicht des putzens wegen, sondern weil ich staub nicht ertragen kann. bei Erich und Corinna lag er zentimeter dick.
später bekamen sie zwei kinder. beide überintelligent. mit sieben jahren benannte der junge sämtliche kakteen mit lateinischem namen, spielte zwei instrumente, hatte bereits mit fünf lesen gelernt, und zwar in den kneipen, in die sein vater ihn immer mitnahm. wie oft hatte ich ihn da sitzen sehen, langsam die schriften an den wänden, auf den bierdeckeln und gläsern entziffernd und bis zu seinem vierten lebensjahr immer einen finger in seinem penis steckend. niemand störte das, die eltern fanden alles in ordnung, was der junge tat und er ist ein interessanter mann geworden.
das mädchen kam zwei jahre später. die mutter hatte sie immer dabei. auch sie sehr ruhig, beobachtend, mordsintelligent. beide kinder übersprangen mehrere klassen. auch das mädchens spielte drei instrumente, wurde irgendwann schrecklich dick, dann schrecklich dünn, eine weile lief sie leicht nekrophil herum, mit schwarzen lippen, totenkleidern und kette rauchend, aber auch das legte sich. sie wurden in keiner weise eingeschränkt, was ich bewunderte, denn ich war eine eher ängstliche mutter, was natürlich auch daher kam, daß Gabriel allergiker war und ununterbrochen schwer krank, mich gewissermaßen dazu erzog.
Corinna und Erich zogen weg von Feldmoching, mieteten ein bezauberndes jugendstilhaus an einem bachlauf hinter Memmingen. alles, was weiß, schleiflack gewesen war, wurde abgelaugt, die wände mit naturholz vertäfelt, die schweren bäu-

erlichen möbel überall aufgestellt. aus dem hellen haus wurde ein dunkles, allerdings sehr gemütliches bauernhaus.
mir tat es leid, trotzdem war ich sehr gerne dort. mitten durch das wohnzimmer spannte sich eine hängematte. wie schon in Feldmoching, war der wichtigste raum die küche, pfannen, töpfe, selbstgeschnitzte deckel, alles stapelte sich und der geruch von würzigem essen, knoblauch, kräutern drang durch das ganze haus.
kochen war ihrer beider leidenschaft. sie kochten unglaublich gut, man durfte nur nicht empfindlich sein, was die hygiene anbelangt. aber außer mir, glaube ich, störte das keinen. alle essen, die ich so miterlebt habe, waren imposant, grandios, übermäßig, opulent. ob man nun zu sechst oder zu zehnt war, es hätte locker für die gleiche anzahl menschen nochmals gereicht. es herrschte eine üppigkeit, eine barocke überladenheit, wie ich sie nie mehr irgendwo vorgefunden habe. ganze schweine, ganze fische, fleischspieße mit zehn koteletts daran, alles gewaltig, köstlich, dampfend, urtümlich.
Corinna und Erich waren beide im lehrberuf tätig. Erich, ein eher militanter typ, legte sich an verschiedenen arbeitsplätzen mit verschiedenen leuten an und so wechselte er des öfteren. Corinna blieb immer an der gleichen schule, nahm ihre aufgabe sehr ernst, brachte eine menge, für ländliche regionen ungwöhnliche veränderungen ein, die aber durchweg künstlerischer natur und positiv waren.
von außen schien es, als seien diese beiden das absolut perfekte paar, jeder ließ den anderen sein, beide konnten sich intellektuell extrem austauschen, sie hatten die gleiche einstellung, was die erziehung der kinder, das renovieren eines hauses, das kochen, das lesen oder das anlegen eines gartens betraf. wir freuten uns alle sehr, daß Erich diese frau gefunden hatte.
Corinna war von kleiner gestalt mit einem ungewöhnlich guten körpergefühl. sie bewegte sich gerne, lief nackt umher wo immer es ging, trug witzige und orginelle kleidung und wenn die mäuse irgendwo ein stück herausgefressen hatten, so war das für sie kein problem. ihr großflächiges gesicht mit den mandelförmigen augen und dem etwas spitzen mund wurde durch eine bordüre von rotbraunem haar eingerahmt, das rund herum vom kopf abstand. darin wühlte sie dann, beim essen, beim reden und überhaupt.

sie färbte es mit leidenschaft in sämtlichen rottönen, ließ es dann silbern herauswachsen um es wieder feuerrrot zu färben. krank war Corinna nie, auch Erich nicht. auch die kinder nicht.
als sie ihr jugendstilhaus derart umgestaltet hatten, daß es nicht mehr zu erkennen war, suchten sie sich eine neue betätigungsfront. sie fanden eine gotische mühle, zwanzig kilometer weiter und stürzten sich erneut auf deren gestaltung. was sie vorher in drei jahren geschafft hatten, erwies sich bei der mühle als weit langwieriger.
wir waren alle sicher, hier bleiben sie. diese wahnsinnige arbeit machen sie nicht nur einfach so. sie kauften das haus und bauten mehr oder weniger neun jahre daran. sie haben es nicht mehr verlassen können.
meine clique löste sich nach vier jahren langsam auf. ich hatte eine kurze beziehung mit Hans, den Swantje längst verlassen hatte und es geschah wohl mehr aus neugier, was an diesem mann so unglaubliches sei, hatte man ja noch die erzählungen von Swantje im ohr. mit Michel behielt ich eine lebenslange freundschaft. wir verloren uns nie aus den augen. er war es gewesen, der mich von anfang an liebte, aber leider tat ich es nie. so blieb ich sein bester freund in seinem langen, verworrenen leben, und wir telefonieren einmal in der woche. sein einziger sohn starb bei einem verkehrsunfall, mein patenkind, und seine frau versuchte sich immer wieder umzubringen. aber die beiden sind noch heute beisammen.
mit Erich war es schwierig, er hat mir die alte geschichte immer nachgetragen und wir beide, zwei feuersprühende widder, gerieten so manches mal aneinander. Corinna nahm ich in meinen späteren freundeskreis auf, sie feierte alle meine feste mit und wurde ein bestandteil meines lebens.
immer hatte sie sich gewünscht, doch einmal mit mir in urlaub zu fahren, da ich immer die seltsamsten dinge, ganz ohne mein zutun erlebe. ende der achtziger jahre erfüllte ich ihren wunsch und stellte eine reise zu viert zusammen nach Ceylon. Michel und seine frau waren auch dabei. es war eine meiner schönsten reisen. wir wohnten in sogenannten colonial houses, fuhren durch das ganze land und blieben dann noch eine weile am meer, während die beiden anderen wieder heim reisten.
allerdings lernte ich Corinna von einer ganz neuen seite kennen. den ganzen tag über war sie ein wunderbarer reisekamerad, wir

verstanden uns gut, nichts trübte die herrlichen tage. am abend aber, wenn sie das erste bier getrunken hatte, veränderte sie sich, wurde schwierig, unberechenbar, anders, nicht mehr zugänglich. schon lange kursierte das gerücht, Erich und Corinna seien alkoholiker, was man sich bei Erich, aber nicht bei Corinna vorstellen konnte. Erich hatte bereits mehrfach seinen job verloren, war eine weile in einer entziehungkur, brach sie ab, um erneut dort zu landen. er magerte ab, veränderte sich, wurde noch schwieriger. es hieß, die beiden machten sich das leben zur hölle. die kinder waren schon aus dem haus, studierten und die eltern wohnten noch immer in der mühle, die nie ganz fertig wurde, aber immer mit dem vorsatz, wieder fortzuziehen.
Corinna hatte einen wunderbaren garten mit blumen, obst, gemüse und kräutern angelegt und überall wuchsen riesige büschel von frauenmantel, in einer größe, wie man ihn sonst nicht kennt. mir war das aufgefallen und ich weiß um die sage, daß immer das in deinem garten wächst, was du brauchst. bei mir säte sich zum beispiel wilder baldrian an, aber ich machte mir seltsamerweise keine gedanken über den frauenmantel, ein heilkraut für den weiblichen unterleib.
so fürchtete ich also auf der ceylonreise die abende, denn ich konnte dann mit Corinna nicht mehr kommunizieren. als wir alleine waren, beschlossen wir, einen der wildparks zu besichtigen. die parks waren neu angelegt worden, besser, man hatte wildland einfach eingezäunt und belassen. mit jeeps, nach afrikanischem vorbild, waren sie zu besichtigen.
als wir in der lodge ankamen, war es schon vier uhr nachmittags. die idee für so eine fahrt kam uns ziemlich spät. wir entschlossen uns trotzdem.
Corinna hatte sich bereits lachend beschwert, daß auf der einzigen reise, die sie mit mir machte, bisher nichts ungewöhnliches passiert sei. das sollte sich ändern.
ein lastwagen brachte uns vor die tore des parks. ein pick-up ohne plane fuhr mit uns die ausgefahrenen wege, wir sahen keine tiere. nach einer stunde fahrt wurde es dämmerig. wir waren total enttäuscht. der führer, ein junger kerl ohne jede ahnung von tier- und vogelwelt beteuerte, das sei eben manchmal so, und wir wollten gerade umkehren, als ein riesiger roter elefant aus dem gebüsch brach.
in Kenia und Tansania hatte ich gelernt, daß rote elefanten ein-

zelgänger seien, parias, kampflustig und aggressiv. sie brechen in fremde herden ein, fordern einen kampf mit dem stärksten bullen heraus und begatten dann die kühe, um sich wieder zurückzuziehen.
ein kampf auf leben und tod. dieser kampf fand genau auf dem weg statt, den wir wieder zurückfahren wollten. der führer erklärte uns, es habe tagelang geregnet, der andere weg, sehr viel weiter und ein U beschreibend, sei überschwemmt, außerdem wäre es viel zu spät für so eine lange strecke. also warteten wir.
freilebende elefanten sind extrem gefährlich. sie werfen die autos um und trampeln dann darauf herum, bis sich nichts mehr bewegt. ich befahl dem führer, den anderen weg zu fahren, denn es wurde rasch dunkler. wir hatten so oder so keine große chance. also fuhren wir weiter ins ungewisse.
durch die starken regenfälle vor mehreren wochen hatten sich alle tiere der überschwemmung wegen in den hinteren teil des parks zurückgezogen, glücklich, keine touristen mehr zu sehen. wir bewunderten endlich riesige elefantenherden.
der weg wurde schlechter und schlechter, grub sich tiefer in das gelände, so daß rechts und links hohe wälle entstanden. es gab keine möglichkeit, nach einer seite auszuweichen und wir durchfuhren seen, bei denen wir nicht wußten, ob der wagen sie schaffen würde. fahrer und führer hatten sich eifrig redend zusammen in die kabine gesetzt, wir zwei blieben auf dem offenen pick-up.
plötzlich tauchte von rechts eine große herde elefanten auf. es waren zwölf tiere, ein bulle, drei oder vier weibchen und der rest jungtiere. sie sahen unseren wagen, der bulle blieb stehen und trompetete. er brachte sich in position, keine neun meter von uns entfernt. wir konnten nicht ausweichen. der wagen hielt an. der bulle scharrte mit dem fuß, stellte die ohren und trompetete, er bereitete sich zum angriff vor. der fahrer saß erstarrt am steuer, der führer brüllte irgendwas, Corinna verschwand unter die holzbank und ich dachte an meine kinder.
so etwas geht blitzschnell, die gedanken rasen wie ein feuerwerk durch den kopf. ich griff durch die geöffnete kabine dem fahrer in den nacken, grub meine fingernägel in seinen hals und schrie: go! go! go! ich wußte, es ging um sekunden, wir hatten nur eine chance, wegfahren. der fahrer riß den gang hinein und versuchte auf dem schlammigen gelände anzufahren, mit aufheulendem motor und durchdrehenden rädern schaffte er es. wir rumpelten

an der elefantenherde vorbei. wir waren entkommen. der führer hing kreidebleich in der kabine. Corinna lag noch immer unter dem sitz, es wurde nacht.
wir brauchten viereinhalb stunden um das eingangstor wieder zu erreichen. in der finsternis stand ich auf dem pick-up, dicht glitten die abhänge in meiner höhe neben mir vorbei, ich hörte und roch fremde tiere, noch immer war der weg tief eingeschnitten. zweimal blieben wir in einem see mehr oder weniger stecken, aber wir schafften es.
am eingangstor war große aufregung. militärpolizei, ein krankenwagen, schreiende leute, wild gestikulierend. sie zogen den fahrer aus dem auto, uns von dem pick-up, es ist streng verboten, nachts durch den park zu fahren, alle waren heilfroh, uns lebendig wiederzusehen. wir erfuhren, daß vier wochen zurück eine elefantenherde einen wagen zerstampft hatte, zwei tote, sechs schwerverletzte hatte es gegeben. fahrer und führer wurden von der polizei abgeführt.
dann brachte man uns auf dem lastwagen zurück in die lodge. wir waren zu tode erschöpft, völlig durchfroren, unfähig, unsere gedanken zu sammeln.
in der nacht erwachte ich, weil Corinna die klimaanlage angestellt hatte. ich drehte sie wieder ab, da fuhr sie aus dem bett mit weit aufgerissenen augen, schlug nach mir, schrie, zerrte das ganze bett durch den raum und war nicht mehr ansprechbar.
ich verbarrikadierte mich im kleiderschrank.
am morgen begrüßte sie mich nett und freundlich wie immer.
ich hatte plötzlich angst vor ihr.
am meer erholten wir uns von der aufregung. in Colombo detonierte eine bombe, eine stunde ehe wir da waren. wir flogen nach hause. von da an sah ich sie nicht mehr so oft. irgendetwas hatte sich verändert in meiner einstellung zu ihr.
einige jahre später, ich kehrte gerade laub im garten, rief Hans an. er möchte mich bitten zu Corinnas beerdigung zu kommen. ich fiel aus allen wolken.
sie sei in der schule während des unterrichts zusammmengebrochen, in ein krankenhaus gebracht worden im frühjahr, man habe geglaubt, sie sei völlig überarbeitet. aber sie habe sich nicht erholt. in einem klinikum hätten sie nichts gefunden, so sei sie wieder nach hause entlassen worden. aber sie magerte ab, wurde todkrank. im august sei sie erneut ins krankenhaus eingeliefert

worden, dort habe man krebs im letzten stadium diagnostiziert. es sei ihr nicht mehr zu helfen gewesen. sie kam nach hause und starb im september im kreis ihrer familie.
so fuhr ich zur beerdigung. das gotische mühlhaus war voller gäste, es roch köstlich nach essen, Erich hatte für alle gekocht. ich sah wieder den frauenmantel im garten und wußte, was er bedeutet hatte.
im jahr drauf rief Hans wieder an. Erich sei tot. es war die gleiche jahreszeit.
er habe nur noch getrunken, den tod von Corinna nicht überwinden können. so sei er wohl nachts im haus die treppen herunter gestürzt, keiner habe ihn gefunden, niemand habe es gemerkt und so ist er gestorben.

complexus

an einem herrlichen junitag lag Jürgen auf der holzbank seiner kleinen rennjolle „complexus" mitten im Ammersee. neben und hinter ihm Gabriele und ein typ, der sich Borris nannte.
jahrelang hatte er sein schiff immer wieder hergerichtet, und er verbrachte ganze tage darauf. mitten im physikum brauchte er einen ruhetag. aber so recht war es keiner.
Gabriele hatte er auf Santorini kennengelernt. sie gefiel ihm auf anhieb. ihre interessen waren gänzlich anders als die der anderen mädchen in ihrem alter, sie liebte die gleichen dichter wie er, war belesen und teilte mit ihm die große verehrung für Gottfried Benn.
zunächst hatte er geglaubt, Hans, sein freund und mitreisender, würde bei ihr den vogel abschießen. er war sich ganz sicher und er hatte auch keine anstalten gemacht, um sie zu werben. aber dann eines nachts, auf der terrasse, war sie zu ihm in den schlafsack gekrochen. völlig überraschend. er erwachte, ihr sommersprossiges gesicht direkt neben seinem. zunächst blieb er ganz ruhig liegen, sie sah ihn an und er bemerkte ihre grünen augen, die große ernsthaftigkeit darin, allerdings etwas geschmälert von einem vogelnest aus tabak, das aus ihrer stirn ragte, dem relikt einer ernsten verletzung am vortag. es berührte ihn, er nahm sie in die arme und so blieben sie die ganze nacht liegen.
als Hans erwachte, überblickte er sofort die situation, arbeitete sich aus seinem schlafsack und blieb den ganzen tag verschwunden. Jürgen und Gabriele frühstückten zusammen ohne viel zu reden, liefen dann hinunter ans meer, saßen lange am hafen, schauten den wenigen schiffen im tiefblauen meer zu und sprachen dann über Kaimeni, über das erdbeben nach dem vulkanausbruch, über Thera, die tote stadt. sie ließen sich mit einem kleinen schiff übersetzen zum Kaimeni, um in dem schwefelhaltigen wasser zu baden, was die sonnengerötete haut wunderbar beruhigte, das haar weich machte und die lungen weitete.
nachmittags redeten sie im schatten eines weinspaliers endlich über sich.
Jürgen hatte den eindruck, diese frau, dieses mädchen wäre, wonach er immer gesucht habe. nur war ihm nie bewußt geworden, je danach zu suchen.
sie verstanden sich glänzend. sogar sein hobby, das fotografieren

teilte sie, und wie er arbeitete auch sie nur in schwarzweiß. von diesem tag an war seine beziehung zu Hans etwas schwierig. Gabriele hielt sich aus der männerfreundschaft heraus, ging oft ihre eigenen wege, zeichnete viel und sie verbrachten alles in allem großartige wochen auf Santorini.
zuhause, in München, wo Gabriele wohnte, war es weit schwieriger. sie hatte ein kleines zimmer in der Occamstraße, ungezählte freunde und Jürgen gewann den eindruck er würde jeden tag zehn neue kennenlernen. sie erschien ihm anders, begehrenswerter, aber auch fremder. solange er am Ammersee wohnte, bei seiner mutter und seinen brüdern, war ihm, als verpasse er irgendetwas, etwas sehr wichtiges. er sah sich nach einer wohnung in München um. er fand sie in der Landwehrstraße, keiner attraktiven gegend, aber der preis stimmte.
zunächst wohnte er alleine dort, aber er wünschte sich, Gabriele würde zu ihm ziehen. es war winter geworden, sie verbrachten die nächte mal in der einen mal in der anderen wohnung. in beiden stand ein ölofen, sie heizten jeweils ein, wo sie gerade waren. in Gabrieles zimmer in der Occamstraße befand sich das waschbecken auf dem gang. sie genoss es sehr ein badezimmer in der Landwehrstraße zu haben und so ganz allmählich hingen ihre kleider bei ihm, kochten und aßen sie zusammen und man konnte es schon beinahe ein zusammenleben nennen.
sie hatte die fähigkeit aus nichts ein gutes essen zu bereiten, das unschöne zimmer zu einem behaglichen zu machen, was nicht Jürgens stärke war, er verliebte sich mehr und mehr in sie, aber gleichzeitig wuchs auch das bedürfnis, sie ganz und gar zu besitzen.
Gabriele aber war eine frau, die man niemals ganz und gar besitzt. sie brauchte ihren freiraum, war loyal, treu, aber für einen mann nie ganz durchschaubar. da blieb ein rest, eine art bodensatz, der sich nicht erobern ließ.
Jürgen wunderte sich über sich selbst. solche gefühle kannte er sonst gar nicht. was machte sie immer in ihrer wohnung, warum ging sie überhaupt noch hin, sie hatte doch hier alles, sie liebten sich jede nacht stundenlang, ihr beiderseitiges sexuelles verlangen war ungebrochen und wurde bei Jürgen immer stärker. oft hatte er das gefühl, je mehr er sie besitze, desto weniger habe er sie.
endlich wurde es frühling, im innenhof der Landwehrstraße,

mitten in der stadt, zwitscherten die vögel. Jürgen und Gabriele fuhren jetzt oft an den Ammersee, Jürgen zeigte ihr seine alten kinderplätze, sie holten sich bei Dallmeir, einem befreundeten gestüt, pferde und ritten durch die wälder, die sich langsam in zartes grün hüllten. es war wunderbar, sogar reiten konnte sie, dabei hatte sie es nicht gelernt. Jürgen war glücklich. seine mutter mochte Gabriele sehr. wenn sie bei ihr wohnten, dann bezog sie das bett im kleinen gästezimmer unter dem dach mit ihren schönsten überzügen und Gabriele liebte den geruch von lavendel, sie blieb brav in ihrem zimmer, wie die mutter es auch wollte und schloß lachend die fenster, wenn sich Jürgen nach einer schwierigen kletterpartie über den balkon näherte. in München konnten sie noch genug beisammen sein. das verstand Jürgen nicht.
seine brüder dagegen begegneten Gabriele mit großer skepsis. Helmut der ältere, auf dem weg, ein bekannter architekt zu werden, hatte sorge, Jürgen würde sein studium vernachlässigen. es war ein unschöner bursche, frauen waren nicht seine intention, er hatte auch keinerlei glück bei ihnen. also stürzte er sich, gnadenlos ehrgeizig, in seinen beruf und wurde erfolgreich.
da der vater der buben im krieg geblieben war, hatte sich Helmut immer in gewisser weise verantwortlich gefühlt, ihm war Jürgen in seiner leicht schwärmerischen und weichen art stets fremd geblieben, er beneidetete ihn auch, ohne es sich selbst einzugestehen. Klaus, der jüngste, liebte Gabriele, er schwärmte für sie, mit seinen vierzehn jahren und schnitzte ihr einen igel.
er mißgönnte sie seinem bruder und so ließ er sich leicht von Helmut anstecken, gegen sie zu sein, da sie ihn ganz offensichtlich als kind und nicht als mann sah. vor der mutter hielten sie es geheim, aber sie infizierten auf kluge und vorsichtige art Jürgen, Gabriele zu mißtrauen.
und die saat ging auf. an einem donnerstag im juni erreichte Jürgen Gabriele nirgends. er rief in ihrem elternhaus an, aber auch da war sie nicht. er malte sich solange aus, wie sie gerade mit einem der himmelvielen männer, die er so nach und nach kennengelernt hatte im bett lag, bis er alles genau vor sich sah und beinahe verrückt wurde. sie blieb verschwunden.
er konnte nicht wissen, daß Gabriele bei ihm zuhause nur Helmut erreicht und ihm mitgeteilt hatte, sie müsse mit einer freundin, der es schlecht ging, zwei tage verbringen. Helmut

richtete es Jürgen nicht aus. Jürgen verbrachte eine unruhige nacht in seiner wohnung, unfähig zu lernen oder sich zu konzentrieren. am abend des nächsten tages tauchte sie auf, fröhlich und arglos und Jürgen machte ihr eine wüste szene. sie hatten ihren ersten, bösen streit. Gabriele fühlte sich ungerecht behandelt, ein zustand, den sie überhaupt nicht ertragen konnte. sie verließ empört seine wohnung und er warf ihr die pfanne mit sauerkraut hinterher. das verblüffte sie, war er doch immer sanft erschienen.
am abend ging sie weg, sprach mit freunden darüber, konnte sich keinen reim darauf machen. sie hatte Jürgen nie gefragt, ob Helmut ihm bescheid gesagt hatte, im streit war dieser wichtige umstand irgendwie nicht zur sprache gekommen. so war Jürgen eine weitere nacht allein.
am darauffolgenden tag besprachen sie alles. die situation klärte sich, Jürgen tat es leid, aber es blieb ein stachel in seinem fleisch. Gabriele konnte die pfanne nicht vergessen und so war auch für sie nicht alles, wie vorher.
den juni und den juli verbrachten sie mit complexus mehr oder weniger auf dem Ammersee. sie stakten die alte Amper hinunter, mit den ertrunkenen bäumen, sie schrieb viele gedichte, Jürgen verschob sein physikum um ein jahr. sein bruder war außer sich.
im herbst fand eine der kleinen ausstellungen statt, die Jürgen jedes jahr mit seinen wunderschönen fotos veranstaltete. sie war ein erfolg, Gabriele war stolz auf ihn. Helmut gewann eine woche später den wettbewerb, das klinikum in Stuttgart bauen zu dürfen. ein großer tag im leben der familie.
sie feierten die ganze nacht und noch den nächsten tag. Gabriele wäre in diesem herbst gerne wieder nach Griechenland gefahren mit Jürgen, aber er hatte keine zeit wegen seines studiums. er wollte nachholen, was er versäumt hatte. Gabriele sank abends ins bett in der Landwehrstraße und schlief fest und tief. Jürgen aber lag wach neben ihr. er hatte viel getrunken, sein bruder hatte ihm wieder ins gewissen geredet, er war völlig aufgewühlt und wäre eigentlich zu gerne auch wieder in urlaub gefahren. irgendwann kam er zu einem unseligen entschluß.
er schlich sich aus dem zimmer und fuhr in ihre wohnung in der Occamstraße. das hatte ihm bruder Helmut geraten. dort kramte er herum und fand die tagebücher, die er allerdings kaum ent-

ziffern konnte, eine unmenge briefe von einer unmenge leute und darunter ein bündel liebesbriefe von einem namens Sven. er las sie alle. sie hatten kein datum.
für Jürgen wurde gewißheit was er immer unterstellt hatte. er war völlig außer sich. sie hatte ihn die ganze zeit betrogen. seine brüder hatten es immer gesagt.
er fuhr zurück in seine wohnung, Gabriele schlief noch immer. sie erwachte vom geräusch des aufsperrens. sie liebte diese augenblicke, wenn er sich an ihre schlaftrunkene seite legte, wie schön war das immer. sie rückte ein wenig auf die seite, freute sich auf ihn.
er kam zu ihr, er schlief mit ihr auf eine art, die sie nicht kannte. er tat ihr weh. er sprach kein wort.
später bat er sie, ihn für eine weile allein zu lassen. sie fuhr nach hause.
dort sah sie, daß er in ihren sachen gewühlt, sich nicht einmal die mühe gemacht hatte, alles wieder wegzuräumen. sie war sprachlos. sie fand das bündel briefe von Sven, den sie ein jahr vor Jürgen in Griechenland kennengelernt hatte.
niedergeschlagen aber auch entrüstet wartete sie ein paar tage. von Jürgen kein lebenszeichen. sie fühlte sich wieder ungerecht behandelt und unternahm deshalb von ihrer seite nichts. das wochenende verbrachte sie in ihrem heimatdorf.
sie schrieb briefe und Jürgen schrieb zurück. sie hatten sich so viel zu sagen, sie zitierten Benn und sie schrieben und schrieben.
sie fuhr allein nach Griechenland, traf ein paar frauen, besuchte mehrere inseln, war deprimiert.
sie schrieben sich weiter, den ganzen winter lang. Jürgen hatte kein verständnis dafür, daß sie ohne ihn verreist war. Weihnachten war sie todtraurig.
ein entfernter vetter verbrachte die festtage in ihrem elternhaus, Borris. er tröstete sie, so gut es ging, unternahm wanderungen und schlittenfahrten mit ihr, machte sie fröhlich, wenn ihr auch nicht danach war.
mit Borris verbrachte sie auch den frühling über viel zeit. im juni beschloß sie, mit ihm zu Jürgen zu fahren. die beiden männer verstanden sich sofort gut, beide segler, beide sehr musikalisch, beide hatten ihr elternhaus am Ammersee.
es sollte eine denkwürdige segeltour werden. Gabriele mit den beiden männern. mit dem, den sie liebte und dem, der ihr gehol-

fen hatte, nicht mehr zu lieben und in den sie sich, ganz allmählich, ein wenig verliebt hatte. als sie Jürgen sah, war ihr klar, daß Borries ihm nicht das wasser reichen konnte. trotzdem sah sie ihn mit anderen augen, er erschien ihr irgendwie feige, inaktiv, beeinflußbar. der schmerz hatte nachgelassen. sie blieben bis tief in die nacht auf dem see. sie war ganz ruhig, nichts mehr ging sie an.

Jürgen fühlte sich merkwürdig erleichtert. sie hatte also einen neuen freund. so schnell war das gegangen. Helmut hatte recht gehabt. sie taugte nichts. endlich keine sorgen mehr, mit wem sie wo und wann was auch immer tat. er lag auf den warmen planken, dachte nicht viel, fühlte sich beruhigt. es schmerzte nicht mehr.

Borris genoß das ganze als intellektuellen ausflug. er fand es hochinteressant die beiden zu beobachten, er mochte Gabriele sehr, sie war faszinierend, aber er liebte sie nicht, weil er nicht in der lage war zu lieben. er sondierte, beobachtete, lauerte und fühlte sich als der große marionettenspieler.

sein spiel war aufgegangen. er konnte nur hoffen, daß Gabriele in ihrer ausschließlichen art, sich jetzt nicht auf ihn werfen werde. andererseits, sie war eine männerfrau und so richtig ein mann, das wußte Borris, war er nicht.

und so trieben die drei auf dem see, jeder seinen gedanken nachhängend, an einem herrlichen sonnentag im juni.

die frau ohne geheimnis

von uns allen war Lydia die schönste. sie war einfach schön. und wir bewunderten sie ausnahmslos. als einziges kind ihrer eltern hatte sie niemals, so wie wir, finanzielle not oder bedürfnisse, die sie nicht sofort stillen konnte.
ihr vater arbeitete beim Bayerischen Rundfunk, ihre mutter erfand eine geschichte, die in alle sprachen der welt übersetzt wurde und sie über nacht zur reichen frau machte. den krieg hatten sie gut überstanden, die eltern, eine alteingesessene münchner familie, es gab keine probleme, sie liebten ihr kind und erfüllten ihm jeden wunsch.
wenn ich heute darüber nachdenke, weiß ich nicht, inwieweit Lydia wirklich schön war, sie hatte einen leichten silberblick, ihre augen standen weit auseinander und die dichten, glatten aschblonden haare waren hellblond gefärbt. immer. ihr zierlicher oberkörper mit den makellosen brüsten ruhte auf einem ungewöhnlich breiten becken, was aber überhaupt nicht störte. lange herrliche beine und ein wunderschöner gang vollendeten die erscheinung. sie besaß stets die kleider, die wir alle sehnlichst begehrten, sie konnte sie sich einfach kaufen. sie war die erste, die bodenlang ging im jahre zweiundsechzig, sie trug als erste schulterpolster, miniröcke, ausgestellte hosen, bauchfreie oberteile. ihr wesen war freundlich, abwartend, gelassen. sie rannte nie, schwitzte nie, brüllte nie. die männer waren verrückt nach ihr. sie sprach wenig, ließ die anderen reden, lächelte, ein wenig schief, lachte nie laut, fiel vom wesen her eigentlich nicht auf, aber gerade das machte sie so geheimnisvoll. von sich selber gab sie so gut wie nichts preis. und deshalb redeten wir über sie, aber nie bösartig oder schadenfroh wie über andere, immer bewundernd, manchmal neidisch.
als kleines kind war sie im ballett gewesen, die schöne haltung hatte sie sich bewahrt. trotz der weißblond gefärben haare wirkte sie nicht ordinär, sondern zurückgenommen, in sich ruhend, und eben geheimnisvoll. sie war der traum aller männer, aber keiner machte sie derb an, jeder respektierte sie, begehrte sie und betete sie an. sie hatte eine märchenhafte auswahl, aber sie nützte es nicht aus. während alle die männer wie hemden wechselten, blieb Lydia ohne, um dann, nach sechs gemeinsamen jahren mit ein und demselben, diesen zu heiraten. soviel ich weiß, sind sie

noch heute zusammen. wir alle besuchten die akademie, waren in der gleichen klasse, standen in dem gleichen stehkaffee, besuchten die gleichen wirtschaften.
Lydia nicht. sie ging in feine lokale, für die wir kein geld hatten, sie kannte andere leute, die nicht zu unserer clique gehörten, sie besuchte bälle, theater, konzerte, die oper, sie wurde immer eingeladen, trotzdem vermittelte sie zu keinem zeitpunkt das gefühl, sich aushalten zu lassen. jeder wußte, sie hätte es auch selber bezahlen können, aber das brauchte sie nie.
interessanterweise war sie, aus meiner heutigen sicht, eine durch und durch emanzipierte frau. sie ließ den männern gewissermaßen das vergnügen, sie einladen zu dürfen. ohne, daß es sich irgendjemand bewußt machte, bestimmte sie auf geschickte, unromantische und realistische art und weise ihr leben, und, sie hatte keine geheimnisse. sie war klar durchschaubar, sagte nichts, was sie nicht auch meinte, hatte für vieles einfach kein interesse, daher schwieg sie lieber, mochte keine frauengespräche, mußte nicht jobben, las lieber sach- und fachbücher als romane und hatte nicht die geringste fantasie. sie wurde eine gute grafikerin, weil sie zuverlässig und akkurat arbeitete, weil sie ehrgeizig war, weil sie eine menge beziehungen hatte. als einziges könnte man ihr eine gewisse neugier unterstellen, eine kritische, kühle neugier, wie der arzt sie einem präparat entgegenbringt. dies alles war so untypisch für unsere altersklasse in den wilden sechzigern, so ungewöhnlich, daß sie zu einem mythos wurde, die schöne, fabelhafte, unnahbare, herrliche, blonde Lydia. ihre relativ kleinen augen mit dem silberblick schminkte sie nicht mit nachtschwarzen balken, so wie wir alle in dieser zeit, sie trug dünnen, blauen lidschatten auf, der das porzellanblau ihrer augen unterstrich und erst jahre später in mode kam. sie beeindruckte ohne irgendetwas dafür zu tun. und ich liebte sie.
nie hatte ich mir eine chance ausgerechnet, auch nur einen funken interesse für mich in den flachen, blauen augen aufleuchten zu sehen, aber ich blieb hartnäckig am ball. damals war es sehr unpopulär, unschuldig zu sein und das war ich, leider. mühsam und gut durchdacht baute ich eine ära von verworfenheit um mich auf, galt als eine, die mit jedem was gehabt hatte, scheute nicht davor zurück, ununterbrochen anzügliche, frivole bemerkungen in jede unterhaltung einzustreuen, immer unterstützt von meiner sogenannten freundin Swantje Kniee. wir waren

regelrecht gefürchtet, immer und überall dabei, wir scheuten nicht tod noch teufel, galten als männermordend und verdorben. genau das wollte ich auch sein, ich, die unschuld vom lande, ahnungslos spielte ich mein gewagtes spiel. letztlich wußte über mein leben niemand etwas. das muß Lydia geahnt haben, das machte sie neugierig.
irgendwann im winter, es war schon dunkel, als wir aus der akademie kamen, schlug Lydia mir vor, mit ihr auszugehen. es kam völlig überraschend, wir beide hatten uns zwar immer gut verstanden und ich schätzte ihre sachlich differenzierte art, mit der sie ein thema analysierte, und wirklich, im eigentlichen sinn ein streitgespräch zu führen in der lage war, wie es bei frauen sonst nicht möglich ist, weil alles und jedes persönlich genommen, unlogisch begründet wird, und, vor allem wenn männer dabei sind, wie jeder weiß, nicht möglich ist. so wanderten wir, uns angeregt unterhaltend, in die Amalienstraße, in der, wie sie erzählte, ihr lieblingsklub steht, das „Cabana".
noch war es recht leer, wir konnten ungestört reden und die zeit verging unglaublich schnell. bald hatte sich der schankraum gefüllt und Lydia schlug vor, an der bar das berüchtigte hausgetränk namens „Vulkano" zu probieren. „Vulkano" schmeckt fruchtig, harmlos und ist absolut tödlich. den ersten spürt man gar nicht, der zweite wirkt verheerend. wir tranken drei.
Lydia blieb kühl, ruhig, ihre gesichtsfarbe veränderte sich überhaupt nicht, während ich, hochroten kopfes, mühe hatte, vom barhocker herunter durch die tische hindurch den weg zur toilette zu finden. sie lud mich bei sich auf einen kaffee ein. die kalte winterluft draußen schlug mich beinahe zu boden. ich hängte mich bei Lydia ein, atmete ihren frischen, klaren geruch nach seife und war total betrunken. auch ihre wohnung vermittelte die gleiche klarheit. Askomöbel, chrom, helles holz. nichts stand herum, ganz anders als bei mir. ich mußte genau zielen, ehe ich mich in den tulpensessel fallen ließ. Lydia lachte, sie war völlig nüchtern, ob ich mich nicht hinlegen möchte? staunend ließ ich diese worte in mein ohr ein. mühsam kämpfte ich mich aus den kniehohen stiefeln, zog meinen langen rock aus und sank in ihr bett.
ordentlich und emotionslos, so schien es mir, zog sich Lydia aus. sorgfältig legte sie die kleidung über die stuhllehne, und schlüpfte splitterfasernackt mit ihrem herrlichen körper unter die decke

neben mich. mir wurde regelrecht übel. was erwartete sie von mir, alles würde ich falsch machen, ich war völlig unerfahren, was die liebe zu frauen betraf und außerdem nicht im mindesten vorbereitet auf eine solche entwicklung des abends. meine zähne schlugen aufeinander, ich überlegte, ob ich nach dem vielen alkohol nicht aus dem mund röche, vor aufregung schwitzte, oder ob ich vielleicht träumte, das konnte doch nicht wahr sein! freundlich legte Lydia meine heiße hand auf ihren kühlen, glatten bauch. „du darfst mich jetzt lieben", so sprach sie, und ich wurde schlagartig nüchtern. keine sekunde glaubte ich, mich am anfang einer affäre zu befinden, ich wußte, es gab nur diese eine einzige chance für mich, jetzt, heute und nie wieder. und ich liebte sie, weil ich sie liebte. und das verrückteste, sie liebte mich auch, obwohl sie mich nicht liebte.
es war eine gewaltige nacht. in der frühen morgendämmerung frühstückten wir zusammen wie zwei leute, die eine schwere arbeit gemeinsam hinter sich gebracht haben. zwei kameraden, müde, glücklich, erfolgreich. wir haben niemals mehr davon gesprochen. es blieb mein geheimnis. wir studierten zusammen zu ende, sie heiratete, wurde eine erfolgreiche grafikerin und ich habe sie niemals mehr gesehen. sie ist eine frau ohne geheimnis.

weil der katholische pfarrer damals ihre mutter zur hälfte unter den weg gelegt hatte oder besser gesagt, da, wo das grab war, wurde ein weg angelegt und deshalb lag die mutter jetzt unter dem weg, zumindest zu einem viertel, deshalb hatte sie ihre tochter evangelisch erziehen lassen, so nannten sie es, dabei war Gabriele katholisch getauft, und für sie bedeutete es in der schule das auswendiglernen unendlicher lieder mit unendlichen strophen in einem ausgesprochen schwierigen deutsch. wie schön hatten es doch die anderen kinder, die von dem himmel und der hölle erzählt bekamen, von biblischem mord- und todschlag, vergewaltigung, inzest, brudermord, von ausgedehnten reisen mit vielen wundern und das alles eindrucksvoll illustriert in einem schönen buch.
aber Gabriele mußte auswendig lernen, und das auch noch nach der schulzeit weil die gräfin, die den unterricht gab, vormittags keine zeit hatte. die freistunde durfte sie bei den „großen" sitzen, und machte wenigstens solange ihre hausaufgaben. außer ihr gab es keine evangelischen kinder im dorf.
daher eröffnete sie der staunenden familie an ihrem zehnten geburtstag, daß sie ab sofort katholisch sei und deshalb auch die kommunion nachholen möchte.
was sie nie geglaubt hatte, man gab ihr nach. wahrscheinlich nicht zuletzt aus opposition dem vater gegenüber, der evangelisch und keineswegs damit einverstanden war. so war ihre mutter eben. außerdem war Gabriele bereits auf dem gymnasium und somit außerhalb des dunstkreises des ungeliebten dorfpfarrers.
und so fand die erstkommunion statt, aber ganz anders, als sich Gabriele das gedacht hatte. das große fest sollte im mainzer dom stattfinden, der heimatstadt der mutter, zusammen mit der kleinen cousine und vom domprobst höchstpersönlich zelebriert. und weil die erstkommunion im mainzer dom stattfinden sollte, mußte das kind locken tragen, denn das war dort vorschrift. hätte sie in Mainz gewohnt, hätte man ihr die locken eindrehen können, aber so entschied sich die mutter für eine dauerwelle, um jeglichem stress vorzubeugen.
nachdem alles geplant und ausgeführt war, reisten sie mit dem zug nach Mainz und Gabriele sollte im kleinen isartaler holzhaus

des onkels am stadtrand von Worms wohnen, während die mutter in Mainz im großen stadthaus des bruders ihrer mutter unterkam. Gabriele erhielt das zimmer der cousine. dort war alles sehr ungewöhnlich. Gabriele hatte das strikte verbot, morgens ihr zimmer zu verlassen, ehe die tante sie dort holte. der onkel, so hieß es, wollte morgens niemanden sehen und schon gar kein halbwüchsiges mädchen. warum, erfuhr sie erst dreißig jahre später.
schon vorher gab es zuhause ärger, ließ doch die mutter für Gabriele einen weißen mantel aus feinem wollstoff nähen in der meinung, im dom sei es eisig kalt. niemand sonst hatte so einen mantel und man würde das weiße kleid mit dem stufenrock und dem petticoat darunter gar nicht sehen können, auf das sie so stolz war.
gleich am ersten morgen, als sie erwachte und ihr klar wurde, daß sie das zimmer nicht verlassen dürfe, verspürte sie einen unerträglichen druck auf der blase. in den garten konnte sie nicht klettern, im zimmer befanden sich weder eine vase noch sonst ein behältnis, das sie hätte benützen können.
sie geriet in völlige panik und öffnete lautlos die tür, um das badezimmer zu erreichen. sie drückte die klinke herunter und der onkel kam heraus, sah sie an, mit einem seltsamen blick, das mädchen im dünnen nachthemd und warf zurückweichend von innen die tür wieder zu. die tante kam, die mutter in Mainz wurde angerufen, sie war außer sich. Gabriele war völlig verunsichert. die mutter hatte wieder nicht zu ihr gehalten. in dem weinroten „Isabella Borgward", mit den ledersitzen, den speichenfelgen in den weißwandreifen wurde sie nach Mainz geschafft und mußte dort ab sofort in der küche schlafen.
den großonkel mochte sie gleich, einen kleinen, fröhlichen mann mit einem schelmischen zwinkern in den augen. die großtante weniger, den onkel weit an körpergröße überragend, niemals lächelnd, führte sie in kerzengerader haltung und mit imposanter frisur ein strenges regiment über den onkel, das personal und jeden, der gast in ihrem haus war.
Gabriele wunderte sich, daß sie zuhause so wenig geld hatten und hier, in Worms oder in Mainz, die verwandten so luxuriös leben konnten. sie fürchtete sich vor tante Henriette und die mutter und der onkel ganz offensichtlich auch.
der gutmütige großonkel fuhr mit dem kind in der straßenbahn

in die stadt. das sollte der allerschönste tag werden. er trug einen kleinen runden hut, einen stock mit löwenkopf und zeigte ihr die plätze, wo die großen häuser der familie gestanden hatten, die zuckeräcker außerhalb, die St. Emmeranskirche, von der nur noch die außenmauer stand, die weinkellereien, die noch immer ihren namen trugen, die tuchfabriken die wieder errichtet, längst in anderen besitz übergegangen waren, er zeigte ihr die ehemalige prachtstraße, auf der kleine baracken standen, weil die stadt noch längst nicht wieder aufgebaut war, große schuttplätze und sie gingen sogar in ein winziges lokal, wo Gabriele würstchen aß und der onkel einen likör zu sich nahm.
wieder zuhause, tobte tante Henriette in wilder aufregung, ihre frisur und das gesicht bebten vor zorn, der onkel, noch kleiner wirkend, wurde von der gewaltigen tante in ein zimmer gezerrt. aus diesem hörte man wüstes geschimpfe und geschrei und Gabriele fühlte sich wieder mal schuldig was die mutter sofort kräftig unterstützte mit weiteren vorwürfen. beim abendessen herrschte große stille, Gabriele mochte die tranige margarine nicht essen, was weiteren ärger zur folge hatte. die mutter schämte sich mit dunklem gesicht.
am nächsten tag fand die generalprobe im dom statt. zweiundvierzig kleine mädchen mit gleichen frisuren und gleichen blumenkränzen lernten, wie sie von draußen herein, drinnen im kreis und vor dem altar zu gehen und zu stehen hatten. eine langweilige angelegenheit. und dann war es soweit.
Gabriele hatte ihre erste heilige kommunion im dom zu Mainz. die mutter war sehr verärgert, trug doch plötzlich die cousine das kostbare tuch um ihre kerze, während Gabriele das billige hielt. anschließend fand ein festmahl bei tante Henriette statt.
Gabriele lief in die küche, um zu sehen, was es zu essen gäbe. sie hob den deckel von einem riesigen topf und heraus bleckte eine gewaltige, großporige zunge. sie erschreckte sich so sehr, daß sie nach all der aufregung in tränen ausbrach, sich weigerte zum essen zu erscheinen. nur dem onkel zuliebe setzte sie sich dann doch an den kerzengeschmückten tisch. ihr war schlecht. und wieder schämte sich die mutter. auf der rückfahrt sprach sie nicht mit dem kind, sie packte den proviant aus, es waren margarinebrote und so fuhr Gabriele hungrig zurück in ihr dorf. sie fühlte sich betrogen, betrogen um ihre erstkommunion, betrogen von der mutter, betrogen von ihrem schicksal.

die doppelgängerin

mit vierzehn jahren schickten sie mich ins internat. von da an bin ich in unserem dorf nie mehr richtig zuhause gewesen, ich fühlte mich immer als gast, meine aufenthalte erschienen mir vorübergehend. das nobelinternat, in dem der gesamte deutsche hochadel und ein paar industriemillionäre ihre töchter hatten, lag in Baden-Württemberg, dort war die versetzung an ostern, in Bayern im herbst. nachdem es in meinem zwischenzeugnis in mathe sehr düster aussah, beschloß die familie sich die mögliche schande einer klassenwiederholung zu ersparen. also begann ich die untertertia nochmals im frühjahr und blieb auch dort bis zum abitur. unter den vielen mädchen waren auch die drei töchter einer uralten ungarischen adelsfamilie.
die jüngste, Elisabeth, ging in meine klasse und wir hatten eine freundschaftliche beziehung, wenn ich das vorsichtig so nennen möchte, denn ich war ein außenseiter, nicht beliebt, unglücklich und zu keiner clique zugehörig. sie hieß Elisabeth. alle drei mädchen waren sehr schön und hatten ein paar physische eigenarten, die sie von allen anderen abhoben.
die schwarzen, enorm starken haare glänzten im licht pflaumenblau. heute gibt es tönungen, die diesen eindruck vermitteln sollen, die drei schwestern hatten sie von natur aus. sie trugen das haar aus der stirn, die ungewöhnlich niedrig und bis zu den auffallend dicken augenbrauen allenfalls zwei finger breit war. die augen selber waren lidlos, asiatisch, leicht schräg, nachtschwarz und wenn sie lachten, entstanden nur schräge schlitze.
daher erhielt Elisabeth bei uns den spitznamen „Chines". es folgten ein ungewöhnlich langer hals, schmale schultern, eine zierliche taille, aber etwas stämmige beine mit nach außen gerichteten füßen.
die älteste hat später in ein kleines fürstentum geheiratet, und man kann sie und ihre familie stets in gesellschaftlichen journalen bewundern, die nächste ging ans theater, war aber wohl nicht besonders erfolgreich und mein „Chines" wurde die frau eines burggrafen, hat einen stall voll kinder und wohnt noch immer in München.
zu meiner internatszeit waren twinsets mode und sie werden es gerade, fünfunddreißig jahre später, wieder. die drei mädchen trugen grundsätzlich dunkelblaue twinsets, perlenkette, Hermes-

tücher, schottische röcke mit und ohne sicherheitsnadel, college-schuhe, die es bis heute zu kaufen gibt.
neunzehnhundertvierundneunzig stehe ich in einer bäckerei, als hinter mir die türe aufgeht und Elisabeth hereinkommt. sie sieht aus wie immer, dunkelblaues twinset, schottenrock, Hermes-tuch, die obligate perlenkette, der wust dichter haare halblang zurückgekämmt aus der stirn, die etwas stämmigen beine mit nach außen weisenden füßen in collegeschuhen. ich brauche sekunden, um mir klarzumachen, daß sie es nicht sein kann, das mädchen ist etwa neunzehn jahre alt, genau in dem alter, in dem ich Elisabeth zuletzt gesehen habe. ich spreche sie an, ob ihr der name, der name dieses ungarischen adelsgeschlechts bekannt sei, nicht daran denkend, daß es einen umstrittenen schauspieler gab, der auch so hieß. sie schaut mich erstaunt an und sagt mit der stimme von Elisabeth, daß sie mit dem schauspieler nicht verwandt sei. der ungarische adelsname sagt ihr offenbar gar nichts. die bäckerei befindet sich in der Wilhelmstraße, sechs häuser weiter, wie das stammhaus der familie.

maiglöckchen

weil es in ihrem ortsteil keine mädchen in ihrem alter gab, spielte sie nur mit buben. sie mußte alles können, was diese konnten, wie rückwärts auf dem lenker des fahrrades sitzen und treten, frösche aufblasen, genauso schnell rennen, keine angst haben, rindenschiffe mit dem taschenmesser schnitzen, oder im winter mit ihrem kleinen flachkufenschlitten, der sich so schwer lenken ließ, den Setzberg, auf dem bauch liegend, herunterrasen, direkt vor den riesigen hörnerschlitten der holzknechte, die unter wildem geschrei das holz vom berg abfuhren. nervenkitzel, das gehörte bei jedem spiel dazu, es ist die art der buben, ständig im bereich der gefahr zu agieren, und das mochte sie. so vergaßen die buben die lästige und diskriminierende tatsache, daß sie nur ein mädchen war. allerdings war sie gerade deshalb bei bestimmten dingen unersetzbar.
das dorf war ein urlaubsort, im winter fuhr man ski oder ließ sich mit den fellausgeschlagenen pferdeschlitten herumfahren, im sommer lockten die berge, der blaue see, die wildbäche mit ihren klaren gumpen und der unberührten natur.
die fremden, wie die touristen früher hier genannt wurden, liebten frische erdbeeren, die sie dann mit dicker, süßer milch abends an holztischen vor ihren ferienunterkünften löffelten.
sie liebten auch orchideen, maiglöckchen, waldvöglein und den stengellosen enzian, und für die kinder war das beerenpflücken weit mühsamer als kleine sträuße aus rasch abgerissenen blumen zu binden.
so hatten die buben die idee, sie, klein, leicht und furchtlos, wie sie war, an einem kälberstrick von oben in den etwa dreißig meter hohen unbenützten, alten steinbruch herunterzulassen, weil dort, auf halber höhe an den steinvorsprüngen genau diese blumen üppig wuchsen.
so pflückte sie, schwebend und stolz kleine sträuße, wurde hinaufgezogen, bewundert und wieder heruntergelassen. keiner wollte mit ihr tauschen.
unten am postamt verkauften die buben dann die blumen, vom geld gaben sie ihr nichts ab, aber das war ihr egal.

Paula

Paula hat einen völlig geregelten tagesablauf. das war nicht immer so, aber nach all den jahren des irrsinns, der entziehungskuren, abhängigkeiten und dauerdepressionen hat sie sich jetzt ein klares muster geschaffen, innerhalb dessen sie sich bewegt und wohl fühlt. Paula ist zufrieden. mehr möchte sie auch nicht.
morgens geht sie mit der vierzehnjährigen tochter aus dem haus und bringt sie zur straßenbahn. dann setzt sie sich in ein café, schaut durch die fensterscheiben den leuten zu, der S-bahnzugang ist direkt vis-à-vis, und liest die „Süddeutsche" gründlich. sie liest sie von vorne bis hinten, trinkt ihren schwarzen kaffee dazu und raucht. sie raucht ziemlich stark, das einzige laster, das sie sich noch leistet, das sie weder abstellen kann noch möchte.
sie läuft dann noch eine weile durch die straßen ihres kleinen viertels rund um die rote kirche, trifft menschen, die sie kennt, die sie kennen, die sie grüßen möchte mit freundlichem gesicht, was sofort wieder erlischt, wenn die person weitergegangen ist. es ist ihr enorm wichtig, daß man sie mag.
in den fünfundzwanzig jahren, die sie nun schon in der großen altbauwohnung am platz wohnt, ist ihr das gelungen.
viele, die heute einen kleinen laden rundherum haben, gehörten zu der feuchtfröhlichen clique, mit der sie jeden abend getrunken hat. die meisten kennen ihr leben ebenso, wie man das leben eines anderen, von außen, ganz subjektiv gesehen, kennt. vielen tut sie einfach leid, manche beneiden sie ihrer finanziellen unabhängigkeit wegen, für viele ist sie einfach nur jemand, den man schon lange kennt.
sie bummelt am späten vormittag von einem laden zum anderen, betrachtet die schaufenster, holt etwas vom metzger, vom bäcker, beim schreibwarenhändler. im grunde ist es verwunderlich, daß sie jeden tag irgendetwas zu besorgen hat, denn sie kauft alles in großen mengen. zehn packungen zahncreme, schuhcreme, klopapier, reiniger, etc. trotzdem, die zwei stunden, die sie für ihre besorgungen eingeplant hat, gehen vorbei. lebensmittel im landläufigen sinne sind nicht dabei, nur wurst, käse, joghurt und süßigkeiten für das kind, brot und eier. aber gekocht wird nicht bei Paula.
nur abendgegessen. an den freien tagen essen sie im restaurant.

das putzen der wohnung übernimmt eine angestellte. einmal in der woche fabriziert sie allerdings spätzle. sie bereitet sie ohne jedes gewürz, weiße würmer, so liegen sie auf dem teller des kindes, das damit in sein zimmer geht. kein käse, kein pfeffer, nichts darüber. überhaupt nehmen sie auch die wenigen gemeinsamen mahlzeiten nicht zusammen ein. weder das kind noch die mutter haben ein bedürfnis danach, wobei die frage ist, ob das mangelnde bedürfnis der mutter nicht auch der grund des kindes ist.
Paula hat ihr leben perfekt geplant. mit fünfundzwanzig jahren erzählte sie der damaligen freundin, daß sie mit vierzig ganz gewiß nicht mehr arbeiten werde. diese lachte darüber, wer weiß schon, was in fünfzehn jahren ist.
Paula wußte es. als steinbock geborene, mit dem zähen ehrgeiz eben dieses sternbildes und auch der dazu gehörenden großen portion phlegma hat sie tatsächlich ihr leben so eingerichtet.
als kind war sie sportlerin gewesen, als junges mädchen deutsche fünfkampfmeisterin, und sie hat immer wie ein junge ausgesehen. sport war ihr leben, ihre freizeit, ihre intention. mit dreiundzwanzig hängte sie alles an den nagel.
sie stieg in eine firma ein, verkaufte mit großem sachverstand elektronische teile, entwickelte selber einen netzstecker, verkaufte ihn an ihre eigene firma, ließ sich auszahlen und war genau mit vierzig eine freie frau. sie erwarb büroräume in bester lage und hatte ab sofort keine pflichten und keine finanziellen probleme mehr. damit fingen die eigentlichen aber erst an.
was ihr fehlte, war liebe. sie wollte sie um jeden preis. sie verliebte sich in eine fünf jahre ältere, aber sehr kindliche frau, mit der sie, aus ihrer sicht nicht glücklich, zwei jahre verbrachte. es war eine einseitige beziehung, denn die frau liebte sie wie eine freundin, aber nicht, wie Paula es sich gewünscht hätte, a us-schließlich und für immer. die frau verließ sie, heiratete und hatte große probleme mit dem ersten, krank geborenen sohn. sie hatte einfach keine kapazitäten mehr frei, sich mit der schwierigen Paula auseinanderzusetzen. Paula brach es das herz. sie versuchte sich umzubringen, überlebte.
von da an ging es bergab. sie gestand sich ihre neigung zu frauen nicht wirklich ein. sie begann zu trinken. sie trank enorm. mehrfach verbrachte sie längere zeiten im entzug. dann heiratete sie den chef ihrer ehemaligen firma. wie es zu dieser ehe kam, bleibt im dunkel. vielleicht hat sie der mann wirklich geliebt,

oder es zumindest geglaubt, vielleicht wollte sich Paula beweisen, daß sie eine ganz „normale“ frau sei. jedenfalls ging es nicht gut. sie bekam eine tochter, schaffte es aber nicht, ein normales familienleben aufzubauen, wie es sich der mann wünschte. er betrog sie, sie konnte es nicht ertragen. sie trank weiter, der frustrierte mann schlug sie, sie verließ ihn.
wieder mußte sie eine entziehungkur machen, das kind wuchs beim vater auf, sie reiste in der welt umher, traurig, weil sie nie gefunden hatte, wonach sie so sehr suchte. sie tat sich mit verschiedenen frauen zusammen, die sie weidlich ausnützten, ihr schadeten und obwohl es Paula jedesmal recht bald merkte, zog sie die beziehung bis zum bitteren ende durch, trank, verlor ihre würde, wurde ernstlich krank.
beim letzten mal hing ihr leben nur noch an einem seidenen faden. Paula beschloß, mit dem trinken aufzuhören. sie beschloß es für sich, kompromißlos, eisern. und sie schaffte es tatsächlich. sie erhielt ihr kind zurück, der mann hatte sich wieder verheiratet, eine neue familie mit drei kindern gegründet und die tochter fühlte sich dort längst nicht mehr als der star, der sie vorher für ihren vater war. sie warf sich auf die mutter, versuchte alles nachzuholen, was sie zwölf jahre lang versäumt hatte. ein ungesundes verhältnis, aber ein extrem enges.
oft fuhr Paula mit dem kind zum skifahren in die berge, oder badete mit ihr im sommer am see. jedesmal dachte sie an das mädchen von damals, was aus ihr geworden sei, überlegte, ob sie noch verheiratet sei, ob sie noch in ihrem dorf wohne, wie sie aussehe. aber sie fuhr nicht hin.
der morgen des fünfundzwanzigsten oktober ist ein tag wie jeder andere. Paula bringt das kind an die bahn, geht in das café, liest die Süddeutsche Zeitung, steht auf, ihre besorgungen zu machen wie sonst. sie strebt in die entgegengesetzte richtung, fährt mit dem lift in die tiefgarage, holt ihren wagen und startet richtung süden. später hat sie sich immer wieder gefragt, was an diesem tag anders war, sie hatte ihren entschluß weder vorher gefaßt, noch darüber nachgedacht, während sie schon fuhr. sie parkt ihr auto auf der vertrauten einfahrt, steigt aus und läuft den langen weg hinunter.
das haus sieht aus wie immer. nur der garten hat sich verändert, weniger bäume, mehr blumen. alles sieht gepflegt und bereits für den winter hergerichtet aus. auf der südwiese steht ein weißer

pavillon, den sie nicht kennt, und aus der offenen garage ist ganz offensichtlich ein atelier geworden. sie lebt also noch hier, Gabriele.
Paula bleibt mitten auf dem weg stehen. plötzlich begreift sie, daß sie tatsächlich hergefahren ist, Gabriele zu sehen. sie steht, die hände in den hosentaschen, in geneigter haltung, abwartend, zögernd. auch der wintergarten ist neu. blumenüberflutet. die tür öffnet sich. Gabriele erscheint. sie bleibt wie angewurzelt stehen. sie sagt nur: „Paula"? dann geht sie rückwärts ins haus. ein junger mann erscheint, er hat große ähnlichkeit mit Gabriele, bittet Paula herein, entschuldigt seine mutter, sie wissen beide nicht, was sie reden sollen.
nach endloser zeit erscheint Gabriele. schmal im gesicht, auch alt geworden, völlig unsicher.
sie bittet Paula in den pavillon, bietet ihr tee an, beiden ist es dort zu eng, sie wechseln ins eßzimmer. Paula kann nicht sitzenbleiben. ruhelos streicht sie durch den raum, Gabriele ist unsicher und nervös.
sie beschließen, essen zu gehen. der wirt ist ein freund von Gabriele. er freut sich, sie zu sehen. Paula ißt fisch. er schmeckt ihr nicht. ihr ist schlecht.
Gabriele versucht ihn, findet ihn gut.
Gabriele sagt: glaube nicht, daß du so einfach wieder auftauchen kannst und lachend fügt sie hinzu, ungestraft kommst du nicht weg. es sollte ein scherz sein.
Paula fährt nach hause. ihr ist immer noch schlecht. nachts bekommt sie koliken, die tochter holt den notarzt. beide glauben, sie habe eine fischvergiftung.
Paula trifft Gabriele in der stadt. sie bummeln an läden vorbei, Gabriele schaut sich alles an, probiert etwas, Paula ist desinteressiert, aufgewühlt, findet sich mit sich nicht zurecht.
sie nimmt Gabriele mit in ihre wohnung. die tochter mag sie sofort. die beiden verstehen sich prächtig, endlich kann die tochter mit jemandem über ihre popmusik reden, über die leadsänger, wer gut aussieht, wer nicht und warum. sie ist völlig begeistert von der neuen freundin der mutter, glaubt sie sei viel jünger.
Paula räumt irgendetwas von rechts nach links, sie schweigt, läßt die beiden reden. dann fährt Gabriele heim.
sie treffen sich jetzt regelmäßig. Paula steht in flammen, sie hat sich verliebt, mag es sich aber noch nicht eingestehen. Gabriele

scheint es ähnlich zu gehen. eine liebesgeschichte beginnt, die wieder keine chance hat. aber das wissen beide noch nicht.
Paula findet die frühere geliebte wieder, nur, jetzt ist alles anders. *sie* gibt den ton an, *sie* ist der aktive teil, und Gabriele läßt es geschehen, ist zärtlich, möchte pausenlos mit ihr zusammen sein. sie outet sich bei ihren freunden, in der kneipe, auf der straße. Paula ist das unangenehm. sie war es gewöhnt, heimlich zu lieben und hatte wohl nie gemerkt, daß es auch so alle wußten in ihrem viertel, daß es keine geheimnisse gibt, daß allein schon ihr äußeres jedem klar machte, daß sie, Paula, eine frau ist die frauen liebt.
drei monate verbringen Paula und Gabriele jede freie minute zusammen.
für Paula ist es ein großes problem, merkt die tochter doch bald, daß sie ihre mutter mit Gabriele teilen muß. das paßt ihr nicht. aus der anfänglichen euphorie wird mißtrauen. sie versucht, die beiden gegeneinander auszuspielen, was ihr auch gelingt.
der ausbruch aus dem geregelten tagesablauf, der fehlende schlaf, die starken gefühle, das alles beginnt an Paula zu reißen. sie sieht schlecht aus, raucht noch mehr und, eine ohnedies magere frau, nimmt sie nochmals stark ab.
sie kriegt das alles nicht auf die reihe. sie möchte, aber sie hat zu lange allein gelebt. andererseits hat sie eine wilde sehnsucht nach der weichen zärtlichkeit von Gabriele. sie ist hin- und hergerissen zwischen liebe und dem bedürfnis nach ruhe und regelmäßigkeit. denn in den vielen jahren ist Gabriele nicht die spur friedlicher geworden. sie ist noch genauso kompromißlos, anstrengend, unermüdlich, fordernd.
Weihnachten stellt sich als echte klippe heraus. Paula und die tochter feiern es mit Gabriele und deren familie im kleinen haus im dorf. die tochter erhält, wie gewohnt, die üppigsten geschenke, Gabriele möchte Weihnachten feiern mit allen traditionen, dem ganzen brimborium, was Paula noch nie mochte, was der tochter völlig fremd ist. Gabrieles beide söhne sind sehr anstrengend, besonders der ältere, der dann auch dafür sorgt, daß die ganze feier zu einer farce wird. Gabriele weint, Paula möchte eigentlich nur heim.
von da an wird es schwierig. Gabriele versteht nicht, warum auf die tochter, wie sie es sieht, dermaßen rücksicht genommen werden muß, wie eine vierzehnjährige behandelt wird, wie ein klein-

kind. sie ist eifersüchtig. Paula ist müde. auch scheint es ihr, daß Gabriele ständig tausend sachen zu tun hat, wie ein wirbelwind heute einen umzug für jemanden macht, morgen eine fahrt mit ihr, daß einfach keine ruhe eintritt, sie nicht mehr zu sich selber kommt. ihr ist das alles zu anstrengend. sie merkt, das hält sie nicht aus.
sie versucht auf psychologischem weg Gabriele zu ergründen, spricht nächtelang mit ihr am telefon, oder wenn sie zusammen sind über deren befindlichkeiten. merkt wiederum nicht, daß das Gabriele nicht ertragen kann. die situation spitzt sich zu.
beide wissen es längst. es hat keinen sinn. aber keine möchte es sich eingestehen. sie verreisen zusammen, nach Marokko, nochmals nach Marokko, auf die Caboverdes. Paula erholt sich, Gabriele ist unzufrieden. sie fühlt sich ständig von irgendetwas enttäuscht, ärgert sich darüber, fühlt sich seziert, ausgebeutet, überanstrengt von der beziehung.
dreimal trennen sie sich, halten es aber nicht aus. bleiben wieder beisammen. im august trennt sich Gabriele wieder. diesmal nimmt Paula es an.
von da an lebt sie wieder ihr geregeltes leben. sie antwortet nur zögernd auf faxe, auf briefe. langsam findet sie ihre ruhe wieder. das appartement, das Gabriele im haus am platz gemietet hatte, steht leer.
die tochter ist hochzufrieden. Paula besucht wieder ihre vorlesungen über geschichte, philosophie. sie hat wieder zeit. sie hat begriffen, daß sie nicht für eine beziehung taugt. sie mußte das durchmachen um es zu begreifen. sie fühlt sich frei und zufrieden. sie verdrängt jeden gedanken an Gabriele, hängt die bilder von ihr ab, räumt alle erinnerungen und geschenke in einen schrank. sie lebt wieder ihr langweiliges, geregeltes leben. nichts fehlt ihr. nur ein wenig liebe und zärtlichkeit.

Virgen de Africa

sie saß auf deck. der warme wind blies durch das haar, Ceuta wurde kleiner und verschwand dann ganz. es war unglaublich, sie fuhr nach Afrika.
ein unbeschreibliches glücksgefühl zog ihren ganzen körper zusammen und verursachte kleine hitzeexplosionen. sie hatte es gewagt. einfach so. sie fuhr nach Afrika.
über dem meer schmolz der abend den blauen himmel ein, zarte, graue schleier trieben über dem horizont. es würde nacht sein, wenn sie ankäme.
ein wenig furcht und bodenlose aufregung machten sich in ihr breit. sie fuhr nach Afrika und im bauch der fähre stand ihr kleines auto. kaum auszuhalten, kaum zu glauben. sie hatte es nie vorgehabt. und jetzt war sie auf dem meer mit der wunderschönen Virgen de Africa.
sie ließ die letzten wochen nochmals durch ihren kopf ziehen. Jakob. der junge, mit dem sie sich verlobt hatte. die karten mit der englischen schreibschrift. „wir haben uns verlobt", dabei liebte sie ihn nicht einmal, aber er sie und das genügte. schließlich wollte sie weg, weg von zuhause, raus, in die freiheit. allein wäre es ein ding der unmöglichkeit gewesen bei der angst, die ihre mutter ständig zeigte, bei allem was sie tat. sie fürchtete sich schon, die tochter nur zu besuchen, so ein viertel, mit so komischen leuten. das auto würden sie ihr klauen, ausrauben zumindest, aber die tochter hatte es so gewollt. eine sturmfreie bude, so nannnte es die mutter. und in dieser gegend, aber was konnte sie schon machen.
als dann Michel und Lilo heirateten, in der stadt an der Ruhr, da hatten sie sich gleich mitverlobt. der einfachheit wegen, und Jakob, Lilos bruder war wirklich ein netter kerl.
es mußte auch einer sein, der gerne reiste. die karten druckte sie eigentlich nur, um eine davon an Borris schicken zu können. der sollte sehen, daß es auch ohne ihn geht. in englischer schreibschrift.
leider hatte Jakob immer diese migräneanfälle. das war sehr lästig. ihm wurde so übel dabei, daß er sich übergeben mußte, nichts half. aber er fuhr ohne murren mit. auch daß sie nicht mit ihm schlief schluckte er ohne widerworte. er war schon dankbar, daß sie sich mit ihm verlobt hatte. ihr schlechtes gewissen ihm

gegenüber bekämpfte sie mannhaft. es war einfach nicht anders gegangen. letztlich hatte er auch vorteile davon.
sie hatten alles besorgt, was sie für eine lange reise brauchten. in Spanien trafen sie einen bekannten von ihr, der noch jahre später die story erzählte von dem mann, der *vor* dem zelt schlafen mußte. das war Gabriele peinlich, aber sie schlief lieber allein und Jakob hatte keine lust gehabt, sein schönes, neues zelt aufzubauen. so lag er in seinem schlafsack davor. aber da waren sie schon zwei wochen unterwegs gewesen und sie konnte ihn nicht mehr ertragen.
Frankreich hatten sie hinter sich, Altkastilien, die nordküste und waren dann quer durch Andalusien nach Almeria gefahren auf einen campingplatz, auf dem sie schon vor ein paar jahren mit einem schweizer jungen gewohnt hatte. noch zweimal sollte sie in späteren jahren hier sein, und ihre erinnerungen an diesen platz waren nicht die besten, hatte sie doch im gefängnis sitzen müssen, hier in Almeria, wäre vom gefängniswärter beinahe vergewaltigt worden, eines zigeuners wegen, dessen obstkarre sie angefahren hatten, ohne ihre schuld. aber das war lange her und der campingplatz hatte sich ganz schön verändert in der zwischenzeit. kleine bungalows waren errichtet worden und es gab einen laden, so daß man nicht wegen jeder kleinigkeit in die stadt fahren mußte.
Jakob hatte keinerlei lust nach Afrika zu fahren, auch war er deprimiert, die beziehung betreffend und sie hatten ausgemacht, daß jeder für eine weile seine eigenen wege gehen wolle. auch die „verlobung" war zu überdenken. die schuld dafür lag einzig und allein bei Gabriele, sie wußte das, aber sie setzte sich recht egoistisch darüber hinweg. und jetzt war es soweit. sie und ihr auto fuhren allein nach Tanger. auf der Virgen de Africa. sensationell. ein weiterer schauer überlief Gabriele.
es war schon beinahe nacht. ein spitzer bergkegel tauchte vage auf: Afrika.
plötzlich überfiel Gabriele eine bisher nicht gekannte sehnsucht nach diesem land. als habe sie vor langer zeit dieses verlassen müssen, immer heimweh danach gehabt, käme endlich zurück, zurück auf einen erdteil, den sie faktisch nicht kannte. oder doch? als das schiff anlegte, war es tief in der nacht. feuer flackerten am straßenrand, vermummte gestalten hockten daneben, wärmten sich, rauchten, aßen, und Gabriele war über-

rascht, keinerlei angst mehr zu haben. nach wie vor fühlte sie sich angekommen, daheim. große ruhe gepaart mit einem unglaublichen glücksgefühl hüllten sie vollständig ein. sie fragte sich nach dem campingplatz durch, baute ihr selbstgenähtes zelt auf und schlief so gut und friedlich wie schon lange nicht mehr. sie erwachte durch viele geräusche, gerüche und vom lärm der vögel. es war heiß im blauen zelt. sie duschte, tankte und fuhr ohne ziel direkt ins abenteuer.
drei monate war sie unterwegs. jeden tag hatte sie sich ihren reis auf dem campingkocher zubereitet. das geld ging zur neige. unglaubliches hatte sie erlebt, die rücksitze gegen marokkanische decken eingetauscht, in der algerisch-marokkanischen wüste in einer sanddüne gesteckt, fahrten über den Hohen-, den Mittleren Atlas und den Antiatlas ohne batterie überstanden, sich lebensmittel durch zeichnungen verdient, viele leute kennengelernt, den tod durch ertrinken australischer footballspieler durchmachen müssen, sie mit aus dem wasser gezogen, eine weile mit englischen musikern mitgezogen und jetzt mußte sie zurück. diese entscheidung war schrecklich. nur bei dem gedanken daran bekam sie schmerzhaftes heimweh nach dem land, in dem sie noch weilte. sie konnte es sich nicht erklären. sie litt. wurde krank. nur, um nicht fort zu müssen. sie erkannte, daß sie hier immer gelebt hatte, jeder geruch war ihr vertraut, sie begriff den zusammenhang ihrer liebe zu farbigen glasketten, den stoffen auf dem markt, den fliesen, die sie seit jeher sammelte. das war ihr land. hier kam sie her. der geruch des heißen staubes in ihrem auto machte sie süchtig, oder der des soukbrotes, das es in glaskästen an jeder ecke gab. nie mehr wollte sie zurück. aber sie hatte kein geld mehr. die letzten blusen, sogar der silberring von der leopoldstraße waren verkauft.
auf dem schiff, der Virgen de Africa weinte sie wie noch nie in ihrem leben. es gab keinen trost. und es gab niemand, der sie trösten konnte. der runde bergkegel verschwand, ihr leben schien ihr nichts mehr wert. sie würde zurückkommen, sobald sie geld gespart hatte, immer wieder würde sie zurückkommen, sie würde sich ein haus kaufen, dort leben, wenn sie alt wäre, sie würde arabisch lernen, an keinem anderen ort der welt würde sie dieses gefühl der heimat mehr so verspüren. hier waren ihre wurzeln, das war ihr platz. auch wenn es tausend schönere auf der welt gäbe.

zuhause fror sie drei jahre lang. sie wurde eine reisende. sie sah die exotischsten plätze der welt, besuchte alle arabischen länder, verarbeitete die unglaublichsten eindrücke. noch sechsmal kehrte sie nach Marokko zurück, auf einer der reisen fand sie das tal mit dem feenberg, in dem sie in einem anderen leben daheim war, oder in vielen anderen leben, das tal der gazelle.
aber ruhe fand sie keine mehr.

Axel

alles war voll blut.
das kind schrie wie am spieß. sie wußte gar nicht, wo genau all das viele blut herkam. hatte es ein loch im kopf?
es war das auge. sie hatten zusammen gespielt und Tristan, der zu dieser zeit nie ging, sondern immer rannte, war gestürzt, das matchboxauto fest in der kleinen faust. er mußte direkt auf sein auge gefallen sein.
Gabriele zögerte keinen augenblick, sie packte das kind, rief noch schnell die nachbarin an, mit der bitte, auf den größeren jungen aufzupassen und raste mit hoher geschwindigkeit über die autobahn zur universitätsaugenklinik. sie schaltete aufblendlicht und warnanlage ein, fuhr bei rot über die ampeln mit dauerhupton und erreichte die Mathildenstraße.
das kind, blutüberströmt auf den armen tragend, jagte sie in die notaufnahme und trotz wildem protest der anderen, wartenden, direkt durch zu dem behandelnden arzt. das kind kam sofort in den OP Gabriele ließ sich auch mit gewalt nicht weiter als bis direkt vor die tür schleppen. dort setzte sie sich auf den boden und wartete. dem anästhesisten erklärte sie, daß Tristan ein ovales fenster habe, also einen angeborenen herzfehler, sie sei sehr besorgt wegen der narkose, sie bleibe da.
die operation dauerte mehrere stunden. ein weiterer arzt fragte sie, ob sie mit der neuen methode, einem silikonschlauch, einverstanden sei und er erklärte ihr, daß beide tränenkanäle gerissen seien. Gabriele blieb vor der OP-tür sitzen. sie wich nicht, ließ sich auch nicht bewegen, im warteraum platz zu nehmen. sie erzwang ein mutter-kind-zimmer, allerdings erst zwei tage später, und verbrachte diese zwei tage auf einem stuhl neben dem bett ihres sohnes. alles war gut verlaufen, sieben tage mußte das kind im krankenhaus bleiben.
Gabriele lernte eine frau kennen aus dem zimmer nebenan. ihr kind war ohne augen geboren worden, ein nachzügler, nach drei mädchen der begehrte sohn. als er sechs monate wurde, hatte sich die mutter zu einer kosmetischen operation entschlossen, künstliche augenhöhlen wurden operiert, mit der haut aus der innenseite der schenkel ausgekleidet um später glasaugen einsetzen zu lassen. sie meinte, dem kind damit ein wenig sein schicksal zu erleichtern, und auch das ihre, denn jeder sah sie entsetzt

oder mitleidig an, nachdem er das kind gesehen hatte. Tristan erholte sich und durfte am achten tag die klinik verlassen. ein schlauch war auf seiner stirn zu einer schlaufe geklebt worden und Gabriele hatte nun die aufgabe, diesen jeden tag einmal ganz durchzuziehen damit die kanäle frei blieben.
schon bald rannte Tristan wieder im garten umher, millimeterdicht an der berberitzenhecke vorbei, und jedesmal erschreckte sich Gabriele zu tode, aus angst er würde mit der silikonschlaufe an den berberitzen hängen bleiben.
es waren aufregende zeiten.
etwa zwei wochen nach ihrer rückkehr aus dem krankenhaus rief ein ihr unbekannter mann an, ob sie die mutter von Tristan sei. sie erschrak, glaubte zunächst, es habe mit der operation zu tun. er sei der anästhesist, sagte der mann, sein name sei Axel und er möchte sie, Gabriele, gerne kennenlernen.
und am wochenende kam er tatsächlich. blendend aussehend, pferdeschwanz, groß, schlank, auf einer schweren Kawasaki. die kinder waren begeistert. sie durften abwechselnd darauf sitzen, und mit Gabriel machte er eine spritztour, die dieser bis heute nicht vergessen hat.
Gabriele und Axel verbrachten viel zeit miteinander und es wurde ein richtiges liebesverhältnis. er erzählte, er habe sie damals im krankenhaus erlebt, er sei total beeindruckt gewesen von ihrer art, von der heftigkeit, mit der sie ihr kind beschützt habe, nicht von der schwelle gewichen sei und sich gegen das ganze ärzteteam durchgesetzt habe. schon damals hätte er sich verliebt.
Axel erschien den sommer über jeden abend. er wurde ein fester bestandteil der familie, wenngleich ihm die kinder ein wenig auf die nerven gingen. aber der abend war lang, die kinder irgendwann im bett und so hatten Axel und Gabriele genügend zeit füreinander.
Axel war ein ungewöhnlich gescheiter mann, sein wissen auf allen gebieten beeindruckte Gabriele, und umgekehrt war es auch so. sie verstanden sich perfekt, das haus in den wiesen war groß genug, er erwog, ganz hinaus zuziehen.
dann kam das angebot aus Paris. ein angebot, das man nicht ablehnen konnte. Axel war sehr ehrgeizig. Gabriele sehr unglücklich.
im frühling sollte er in Neully sur Seine beginnen, für mindestens

zwei jahre. er würde natürlich immer wieder kommen, sie würden sich schreiben, telefonieren. Gabriele wußte, so etwas hat keine zukunft. der frühling kam. Axel ging nach Frankreich. sie telefonierten täglich. sie sehnten sich nacheinander.
im februar erschien er. ein neuer Axel. das haar ordentlich geschnitten und frisiert. kein motorrad mehr sondern ein Mercedes, anzug, hemd, krawatte.
alles war anders.
im märz war er wieder da. er hatte ein päckchen dabei, er legte es nachts unter das bett. es waren goldbarren, die er anschliessend in die Schweiz bringen wollte. er sprach viel über geld. über seine zukunft. nicht über ihre gemeinsame.
im april hatte Gabriele ein vernissage in Augsburg. Axel kam, sie freute sich sehr darüber. mittlerweile war er ihr aber fremd geworden, seine neuen intentionen gefielen ihr nicht mehr, sie hatte sich zurückgezogen.
Jelena Perlmann machte Gabriele darauf aufmerksam, daß Axel schon ziemlich lange mit Maria Solanger im vorgarten der galerie stände, daß sie ihn schon den ganzen abend angemacht habe, ihm belegte brote, sekt bringe, es auf ihn abgesehen habe. Gabriele hatte damit kein problem. sie kannte Maria. sie war nur neugierig, wie Axel sich verhielt.
irgendwann fand sie zeit nach draußen zu gehen, um nach den beiden zu sehen. sie küßten sich gerade.
nach der vernissage und der anschließenden feier fuhren Gabriele und Axel zurück in das haus in den wiesen. als er im bett lag, nachdem sie sich ausgiebig geliebt hatten, packte sie seine kleider zusammen, verschnürte sie mit dem hosengürtel und warf sie vor die haustür in ein mittlerweile heftiges gewitter. sie ging zurück zum bett, er schlief fest, weckte ihn sanft und liebevoll, und bat ihn, vor der haustür nachzusehen, sie habe ein geräusch gehört, sie sei beunruhigt. nackt ging Axel vor die tür, die hinter ihm ins schloß fiel. aus dem fenster im ersten stock verabschiedete sich Gabriele, wünschte ihm viel glück und weitere goldbarren und entließ ihn aus ihrem leben.

der fluch

im dorf unten gab es nur wenige läden, den kiosk, über der brücke, der immerhin das erste plastik im tal in form eines winzigen, rosa puppengeschirrs im goldnetz verkaufte, das zeitungslädchen mit der mürrischen frau und den bäcker, von dem es ganze dynastien im tal verstreut gab, dessen älteste tochter einen kunstvollen doppelten haarkranz auf dem kopf trug, der vorne wesentlich höher als hinten geflochten war. noch heute trägt diese frau, alterslos, weiterhin schwarzhaarig, den gleichen, nur unwesentlich dezimierten kranz auf dem kopf. ein ganzes leben lang immer die gleiche frisur.
ein besonders wunderbarer laden gehörte herrn Knösel, einem heiteren, immer gleich und gut aussehenden, freundlichen mann, der sein winziges geschäft neben dem Hotel zur Post hatte. rechts vom schaufenster stand der geheimnisvolle satz *„fragt den drogisten"*, und eines tages gab er mir ein blatt eines preisausschreibens, ich hatte eben diesen satz dort zu ergänzen. tatsächlich, ich gewann einen malkasten und kann das bis zum heutigen tage nicht fassen, habe ich doch niemals glück im spiel oder bei lotterien. dort mußte man vorbei, wollte man zum schwimmbad und herr Knösel hatte alles, was sich ein kind wünscht. das schönste waren seine badebälle. allein der geruch, ich versuche ihn immer wieder zu finden, aber heute riecht kunststoff anders oder gar nicht. wahrscheinlich war das zellulose oder gummi, der geruch war berauschend. ich legte den badeball gerne auf mein kopfkissen, ich schnüffelte regelrecht, so würde man das wohl heute nennen. der ball war aus verschiedenen farbigen feldern wie längengrade zusammengesetzt. diese dinge bekam man nur im sommer geschenkt, wenn zuhause die unzähligen besuche erschienen, die dem kind etwas gutes tun wollten.
auch bälle aus echtem gummi, mit einer lackschicht überzogen, auch sie hatten einen geruch. ich sparte sie immer lange auf, denn beim spielen an der hauswand, ballschule in allen variationen, bekam der ball runzeln, mit der zeit wurde die luft geringer, der lack sprang ab. ich hasse sachen, die nicht heil sind. bis zum heutigen tag.
dann war da noch der metzger mit ewig feuchten augen, langen wimpern und einer gestreiften, blutverschmierten schürze. sein

sohn gleichen namens ging in meine klasse. er hat sich später das leben genommen, weil er die folgen eines autounfalls nicht mehr ertragen konnte. sechs kinder hatte der metzger W. mit seiner gewaltigen, stets von einem ausschlag bedeckten frau, die sehr gütig zu sein schien, aber immer eine wolke aus dichter trauer um sich trug. von den sechs kindern hatten die drei ersten die blasse haut des vaters, die langen wimpern über den hellen augen und aschblondes haar. der nächste wuchs irgendwann nicht mehr, und außerdem hatte er eine gebrochene nase, heute ist er der metzger. die beiden jüngsten hatten ein kindermädchen namens Elli und sahen vollständig anders aus. schwere, schwarzbraune haare, so dunkle augen, daß man die pupillen nicht sehen konnte und die langen wimpern der familie, aber diesmal in nachtschwarz. sie sahen wie königskinder neben den anderen aus. da sie auch viel später kamen, die zeiten bereits besser waren, hoben sie sich auch von der kleidung her deutlich von den geschwistern und sämtlichen dorfkindern ab. wer hatte schon ein kindermädchen, das ständig aufpaßte?
die kleinste, wie eine spanische infantin aussehend, führt heute das bekannte lokal, das zu der metzgerei gehört. sie blieb kinderlos.
und dann war da noch das winzige, unscheinbare lädchen der frau B. B. hier gab es alles gemischt, süßigkeiten, wie zum beispiel die roten himbeerbonbons, stück einen pfennig, mit denen wir uns die lippen färbten, oder die scharfen pfefferminzkugeln, wie kleine zwiebeln, die den gaumen regelrecht verletzten, wenn man mehr als drei aß. aber auch schuhcreme in einem holzgestell mit schrägen fächern, oben darauf einem lackierten holzfrosch mit goldener krone, in dem die wunderschön grafisch gestylten büchsen mit dem öffnungspropeller lagen. so ein gestell habe ich jahrzehntelang auf den flohmärkten dieser welt gesucht und nicht gefunden. wohl aber das Maggiregal, ebenfalls mit schrägfächern und einer glastür, schräg nach hinten, darin liegen heute meine serviettenringe.
hier bei B. B. stand ich stundenlang als winziges kind, die lebensmittelmarken fest in der hand, fisch oder korn abzuholen, dafür durfte ich die abschnitte behalten, mit denen man wundervolle klebebilder herstellen konnte. außerdem hatte ich ja zeit. und so stand ich zwischen den frauen, hörte den geschichten zu und wartete, bis der in zeitungspapier eingeschlagene fisch, die zwie-

beln oder kartoffeln in mein von mutti selbstgeknüpftes netz versenkt wurden. und jedesmal, wenn ich endlich vorne am tresen war durfte ich den frosch streicheln.
so hörte ich auch die hinter vorgehaltener hand erzählte geschichte vom fluch der frau B. B. diese kleine, dicke, alerte person, immer im tadellosen dirndl, hatte einen mann, der im krieg an der front kämpfte. ein junges mädchen, ebenfalls aus dem dorf, hatte sich wohl weit früher in ihn verliebt und schickte ihm regelmäßig briefe, handgestrickte socken, speck und briefmarken. es entstand ein briefwechsel zwischen den beiden, der zur liebesgeschichte von beiden seiten aus wurde. als der mann heimkehrte, zu beiden frauen, der strengen, cleveren B. B. und der jungen liebenden, hatte er ein echtes problem. er versuchte beide leben zu leben, ohne erfolg. natürlich, wie könnte es in einem dorf auch anders sein, kam die geschichte trotz extremer vorsicht heraus und frau B. B. verfluchte öffentlich, dramatisch und laut das junge mädchen, was zur folge hatte, daß deren uneheliches kind, denn sowas gehört natürlich zu dieser geschichte, ein junge, mit einer bösen hasenscharte zur welt kam. und so erfüllte sich der fluch der frau B. B.

Inhalt